À PROPOS DE MAXIME HOUDE…

LE POIDS DES ILLUSIONS

DU MÊME AUTEUR

La Voix sur la montagne. Roman.
  Beauport : Alire, Romans 035, 2000.

La Mort dans l'âme. Roman.
  Beauport : Alire, Romans 053, 2002.

Le Salaire de la honte. Roman.
  Lévis : Alire, Romans 071, 2003.

Le Prix du mensonge. Roman.
  Lévis : Alire, Romans 084, 2005.

Le Poids

des Illusions

Maxime Houde

ALIRE

Illustration de couverture : Bernard Duchesne

Photographie : Nancy Robidas

Distributeurs exclusifs :

Canada et États-Unis :
Messageries ADP
2315, rue de la Province,
Longueuil (Québec) Canada
J4G 1G4
Téléphone : 450-640-1237
Télécopieur : 450-674-6237

France et autres pays :
Interforum editis
Immeuble Paryseine, 3,
Allée de la Seine, 94854 Ivry Cedex
Tél. : 33 (0) 4 49 59 11 56/91
Télécopieur : 33 (0) 1 49 59 11 33
Service commande France Métropolitaine
Tél. : 33 (0) 2 38 32 71 00
Télécopieur : 33 (0) 2 38 32 71 28
Service commandes Export-DOM-TOM
Télécopieur : 33 (0) 2 38 32 78 86
Internet : www.interforum.fr
Courriel : cdes-export@interforum.fr

Suisse :
Interforum editis Suisse
Case postale 69 – CH 1701 Fribourg – Suisse
Téléphone : 41 (0) 26 460 80 60
Télécopieur : 41 (0) 26 460 80 68
Internet : www.interforumsuisse.ch
Courriel : office@interforumsuisse.ch
Distributeur : OLS S.A.
Zl. 3, Corminboeuf
Case postale 1061 – CH 1701 Fribourg – Suisse
Commandes :
Tél. : 41 (0) 26 467 53 33
Télécopieur : 41 (0) 26 467 55 66
Internet : www.olf.ch
Courriel : information@olf.ch

Belgique et Luxembourg :
Interforum editis Benelux S.A.
Boulevard de l'Europe 117, B-1301 Wavre – Belgique
Tél. : 32 (0) 10 42 03 20
Télécopieur : 32 (0) 10 41 20 24
Internet : www.interforum.be
Courriel : info@interforum.be

Pour toute information supplémentaire
Les Éditions Alire inc.
C. P. 67, Succ. B, Québec (Qc) Canada G1K 7A1
Tél. : 418-835-4441   Fax : 418-838-4443
Courriel : info@alire.com
Internet : www.alire.com

Les Éditions Alire inc. bénéficient des programmes d'aide à l'édition de la Société de développement des entreprises culturelles du Québec (SODEC), du Conseil des Arts du Canada (CAC) et reconnaissent l'aide financière du gouvernement du Canada par l'entremise du Programme d'aide au développement de l'industrie de l'édition (PADIÉ) pour leurs activités d'édition.

Gouvernement du Québec – Programme de crédit d'impôt pour l'édition de livres – Gestion Sodec.

TABLE DES MATIÈRES

À mes parents

PREMIÈRE PARTIE

LA CHUTE DE COVELESKI

CHAPITRE 1

Un poing commença à marteler une porte dans le lointain et j'émergeai des brumes du sommeil au son des toc toc. C'était une véritable purée de pois dans laquelle je pataugeais des pieds à la tête. Les martèlements se rapprochèrent lentement et, bientôt, j'eus l'impression que le poing cognait contre mon crâne.

C'était à ma porte qu'on toquait, de toute évidence.

Je poussai un grognement, ouvris un œil. La petite aiguille du réveil pointait le quatre, la grande était figée sur le six. Je rejetai les couvertures, balançai mes pieds sur le plancher et fis quelques pas. Je dus m'appuyer contre le cadre de la porte un moment, le temps de reprendre mes esprits. Quelle journée on était ? Quelle heure était-il ? S'il était bel et bien quatre heures et demie, le soleil s'était levé tôt.

Je tournai le verrou et ouvris la porte. Emma s'avança dans le vestibule d'un pas rapide.

— Mais qu'est-ce que vous faites ? Il est presque dix heures !

— J'ai passé tout droit.

— Il y a un monsieur qui voulait vous voir.

— Un vendeur d'assurances, sans doute.

— Non, il a dit qu'il avait besoin d'un détective privé.

Il y avait une pointe d'agressivité dans la voix de ma fidèle secrétaire.

— Eh ben, il y aura d'autres clients, lui dis-je pour la rassurer.

— C'était le premier en plus d'une semaine, je vous ferai remarquer.

— Ce n'était pas la peine, mais merci quand même. Comment tu as fait pour venir jusqu'ici ?

— J'ai fait de l'auto-stop, répliqua-t-elle.

Elle alla au salon et ouvrit une fenêtre en prétextant qu'une odeur de renfermé empestait l'air. Le gazouillis des oiseaux emplit la pièce. Il y avait du printemps dans l'air. Emma portait une robe fleurie et un chapeau à large bord orné d'un ruban. Les femmes avaient ressorti leurs robes et leurs jambes.

— Vous avez manqué un bon film, hier, reprit-elle. Vous auriez dû accepter mon invitation.

— Je t'ai dit que j'avais un rendez-vous.

Elle prit la bouteille de White Horse sur la table et fit tournoyer la larme qui croupissait au fond.

— C'était ça, votre rendez-vous ?

— Emma, j'ai besoin d'une aspirine et d'une douche, pas qu'on me fasse la morale.

— Bon, d'accord, j'ai compris, dit-elle d'un ton conciliant. Allez-y, je vais vous préparer à déjeuner.

— Je n'ai pas faim.

— Il faut que vous mangiez. Le déjeuner est le repas le plus important de la journée.

— Où as-tu lu ça ? Dans le courrier de Jeannette ?

— Non, c'est ma mère qui me l'a dit.

J'allai me savonner de pied en cap sous la douche et me rasai. Je me sentis mieux après. J'avais même un petit creux. Quand je sortis de la salle de bain, une odeur de café me chatouilla les narines. Je m'habillai et me rendis à la cuisine. Emma avait terminé le petit-déjeuner et s'était attaquée à la vaisselle crottée qui s'empilait dans l'évier.

— Assoyez-vous, dit-elle. C'est prêt.

Je m'assis devant une assiette d'œufs brouillés, de bacon et de toasts et une tasse fumante de Blue Mountain.

— Je ne sais pas ce que je ferais sans toi, dis-je à ma secrétaire en contemplant ce festin.

— Vous êtes le plus chanceux des patrons. Je suis secrétaire, plongeuse et femme de ménage en même temps !

Une fois le repas terminé, on descendit dans le hall. Madame Lépine, la femme du concierge, balayait le linoléum. C'était une grosse bonne femme habillée tout en noir comme une vieille dame italienne. Ses pieds débordaient de ses escarpins. On échangea des bonjours et elle me demanda :

— Vous savez quelle date on est ?

— Le vingt-neuf.

— C'est exact, le vingt-neuf. Vous êtes mieux d'avoir ce qu'il faut le premier. Y aura pas de délai, ce mois-ci.

— Je sais. Bonne journée.

Je rejoignis Emma et on mit le cap sur le bureau. Il ne restait plus que quelques plaques de neige sale ici et là. La ville renaissait. Les trottoirs grouillaient de monde, comme si les gens avaient quitté leur trou après le long hiver, attirés par le soleil qui éclaboussait les façades des édifices. Dans les journaux des kiosques aux coins des rues, on parlait des combats entre Arabes et Juifs en Palestine. En plus des frictions entre les Américains et les Russes à propos des agissements de ces derniers en Europe et de la peur mondiale du communisme. Il semblait que la Troisième Guerre mondiale que certains alarmistes redoutaient allait bel et bien éclater.

L'ascenseur nous conduisit au quatrième étage et on traversa le couloir jusqu'à la porte marquée « Stan

Coveleski Investigations ». Emma prit son poste dans la salle d'attente, j'entrai dans mon pensoir. Le mobilier n'avait pas changé depuis la veille : un bureau, deux chaises, un classeur dans un coin et un petit lavabo dans un autre pour me rafraîchir les journées de canicule.

Je passai l'après-midi à observer la brise agiter les rideaux à la fenêtre et à écouter les voitures ronronner et les tramways brinquebaler dans Sainte-Catherine. Aucun signe du type qui était passé dans la matinée.

À cinq heures, je reconduisis Emma chez elle.

— Vous m'accompagnez pour souper ? me demanda-t-elle une fois que je fus garé devant son immeuble. J'ai fait assez de salade de pommes de terre pour nourrir une armée.

— Non, merci.

Elle observa un moment des fillettes qui sautaient à la corde dans le passage menant à la cour intérieure.

— Qu'est-ce que vous allez faire, ce soir ? s'enquit-elle.

— Je vais me remettre de mes émotions. On a eu une grosse journée.

— Oui, crevante...

— À demain.

— N'oubliez pas de remonter votre réveil.

— Merci de me le rappeler.

Une succursale de la Commission des liqueurs se dressait tout près de l'itinéraire que j'empruntais pour rentrer chez moi. L'endroit était désert quand je m'y arrêtai, sauf pour le commis au comptoir grillagé, un jeune homme aux cheveux frisés luisant de pommade, qui avait le nez plongé dans *La Patrie*.

Je lui demandai un quarante onces de gin Croix d'Or et il s'éloigna parmi les étagères remplies de bouteilles. Sa blouse était une taille trop grande, à moins qu'il fût une taille trop petit pour la blouse. Il portait un nœud papillon orné de pois.

Je baissai les yeux sur le journal. On débattait des chances des Royaux pour la saison qui s'en venait.

Le commis revint.

— Vous arrêtez souvent ici, non ? Votre visage me dit quelque chose.

— Ce n'est pas ma première visite.

— Il me semblait aussi. Vous suivez le hockey ?

— Hm-hm.

— Toronto a battu Detroit. Ils ont balayé la finale.

— Je sais. C'était il y a une dizaine de jours.

— Vous croyez que les Canadiens auraient eu une chance ?

— Avec le Rocket et Lach, bien sûr.

— Oui, mais le gardien peut faire la différence. Vous pensez que Durnan est meilleur que Broda ?

Je voulais seulement être poli. Je marmonnai quelque chose, réglai la facture et repris le volant.

Plus j'approchais de ma tanière, moins j'avais envie de m'y retrouver. Ce n'était qu'un appartement vide, avec ses ombres et ses souvenirs – rien de bien attirant là-dedans. Je rangeai la bouteille dans la boîte à gants et changeai de destination.

◆

C'était un club quelques échelons au-dessous de la moyenne. Il y avait des tables avec des banquettes d'un côté et, de l'autre, un bar avec des tabourets. Le cuir des banquettes était usé comme un vieux pneu, quand il n'était pas carrément déchiré. Une scène sur laquelle aucun orchestre n'avait joué depuis une éternité se dressait au fond. Le décor se voulait exotique, avec des guirlandes et des trucs en bambou ici et là mais, pour se croire dans une île des tropiques, il aurait fallu beaucoup d'imagination, ou d'alcool, ou les deux. De préférence les deux.

Il n'y avait pas grand monde : deux couples assis à une banquette – les quatre sérieusement imbibés –, une blonde seule au fond de la salle et un buveur solitaire au bar. La blonde paraissait bien de l'entrée. J'allai au bar tenir compagnie au type. Il ne semblait pas en vouloir. Il ne me regarda même pas. Il continua de fixer le fond de son verre, penché en avant, la tête dans les épaules.

Le barman s'approcha en frottant un verre avec un linge sale. Il avait des yeux de fouine et les poils qui ne garnissaient plus son crâne lui sortaient par le nez et les oreilles.

— Qu'est-ce que vous prenez ?

— Un whisky.

— J'en prendrais bien un, moi aussi, dit une voix derrière mon épaule.

La blonde se glissa sur le tabouret à côté de moi.

— Ne recommence pas à achaler les clients, Loulou, dit le barman d'une voix ennuyée.

— Ben quoi ?

— Je connais ton petit jeu. Ce n'est pas la place, ici.

— Je n'ai aucune idée de quoi tu parles, dit-elle innocemment.

— Oui, tu le sais. Je t'ai déjà prévenue.

— Mais non. Maurice est un petit comique, me dit la blonde, il aime pratiquer l'humour absurde.

— Je ne plaisante pas, répliqua le barman. C'est mauvais pour les affaires.

— Tes affaires vont bien, arrête de t'en faire.

— Ça donne une mauvaise image à mon établissement.

— Mais qu'est-ce que tu racontes ? J'ai juste besoin d'un petit remontant. Tu veux bien me payer un petit remontant ? me demanda la blonde.

Je fis signe au barman d'apporter deux whiskies pour qu'ils la bouclent. Le barman s'éloigna en maugréant.

— Comment tu t'appelles ? reprit la blonde.

— Stan.

— Merci, Stan.

Elle prit une cigarette dans son sac à main et l'alluma à un lampion qui brûlait sur le bar. Elle paraissait bien de loin ; de près, c'était une autre histoire. On voyait les repousses noires de ses cheveux, et sa peau, sous les couches de maquillage, était moite et granuleuse. La ligne de sa mâchoire s'affaissait. Tout son corps commençait à se ressentir du passage des années. C'était dommage, parce qu'elle n'aurait pas été laide si elle avait pris soin d'elle-même, mais ce semblait être la dernière de ses préoccupations. Elle portait une robe démodée et élimée qui dénudait de bonnes épaules carrées.

— C'est la première fois que je te vois ici, Stan.

— C'est ma première visite.

— Pourquoi t'es venu ?

— Il n'y a pas de raisons. Le hasard.

— Je me disais aussi que ce n'était pas pour le service chaleureux, dit la blonde.

Maurice, qui nous apportait nos whiskies, lui fit une grimace.

— À la tienne, Stan, dit-elle en levant son verre.

Je levai le mien. Tandis qu'on buvait, je me demandai quelle était son histoire. C'était peut-être une fille de la campagne qui était venue ici pour se trouver un boulot et qui avait fait de mauvaises rencontres. Ou peut-être qu'elle n'était pas si innocente et qu'elle essayait simplement de survivre, comme tout le monde.

— Qu'est-ce que tu fais dans la vie ? me demanda-t-elle.

— Détective privé.

— T'es le premier que je rencontre. Ça a l'air excitant comme job, d'après ce que j'ai entendu.

— C'est ce que tout le monde pense.

— Y a longtemps que t'es un privé ?

— Une couple d'années, répondis-je.

— Qu'est-ce que tu faisais avant ?

— La même chose, mais à la Sûreté municipale.

— Un ex-policier, dit la blonde comme à elle-même. J'ai croisé pas mal de tes anciens collègues.

Je sirotai mon verre en me demandant dans quelles circonstances.

— C'étaient tous des trous de cul, reprit-elle en tirant sur sa cigarette. Sans vouloir t'offenser.

— Ça va. Je n'ai plus de contacts avec ces gens-là.

— T'es parti juste à temps.

— Ce qui veut dire ?

— Tu ne m'as pas l'air d'un trou de cul.

— Merci du compliment. Et vous ?

— Arrête de me vouvoyer, je suis plus jeune que toi.

Je lui jetai un regard de côté. Elle baissa ses faux cils, esquissa un sourire gêné.

— C'est vrai, dit-elle. De quelques mois, *anyway*... Et moi quoi ?

— Qu'est-ce que tu fais pour joindre les deux bouts ?

— Oh, je me débrouille.

— La fin de mois s'annonce comment ?

— Eh ben, pour le moment, pas trop bien. Mais il va se présenter quelque chose.

— Ou quelqu'un.

— Tu connais la chanson, continua Loulou.

— Qu'est-ce que tu veux dire ?

— Tu ne travailles pas tous les jours, pas vrai ? Eh ben, moi non plus.

— C'est vrai.

— C'était quoi, la dernière affaire dont tu t'es occupé ?

— Un type qui se faisait passer pour un homme d'affaires tentait d'arnaquer toute une ville, résumai-je.

— Ça m'a l'air gros. On en a parlé dans les journaux ?

— Oui.

— Je ne me souviens pas d'avoir lu quelque chose là-dessus. T'as réussi à empêcher le gars de se pousser avec l'argent ?

— Hm-hm.

— On peut dire que tout s'est bien terminé.

Vu sous cet angle, il est vrai que c'était une réussite.

Un rire strident retentit derrière nous. Un des types à la table avait enfoui le visage dans le cou de sa compagne et lui bavait dessus. Et Maurice qui se faisait de la bile pour l'image de sa boîte…

— On lève les pattes ? me demanda la blonde Loulou.

— Pour les reposer où ?

— Chez moi. Ce n'est pas très loin d'ici.

— Tu es vite en affaires.

— Qu'est-ce que tu veux dire ?

Elle répondit elle-même à sa question :

— Je n'essaie pas de te ramasser, Stan. Je t'aime trop pour ça.

— Sans blague.

— C'est vrai. Je veux juste t'offrir un verre, c'est tout. Et puis avec toi, ce sont sûrement les femmes qui doivent payer.

— Je parie que c'est ce que tu dis à tous les gars.

Elle rit. C'était un joli rire cristallin, rien de gras ni de chargé de sous-entendus comme je m'y attendais.

Je payai Maurice et on leva les pattes.

C'était une nuit fraîche et Loulou, assise à ma droite sur la banquette, frissonna.

— Y a de quoi te réchauffer dans la boîte à gants.

Elle prit la bouteille de Croix d'Or. Ses yeux luirent dans la pénombre.

— Je suis gâtée ce soir, dit-elle d'un ton joyeux.

Elle dévissa le bouchon, porta le goulot à ses lèvres rouge sang et me tendit la bouteille.

— T'en veux ?

Je m'arrêtai à un feu rouge et en pris une lampée en observant les piétons traverser la rue. On était sur Ontario, à l'orée du Red Light.

— C'est encore loin ?

— Non, une couple de coins de rue encore. Je vais te dire où tourner.

Le feu changea au vert. J'embrayai.

Loulou se blottit contre moi. Elle ne s'était pas lavée depuis quelques jours et son parfum ne réussissait pas tout à fait à masquer les odeurs.

— Tu as encore froid ?

— Voui, dit-elle en prenant une voix de petite fille.

— Prends une autre gorgée de gin.

— J'aime mieux me coller.

Elle se pressa un peu plus contre moi.

◆

Elle habitait un bas de duplex qui avait l'air triste même la nuit tombée. Une corde à linge de fortune s'étendait dans le passage qui traversait la maison ; des bas de nylon et d'autres vêtements y étaient accrochés.

— Tu m'excuseras pour le désordre, me dit l'hôtesse. Je ne m'attendais pas à avoir de la visite ce soir.

Elle me conduisit au salon, alluma quelques lampes.

— Je vais aller nous chercher à boire. Fais comme chez vous, mets-toi à ton aise.

Je m'allumai une Grads et jetai un œil aux alentours, tandis qu'à la cuisine des glaçons tintaient au fond d'un verre. La fumée de milliers de cigarettes avait jauni les murs. Des rideaux crasseux pendaient aux fenêtres. J'en écartai un. Une voiture passa en douce dans la rue, ses phares s'évanouirent dans la pénombre.

Il y avait des photos encadrées sur une petite table. L'une d'elles montrait une femme assise et un homme, debout derrière elle, une main posée sur son épaule. Leur accoutrement et le style de la photo me laissaient supposer que le cliché datait du siècle passé. La femme n'était pas jolie. Elle avait une mâchoire carrée et le regard aussi morne que celui d'une vache. L'homme, lui, avait les yeux croches, et une moustache broussailleuse lui cachait la bouche et le menton. Les cheveux plaqués sur son crâne étaient séparés au milieu par une élégante raie blanche. J'essayai de m'imaginer les enfants nés de l'union de ces deux êtres. Loulou était-elle l'un d'eux ?

Une porte grinça quelque part et je crus entendre un éclat de voix. Puis plus rien, sauf les pas de mon hôtesse qui se rapprochaient.

— Me revoilà, dit-elle en s'avançant dans la pièce, un verre dans chaque main.

Elle m'en tendit un en m'invitant à m'asseoir. Je pris place sur un canapé qui avait connu de meilleurs jours. Tout le mobilier avait connu de meilleurs jours. Loulou s'assit dans un fauteuil. Elle avait enlevé ses escarpins et elle ramena ses pieds sous elle.

Je sirotai mon verre. Du gin dilué avec de l'eau. Beaucoup d'eau. Les temps étaient durs pour Loulou.

— C'est à ton goût ?

— Hm-hm, fis-je sans me compromettre. Ce sont tes parents ? La photo, là.

— Non, elle était là quand je suis arrivée. Toutes les photos étaient là.

— Pourquoi as-tu gardé des portraits de gens que tu ne connais pas ?

— Parce que je n'en ai pas de ma famille. J'avais rien pour décorer. Et puis j'aime m'imaginer ce qui leur est arrivé.

— Qu'est-ce qui leur est arrivé, d'après toi ?

— C'est stupide comme histoire, dit Loulou du bout des lèvres.

— Raconte-la-moi.

— Non, c'est stupide, je te dis.

— J'aime bien me former ma propre opinion.

Ses sourcils dessinés au crayon se froncèrent, et elle me dévisagea un instant.

— T'es un drôle de gars, Stan. Tu me paies un verre, tu me ramènes ici, tu te conduis en vrai gentleman. Et tu ne veux rien en retour ?

— J'ai tout ce qu'il me faut. Vas-y, je t'écoute.

Elle avala une lampée de gin.

— La femme était chanteuse, commença-t-elle. Elle habitait à la campagne et chantait à l'église, le dimanche, ou dans les veillées. Tout le monde disait qu'elle avait une belle voix. C'était une belle fille, aussi. Tous les gars du village lui couraient après. Elle voulait venir en ville pour faire carrière dans les clubs, mais son père ne voulait rien entendre. C'était un homme violent qui buvait comme un trou. Sa femme était morte et c'est la fille qui s'occupait de toute la famille, du bonhomme et de ses frères. Quand la vaisselle était mal lavée ou qu'il restait de la poussière après le ménage, le père la battait. Ce qui lui permettait de continuer, c'était son rêve et l'espérance qu'un jour il allait se réaliser.

« Puis, un soir, l'homme de la photo a cogné à sa porte. Il passait dans le village et il avait fait une crevaison. Dès qu'elle l'a vu, elle est tombée amoureuse de lui et vice-versa. Il se trouve qu'il était gérant d'artistes. Quand il l'a entendue chanter, il a tout de suite compris qu'elle pouvait faire le tour du monde avec cette voix-là. Mais il y avait le bonhomme. Il ne voudrait jamais la laisser partir. Alors ils ont décidé de se pousser ensemble. Elle a jeté quelques affaires dans une valise et elle est sortie par la fenêtre de sa chambre pour que son père ne la voie pas. Elle avait peur, son cœur battait vite, vite, vite, mais elle savait en dedans d'elle-même que tout serait correct avec l'homme de la photo. Elle l'aimait... Ce n'était pas une petite amourette de passage, tu comprends ? Elle l'aimait comme on aime une seule fois dans sa vie. »

Loulou jeta un regard à la photo par-dessus son épaule. Je me demandai si elle espérait qu'un type débarque un beau jour et l'emmène, comme l'héroïne de son récit.

— Qu'est-ce qui s'est passé ensuite ? demandai-je.

— L'homme lui a acheté des belles robes et des bijoux pour qu'elle soit présentable sur scène. Au début, ce n'était pas évident. Les gens ne l'écoutaient même pas. Elle avait son nom tout en bas des affiches. Mais elle a conquis tout le monde avec sa voix et c'est devenu elle, la grande vedette. Elle a eu une offre pour aller à New York enregistrer un disque et chanter avec l'orchestre de Glenn Miller. Elle était dans sa chambre à l'hôtel quand on a cogné à sa porte. Elle a ouvert et s'est retrouvée face à face avec son père. Il voulait qu'elle rentre à la maison, c'était là, sa place. Elle a refusé net. Le bonhomme était soûl, comme à l'habitude, et il a sorti un revolver pour l'obliger à le suivre. Il a dit que si elle ne rentrait pas, il allait la tuer. L'homme de la photo est arrivé. Il a sauté sur le bonhomme pour le désarmer et, pendant la bataille, un coup de feu est parti et le bonhomme est tombé à terre, raide mort.

Loulou baissa les yeux sur son verre, esquissa un pâle sourire.

— Voilà, c'est tout.

— Est-ce qu'elle a enregistré son disque ?

— Oui, elle est devenue une star. Tu trouves ça stupide, hein ?

C'est ce que je pensais, mais en même temps j'enviais son imagination. J'aurais aimé en avoir autant pour oublier Kathryn et l'accident.

En plus de ça, j'étais assis dans un salon miteux, à boire un gin noyé d'eau, avec une femme qui s'inventait des histoires pour jeunes filles en mal d'amour afin de combattre son spleen. Le moral me chuta dans les talons.

Loulou sentit que ça n'allait pas, mais pour la mauvaise raison.

— Ah, voyons, prends-le pas de même, dit-elle en se levant. Le bonhomme a juste eu ce qu'il méritait.

Elle vint s'asseoir sur mes genoux, noua les bras autour de mon cou. Sa bouche chercha la mienne. Son haleine parfumée au gin et à la nicotine me fouetta les narines. Je détournai la tête, le cœur au bord des lèvres. Je n'avais rien dans l'estomac à part de l'alcool.

— Ça ne te tente pas ? murmura-t-elle à mon oreille.

— Non.

— Envoye donc, moi, j'ai le goût…

Elle me souffla tout ce qu'elle avait envie de faire, tandis que sa main remontait à l'intérieur de ma cuisse. Mais cette séance de tripotage lui faisait plus d'effet qu'à moi, et elle se mit à haleter. À chaque inspiration, ses seins semblaient sur le point de jaillir de son décolleté. Ses yeux et ses joues étaient en feu.

Elle me prit la main et m'entraîna vers la porte. Un type apparut dans l'embrasure, nous bloquant le passage. Il portait une camisole qui moulait une bonne bedaine et dévoilait des épaules velues.

— Pis ? dit-il à la blonde d'une voix pâteuse. T'as piqué son *wallet* ?

Le visage de Loulou blêmit, la flamme dans ses yeux s'éteignit.

Le type l'écarta de son chemin et fondit sur moi. Il avait l'air pas mal éméché. Il avait les yeux de l'homme de la photo et le même air stupide que la femme.

— Donne-moi ton *wallet*, criss d'enfant de chienne.

— Non, Frank, pas lui, lança Loulou dans son dos. Laisse-le aller !

Il serra une main en un poing gros comme une boule de bowling, et le poing s'écrasa dans mon estomac. Sous le coup, mes genoux fléchirent et je me retrouvai au tapis.

La blonde se pendit au bras de Frank.

— Arrête ! Il a été gentil ! Il…

— Ta gueule !

Il lui flanqua une claque à lui dévisser la tête. Elle recula d'un pas, trébucha et s'assit durement par terre. Elle se mit à sangloter, sa crinière dans les yeux, un sein émergeant de son décolleté.

Le sympathique Frank reporta son attention sur moi.

— Tu me le donnes, ton *wallet* ? Qu'est-ce que t'attends, câlisse, hein ? Qu'est-ce que t'attends ?

Son pied s'écrasa dans mes côtes. Je roulai avec le coup, le souffle coupé, et il me cogna dans le bas du dos. Je fis le mort. S'il voulait mon portefeuille, il n'avait qu'à se servir lui-même.

C'est ce qu'il fit. Il se pencha et le sortit de ma poche arrière. Je l'entendis fouiller dedans.

— Dix piasses. Pas pire pantoute…

Il lança le portefeuille par terre à deux pouces de ma tête. Ses pas s'éloignèrent sans hâte dans le couloir.

Je me relevai péniblement, rempochai mon portefeuille. La blonde Loulou pleurait, son mascara ruisselant sur ses joues. Elle dit quelque chose que je ne saisis pas quand je me dirigeai vers la sortie.

Je ne m'arrêtai pas pour lui demander de répéter.

CHAPITRE 2

La porte de la salle d'attente était toujours déverrouillée, au cas où un client se pointerait durant mon absence ou celle d'Emma et qu'il serait assez désespéré pour attendre. Je poussai la porte et fis un pas dans la pièce. J'avais encore la main sur la poignée quand Emma lança :

— Pouvez-vous patienter dans le corridor, deux minutes ?

Elle était avec une rouquine dont les lunettes lui faisaient des yeux de hibou – la secrétaire du notaire d'à côté. Je l'avais croisée sur l'étage à quelques reprises. Les deux jeunes femmes fourrageaient dans leur sac à main à mon arrivée et j'avais interrompu leur petite conférence.

Je sortis dans le couloir. La tête me fendait et la soirée précédente m'avait laissé un drôle de goût dans la bouche. Je m'allumai une Grads pour passer le temps. Mes mains tremblaient quelque peu. C'était dommage pour les dix dollars. J'en avais bien besoin.

La rousse apparut, m'adressa un sourire pincé et s'éloigna d'un pas rapide, ses talons claquant sur le lino. Une maille de son bas avait filé sur son mollet droit.

Je retournai dans la salle d'attente.

— Dites donc, vous ne frappez jamais avant d'entrer dans une pièce ? lança Emma d'un ton impatient.

Elle me tourna le dos. Elle fouillait encore dans son sac.

— Qu'est-ce qui se passe ?

— Rien, rien. Vous avez passé une bonne soirée, hier ?

— Palpitante.

— Qu'est-ce que vous avez fait ?

— Je suis sorti.

— C'est bien.

Emma s'assit à son bureau, déposa son sac par terre.

— C'est bien, répéta-t-elle. Il faut que vous sortiez, que vous voyiez du monde.

— Oh, pour ça, j'ai fait des rencontres très intéressantes… Et toi ? Tu as fait la fête une partie de la nuit ?

— Je suis restée chez moi.

— C'est très sage.

— J'avais des choses à faire.

Des jointures cognèrent à la porte avec autorité. Une grande femme baraquée comme un homme, vêtue d'un trench beige, se tenait dans l'embrasure. Elle avait un parapluie à la main. C'est vrai que le temps était menaçant.

— Monsieur Coveleski ? me demanda-t-elle.

— C'est ce qui était écrit sur mon baptistaire la dernière fois que j'ai vérifié.

— J'aimerais vous parler.

— C'est à quel sujet ?

La femme jeta un regard de côté vers Emma.

— Je préférerais que cette conversation reste entre nous.

— Bon. Mon bureau est par là.

Elle fila vers la porte communicante, droite comme une planche à repasser.

— Elle a l'air sympathique, dit Emma tout bas.

— Oui. Comme le bourreau, à Bordeaux.

Quand j'entrai dans mon pensoir, la femme était déjà assise sur la chaise réservée aux clients. J'accrochai mon feutre à la patère, pris place devant elle. C'était une femme dans la vingtaine, mais ses cheveux relevés en chignon la vieillissaient de quelques années. Elle avait un long nez et de petits yeux noirs rapprochés qui lui donnaient une tête de rapace. Elle n'avait pas défait un seul bouton de son manteau et tenait son parapluie en travers de ses genoux.

— Je cherche un détective privé pour un contrat, annonça-t-elle comme un général aboyant un ordre. Votre nom était le premier dans la rubrique Détective privé du *Lovell's*, alors me voici ici ce matin. Le contrat est d'une durée illimitée, bien que je souhaite que tout se règle dans les plus brefs délais. Quels sont vos honoraires ?

— Si vous m'expliquiez d'abord de quoi il s'agit, madame… ?

Elle secoua la tête d'un air catégorique.

— Je veux savoir ce qu'il est advenu de ma pauvre sœur, mais je ne dispose pas d'un budget illimité. En mettant les choses au point dès le départ, je ne perdrai pas mon temps et je ne vous ferai pas perdre le vôtre. Vous comprenez ?

— Parfaitement.

— Et alors ?

— Vingt dollars par jour.

— Cela me semble cher. Très cher.

— On peut toujours s'entendre sur un montant fixe, madame… ?

— Ou je pourrais tenter ma chance chez l'un de vos confrères, dit la femme d'un ton sec.

— Vous pouvez toujours. Mais je ne vous le conseille pas.

— Pourquoi ?

— Parce qu'à cette heure-ci, ils auraient déjà essayé de vous faire une passe, même si vous êtes armée d'un parapluie.

Elle examina l'accessoire sur ses genoux. Je crois qu'elle aurait su s'en servir pour repousser un homme trop entreprenant.

— Vous n'y allez pas par quatre chemins, monsieur Coveleski.

— Vous m'avez l'air du genre direct, vous aussi. On va bien s'entendre. Si vous me disiez ce qui est arrivé à votre pauvre sœur ?

— Vos honoraires sont trop élevés.

— Je sais, je vous ai entendue la première fois.

Elle se raidit sur sa chaise.

— Je n'aime pas vos manières, monsieur Coveleski.

— Ne vous en faites pas, elles sont à moi, je les garde. Racontez-moi ce qui se passe. Et dites-moi votre nom.

Elle réfléchit un instant en me dévisageant. Son regard était dur et froid comme une poutre du pont Jacques-Cartier en plein mois de janvier.

— Colombe Grégoire.

— Bon. C'est un début. Allez-y, madame Grégoire. Je vous écoute.

— Mademoiselle, me corrigea-t-elle avant de débuter.

C'était un cas de disparition. Elle n'avait aucune nouvelle de sa sœur Béatrice depuis une semaine et elle craignait le pire. Béatrice était mariée à un certain Sylvio Lalonde et ils avaient un enfant, une petite fille d'un an, disparue elle aussi. De la façon dont mademoiselle Grégoire parla de Lalonde – le ton de sa voix –, il était clair qu'elle ne le portait pas dans son cœur. Je me demandai si c'était parce qu'elle jalousait sa sœur ou si Lalonde le méritait vraiment.

— Vous pensez qu'il a quelque chose à voir avec la disparition de votre sœur ? demandai-je quand elle eut fini son récit.

— Eh bien, je n'aime pas sa façon d'agir. Il ne se soucie guère de ce qui a pu arriver à Béatrice. Il ne m'a même pas prévenue de sa disparition. En fait, il a quitté leur logement et s'est installé dans une petite maison dans Ahuntsic. C'est moi qui l'ai retrouvé. J'ignorais même qu'il avait déménagé. C'est en interrogeant ses anciens voisins que je l'ai appris et que j'ai pu contacter les déménageurs, qui m'ont donné sa nouvelle adresse.

— Vous êtes vite sur vos patins. Qu'est-ce que Lalonde a dit quand vous lui avez parlé ?

— Qu'ils avaient décidé de se séparer pour un temps et qu'elle était partie avec la petite. Puis il s'est inventé un rendez-vous et m'a claqué la porte au nez.

— Ils traversaient une mauvaise passe ?

— Leur mariage battait de l'aile depuis le tout premier jour, répondit mademoiselle Grégoire. Ils n'étaient tout simplement pas prêts à se mettre en ménage.

— Quel âge ils ont ?

— Béatrice a vingt et un ans. Sylvio est plus vieux de quelques mois à peine.

— Et s'il y avait une autre femme dans le décor ?

Colombe Grégoire se racla la gorge, changea de position sur sa chaise. Ses joues avaient rougi.

— C'est une hypothèse qu'il faut considérer, insistai-je.

— Je sais. Mais je ne pense pas que ce soit le cas, quoique Sylvio soit bien capable d'une telle chose.

— Et votre sœur ?

— Je ne vous permettrai pas…, commença-t-elle.

— Ça va, ne gaspillez pas votre salive. Votre sœur est une femme qui a des envies comme tout le monde. Elle a bien épousé Lalonde, non ?

— Béatrice n'aurait jamais fait une chose pareille, monsieur Coveleski. Le mariage est une institution sacrée et elle était bien prête à respecter ses vœux, quoi qu'il arrive.

— Peut-être qu'elle a changé d'idée, proposai-je.

— Si c'était le cas, elle me l'aurait dit.

— Vous êtes proches ?

— Nous n'avons plus que l'une et l'autre. Nos parents sont décédés. Je veille sur elle.

— Elle n'a pas laissé une adresse à Lalonde où il pourrait la joindre ?

— Apparemment non, dit mademoiselle Grégoire. Il m'a demandé si elle m'en avait laissé une. Quand je lui ai répondu non, il a eu l'air tout surpris.

— Vous avez averti la police ?

— Oui.

— Et qu'est-ce qu'ils ont dit ?

— L'enquêteur à qui j'ai parlé a interrogé Sylvio. Il prétend n'avoir rien remarqué d'anormal.

Je réfléchis quelques secondes à ce que j'avais entendu. Je n'étais pas prêt à affirmer que Lalonde avait tué Béatrice Grégoire et leur fille, mais il y avait là quelque chose de louche. Et j'avais besoin d'argent de poche.

— Je vais aller dire deux mots à Lalonde. Vous avez son adresse ?

Mademoiselle Grégoire sortit un papier de sa poche de trench et me le tendit. Elle avait une écriture minuscule et serrée. Des pattes de mouche cassées.

Je lui fis écrire un numéro où je pourrais la joindre au verso du papier, lui soutirai un billet de cinq dollars après de longues négociations et me mis en route.

De gros nuages gris emplissaient le ciel, mais aucun grain de pluie ne mouilla le pare-brise de la Studebaker.

◆

Lalonde habitait dans le quartier Ahuntsic, à la limite de la ville de Montréal-Nord. Il y avait de grands champs tout autour de la maison, qui se trouvait dans un état de décrépitude plus ou moins avancé. Elle penchait sur un côté, comme un destroyer sur le point de sombrer, et le toit en pente avait perdu quelques-uns de ses bardeaux.

Je me garai dans l'allée à côté de la maison, derrière une Ford noire. Mon déjeuner me faisait des misères. Je pris la bouteille de Croix d'Or dans la boîte à gants et en avalai une bonne lampée pour l'aider à descendre. Puis je mis pied à terre et me dirigeai vers la galerie en notant au passage le numéro d'immatriculation de la Ford, le 51682. Les trous dans la moustiquaire de la porte avaient été reprisés avec du fil à coudre et le cadre aurait eu besoin d'une couche de peinture fraîche. Il aurait été étonnant que Lalonde achète une bicoque pareille quand il aurait pu avoir un logement décent en ville. Il l'avait sûrement louée. Cette pensée me donna une idée.

Je cognai et, au bout d'un moment, Lalonde émergea de la pénombre dans la maison. Il m'observa de l'autre côté de la moustiquaire, les mains enfouies au fond de ses poches. C'était un grand type aux épaules voûtées qui portait des lunettes rondes à monture d'acier. Il ne s'était ni rasé ni peigné en se levant. Il n'avait pas l'air particulièrement inquiet ou tracassé.

— C'que vous voulez ?

— J'aimerais visiter la maison.

— Visiter… ?

Il fronça les sourcils. Je n'ajoutai rien. J'attendis pour voir si le poisson allait mordre.

— C'est déjà loué, dit-il. Monsieur Paquette ne vous l'a pas dit ?

— Je ne lui ai pas parlé. J'ai vu l'annonce dans le journal et je suis venu.

— Oh. Il a dû oublier de la faire enlever. Désolé. Bonne journée.

Le jeune homme fit mine de tourner les talons.

— C'est toi qui as loué la place ? demandai-je.

— Mouais.

— Tu as l'intention de rester longtemps ?

— Je ne sais pas trop, dit Lalonde. On verra. J'ai signé jusqu'à la fin du mois.

— Ça te dérangerait si je visitais les lieux ? Je vais peut-être faire une offre à monsieur Paquette. J'aime le coin.

Lalonde haussa les épaules, tendit la main vers le petit crochet qui retenait la porte.

— Si vous y tenez…

Il me suivit tout au long de ma visite, le plancher craquant sous nos pas. Les pièces étaient petites, sombres. Le mobilier datait de la Grande Guerre et même d'avant. Les accoudoirs des fauteuils étaient tout noircis. On aurait pu laisser les fenêtres ouvertes pendant des mois, l'odeur de renfermé qui imprégnait l'air ne serait pas partie. Les cendriers débordaient de mégots et il y avait des bouteilles vides de Dow un peu partout.

Le téléphone sur une table fit soudain entendre sa sonnerie. Je laissai Lalonde répondre et allai à la cuisine. L'unique fenêtre donnait sur une grande cour où je ne me serais pas aventuré sans une machette et une boussole. Une mare stagnait entre la mauvaise herbe et le foin qui avait recommencé à

pousser. Dans mon dos, j'entendis Lalonde mentionner le Rockhead's Paradise. D'après ce que je
compris, il allait y retrouver des amis à onze heures,
en soirée. Puis il raccrocha et vint me retrouver.

— Pis ? Qu'est-ce que vous en pensez ?

Ce que j'en pensais ? C'était un trou. Mais tout
était inclus dans le prix – même la vaisselle dans les
armoires, me dit Lalonde – et c'était l'endroit idéal
pour se faire oublier, si on cherchait à se faire oublier pour un temps.

Je remerciai mon hôte et mis le cap sur la ville.
Je m'arrêtai à la première cabine téléphonique que
je croisai et composai le numéro que m'avait laissé
Colombe Grégoire, HArbour 0165. Elle décrocha
elle-même dès le premier dring-dring.

— Archambault et associés, bonjour.

— C'est Coveleski. Je reviens de chez votre beau-
frère.

— Qu'a-t-il dit ?

— Je ne l'ai pas cuisiné, mademoiselle Grégoire.
Je voulais seulement savoir à qui j'avais affaire et
vérifier s'il y avait une autre femme dans sa vie.

— Et puis ?

Elle s'efforçait d'être calme, mais une pointe de
fébrilité perçait dans sa voix. Je lui dis :

— Je n'ai rien vu, pas même de traces de rouge à
lèvres sur les mégots de cigarettes.

— Il y a peut-être d'autres signes.

— Je sais. J'ai l'intention de fouiller la maison
quand Lalonde sera absent. Mais avant, j'aurais
besoin d'une information.

— Faites vite, monsieur Coveleski. Monsieur
Archambault serait furieux s'il me surprenait au
téléphone à régler des choses personnelles.

— Où habitaient votre sœur et Lalonde avant de
se séparer ?

Elle me donna une adresse dans Notre-Dame-de-Grâce. Je la notai dans mon carnet, tandis que la pluie commençait à crépiter sur le toit de la cabine. Je notai aussi le numéro d'immatriculation de la Ford avant de l'oublier, puis demandai à Colombe Grégoire le nom de l'enquêteur qu'elle avait rencontré.

— C'était le lieutenant-détective Réal Caron, répondit-elle.

Un grognement s'échappa d'entre mes lèvres.

— Vous le connaissez ?

— Je l'ai déjà croisé.

— Ah bon ?

— Je vous tiens au courant, mademoiselle Grégoire, lui dis-je sans vouloir élaborer, et je raccrochai.

◆

Les appartements Sundale ressemblaient à n'importe quelle maison d'appartements destinée à la classe très moyenne. J'entrai dans le hall sans problème, il n'y avait ni portier trop curieux ni gardien de sécurité. Lalonde et Béatrice avaient habité au 24, alors je montai au deuxième et cognai à la porte du numéro 25. Un gramophone tournait sur l'étage. *One O'Clock Jump*, de Benny Goodman et son orchestre. Personnellement, je préférais Artie Shaw, mais les goûts ne se discutent pas.

La porte s'ouvrit sur une femme, un bébé dans les bras et un bambin accroché à une jambe. Ses cheveux noirs étaient plus courts que ne le voulait la mode et son teint, très pâle, mais elle avait l'air en bonne forme. Elle était grande, bien en chair, peut-être un peu trop. Environ vingt-cinq ans, au premier coup d'œil.

— Bonjour, lui dis-je. Je peux vous parler deux minutes ?

— À propos… ?

— Je suis détective privé et…

— Il n'est pas ici, coupa la femme.

— Qui ça ?

— Jimmy, mon mari. C'est lui que vous voulez voir, non ?

— Non.

Elle transféra son poids d'une jambe à l'autre d'un air impatient.

— Qu'est-ce que vous voulez, d'abord ?

— J'aurais quelques questions à vous poser à propos de vos anciens voisins, madame… ?

— Barrette. Vous parlez des Lalonde ?

— Hm-hm.

La femme referma un peu la porte et se cacha à moitié derrière. Les enfants m'observaient avec le regard intrigué et inquiet qu'ont les enfants quand ils observent un étranger.

— Vous vous entendiez bien avec Béatrice ? demandai-je.

— Je n'avais rien contre elle.

— Elle se confiait à vous, parfois ?

— Non.

— Elle était heureuse en ménage, selon vous ?

— Les Lalonde avaient leurs petits ennuis, comme tout le monde, répondit madame Barrette.

— Ils se chicanaient de temps en temps ?

— Hm-hm. Écoutez, faut que j'aille…

— Vous ne pouvez pas me donner deux minutes encore, madame Barrette ?

— Non, faut que je prépare le dîner des enfants.

— Votre mari pourrait-il m'aider ?

— J'en sais rien. Au revoir.

La porte se referma un peu plus.

— Je peux lui parler ? insistai-je.

— Il n'est pas ici.

— Où pourrais-je le trouver ?

— Il est au travail, qu'est-ce que vous croyez ? dit madame Barrette d'un ton brusque.

— Où est-ce qu'il travaille ?

— Ce serait mieux que vous ne le dérangiez pas.

— C'est important, madame Barrette.

— Écoutez, Jimmy vient juste de commencer. Le *foreman* verrait ça d'un mauvais œil qu'un détective lui rende visite, vous comprenez ?

— Je ne sais pas si je peux attendre.

— S'il vous plaît, m'sieur. C'est le premier job qu'il trouve en près de six mois.

Sa petite bouche molle esquissa un sourire fatigué. Elle semblait avoir assez d'ennuis sans qu'on lui en cause d'autres.

— Bon. À quelle heure l'attendez-vous ?

— Vers cinq heures et demie.

Ses yeux noisette se fixèrent au plafond, elle appuya un index contre son menton.

— Non, attendez. On est jeudi, aujourd'hui, n'est-ce pas ?

— Oui.

— Il va s'arrêter à la taverne. C'est jour de paie.

— Laquelle ? Ce n'est pas le choix qui manque en ville.

— Coucou, à deux pas d'ici. Il s'arrête là tous les deux jeudis.

Je la remerciai et me dirigeai vers l'escalier.

— M'sieur ? lança-t-elle dans mon dos.

— Quoi ?

— Pourriez-vous le ramener ?

Ses yeux avaient l'air inquiets.

— Je vais voir ce que je peux faire.

J'avais l'après-midi devant moi. Ne voulant pas le passer à me tourner les pouces, je me rendis au quartier général de la police, situé dans l'annexe de l'hôtel de ville, au coin des rues Gosford et Champ-de-Mars. Je connaissais bien l'édifice trapu en pierre grise pour y avoir travaillé pendant des années. La façade en imposait avec ses colonnes, sa frise décorative et ses portes en plein cintre, mais l'intérieur était beaucoup moins impressionnant. La Sûreté y créchait depuis le début des années dix et le mobilier se délabrait, les murs jaunissaient et la poussière s'accumulait dans les plafonniers.

Le répartiteur à l'accueil vaquait à ses occupations sans prêter attention au va-et-vient dans le hall. J'empruntai l'escalier, montai à l'étage où se trouvaient les bureaux des détectives. Caron était là, vêtu d'une de ses sempiternelles chemises qu'il portait sans cravate. Je n'eus pas besoin de cogner, il flaira ma présence dans l'embrasure de la porte et tourna tout le haut de son corps vers moi, comme s'il souffrait d'un torticolis.

— Tiens, tiens, tiens. Le fils prodigue qui rentre à la maison.

Le ton de sa voix était plus sarcastique que léger.

— Tu as deux minutes ou tu es trop occupé à t'empiffrer ?

— Pour tes beaux yeux bruns, Stan, répliqua-t-il, je peux bien prendre deux heures.

Je m'assis et on s'observa par-dessus son bureau jonché de paperasse. Il avait toujours une couronne de cheveux graisseux qui lui descendaient assez bas sur la nuque et une petite bouche féminine ; à cet instant précis, elle engloutissait des patates frites qu'il avait sans doute achetées d'une roulotte qui passait dans le coin. Il avait pris quelques livres depuis notre dernière rencontre, toutes au-dessus de sa boucle de ceinture. Les deux premiers boutons de sa chemise étaient défaits et révélaient un cou gonflé de grenouille.

— J'ai entendu entre les branches que t'étais détective privé, commença-t-il. Comment vont les affaires?

— Pas aussi bien que les tiennes.

— C'que tu veux dire?

— Tu as encore pris de l'importance depuis qu'on s'est vus.

— Oui, on m'a promu lieutenant-détective le mois passé.

— Ce n'est pas ce que je voulais dire.

— Désolé, je ne parle pas en paraboles, répondit Caron même s'il avait très bien compris.

— Comment on fait pour t'extirper de cette chaise? On utilise une grue? Tu piges, maintenant?

— Ah, l'humour caustique de Stan Coveleski... Ça me manquait autant que l'huile de foie de morue que ma mère me donnait quand j'étais petit. Mais tu n'as pas répondu à ma question.

— Qui était?

— Si c'est payant de passer ses journées à quatre pattes, à regarder par le trou d'une serrure.

— Pourquoi on ne s'est jamais entendus, toi et moi?

Caron haussa les épaules, plongea une main dans le sac de frites devant lui.

— Je l'ignore, Stan, dit-il en mastiquant. J'ai passé des nuits sans dormir à y penser. Ça m'a toujours fait beaucoup de peine, tu sais.

— J'imagine, oui.

— Je pense qu'on n'a jamais eu d'atomes crochus, c'est tout.

— Tu sais bien que ce n'est pas aussi simple.

— Ouais, bon... Tu n'es pas venu ici pour brasser toute cette merde. Quel bon vent t'amène?

— Je m'ennuyais de toi.

— Arrête de niaiser, tu veux? lança Caron d'un ton agacé. J'ai autre chose à faire, moi.

— Colombe Grégoire… ce nom te dit quelque chose ?

Il hocha la tête.

— Hm-hm. Elle est passée ici en début de semaine. Sa sœur a disparu, c'est ça ?

— Tu n'as pas que le physique d'un éléphant, dis-je. Colombe Grégoire m'a rendu visite, ce matin.

— Ah oui ? Elle est plus désespérée que je pensais.

— Qu'est-ce qui est arrivé à sa sœur Béatrice, d'après toi ?

— Rien.

— Allons, Réal, sers-toi de ton imagination.

— Pas besoin d'imagination, répliqua-t-il. Les choses n'allaient plus entre elle et son mari, elle a fait sa valise et elle est partie. Y a rien de sorcier là-dedans.

— Elle s'est tout bonnement évanouie dans la nature ?

— Qu'est-ce qui lui est arrivé, d'après toi, Sherlock ?

— Je ne sais pas. Colombe Grégoire pense que son mari, Lalonde, a quelque chose à voir dans sa disparition. Elle t'a parlé de lui ?

— Mouais.

— Elle ne le porte pas vraiment dans son cœur.

Caron gloussa.

— Qu'est-ce qu'il y a de drôle ? demandai-je.

— Je pense que Colombe Grégoire ne porte aucun homme dans son cœur.

— Je croyais que tu ne parlais pas en paraboles.

— Oh, voyons, tu l'as vue comme moi. C'est le genre de fille qui déteste tous les hommes tout le temps, le jour comme la nuit.

Il pigea une autre patate frite dans le sac et l'engloutit.

— Je sais à quoi tu rêves la nuit, toi.

Il leva les yeux sur moi. Ses naseaux se dila-
tèrent, ses joues devinrent rouges.

— Tu ne vas pas te fâcher ? lui dis-je. Ça signifierait que c'est moi qui gagne. Pour en revenir à
nos moutons, tu ne trouves pas bizarre que Béatrice
Grégoire soit partie sans laisser de numéro ou
d'adresse où la joindre ?

— Peut-être qu'elle voulait repartir à neuf et, pour
y arriver, il fallait qu'elle coupe tous les ponts.

— Selon sa sœur, elle s'était mariée avec Lalonde
pour le meilleur et pour le pire.

— Elle en avait peut-être assez, du pire, répliqua
génialement Caron.

— Ils ont une petite fille.

— Oui, je sais. Justine.

— Lalonde t'a parlé d'elle ?

Caron fit signe que oui et son visage s'orna de
trois autres mentons.

— Je suis allé chez lui après le travail. Je n'avais
pas le temps dans la journée et je savais que Colombe
Grégoire ne me lâcherait pas tant que je n'aurais pas
parlé à Lalonde. On a discuté de choses et d'autres.
Il sirotait une Black Horse et il m'en a offert une. Ça
lui brise le cœur que Béatrice ait emmené la petite
avec elle. Il l'adore. Mais il pense que leur séparation
est juste temporaire. C'est vrai qu'il n'est pas toujours
du monde – il l'avoue lui-même –, mais il sait que
Béatrice va revenir. Et quand elle va revenir, elle va
trouver un autre homme. Il vient de se trouver un
nouveau job.

— Où ?

— Tu fais faire ton boulot par les autres ?

— Allons, Réal. Pour mes beaux yeux.

— Trouvez-le vous-même, monsieur le détective
privé, dit-il d'un ton sarcastique. Toujours est-il que

Lalonde a décidé d'arrêter ses folies et de se prendre en main.

— Quel genre de folies ?

— Il n'a pas élaboré sur le sujet. Mais tu peux t'imaginer de quoi il s'agit. C'est un gars encore jeune.

— Tu parles de lui avec affection, comme si c'était le fils que tu n'as jamais été capable d'engendrer.

— J'irais pas jusque-là. Je pense juste qu'il ne l'a pas eue aussi facile que certains autres, c'est tout.

Une autre frite disparut dans la bouche du lieutenant-détective. Il la mâchouilla en me dévisageant, les mains jointes devant lui sur le bureau. C'étaient de petites mains aux doigts effilés, comme celles d'une bonne femme.

— Qu'est-ce qui est arrivé, d'après toi ? me demanda-t-il. Il les a tuées toutes les deux pour refaire sa vie avec une autre femme ?

— J'espère que ce n'est pas le cas.

— Ça ferait ton affaire, quand même, remarqua-t-il avec un petit sourire.

— Ce qui veut dire ?

— Ce serait un bon coup publicitaire, non ? Imagine les gros titres : « Le privé Stan Coveleski solutionne la disparition de Béatrice Grégoire. Son assassin en prison. » Et puis je suis certain que Colombe Grégoire saurait comment te remercier.

— Je pensais qu'elle détestait les hommes.

— Bien souvent, les femmes qui ont l'air coincées sont les plus cochonnes.

— C'est un fait scientifique ou une opinion personnelle ?

— Tu n'haïrais pas ça, dit Caron. Il faut faire sortir le méchant de temps en temps et t'es sûrement dû. Je suis au courant pour ta femme, tu sais. Je suis certain qu'elle approuverait.

Il sourit de toutes ses dents. C'étaient de petites dents de bébé d'une teinte grisâtre peu attirante.

— Tu as envie de sauter par-dessus le bureau et de me casser la gueule, hein ? reprit-il.

— L'idée m'a effleuré l'esprit.

— Mais ça voudrait dire que c'est moi qui gagne, Stan. Prends sur toi, voyons.

Le gros porc.

Je repoussai ma chaise. Il rentra la tête dans ses épaules et leva une main devant son visage, comme s'il s'attendait à recevoir une taloche.

— Détends-toi, le rassurai-je, je m'en vais.

— Tu reviendras, j'adore quand tu me rends visite, dit-il en reprenant contenance. Et tu diras à Colombe Grégoire d'arrêter de s'en faire. Si ça se trouve, sa sœur s'est déniché un autre type pour s'occuper d'elle et de sa petite fille.

— Je vais lui faire le message.

Je le laissai à ses frites et passai la porte.

Je n'avais rien mangé depuis huit heures ce matin-là, alors je m'arrêtai au Montreal Pool-Room, sur Saint-Laurent, et commandai le spécial à vingt-sept sous : deux steamés, une frite et un Coke. La serveuse cassa le billet de cinq de Colombe Grégoire et me rapporta la monnaie. On aurait dit que c'était tout ce qu'il me restait, de la monnaie, et il y avait le loyer dans quelques jours, le salaire d'Emma et les factures habituelles. La fin du mois ne s'annonçait pas rigolote.

Je rentrai au bureau et le reste de l'après-midi se déroula sans histoire. À cinq heures, je reconduisis Emma chez elle et continuai mon chemin jusque dans Notre-Dame-de-Grâce. Je trouvai la taverne Coucou sans trop de difficulté. C'était une taverne de quartier comme les autres, où les hommes du coin s'arrêtaient pour trinquer avant de rentrer à la maison. On n'y admettait pas de femmes, mais ça ne changeait rien à l'ordre des choses : aucune femme n'aurait voulu y mettre les pieds. L'air était saturé de fumée et les conversations portaient sur les chances des Royaux pour la saison qui venait de commencer. Des éclats de rire gras retentissaient comme des coups de canon par-dessus le bruit des conversations.

J'allai au bar. Le barman déposa un bock devant moi avant même que j'aie appuyé un coude sur le comptoir.

— Jimmy Barrette est arrivé ?

— Ouais, y a cinq minutes, dit le barman.

— Il est assis où ?

— À la table, là-bas. Il voulait un coin tranquille, il m'a dit qu'il attendait du monde.

— Je sais, c'est moi, mentis-je.

Je me frayai un chemin entre les tables, mon bock à la main. Tous les clients semblaient porter une casquette et avoir retroussé leurs manches de chemise. Pas de costard ni de cravate en vue.

— Jimmy ?

L'homme que m'avait indiqué le barman leva des yeux de chien battu sur moi.

— Oui ?

— J'aimerais te parler. Je peux m'asseoir ?

— Ben, euh… C'est que j'attends des amis.

— Ce ne sera pas long.

Je m'assis vis-à-vis de lui, de l'autre côté de la table. C'était un petit homme maigrichon, dans la vingtaine, qui n'avait l'air ni riche ni honnête. Il portait un veston à carreaux une taille trop grande par-dessus une chemise fleurie et une cravate rayée ; à détailler ainsi son accoutrement, j'en avais le mal de mer. Il se laissait pousser une moustache, sans trop de succès. Je lui expliquai qui j'étais et ce que je voulais.

— Comment vous avez fait pour me retrouver ?
demanda-t-il. C'est Dolorès qui vous a dit où j'étais ?

— Si tu parles de ta femme, oui, c'est elle.

— Elle me connaît comme si elle m'avait tricoté.

Cette pensée ne le fit pas sourire. Il avait l'air
préoccupé. Je l'éperonnai :

— Quand les Lalonde ont-ils déménagé ?

— Mardi passé. Je ne savais pas qu'ils comp-
taient déménager. J'ai entendu du bruit dans l'escalier,
je suis sorti pour voir ce que c'était et je suis tombé
sur les déménageurs. Sylvio avait loué un camion,
même si une remorque aurait fait l'affaire. Il em-
portait juste quelques affaires à sa femme et à lui.

— Béatrice était là ?

— Non, il m'a dit qu'elle l'attendait avec la petite
à leur nouveau logement.

— Il se confiait à toi, parfois ? Vous étiez bons
amis ?

— Non, non. On faisait juste se dire bonjour
comme le font tous les voisins de palier.

— Donc, tu ne saurais pas s'il avait des problèmes
avec sa femme ?

— Ben, c'est-à-dire que…

Barrette sirota sa bière. Sa main tremblait un peu.

— Quoi ?

— Les murs sont en papier ou presque dans ce
bloc-là. J'ai entendu des affaires.

— Quel genre d'affaires ?

— Écoutez, m'sieur Coveleski, dit-il en gigotant
sur sa chaise, moi, je ne veux pas de trouble.

— Tu n'as rien à craindre, je ne mords pas. Qu'est-
ce que tu as entendu ? Ils se chicanaient ?

— De temps en temps, oui, mais beaucoup plus
souvent ces dernières semaines. Ils traversaient une
mauvaise passe, je pense. Ils se criaient après pour
tout et pour rien. Tenez, une des dernières fois,
c'était à propos d'une malle.

— Une malle ?

— Oui, vous savez, un gros coffre ?

Il consulta sa montre.

— Vous en avez pour longtemps encore ? Mes amis vont arriver bientôt.

— Béatrice Lalonde était fâchée parce qu'il avait acheté une malle ? demandai-je en ignorant sa question.

— Oui. Ils ne roulaient pas sur l'or, vous savez, et au lieu d'acheter de la nourriture ou des chaussures pour la petite, il achète une malle.

Je ne me rappelais pas avoir vu une malle chez Lalonde. Faut dire que je n'avais pas fait attention. Ou peut-être que les petites oreilles décollées de Jimmy Barrette lui avaient joué un tour.

— Tu l'as vue, cette malle ?

— Oui, je l'ai aidé à la monter chez lui, dit-il. Il essayait de la sortir du coffre de sa voiture quand je suis arrivé, ce jour-là. Je lui ai donné un coup de main.

— Elle avait l'air d'avoir coûté cher ?

— Je ne sais pas. Je ne connais rien dans les malles. Je pense que c'était une antiquité. J'en ai jamais vu des pareilles chez La Baie ou Morgan's.

Barrette empoigna son bock, fit mine de lever le coude. Le bock s'arrêta à mi-chemin entre la table et sa bouche, ses yeux se fixèrent sur quelque chose derrière moi.

Je pivotai sur ma chaise. Deux types s'avançaient vers nous, les mains enfouies dans les poches de leur trench. Des feutres rabaissés sur leur front masquaient leurs yeux. L'un d'eux avait un cure-dents dans la bouche. Ils ne prêtaient pas attention aux gens autour, c'était à nous qu'ils avaient affaire.

Ils s'arrêtèrent à notre table.

— On t'avait prévenu de venir seul, Jimmy, dit l'homme au cure-dents à Barrette.

Ce dernier tremblait de partout.

— Eh ben… c'est que… euh…

— T'es qui, toi ? me demanda l'homme au cure-dents.

— Un ami de Jimmy. Je le saluais en passant.

— Un ami ?

L'homme ricana. Son comparse l'imita.

— Tu devrais surveiller tes fréquentations, mon homme. Jimmy, c'est rien qu'un petit rat. Envoye, débarrasse. On a des choses à discuter, lui pis moi.

— Et si je veux rester ?

Le type au cure-dents remua la main droite dans sa poche. Un truc cylindrique qui pouvait être le canon d'un revolver pointa à travers l'étoffe.

— Tu piges ?

Je pigeais. Je me levai.

— À la prochaine, Jimmy, dis-je pour la forme.

Je retournai au bar avec mon bock et me cachai derrière un client. Les deux inconnus s'assirent avec Jimmy Barrette. Ce fut impossible d'entendre leur conversation, mais Barrette était dans le pétrin. Il parla et gesticula sans cesse, comme quelqu'un qui essaie de se disculper même s'il se sait coupable.

La main de l'homme au cure-dents s'écrasa soudain sur la table, à plat. Jimmy Barrette sursauta et rentra la tête dans ses épaules. L'homme au cure-dents lui brandit un index menaçant sous le nez et sembla lui administrer un bon savon. Tandis qu'il parlait, son comparse se leva, se plaça derrière Barrette et posa ses grosses paluches sur les épaules de ce dernier. Puis l'homme au cure-dents se leva, et lui et son comparse escortèrent Barrette vers la porte arrière, au fond de la salle. Barrette marchait la tête baissée entre les deux hommes.

J'avalai ce qui restait de ma bière et traversai la taverne jusqu'à la porte. Elle s'ouvrait sur la ruelle derrière l'établissement. Barrette et ses deux copains se trouvaient un peu plus loin ; il ne faisait pas très clair – le soleil se couchait – et je distinguai à peine leurs silhouettes dans la brunante.

— Je vais vous remettre l'argent la semaine prochaine, je vous le jure, gémit Jimmy Barrette.

— On la connaît, celle-là, grogna l'homme au cure-dents.

— Ce coup-là, c'est vrai…

— Ta gueule !

Un claquement sec retentit.

— Tu nous paies tout de suite, mon petit criss, reprit l'homme au cure-dents, sinon tu vas coucher à l'hôpital ce soir.

— Mais je n'ai pas l'argent, je vous le jure ! Il faut que vous me croyiez…

Barrette se mit à sangloter.

— Le problème, Jimmy, lui expliqua l'homme au cure-dents d'un ton calme, c'est qu'on ne te croit pas. Tu nous as assez menti par le passé que, maintenant, on peut plus te croire. Mets-toi à notre place. Envoye, Tony, vas-y. Moi, je n'y touche pas, je ne veux pas me salir.

Les coups se mirent à pleuvoir sur Jimmy Barrette, des gémissements retentirent.

Je m'approchai de la scène à pas rapides et feutrés. Barrette était couché en chien de fusil par terre et Tony lui labourait les côtes à coups de pied. L'homme au cure-dents observait la scène, dos à moi. Je posai une main sur son épaule.

— Hum ? fit-il d'un ton ennuyé en se retournant.

Je serrai l'autre main en un poing et lui en décochai un bon sur la mâchoire. Ses genoux fléchirent. Avant qu'il s'écrase par terre, je le cognai une seconde fois, ce coup-là derrière l'oreille.

Son comparse laissa Barrette et porta son attention sur moi. Sa main disparut dans sa poche une seconde, un clic retentit et une lame brilla dans le demi-jour.

Un couteau à cran d'arrêt.

— Mon osti d'enfant de chienne, m'as t'apprendre à te mêler de tes affaires !

Il fit un pas vers moi, la lame au bout de son bras tendu m'effleura le menton.

— Vas-y, Tony, l'encouragea l'homme au cure-dents en reprenant ses sens, arrange-lui le portrait.

Mais Jimmy Barrette n'était pas au tapis pour le compte.

Il y avait des caisses en bois vides empilées tout près. Il en agrippa une et frappa le bras de Tony avec. Ce dernier, sous le choc et la surprise, échappa le couteau. Je finis le travail en lui lançant le bout de mon soulier là où ça fait le plus mal, et il se recroquevilla par terre en se couvrant l'entrejambe et en couinant comme un porc.

— Vaut mieux pas traîner dans le coin, conseillai-je à Barrette.

— Je n'ai pas de voiture, c'est un ami qui m'a déposé ici en revenant du travail.

— Suis-moi.

— Attention ! Derrière vous !

Je pivotai sur mes talons.

L'homme au cure-dents se relevait en vacillant sur ses jambes, son revolver au poing.

Barrette bondit sur lui, brandit la caisse et la lui écrasa sur le crâne. Sous l'impact, la caisse se disloqua dans un craquement sec et l'homme au cure-dents s'écrasa en pleine face sur le pavé. Une flaque de sang s'étendit rapidement autour de sa tête.

— Bien fait pour toi, espèce de fumier ! dit Barrette en se penchant sur lui. Personne ne s'attaque à Jimmy Barrette sans en payer le prix !

Des curieux se massaient à un bout de la ruelle.

— C'est moi qui lui ai réglé son compte ! leur cria Barrette avec fierté. Je lui ai cassé la gueule, à ce gros tas de merde-là !

Il avait retrouvé tout son aplomb. Je lui saisis un coude et l'entraînai vers l'autre extrémité de la ruelle. Il résista une seconde, le temps de cracher sur l'homme au cure-dents, puis me suivit.

Il ne dérougit pas dans la Studebaker, tandis qu'on s'éloignait de la taverne Coucou, la pédale au tapis.

— Je leur ai montré de quel bois je me chauffais à ces trous de cul-là, hein, m'sieur Coveleski ?

— Tu leur as montré, aucun doute là-dessus.

— Vous avez été pas mal bon, vous aussi. On fait toute une équipe !

Il battit l'air de ses poings, comme un boxeur devant un miroir.

— Combien tu leur dois ? demandai-je.

— Une couple de cent piasses. Je leur ai emprunté pour aller faire un tour au parc Richelieu. Mais avec ce qui s'est passé ce soir, je pense qu'ils vont arrêter de m'achaler !

Il se tourna vers moi sur la banquette.

— Où est-ce qu'on va ?

— Je te ramène chez toi.

— Ah ! non, fit-il d'un air déçu.

— C'est ta femme qui me l'a demandé.

— Mais faut prendre un verre pour célébrer notre victoire, m'sieur Coveleski.

— Et ta femme ?

— Ne vous inquiétez pas pour Dolorès, elle va comprendre. Allez, je vous invite !

Je réfléchis un instant à sa proposition avant d'accepter.

On trouverait tous les deux notre compte dans une bonne virée.

◆

On fit la tournée des clubs du centre-ville. Barrette était connu dans chaque établissement comme Barabbas dans la Passion. Les serveuses l'appelaient « mon p'tit Jimmy » ou « mon beau Jimmy » et elles le laissaient faire quand il glissait un bras autour de leur taille ou les faisait asseoir sur ses genoux. Je me demandai si c'était parce qu'il donnait de généreux pourboires ou parce qu'il éveillait leur instinct maternel ; dans certains cas, il avait l'air plus jeune que la serveuse. Toujours est-il qu'il flamba sa paie ou, à tout le moins, une bonne partie en m'offrant un verre après l'autre. Mes économies y passèrent aussi quand je lui rendis la pareille.

À mesure que la soirée avançait, on devint comme deux poivrots qui se connaissent depuis leur tendre enfance. Barrette supportait mal l'alcool et s'accrochait à mon bras pour ne pas embrasser le sol. Aux alentours de dix heures, une idée lui vint à l'esprit : aller au Gayety voir danser Lili Saint-Cyr. C'était une vraie artiste, selon lui, elle avait du charme et de la sensualité à revendre. Je le savais, tout le monde en ville avait entendu parler d'elle. Toujours selon Barrette, elle le connaissait très bien et serait très heureuse de le revoir. Il m'emmènerait dans sa loge avant son numéro pour me la présenter. Après tout ce que j'avais vu ce soir-là, je me demandai si c'était vrai ou si c'était la boisson qui lui donnait des idées.

On roula jusqu'au Gayety, rue Sainte-Catherine, près de Saint-Urbain. Depuis que Lili Saint-Cyr s'y produisait, les affaires marchaient rondement. On avait refait la décoration et la salle était déjà remplie pour le show de dix heures.

On s'installa au bar et Barrette commanda deux gin fizz.

— Y est où, Tom ? demanda-t-il au barman.

Le barman le regarda de haut, et pas seulement parce qu'il mesurait plus de six pieds.

— Vous voulez parler du manager, monsieur Conway ?

— Ouais. Où est-ce qu'il se cache ?

— Il y a un problème, monsieur ?

— Je veux parler à Tom. Qu'est-ce que tu... tu comprends pas là-dedans, hein ?

— Monsieur Conway est occupé.

— Occupé ? répéta Barrette d'un air insulté. Y peut bien prendre deux minutes pour me voir. Chus pas un client comme les autres. Je m'appelle Jimmy Barrette !

Le barman se pencha vers moi.

— Vous avez l'air moins soûl que votre copain. Vous pouvez le faire taire ? Ce n'est pas une taverne, ici.

Je dis à Barrette de baisser le ton, mais il ne voulait rien entendre.

— Comment ça, baisser le ton ? Je veux voir Tom pis ce criss-là veut m'en empêcher. Je vais lui dire deux mots, à Tom, et tu vas voir, y va prendre la porte, ce sera pas long ! Non mais, pour qui il se prend, dire aux gens qui ils ont le droit de voir et qui ils ont pas le droit de voir ? Pour qui tu te prends, hein ?

Le barman scruta la salle des yeux et agita la main, comme s'il hélait un taxi. Deux types aux épaules larges comme les allées du golf municipal se présentèrent. Ils empoignèrent Barrette chacun par un bras et le levèrent de son tabouret.

— Mais que... Qu'est-ce que vous faites là ? gueula Barrette. Lâchez-moi ! Enlevez vos sales pattes de là !

Il se mit à frétiller comme un poisson hors de l'eau. Tous les yeux dans la salle nous observaient.

Une voix demanda alors calmement :

— Bon, qu'est-ce qui se passe ici ?

La voix appartenait à un homme tiré à quatre épingles qui fumait un gros cigare. Il avait un visage plaisant sous d'épais cheveux grisonnants parfaitement coiffés. Un œillet rouge ornait le revers de son veston.

— Tom ! lança Barrette d'un ton joyeux. C'est moi, Jimmy ! Comment tu vas ?

— Bonsoir, Jimmy. Je vais très bien, merci.

— Je voulais juste te saluer, Tom, et ton barman, là, a voulu jouer au plus fin.

— Il y a eu un malentendu, c'est tout.

Conway adressa un clin d'œil au barman, qui retourna à ses bouteilles et fit signe aux gorilles de lâcher Barrette. Quand ce fut fait, Barrette ajusta son col de chemise et passa aux présentations.

— Vous connaissez Jimmy depuis longtemps ? s'informa Conway en me serrant la pince.

— Non, une couple d'heures.

— Oh.

— Et vous ?

— Notre rencontre remonte à quelques années. Il a déjà effectué des petits boulots pour moi. Il semble de très bonne humeur, ce soir.

— Il avait de gros soucis. C'est réglé, maintenant.

— Je suis heureux pour lui, dit Conway.

Il était difficile de savoir s'il l'était vraiment ou s'il faisait seulement la conversation, tellement il avait l'air au-dessus de ses affaires.

Barrette passa un bras autour des épaules du manager du Gayety.

— Lili est là ?

— Oui, elle est dans sa loge.

— J'aimerais lui présenter m'sieur Coveleski.

— Elle se prépare pour son prochain numéro.

— Oh, allons, Tom…

— Il vaudrait mieux ne pas la déranger, Jimmy.

— On ne la dérangera pas, voyons, insista Barrette. On va être là deux minutes. Allez, tu me dois bien ça.

Conway tira une bouffée de son cigare, hésita.

— Bon. Suivez-moi.

— T'es un vrai chum, Tom, lança Barrette en lui flanquant une claque dans le dos.

On suivit Conway jusqu'à l'arrière de la scène où s'étendait un couloir avec quelques portes. Une étoile avec le nom de la vedette inscrit dessus était scotchée à l'une d'elles. Conway frappa, une voix le pria d'entrer et il s'éclipsa à l'intérieur. Tandis qu'on patientait, Barrette ôta son feutre et replaça une mèche qui lui barrait le front.

Conway réapparut.

— Venez, elle va vous recevoir.

On s'avança dans une loge assez vaste, meublée d'une coiffeuse et d'un sofa. Il y avait un paravent dans un coin avec des vêtements qui avaient l'air exotiques drapés dessus.

Lili Saint-Cyr se tenait au milieu de la pièce, enveloppée dans un peignoir. Si elle était belle en photo, en personne, elle était à couper le souffle. Ses cheveux platine étaient coiffés vers l'arrière, découvrant son visage parfaitement ciselé et ses yeux félins. Elle avait l'air sophistiquée, mais pas d'une manière snob ou hautaine. Ses lèvres finement ourlées esquissèrent un sourire quand elle vit Barrette.

— Jimmy… *How nice to see you again.*

Elle déposa un baiser sur sa joue. Barrette rougit, baissa les yeux. Il avait des airs de servant de messe – un servant de messe bourré comme une huître, mais un servant de messe quand même.

Puis la jeune femme se tourna vers moi, m'interrogea du regard.

— Je vous présente mon ami, lui dit Barrette. *My friend… Mister* Coveleski.

Elle me tendit une main délicate que je pressai doucement.

— Ravi de faire votre connaissance, lui dis-je dans sa langue natale. Ravi et surpris.

— Oh ? fit-elle en haussant un sourcil.

— Quand Jimmy m'a dit qu'il vous connaissait, je pensais que c'était l'alcool qui lui donnait des idées.

Mais il ne me contait pas d'histoires. La célèbre effeuilleuse expliqua qu'il avait déjà travaillé pour Conway comme homme à tout faire. Un soir, elle s'était aperçue qu'elle avait oublié un éventail chinois à sa chambre d'hôtel et elle en avait besoin pour son numéro. Jimmy lui avait dit de ne pas s'inquiéter et de commencer son numéro, que l'éventail serait là quand elle en aurait besoin. Eh bien, il le lui avait apporté sur scène en rampant parmi les éléments du décor. Les spectateurs n'avaient rien remarqué.

— *What does he do now ?* s'enquit-elle ensuite.

Ce qu'il faisait comme boulot maintenant... Je lui répondis : « N'importe quoi pour boucler ses fins de mois ». Elle lui jeta un regard affectueux et songea tout haut qu'il avait toujours été *resourceful*.

— *What about you, mister Coveleski ?*

— *Private detective.*

Elle trouva ça fascinant et me demanda si je jouais parfois les gardes du corps. Je ne pus m'empêcher de songer au sien, svelte et souple sous le peignoir, en répondant que je l'avais fait une couple de fois. Elle me demanda une carte au cas où elle aurait besoin de mes services un jour. Je lui en remis une, qu'elle glissa dans la poche de son peignoir.

— *You're staying for the show ?* demanda-t-elle.

En réponse à sa question, j'indiquai Barrette sur le canapé. Mon acolyte s'y était assoupi et ronflait presque, la tête rejetée vers l'arrière, la bouche entrouverte.

— Vaut mieux que je le ramène chez lui, répondis-je dans la langue de Shakespeare.

— *Yeah, looks like he's had enough*, acquiesça Lili Saint-Cyr.

Elle avait bien raison. Barrette en avait assez.

Je le réveillai et l'escortai hors de la loge. Conway faisait le pied de grue dans le couloir avec les deux gorilles. Il semblait soulagé que rien de fâcheux ne se soit produit et, en guise de remerciement peut-être, il me donna un coup de main pour installer Barrette à bord de la Studebaker. En route pour Notre-Dame-de-Grâce, je baissai la vitre et laissai le vent me fouetter le visage, histoire de dégriser un peu. Trop occupé à ronfler, Barrette ne pipa mot.

Arrivé aux appartements Sundale, je le réveillai une autre fois et le soutins jusqu'au hall. Je le déposai dans l'escalier, où il s'allongea en marmonnant des choses inintelligibles, et je repris mon souffle. Un poids plume imbibé à la moelle est aussi facile à déplacer qu'un poids lourd. Pour gravir l'escalier, je le balançai sur mon épaule comme un sac de patates. Je le transportai ainsi jusqu'à la porte 25 et toquai avec le bout de mon soulier. Benny Goodman et son orchestre s'étaient tus pour la journée.

Dolorès ouvrit. Son regard se posa sur moi, puis sur le derrière de son mari à côté de mon visage.

— Je vous le mets où ? lui demandai-je.

Elle me conduisit jusqu'à un salon modeste où brillait une lampe sur pied et bêlait en sourdine une radio Amiral.

— Où est-ce que vous étiez passés ?

— Au Gayety.

— Pas si fort, je viens de coucher les enfants.

Elle semblait elle-même sur le point d'aller au lit, drapée dans un peignoir en chenille rose et chaussée de pantoufles.

— Mettez-le là, dit-elle en indiquant un canapé fleuri.

Je déposai Barrette sans délicatesse dessus. Il poussa un grognement ennuyé, sans plus. Dolorès se pencha sur lui, le flaira comme un chien de chasse. L'encolure du peignoir s'ouvrit une seconde avant qu'elle le referme d'une main.

— Il a bu, me dit-elle d'un ton accusateur.

— Eh oui.

— Vous étiez censé le ramener !

— Vous ne m'avez pas spécifié dans quel état.

— Il n'a plus une cenne, j'imagine. Qu'est-ce qu'on va manger, cette semaine ?

Barrette émergea soudain des brumes de l'alcool. Il se redressa et passa un bras autour des hanches en amphore de sa femme.

— Salut, ma petite cocotte de pin, lança-t-il d'une voix pâteuse. Je t'ai manqué ?

— Pas si fort, les…

— Je t'ai manqué, hein ?

— Lâche-moi, espèce d'ivrogne.

Elle lui flanqua une claque sur la main, mais il ne lâcha pas prise.

— Donne-moi un p'tit bec.

— Jimmy, arrête…

— Juste un.

— Arrête de crier, tu vas réveiller les enfants, dit Dolorès en élevant elle-même le ton.

— Envoye, insista-t-il en avançant les babines.

— Non !

Elle commença à se débattre. Jimmy enroula les bras autour de la taille de sa femme et l'attira vers elle. Il s'amusait comme un petit fou. Pendant l'escarmouche, le peignoir s'ouvrit sur les cuisses laiteuses de Dolorès, ensuite un peu plus haut. Elle dormait nue.

J'en avais assez vu pour la soirée. Et j'avais du travail.

Je tournai les talons et quittai l'appartement.

◆

Je laissai la Studebaker dans un petit boisé près de chez Lalonde et fis le reste du chemin à pied. Un champ s'étendait à perte de vue devant la maison, de l'autre côté du chemin de terre. J'enjambai le fossé et me dissimulai parmi les hautes herbes. Toutes les fenêtres de la maison brillaient. J'attendis. Les nuits étaient encore fraîches et un petit vent me glaçait les os. La bouteille de gin dans la boîte à gants me manquait. Je dus me contenter de remonter le collet de mon veston.

Au bout d'un certain temps, les lumières s'éteignirent une par une jusqu'à ce qu'il reste seulement celle sous le porche. Puis Lalonde sortit et traversa le sentier qui menait à la Ford. Il se glissa au volant, recula au milieu du chemin de terre et pointa le museau de la voiture en direction de Montréal. Les feux arrière sautillèrent sur la route cahoteuse, puis s'évanouirent dans la nuit. Lalonde se rendait sans doute au Rockhead's pour son rendez-vous de onze heures. Je me demandai de quoi il s'agissait et songeai à le filer, mais décidai de rester fidèle à ma première idée.

Je quittai ma cachette et hâtai le pas en direction de la maison, que je contournai. Des nuages bloquaient les rayons de la lune et on n'y voyait presque rien. J'allumai la torche électrique que j'avais emportée spécialement pour l'occasion et examinai la porte arrière. Elle était verrouillée de l'intérieur par un bouton dans la poignée. Je cassai l'un des carreaux avec la torche, me glissai la main de l'autre côté et fis sauter le bouton.

Je m'avançai dans la cuisine. Le faisceau de la torche se posa sur des chaudrons sales sur le poêle à gaz et les restes du souper sur la table. Je passai au salon par une grande porte en arche. Les meubles n'avaient pas bougé depuis ma première visite. Il n'y avait pas de malle ancienne parmi eux. Dans la chambre, peut-être, pensai-je. J'allai à l'avant de la maison. Avant de gravir l'escalier menant à l'étage, je m'arrêtai à la salle de bain. Dans la pharmacie au-dessus du lavabo, je trouvai un rasoir et des lames, un tube de crème à barbe Colgate, du vide. Rien d'autre.

La chambre était à gauche, en haut de l'escalier. Un lit en fer dominait la pièce. Il y avait aussi une commode avec un miroir crasseux au-dessus et un fauteuil et une lampe pour lire. Mais pas de malle. J'ouvris les tiroirs de la commode. Ils contenaient les vêtements habituels que portent les hommes. La penderie contenait deux pantalons, une chemise blanche et un complet anthracite orné de fines rayures. Je traversai dans la pièce à la droite de l'escalier. C'était censé être un bureau ou une chambre d'enfant, mais elle ne contenait rien, à part des moutons de poussière.

Je me disais que ma visite était une perte de temps quand je pensai au grenier et au sous-sol. La trappe qui s'ouvrait sur le grenier était au-dessus de l'escalier. Je l'abaissai, dépliai l'échelle qui se trouvait à l'intérieur et gravis quelques marches. Je dirigeai le faisceau de la lampe dans chaque coin et chaque recoin. Il y avait des meubles encore plus délabrés que ceux du salon, des boîtes en carton et quelques araignées. Je les laissai tisser leurs toiles en paix et redescendis.

La porte du sous-sol était dans le couloir qui traversait la maison. Je posai la main sur la poignée et me figeai sur place. J'avais entendu quelque chose. Je retins mon souffle, tendis une oreille. Rien. À moins que ce ne fût mon imagination qui me jouait des tours. Je tendis l'autre oreille, décidai que c'était sans doute la maison qui émettait toutes sortes de craquements bizarres, comme toutes les maisons, et descendis au sous-sol. Le plafond était bas et je dus m'accroupir pour ne pas endommager mon feutre. Il faisait froid et humide et c'était sinistre comme dans un caveau. Des particules de poussière flottèrent dans la lumière de la torche mais, encore là, pas de malle.

Je remontai au rez-de-chaussée et fermai la porte. J'avais encore la main sur la poignée quand une charge de T.N.T. explosa entre mes deux oreilles. J'étais dans les pommes avant de m'écraser par terre.

Ce n'était pas la maison qui avait émis un craquement comme toutes les maisons.

◆

Je quittai les pommes cinq minutes ou cinq heures plus tard et me trouvai allongé sur le canapé du salon, sur un côté, les mains liées dans le dos. Une douleur sourde irradiait dans tout le crâne. Lalonde, confortablement installé dans un fauteuil, examinait le contenu de mon portefeuille. Il portait un coupe-vent beige et un feutre brun, incliné sur l'arrière de sa tête.

— Tu as trouvé quelque chose d'intéressant ?

Il leva les yeux sur moi avant de continuer ses recherches. Il tomba sur une de mes cartes personnelles.

— Un détective privé, dit-il en esquissant une grimace. Qu'est-ce que vous faites ici ? Qu'est-ce que vous cherchez ?

— Le bonheur, comme tout le monde.

Il ne sourit même pas.

— Je parie que vous travaillez pour la sœur de Béatrice, pensa-t-il tout haut. J'ai raison ?

— Tu as déjà été chez les scouts ?

— Quoi ?

— Tu fais de bons nœuds. Je n'ai plus de sang dans les mains.

— Répondez-moi.

— C'était quoi, la question, déjà ? Tu m'excuseras, mais je suis un peu sonné.

— Travaillez-vous pour la sœur de Béatrice ? répéta Lalonde en haussant le ton.

— Béatrice qui ? répondis-je stupidement.

Il se leva et se planta devant le canapé. Il n'avait plus l'air du garçon docile que j'avais rencontré plus tôt dans la journée, il avait l'air intimidant. Il y avait une drôle de lueur dans ses prunelles, derrière les lunettes.

— Répondez.

— Sinon ?

Son poing s'écrasa contre ma joue, ce qui ne donna rien de bon pour mon mal de bloc. Le goût du sang m'emplit la bouche.

— Ça répond à votre question ?

— Oui, merci.

— Pis ?

— Arrêtons de tourner autour du pot, Sylvio. Tu connais la réponse. Madame Grégoire veut savoir où est passée sa sœur.

— Je n'en ai aucune idée. Je lui ai expliqué la situation.

— Elle ne te croit pas.

— Béatrice m'a quitté, dit-il comme s'il récitait un texte par cœur. Elle a fait sa valise un matin et elle est partie.

— Elle ne t'a pas dit à quel endroit ?

— Non. On ne se parlait plus, on s'était disputés.

— À propos de quoi ?

Mon hôte fronça les sourcils, réfléchit une seconde – une seconde de trop – avant de répondre.

— Ce n'était rien d'important. Comme toutes les chicanes de ménage, c'est parti de rien et c'est devenu une montagne.

— Elle n'a pas été retrouver un autre homme ?

— Non. Elle est partie sur un coup de tête. Béatrice est une fille très émotive. Mais elle va revenir.

— Comment elle va faire pour savoir que tu es ici ?

— Qu'est-ce que vous voulez dire ?

— Elle ne sait pas que tu as déménagé. Tu as laissé ta nouvelle adresse au concierge ?

Lalonde ne répondit pas. Sa bouche n'était plus qu'un trait rosâtre dans son visage.

— Et ta fille ? continuai-je. Tu ne t'inquiètes pas pour elle ? Tu n'es pas curieux de savoir où Béatrice l'a emmenée, si elle prend bien soin d'elle ?

Il réfléchit une longue seconde. Ses yeux ne quittèrent pas mon visage.

— J'appelle la police, annonça-t-il enfin.

Il se dirigea vers le téléphone, sur une table, dans un coin.

— Tu es certain de ton coup ?

Il se tourna vers moi, le combiné collé contre le visage.

— Vous êtes entré par effraction chez moi pendant mon absence. Quand je suis revenu pour chercher mon parapluie que j'avais oublié, vous m'avez menacé pour me faire avouer quelque chose que je n'ai pas fait. Il y a eu une bousculade. J'ai réussi à vous maîtriser.

— Je ne me rappelle pas ce bout-là. Je dois être plus sonné que je le pensais.

— On dirait bien. Et maintenant, j'appelle la police.

— Vas-y, mon gars.

Je ne pouvais pas y faire grand-chose, dans ma situation.

Il me tourna le dos pour composer le numéro.

— Oui, bonsoir, j'aimerais parler au lieutenant-détective Caron, l'entendis-je dire. Il est à son bureau ?

◆

Il était à son bureau et se pointa vingt minutes plus tard, accompagné d'un détective en civil. Lalonde alla à leur rencontre dans le vestibule. Je l'entendis leur raconter son histoire. Il avait déchiré la manche gauche de son coupe-vent et s'était ébouriffé les cheveux pour faire vrai, le petit malin. Caron tomba dans le panneau – le contraire m'aurait étonné – et vint me cueillir dans le salon avec le détective. Des menottes remplacèrent la corde autour de mes poignets, et les deux flics m'escortèrent jusqu'à leur voiture. Caron ne dit pas un mot. Il avait l'air triste et fâché, comme si j'étais son fils et que je l'avais déçu.

On roula en silence un moment. Puis je me tournai vers Caron, assis à ma gauche sur la banquette arrière. C'était le détective qui conduisait.

— Tu m'enlèves les menottes ?

— Je ne sais pas si c'est une bonne idée, répondit Caron. T'es agressif ce soir, à ce que j'ai entendu.

— Lalonde te contait des salades.

— Son manteau était déchiré.

— Il l'a déchiré lui-même. Il m'a assommé par-derrière.

— Ça, c'est ta version, mon petit père. Et laisse-moi te dire que tu n'es pas très crédible. Tu pues le whisky à plein nez.

— J'en ai avalé quelques-uns ce soir, avouai-je.

— Quelques-uns ? On dirait que t'as pris ton bain dedans.

— Tu penses que Lalonde m'aurait maîtrisé si on s'était battus ? Je pourrais le casser en deux comme un brin d'herbe.

— Ah oui ? T'es un vrai dur, hein, mon Stan ?

Caron me flanqua un coup de poing sur le coin de la bouche. Je ne le vis pas venir, la nuit envahissait l'habitacle. Ma tête donna durement contre la portière.

— Je n'ai pas de misère à croire Lalonde, reprit Caron. T'es docile comme un chaton.

— Enlève les menottes pour voir, grognai-je.

— Un grand parleur, c'est tout ce que t'es, mon vieux Stan. Qu'est-ce que tu faisais chez Lalonde ?

— Mon travail.

— Si on peut appeler ça un travail, marmonna Caron.

— Je cherchais une malle.

— Une malle ?

— Oui. Et les traces d'une femme. C'est négatif dans les deux cas. Lalonde ne semble pas avoir quitté son épouse pour une autre. Si c'était le cas, elle aurait laissé quelque chose chez lui.

— Je veux bien, mais c'est quoi cette histoire de malle ?

— Quand Lalonde a déménagé, dis-je, il a emporté une grosse malle avec lui, un gros coffre, tu comprends ?

— Je sais ce que c'est, une malle.

— Je voulais juste m'assurer que tu comprenais.

Le lieutenant-détective me cogna une deuxième fois et une onde de douleur me traversa le ciboulot. L'envie de caraméliser sa crème brûlée commençait sérieusement à me démanger.

— Qu'est-ce que j'ai dit de mal ? demandai-je.

— Rien. Mais tu l'as pensé. Continue.

— Va te faire cuire un œuf. Moi, je descends ici. Hé, toi, lançai-je au conducteur, arrête.

— T'arrête pas, Gerry, ordonna Caron. Toi, Stan, continue, sinon je te frappe encore. Je commence à y prendre goût.

La tête me fendait par suite de l'alcool et des coups. Je continuai. Caron avait raison, j'étais docile comme un chaton.

— La malle n'était pas chez Lalonde.

— Tu es entré par effraction chez lui pour voir si elle était là ? demanda le lieutenant-détective d'un ton incrédule.

— Oui.

— Misère… T'as vraiment du temps à perdre. Peut-être que Lalonde s'en est débarrassé une fois arrivé dans son nouveau chez-soi.

— Pourquoi il l'aurait achetée quelques jours avant de déménager pour la jeter aux ordures ensuite ?

— Peut-être qu'il l'a entreposée quelque part, répliqua Caron. Tu as pensé à ça, Poirot ? Et puis d'où elle sort, cette histoire de malle ?

— C'est l'ancien voisin de Lalonde qui l'a vue.

— Peut-être qu'il a besoin de lunettes.

— Il ne mentait pas. Il a aussi entendu Béatrice et Lalonde se disputer à cause d'elle.

Le lieutenant-détective Caron poussa un soupir mêlé à un grognement.

— Qu'est-ce qui s'est passé, d'après toi ? Tu penses que Lalonde a fait disparaître Béatrice et sa fille ? qu'il les a enfermées dans la malle et qu'il les a expédiées en Afrique ?

— Pour voir sauter les kangourous, lança à la blague Gerry.

— Les kangourous sautent en Australie, espèce de crétin, le corrigeai-je. Ce qui s'est réellement passé pourrait être plus grave.

— Tu penses que Lalonde les a tuées toutes les deux, hein ? me demanda Caron.

— Ce ne serait pas le premier homicide en ville.

— Pourquoi il aurait zigouillé sa famille ? Quel aurait été son mobile ?

— Je ne sais pas encore.

— Gerry, arrête-toi ici et laisse-nous seuls deux minutes, OK ?

La voiture s'immobilisa en bordure de la route. Gerry descendit. La flamme d'un briquet baigna son visage de lumière rouge quand il s'alluma une cigarette. Je n'avais aucune idée de l'endroit où on était. Il y avait une fermette tout près, une grappe de lumières brillait dans les ténèbres.

Caron ferma les yeux et se pinça le haut du nez, comme s'il souffrait soudain de migraine.

— Écoute-moi bien, Stan. Je te laisse aller ce soir. J'en ai ras le ciboulot. Il est tard, je suis fatigué. Mais si tu achales encore Lalonde ou si je te retrouve dans mes pattes, ça va aller mal. Ton bureau, je peux m'arranger pour qu'il ferme assez vite. Compris ?

— Compris.

Il était inutile d'insister, j'avais l'impression de discuter avec une roche.

— Arrête de lire Agatha Christie et trouve-toi un vrai job, ajouta-t-il, au lieu d'écouter aux portes et d'achaler les gens.

— Merci du conseil. Tu m'enlèves les bracelets ?

Je tendis les mains. Il sortit la clé de sa poche et défit les menottes. Je massai mes poignets endoloris.

— Descends. Je ne veux plus te voir la face.

J'ouvris la portière et mis pied à terre. Gerry m'attendait.

— Tu te penses bien fin, hein ?

Il jeta sa cigarette par terre, l'écrasa sous le bout de son soulier. Puis son poing fila vers mon visage ;

décidément, tout le monde me confondait avec un sac d'entraînement, ce soir-là. Je ne fis aucun effort pour me défendre. Si j'esquivais le coup et répliquais, ça allait seulement étirer la procédure pour rien.

Un heurt violent m'ébranla la mâchoire et je me retrouvai à quatre pattes par terre. Dans la voiture, Caron gloussa.

— Bien envoyé, Gerry.

— Ouais, je ne l'ai pas manqué, dit Gerry. Hé, hé, hé...

Il remonta dans la voiture, claqua la portière. Le vrombissement du moteur s'éloigna.

Je restai assis sur les talons un moment. Quand le sol sous moi arrêta de tanguer, je me relevai, époussetai mon complet puis, enveloppé par les ténèbres, je rebroussai chemin jusqu'à la Studebaker, une promenade de près d'une heure pendant laquelle le mercure sembla chuter à chacun de mes pas. La bouteille de Croix d'Or était toujours dans la boîte à gants. J'en pris une lampée pour me réchauffer, une couple d'autres pour égayer le retour à la maison et je me couchai.

CHAPITRE 3

La voiture gisait sur le toit, les quatre pneus en l'air. Partout autour, de la neige à perte de vue. Que du blanc. Je courus vers le véhicule en calant et en trébuchant. Le vent sifflait douloureusement dans mes oreilles. Je perdis pied, tendis les mains pour amortir ma chute. Mes bras disparurent dans la neige jusqu'au coude et le froid brûla mes mains nues. Je me relevai, continuai d'avancer. À bout de souffle et de forces, j'atteignis enfin le véhicule et me penchai pour regarder à l'intérieur. Kathryn, toute recroquevillée dans un coin, tendit la main dans ma direction. Sa bouche était grande ouverte comme si elle hurlait, mais aucun son n'en sortait. J'essayai d'ouvrir la portière. Coincée. La neige, soufflée par le vent, recouvrait rapidement le véhicule, il allait bientôt disparaître. J'en fis le tour, essayai furieusement toutes les poignées malgré mes doigts gelés qui me faisaient horriblement souffrir. Rien à faire. Je m'agenouillai et frappai contre la lunette arrière. La neige recouvrait presque entièrement la voiture et la silhouette de Kathryn se dissolvait lentement dans la pénombre qui envahissait l'habitacle…

La sonnerie du téléphone me ramena à la réalité.

Je déboulai en bas du lit et me rendis à l'appareil fixé au mur de la cuisine. J'étais en nage et le cœur me cognait dans la poitrine comme un tambour. Ma montre indiquait neuf heures passées. Les vêtements dans lesquels j'avais dormi étaient tout fripés.

— Vous avez encore oublié de remonter votre réveil, dit Emma à l'autre bout du fil.

— J'arrive...

— Non, restez où vous êtes.

— Qu'est-ce qu'il y a?

— Colombe Grégoire vient de partir. Elle tenait absolument à vous voir et m'a demandé votre adresse. Je lui ai dit que vous seriez là bientôt, mais elle n'a rien voulu entendre.

— Bon, fis-je. Je vais me rendre présentable.

— Vous n'aurez pas le temps.

— Tu insinues que je suis un cas désespéré?

— Je suis certaine que vous êtes correct, dit Emma. Faites plutôt un peu de rangement. Lavez la vaisselle, ramassez les traîneries, jetez les bouteilles vides...

— OK, j'ai pigé.

— Dans un autre ordre d'idées, il faut que je m'absente cet après-midi.

— Ah bon?

— Un rendez-vous chez le dentiste. Bonne chance avec Colombe Grégoire.

— Bonne chance avec le dentiste.

On raccrocha.

J'avais besoin de quelques tasses de café. Tandis que l'eau bouillait, j'allai à la salle de bain, m'aspergeai le visage d'eau froide et m'observai dans la glace. J'avais les yeux injectés de sang et le poing de Gerry m'avait laissé une bonne ecchymose sur un côté du menton. Je me brossai les dents pour chasser le goût de putois mort qui m'emplissait la bouche, puis me passai un coup de peigne. Je laissai faire le rasoir. Je n'aurais jamais l'air présentable, glabre ou barbu.

Je me rendis ensuite à la chambre enfiler une chemise propre et retournai à la cuisine pour ma première dose de caféine. C'est alors qu'on toqua sèchement à la porte. J'allai ouvrir, ma tasse fumante à la main, et me trouvai face à face avec ma cliente, qui s'avança dans le vestibule de son pas décidé. Elle était habillée et coiffée exactement comme la veille, sauf qu'elle n'avait pas son parapluie.

— Et alors ? dit-elle sans préambule. Vous êtes retourné chez Sylvio, hier soir ?

— Oui. Un café ?

— Non, merci, je suis pressée.

— Donnez-vous la peine d'entrer, au moins.

Je la conduisis au salon. La bouteille de White Horse et les journaux éparpillés ne semblèrent pas la déranger.

— Qu'est-ce que vous avez découvert ? demanda-t-elle une fois qu'on fut assis.

— Rien.

— Rien ? Qu'est-ce que vous voulez dire ?

— Lalonde n'a pas de nouvelle femme dans sa vie et il raconte toujours la même histoire : votre sœur et lui se sont disputés, elle est partie avec la petite. Il ne semble pas s'en faire. Il croit qu'elles vont revenir toutes les deux.

— Il mentait, dit Colombe Grégoire d'un ton ferme.

— Vous savez où il travaille ?

Elle poussa un petit rire sarcastique.

— Sylvio, travailler ?

— Il a raconté au lieutenant-détective Caron qu'il s'était trouvé un nouvel emploi, qu'il voulait se reprendre en main.

— Sylvio n'a jamais travaillé.

— Comment il faisait pour nourrir sa famille ?

— Il faisait des petits boulots à gauche et à droite, mais c'est surtout Béatrice qui les soutenait en prenant des contrats de couture à la maison. Sylvio s'empressait de tout dépenser. J'aurais dû me douter, quand Béatrice me l'a présenté, que c'était un bon à rien...

Colombe Grégoire esquissa une moue méprisante. Je sirotai mon café et repris :

— Je vais retourner lui rendre visite. Si je le trouve les pieds sur la bavette du poêle, on sera fixés. Dites-moi, quel âge a la petite Justine ?

— Un an, environ.

— Vous pourriez être plus précise ?

— Un an et deux mois. C'était son anniversaire au début de mars. Je lui avais acheté une poupée.

— Vous avez rencontré votre sœur à cette occasion-là ?

— Oui, bien sûr, dit Colombe Grégoire. Sylvio était présent, mais il s'est éclipsé dès mon arrivée.

— Votre sœur vous a parlé d'eux ? Elle vous a raconté qu'ils traversaient une mauvaise passe ?

— Elle ne m'a rien dit là-dessus. Mais je pouvais deviner que les choses n'allaient pas. Béatrice n'était pas dans son assiette. Je crois que Sylvio l'empêchait de parler.

— Vous voulez dire qu'il la battait ?

— Je n'irais pas jusque-là, mais je crois qu'il lui parlait raide, parfois, qu'il l'intimidait.

— Ils sont mariés depuis combien de temps ?

— Ça a fait un an et demi la semaine dernière.

— Donc votre sœur était enceinte au moment de se marier, dis-je en énonçant l'évidence.

Ma cliente hocha la tête, une fois, en soutenant mon regard. Je pouvais deviner qu'elle en avait honte. Sans doute était-ce pour cette raison qu'elle m'avait caché ce petit détail.

— Sylvio s'est jeté sur elle et l'a forcée.

— C'est ce que Béatrice vous a raconté ?

— Non, mais je suis certaine que les choses se sont déroulées ainsi, répondit Colombe Grégoire d'une voix catégorique.

— Écoutez, il arrive que les gens consomment leur mariage avant de se rendre à l'église.

Elle se raidit sur son siège.

— Qu'est-ce que vous voulez insinuer ?

— Rien du tout. Il est évident que…

— Béatrice n'est pas une traînée ! Elle n'aurait jamais fait une chose pareille !

Elle tremblait de partout.

— Calmez-vous, lui dis-je, je vais…

— Comment voulez-vous que je me calme ? lança-t-elle d'une voix quasi hystérique. Ma sœur et ma nièce ont disparu. Sylvio sait ce qui s'est passé, mais ne veut rien dire. La police ne fait rien. Et maintenant vous… vous osez…

Colombe Grégoire se leva et se planta devant la fenêtre en me tournant le dos. Elle n'avait pas le contrôle d'elle-même, comme à l'habitude, et ne voulait pas qu'on la voie.

— Écoutez, je suis certain que Lalonde peut expliquer ce qui est arrivé à votre sœur.

— Bien sûr qu'il le peut, répliqua-t-elle. Il les a tuées, elle et Justine !

— Ne sautez pas aux conclusions, mademoiselle Grégoire.

— C'est ce que vous croyez vous aussi, n'est-ce pas ?

Je portai ma tasse à mes lèvres sans répondre. Il ne fallait peut-être pas sauter aux conclusions, mais ce n'était pas une pensée qu'on pouvait chasser du revers de la main comme un moustique.

— Je vais continuer mon enquête. Mais je vais avoir besoin de plus d'argent.

Colombe Grégoire virevolta vers moi.

— Et ce que je vous ai remis hier ?

— Il ne reste plus rien.

— Qu'est-ce que vous en avez fait ? demanda-t-elle.

— Dépenses personnelles.

— Qu'est-ce que vous voulez dire par là ?

— Écoutez, ce que je fais de mon argent, c'est mes affaires.

— Votre argent ?

— Ce que vous me donnez pour mes services est à moi.

— Vous devez vous servir de cet argent pour mener à bien l'enquête, dit Colombe Grégoire, pas pour vos « dépenses personnelles ».

— Il m'en faut plus.

Elle croisa les bras.

— Non.

— Je cours de gros risques en poursuivant l'enquête. Caron a menacé de fermer mon bureau.

— Vraiment ?

— On s'est brouillés, lui et moi, expliquai-je. Un de ses copains m'a frappé. Le bleu que j'ai sur le menton provient d'où, selon vous ? Je me suis blessé en me rasant ?

— On voit bien que vous ne vous êtes pas rasé.

— Je ne fais pas du bénévolat.

— Vous n'avez obtenu aucun résultat !

— Je suis sur le coup depuis hier seulement. Donnez-moi un peu de temps. Une enquête, ça n'aboutit pas en quelques heures.

— Et si j'allais voir vos collègues ? Il y en a sûrement un plus compétent que vous !

— Allez-y. Mais le temps d'embaucher un de mes collègues et de lui expliquer toute l'affaire, il risque d'être trop tard.

Des larmes voilèrent les yeux de Colombe Grégoire. Elle serra les poings, donna un coup de talon au sol.

— Vous êtes horrible de parler d'argent à un moment pareil ! cria-t-elle.

Elle se précipita hors du salon. Elle dut trouver la salle de bain, car j'entendis la porte claquer. Elle avait raison, j'étais horrible. Je me faisais même l'impression du pire des trous de cul de la planète. Mais je n'avais pas le choix.

Elle revint quand je finissais mon café. Elle avait recomposé son visage de femme froide et autoritaire. Ses yeux étaient bien secs.

— Tenez, dit-elle en tendant une main pleine de billets. Cinquante dollars vont suffire pour l'instant ?

— Habituellement, je charge vingt dol...

— Je ne veux pas d'explications. Prenez l'argent, c'est tout. Je serai au bureau de monsieur Archambault toute la journée. Appelez-moi dès qu'il y aura du nouveau.

— D'accord.

— Ne vous dérangez pas, je trouverai bien la sortie toute seule.

Elle tourna les talons et quitta les lieux.

◆

Je finis de m'habiller, éperonnai ma fidèle Studebaker et la dirigeai vers le quartier Ahuntsic. Le soleil brillait et il n'y avait plus aucune trace des nuages de la veille. C'était une belle journée. Dommage que j'aie eu trop de soucis pour l'apprécier.

La Ford de Lalonde n'était pas garée dans l'allée à côté de la maison. Une Chrysler deux tons avait pris sa place. Je me stationnai derrière, montai sur la galerie et cognai à la moustiquaire. Rien. Je plaçai les mains de chaque côté de mes yeux, comme des œillères, et m'approchai de la moustiquaire. Il était impossible de voir à l'intérieur, tous les rideaux étaient fermés, bloquant les rayons du soleil.

— Lalonde?

Pas de réponse.

Je tirai sur la poignée. Ce n'était pas verrouillé. J'entrai et m'avançai dans le passage menant à l'arrière de la maison et à la cuisine. Les restes du petit-déjeuner refroidissaient sur la table. Lalonde n'avait pas lavé sa vaisselle de la veille.

Je passai au salon. Caron était assis dans le fauteuil, les mains à plat sur les accoudoirs. Il fixait le plancher. Quelque chose le turlupinait, ses sourcils étaient froncés et il se grignotait l'intérieur de la joue.

— Qu'est-ce que tu fais là?

— J'avais quelques questions à poser à Lalonde, répondit-il d'une voix terne. J'avais un doute sur ce qu'il m'avait raconté et je voulais en avoir le cœur net.

— À cause de ce que je t'ai dit hier?

Caron leva la tête. Si le regard avait pu tuer, j'aurais déjà été en route pour le cimetière.

— Quand je suis arrivé, j'ai frappé, continua-t-il. Pas de réponse. J'ai essayé d'ouvrir la porte. On n'avait pas fixé le crochet pour la retenir. Je suis entré.

— Lalonde n'est pas là. Sa voiture non plus.

— J'avais remarqué.

— Où est-ce qu'il est passé?

— Est-ce que je sais, moi? lança Caron d'un ton ennuyé. Je ne pense pas qu'il va revenir.

— Comment ça?

— Il s'est poussé. Il a jeté quelques vêtements dans un sac – j'ai regardé dans ses tiroirs – et il est parti en coup de vent. Il n'a pas pris le temps de barrer la porte.

— Pourquoi il aurait pris la poudre d'escampette? À moins que tu l'aies appelé pour lui annoncer ta visite?

Le lieutenant-détective garda le silence, ce qui répondit à ma question aussi bien que des mots.

— Pourquoi tu tenais à lui parler ? repris-je.

— J'ai essayé de le joindre à son nouveau job, au département de la poste du Bureau des douanes.

— Laisse-moi deviner : on t'a répondu qu'aucun Sylvio Lalonde ne travaillait là.

— Voilà.

— Ça colle avec ce que m'a dit Colombe Grégoire.

— Qu'est-ce qu'elle t'a dit, Colombe Grégoire ? répliqua Caron.

— Mettons qu'avec le portrait qu'elle m'a fait de Lalonde, la tournure des événements ne me surprend pas.

— T'es fier de ton coup, j'imagine ? T'avais raison depuis le début.

Caron devenait agressif. Il avait les joues rouges. Le rouge lui montait toujours au visage quand il était fâché.

— Qu'est-ce que tu comptes faire ? lui demandai-je.

— Je vais lancer le signalement de Lalonde. Puis je vais devoir mettre Bob au courant…

L'idée de mettre ce Bob au courant ne semblait pas particulièrement le réjouir.

Il s'extirpa du fauteuil et se dirigea vers la porte. Dans l'embrasure, il se tourna vers moi :

— Qu'est-ce que t'attends ?

— Je ne savais pas que je t'accompagnais.

— Envoye, arrive.

Le capitaine Robert Rivard avait son bureau au bout d'un couloir gris au linoléum brun sale. Une plaque dorée sur la porte indiquait son nom avec, en dessous, son grade. Caron cogna, on lui dit d'entrer et il se tourna vers moi, la main sur la poignée.

— Attends ici.

— Je croyais qu'on rencontrerait le capitaine ensemble.

— Attends ici, répéta-t-il d'un ton sec.

Il entra, ferma délicatement la porte dans son dos.

Je m'assis sur le banc qu'il y avait là et m'allumai une Grads. Je laissai l'allumette se consumer jusqu'à ce qu'elle me chauffe les doigts, puis l'envoyai rejoindre ses consœurs sur le linoléum. Pour passer le temps, je me pratiquai à faire des ronds de fumée en écoutant la sonnerie des téléphones et le tap tap des machines à écrire. C'était une journée comme les autres dans les forces policières. Les flics qui traversèrent le couloir me jetèrent à peine un regard. Après tout, ils avaient des pouvoirs que les gens ordinaires n'avaient pas, ce qui leur donnait le droit, entre autres, de prendre des airs supérieurs.

Je palpai les billets de Colombe Grégoire dans ma poche. Grâce à eux, la fin de mois s'annonçait moins triste. En les additionnant à mon solde à la banque, je pourrais donner à madame Lépine son argent pour le loyer et, en repoussant le paiement de quelques factures, je mangerais à ma faim. Il y avait bien le salaire d'Emma qui posait un problème, mais je pouvais aussi en repousser le versement. Ce ne serait pas la première fois, elle comprendrait. Je pourrais même sortir prendre un verre, à condition de ne pas enfiler mon feutre ni mon imper afin de ne pas avoir à verser de pourboire à la fille au vestiaire.

— Stan Coveleski ? demanda une voix. C'est bien vous ?

Je levai les yeux. L'homme devant moi était large d'épaules, pas très grand et portait un complet qui avait connu des jours meilleurs : le pli du pantalon avait disparu aux genoux et les boutons du veston n'étaient pas les boutons originaux. Ses cheveux grisonnants rasés près du crâne et son visage buriné lui donnaient des airs de militaire. Il n'avait pas

changé depuis notre rencontre à Joliette, deux mois
plus tôt. Un sourire adoucissait quelque peu ses
traits, tandis qu'il attendait une réponse.

— Bonjour, Maranda.

Il prit place à côté de moi sur le banc.

— Je ne m'attendais pas à vous croiser ici ce
matin.

— Je ne m'attendais pas à être là.

— Je voulais prendre de vos nouvelles, mais j'ai
été débordé ces derniers temps.

— Ça va.

— Les dernières semaines ont dû être difficiles.

J'ignorais si c'était une question ou une affirmation. Quoi qu'il en soit, je n'ajoutai rien.

— Faut laisser le temps faire son œuvre, reprit le
sergent-détective Maranda.

— Oui, le temps guérit tous les maux, à ce qu'il
paraît.

Il hocha la tête d'un air pensif. Je tirai une bouffée
de ma cigarette.

— Qu'est-ce que vous êtes venu faire ici? demanda-t-il. Vous collaborez avec la Sûreté pour une
enquête?

— Hm-hm.

— De quoi s'agit-il?

— Un cas de disparition et possiblement de meurtre.

— C'est sérieux.

— J'avais un suspect, mais il a pris la poudre
d'escampette. Le flic qui s'occupait de l'enquête veut
qu'on s'explique au capitaine Rivard.

— Comment s'appelle le flic?

— Réal Caron.

— Connais pas, dit Maranda. Vous avez des
ennuis?

— J'ai l'air d'un gars qui a des ennuis?

— Votre suspect a disparu, vous devez rencontrer
le capitaine… Et vous avez un joli bleu sur le menton.

— J'ai trébuché en préparant mon petit-déjeuner.

Maranda se pencha en avant, appuya les coudes sur ses genoux.

— Soyez prudent à l'heure du lunch, répliqua-t-il, pince-sans-rire. Ne vous en faites pas avec Rivard. On a collaboré une couple de fois. C'est un homme sensé.

— Ça ne change rien.

— Qu'est-ce que vous voulez dire ?

— Je suis détective privé, Maranda. Les flics me détestent parce que j'existe, tout simplement. Si certaines personnes se présentent à mon bureau et non ici, c'est parce qu'elles n'ont pas confiance en vos confrères, parce qu'elles les trouvent incompétents – du moins, c'est ce qu'ils pensent. Mais je ne leur en veux pas.

Je désignai la salle où se trouvaient les bureaux des détectives, au bout du couloir.

— Regardez-les, continuai-je. Ils prennent des dépositions, tapent des rapports pour des enquêtes qui n'aboutiront jamais à rien. Oui, ils vont peut-être mettre la main au collet d'un escroc à la petite semaine, mais les gros poissons... Ils connaissent les règles du jeu et savent que la partie est perdue d'avance, mais ils jouent quand même. Vous savez ce qu'un flic qui bossait depuis des années m'a dit lors de ma première journée ? « Frotte tes boutons, surveille le sergent et ferme ta gueule. » En suivant ce conseil-là, je n'aurais jamais d'ennuis, selon lui – et je n'aurais rien changé à l'ordre des choses non plus. Mais, au bout d'un certain temps, j'ai compris son point de vue et je suis rentré dans le rang. Je comprends donc qu'ils sortent les griffes quand quelqu'un comme moi ne se fout pas des gens qui demandent de l'aide. C'est mauvais pour leur image.

— On ne se fout pas tous des gens, nuança Maranda.

— Vous êtes l'exception qui confirme la règle.

La porte du bureau s'ouvrit et Caron apparut. Nos regards se rencontrèrent une seconde, puis il baissa la tête et se gratta la nuque.

— Suivant.

J'écrasai mon mégot sous la semelle de mon soulier et me levai.

— Qu'est-ce que tu as raconté à Rivard ? lui demandai-je.

En guise de réponse, il tourna les talons et s'éloigna de son pas balourd.

Je m'avançai dans le bureau du capitaine Rivard. Le sergent-détective Maranda me suivit et ferma la porte. Rivard était écrasé dans son fauteuil derrière un bureau jonché de paperasse. Un cendrier débordant de bouts de cigare empestait l'air.

— 'Soyez-vous, Coveleski, dit Rivard en me mitraillant du regard.

Puis à Maranda :

— Qu'est-ce que tu fais-là, Phil ?

— Rien, rien, répondit ce dernier. Fais comme si je n'étais pas là.

Il s'appuya contre des classeurs olive, le long d'un mur.

Rivard fit pivoter son fauteuil pour me faire face. C'était un type pansu au visage rougeaud. Les quelques cheveux qu'il lui restait sur le crâne étaient lissés vers l'arrière avec de la pommade. Ses manches de chemise étaient roulées sur de gros avant-bras hirsutes. Il les posa sur le bureau, se pencha vers moi.

— Vous êtes dans la merde, Coveleski, annonça-t-il tout de go.

— Vraiment ?

— Jusqu'aux oreilles. Caron m'a tout raconté.

— Qu'est-ce qu'il vous a raconté, exactement ?

— Il m'a parlé de Colombe Grégoire, de la disparition de sa sœur ; d'un certain Sylvio Lalonde, qu'il gardait à l'œil jusqu'à ce que vous le fassiez fuir en vous introduisant chez lui par effraction et en le menaçant. En un mot, vous avez tout foutu en l'air !

Je comprenais pourquoi Caron avait tenu à rencontrer le capitaine seul à seul.

— Il s'agit de sa version des faits, dis-je. Si…

La main de Rivard s'écrasa à plat sur une pile de dossiers.

— Fermez-la, espèce de charognard ! gueula-t-il. C'était la dernière fois que vous fouilliez dans les poubelles du monde, je vous prie de me croire. Vous avez fini de jouer à la police et aux voleurs comme un gamin. Tout ce que vous faites, c'est arnaquer le pauvre monde. Je connais votre genre. Vous profitez des malheurs des gens pour faire quelques piastres. Eh ben, c'est terminé, ce temps-là ! Vous n'aurez plus un seul contrat à partir de maintenant. Vous allez vous dénicher un boulot honnête, comme tout le monde, et travailler pour gagner votre vie. C'est clair ?

— Comme de l'eau de roche.

— Parfait. Je me doutais bien que vous n'étiez pas si stupide… Maintenant, dehors ! lança Rivard avec un geste las de la main.

Maranda intervint :

— Un instant, Bob.

— Quoi ?

— Tu pourrais le laisser raconter sa version des faits.

— Je n'ai pas le temps de l'écouter, Phil. Faut nettoyer tout le gâchis qu'il a causé.

— Allons, Bob…

— Tu penses que Caron mentait ?

— On a déjà collaboré lors d'une enquête, Coveleski et moi, insista Maranda. Ce n'est pas son genre de marcher dans nos platebandes. Et s'il l'a fait, il avait sûrement une bonne raison. Le moins que tu puisses faire, c'est lui donner une chance de s'expliquer.

Le capitaine Rivard se cala dans son fauteuil et se massa la mâchoire comme s'il avait voulu se l'arracher.

— Qu'est-ce que vous attendez ? aboya-t-il soudain à mon intention avec des yeux mauvais. Allez-y !

— Si je suis impliqué dans cette histoire, c'est que madame Grégoire m'a demandé de retrouver sa sœur. Elle avait rencontré Caron mais, après avoir discuté avec Lalonde, il n'avait pas jugé bon de creuser.

— Il m'a expliqué qu'il le surveillait de loin.

— C'était de si loin qu'il ne devait même plus le voir.

— Caron est un de mes meilleurs enquêteurs.

— Il y a toujours place à l'amélioration, comme on dit. Quoi qu'il en soit, madame Grégoire soupçonnait que Lalonde avait quelque chose à voir dans la disparition de sa sœur.

— Vous êtes allé le rencontrer ?

— Oui.

— Tu vois, Phil ? lança Rivard à Maranda. Caron disait vrai.

— Laisse-le parler, Bob. Coveleski…

Je continuai.

— Après mon premier contact avec Lalonde, je suis retourné chez lui, une fois la nuit tombée, afin de jeter un œil dans ses affaires. Je sais, ce n'est pas légal. Mais madame Grégoire se mourait d'inquiétude. Le comportement de Lalonde ne lui inspirait pas confiance. Ce qui s'est passé ensuite prouve qu'elle avait raison de se méfier de lui : il m'a surpris par-derrière et m'a assommé.

— Selon Caron, dit Rivard, vous avez brassé le jeune homme pour le faire parler, il s'est défendu et a réussi à vous maîtriser.

— Caron n'a fait que répéter les explications de Lalonde.

— Le jeune mentait ?

— Oui.

— Et le bleu sur votre menton, hum ?

— C'est un cadeau du détective qui est venu m'arrêter en compagnie de Caron, expliquai-je. On a eu une discussion sur les kangourous et les choses ont dégénéré.

Le capitaine me dévisagea d'un air impatient.

— Qu'est-ce que vous racontez là ?

— Vous avez déjà vu un kangourou, non ? Vous savez, l'animal avec des grandes pattes derrière et une poche ventrale... Ils se nourrissent de végétaux et sont de redoutables boxeurs. J'en ai vu un en action dans les actualités, au cinéma. Le détective croyait qu'ils vivaient en Afrique, alors je l'ai corrigé. Ils habitent en Aus...

— Mais allez-vous la fermer, avec vos histoires de kangourou ? coupa Rivard, exaspéré.

Le sergent-détective Maranda se joignit à la conversation.

— Continuez vos explications, Coveleski.

— Non, ça suffit, dit Rivard. J'en ai assez entendu. Je vous laisse partir avec un simple avertissement, Coveleski, mais la prochaine fois, les choses seront différentes. Je serai beaucoup moins gentil. Vous avez compris ?

— Hm-hm.

— Foutez le camp. Je ne veux plus vous voir la face.

Il fit pivoter son fauteuil et fixa le mur.

— Qu'est-ce que vous allez faire, maintenant ? lui demandai-je après m'être levé.

— C'est une affaire qui ne vous regarde plus. Dehors.

— Je sais, mais je suis curieux.

— On va lancer un avis de recherche pour Lalonde. Caron et ses hommes vont fouiller la maison et interroger tout le monde relié de près ou de loin à cette affaire. À partir de maintenant, les choses vont se dérouler dans les règles. Satisfait ? lança Rivard en me décochant un regard glacial de côté.

Je quittai la pièce sans rien ajouter, Maranda sur les talons. Il ferma la porte derrière nous.

— Vous avez intérêt à suivre le conseil du capitaine et à ne pas vous mêler de l'enquête. Sa patience a des limites.

— C'est ce que j'ai vu. À la prochaine.

Je me dirigeai vers la sortie.

— Coveleski ?

Je me retournai.

— Vous allez vous mêler de vos oignons ? insista Maranda.

— Caron et ses hommes feront du meilleur boulot que moi. Ils vont couvrir plus de terrain que je le pourrais seul.

— Parfait. Et vous ? Ça va aller ?

— Je vais survivre.

On échangea des hochements de tête en guise de salutations et je repris ma route.

◆

Je me rendis au bureau. Le centre-ville étalait ses buildings sous un ciel gris. Les enseignes multicolores du Palace, du Capitol et des autres cinémas étaient éteintes. Même chose pour les cabarets et les restaurants. Dans Sainte-Catherine, les voitures se suivaient pare-chocs à pare-chocs ; il ne manquait que des couronnes de fleurs et on aurait dit un cortège funèbre. Les piétons arpentaient les trottoirs d'un pas décidé, comme une colonie de fourmis en route pour un pique-nique.

La salle d'attente était déserte. Pas de client ni de secrétaire. Je me demandais où était Emma quand notre conversation du matin me revint en tête. Je passai au bureau, m'assis. Je n'étais pas déçu par la tournure des événements. Les policiers feraient un bien meilleur boulot que moi. Je n'avais pas dit ça à Maranda pour l'amadouer, je le pensais vraiment. On contacterait la police des routes, on ferait des contrôles, on transmettrait le signalement de Lalonde en région et aux frontières ; il était fait comme un rat. Une fois qu'on l'aurait arrêté, on tirerait les choses au clair et on découvrirait ce qu'il était advenu de Béatrice Grégoire et de sa fille. Il est vrai que j'avais perdu une cliente, mais c'était le dernier de mes soucis pour l'instant.

Je partis tôt et rentrai à la maison. Je me préparai un whisky soda et allumai la radio pour égayer l'atmosphère, sans succès. Je l'éteignis et allai à la cuisine manger une bouchée. C'était si calme que je pouvais entendre le robinet goutter dans l'évier. Je repoussai ma chaise et laissai mon assiette refroidir sur la table.

Je roulai sans but dans le dédale des rues, comme une souris dans un labyrinthe n'ayant ni issue ni fromage. Il commençait à faire sombre et les lumières de quelques enseignes se mirent à briller. Le centre-ville prenait vie. Je jonglai avec l'idée de m'envoyer un verre dans un club ou d'aller au Gayety voir danser Lili, mais je n'avais pas envie de me mêler à la faune de connards de la nuit qui sortaient une fois le soleil couché.

Je mis le cap sur le mont Royal. Je me garai près du lac des Castors, où des silhouettes déambulaient, sortis la bouteille de Croix d'Or de la boîte à gants et mis pied à terre. Tous les bancs autour du lac étaient occupés. Je gravis le sentier qui menait au belvédère du chalet et m'appuyai contre la balustrade. Il n'y avait pas si longtemps, les clochers dominaient l'horizon, mais les buildings érigés par le monde des affaires leur faisaient maintenant concurrence. Les édifices de la Banque Royale et de la Sun Life, se découpant contre le ciel qui s'obscurcissait, dépassaient les tours de la basilique Notre-Dame. À quand remontait la construction de ces édifices ? Vingt-cinq, trente ans ? Dans la longue histoire de la ville, c'était comme s'ils étaient apparus la veille.

La nuit était fraîche. Une brise légère faisait bruisser le feuillage des arbres, et un jeune homme à mes côtés passa un bras autour des épaules de la fille qui l'accompagnait. Je rebroussai chemin et trouvai un coin tranquille sous un arbre. Je m'assis dans l'herbe, m'adossai contre le tronc, dévissai le bouchon de la bouteille de Croix d'Or et portai le goulot à mes lèvres. Une onde de chaleur se répandit dans mon estomac. À mes pieds, la ville étendait ses lumières. J'observai les maisons et essayai de m'imaginer ce qui pouvait bien se passer à l'intérieur.

Des éclats de voix parvinrent à mes oreilles. Je les ignorai. Mais quand ils furent remplacés par de petits rires sots, je fouillai des yeux la pénombre qui m'entourait. Mon regard se posa sur deux formes humaines assises non loin de moi. Elles ne m'avaient pas entendu. Elles s'allongèrent bientôt sur l'herbe et se fondirent l'une dans l'autre. Les petits rires sots retentirent de nouveau. Je n'aurais donc jamais la paix ? Peut-être si je traversais à côté, au cimetière de la Côtes-des-Neiges… Je m'imaginai, adossé à une pierre tombale, en train de siphonner la bouteille de Croix d'Or. S'il y avait quelque chose de plus déprimant que boire seul, c'était boire seul dans un cimetière.

Je crus entendre une des silhouettes émettre un soupir de volupté. Je ne tendis pas l'oreille pour m'assurer que ce n'était pas le fruit de mon imagination. J'avalai la dernière larme de gin, lançai la bouteille au loin et m'en allai.

Je rentrai chez moi en empruntant des petites rues de quartier. Les balcons étaient déserts ; les lecteurs de journaux et les amoureux étaient rentrés. Je n'avais laissé aucune lampe allumée, alors je m'avançai dans la noirceur quasi complète. Les cheveux sur ma nuque se dressèrent soudain et je me figeai. Ce n'était pas une odeur ni un bruit. Je ne pouvais mettre le doigt dessus, mais quelque chose ne tournait pas rond.

La lampe sur pied s'alluma, éclairant un homme installé dans le fauteuil à côté. Il n'avait enlevé ni son feutre ni son imper, comme s'il passait dans le coin et qu'il avait décidé d'arrêter deux minutes pour me saluer.

— Salut, Stan Coveleski. Tu te souviens de moi ?

La dernière fois que je l'avais vu, il était allongé face contre terre dans une mare de sang. Mais oui, je me souvenais de lui : le type au cure-dents à qui Jimmy Barrette devait du fric.

— Comment va votre tête ? lui demandai-je.

— On m'a fait dix-huit points de suture au cuir chevelu et je dois prendre deux aspirines aux quatre heures, mais ça va aller. Tu veux admirer le travail du médecin ?

— Sans façon. Où est votre copain ?

— Tony ?

Je sentis une présence derrière moi et une épaule me bouscula légèrement. Le tableau était complet.

— Qu'est-ce que je peux faire pour vous ?

L'homme au cure-dents répondit à ma question par une question :

— Tu n'es pas intéressé à savoir comment on a trouvé ton adresse?

— Je l'ai deviné. Vous avez entendu Barrette mentionner mon nom, vous avez consulté l'annuaire et vous voici. Il n'y a pas des pages de Coveleski dans le bottin.

— Exact. Ce gars-là est pas mal brillant, hein, Tony?

— Il est tellement brillant qu'il me fait mal aux yeux, répondit ce dernier dans mon dos.

— Et alors? fis-je.

— C'est bien simple, expliqua l'homme au cure-dents. Barrette nous doit de l'argent, mais comme vous m'avez l'air de grands potes, c'est de toi qu'on va collecter.

— On est seulement des connaissances, vous savez.

— Je me fous d'où provient l'argent, du moment que je l'empoche.

— Je n'ai pas deux cents dollars.

— On va s'arranger, Coveleski, ne t'inquiète pas. Tony, prends-lui son portefeuille.

— Tenez, dis-je, le voici.

Je le sortis de la poche arrière de mon pantalon. S'il ne me fouillait pas, il ne mettrait pas la main sur les cinquante dollars.

Tony examina le contenu de mon portefeuille, secoua la tête.

— Vide.

— Je vous le répète, dis-je à l'homme au cure-dents, je n'ai pas deux cents dollars.

— Fouille-le, Tony. Je le trouve un peu trop coopératif...

Des mains me palpèrent les côtes, plongèrent dans mes poches, se refermèrent sur les billets de Colombe Grégoire. Tony gloussa.

— Ah? Qu'est-ce qu'on a là?

Il sortit la liasse et l'exhiba fièrement.

— Y a combien, là-dedans ? s'informa son acolyte.

Tony effeuilla les billets.

— Cinquante piasses.

— Il en manque cent cinquante, pensa tout haut l'homme au cure-dents.

— Votre sens de la déduction m'épate, le complimentai-je. C'est vous qui devriez jouer au détective.

— T'es un petit drôle, hein, Coveleski ?

— Je fais ce que je peux. On a assez rigolé, maintenant. Allez-vous-en.

— Il manque cent cinquante piasses, répéta-t-il. Je ne m'en irai pas d'ici tant que je ne les aurai pas. Tu portes une montre, sûrement ? Tony…

Le fier-à-bras me l'arracha quasiment du poignet et la lança à l'homme au cure-dents, qui l'examina à la lumière de la lampe.

— Pas mal, dit-il en esquissant une moue. Je devrais pouvoir en retirer quelque chose dans un *pawnshop*.

Je serrai les poings si fort que mes ongles s'enfoncèrent dans mes paumes. Kathryn m'avait offert cette montre pour mon trente-huitième anniversaire. Je possédais une montre de poche jusque-là, mais la chaîne s'était brisée alors que j'appréhendais un prévenu ; la montre était tombée par terre au cours de la lutte et avait été écrasée.

— Y a d'autres objets de valeur dans ce trou ? reprit l'homme au cure-dents.

— Allez au diable, lui suggérai-je.

— Tut, tut, tut, en v'là des manières. Tony, va fouiller sa chambre.

Le gorille s'éloigna, me laissant seul avec l'homme au cure-dents. Je calculai la distance qui me séparait de ce dernier. En deux pas, je pouvais l'atteindre. Avec l'effet de surprise, mes chances étaient bonnes. L'envie de lui défoncer la gueule me démangeait.

Comme s'il avait lu dans mes pensées, il glissa la main dans son imper et en sortit son flingue, qu'il pointa sur moi.

— Assis-toi, mon petit Coveleski, dit-il avec un sourire baveux. Fais comme chez toi.

Je pris place sur le canapé, m'humectai les lèvres d'un coup de langue. Les bijoux de Kathryn... Sa sœur Rachel m'en avait laissé quelques-uns. J'avais rangé le coffret dans le troisième et dernier tiroir de la commode sous de vieux pulls. Peut-être que Tony ne le découvrirait pas. Il avait l'air assez con pour ne pas trouver son cul même avec les mains enfouies dans ses poches arrière.

Dans la chambre, un tiroir grinça, puis un autre, puis un autre... À chaque grincement, mon cœur se serrait un peu plus.

— Bingo! s'exclama soudain Tony.

Il revint dans la pièce, le sourire fendu jusqu'aux oreilles.

— Regarde ça, dit-il en tendant le coffret à son acolyte. On ne sera pas venus pour rien.

L'homme au cure-dents le posa sur ses genoux et l'ouvrit.

— Hé, pas mal du tout. Qu'est-ce que tu fais avec tout ce bazar-là? me demanda-t-il. Tu te déguises en femme?

Je ne répondis rien. Si je desserrais les dents, j'allais me mettre à hurler.

Il haussa les épaules et se leva.

— Bon, on ne te dérangera pas plus longtemps, mon petit Coveleski. Mais avant de partir, faut qu'on te tabasse un peu.

— Ne vous sentez pas obligés.

— Il le faut. On est des durs. Les gens penseraient quoi s'ils apprenaient qu'on ne s'est pas vengés?

— C'est vrai que la réputation est importante dans votre métier.

— Je savais que tu comprendrais.

Tony m'empoigna par les revers de mon veston et me remit sur mes pattes. Je me débattis, mais avant longtemps l'homme au cure-dents avait réussi à m'immobiliser par-derrière. Les coups se mirent alors à pleuvoir. Tony avait de l'expérience dans les raclées. Quand son comparse me relâcha, je n'avais plus la force de me tenir debout. La moquette me sauta au visage.

Après mon atterrissage forcé, quatre pieds se mirent à me labourer tout le corps. J'essayai d'en agripper un au vol, mais je manquai mon coup et le bout du soulier s'écrasa contre ma tempe.

Je dus perdre connaissance un moment, car j'étais seul quand je rouvris les yeux. Je fis une partie du trajet vers la salle de bain à quatre pattes, puis je me relevai comme un grand garçon et continuai ma route en longeant les murs. Je n'eus pas le temps d'examiner les dégâts dans le miroir au-dessus du lavabo. Mon estomac se souleva brusquement et je me jetai à genoux devant la toilette.

CHAPITRE 4

Emma avait le nez plongé dans *La Presse* quand je passai la porte au matin. Elle marmonna un bonjour en me jetant un regard désintéressé, puis sa bouche s'ouvrit toute grande et ses yeux s'écarquillèrent. Elle referma prestement le journal.

— Mais qu'est-ce qui vous est arrivé ? Un face-à-face avec un train ?

— C'est à peu près ça.

Je m'assis sur un coin de son bureau. Son regard scruta les ecchymoses sur mon visage, mon œil injecté de sang et l'arcade sourcilière explosée au-dessus, mes lèvres tuméfiées. Je n'étais pas à mon mieux, loin de là. Et, en plus, ma gorge brûlait et j'avais l'estomac à l'envers par suite des vomissements.

— Je vais survivre, Emma, la rassurai-je.

— Heureusement, parce que vous ne feriez pas un très beau macchabée.

— Je vais le prendre comme un compliment, merci.

Un gros titre de *La Presse* attira mon attention : « Macabre découverte dans Ahuntsic ».

— Vous n'êtes pas au courant de l'histoire ? me demanda Emma après avoir surpris mon regard. On en a parlé aux nouvelles, ce matin.

— Je n'ai pas allumé la radio.

— Les policiers ont découvert les corps d'une jeune mère et de son bébé, hier soir. Ils étaient dans une malle, au fond d'un étang, derrière la maison. Ils avaient disparu depuis quelque temps déjà. On recherche activement le mari, qui a pris la clé des champs.

Je parcourus l'article. On mentionnait les noms de Colombe Grégoire et de Caron, qui était chargé de l'enquête et qui promettait de mettre le grappin sur l'assassin. Il y avait des photos de la malle et des corps et un portrait de Lalonde, suivi d'une description. On le considérait comme le suspect numéro un.

— Vous pensez qu'ils vont retrouver Lalonde ? s'enquit Emma.

— C'est une affaire crapuleuse. Ils vont tout faire pour la régler au plus vite et apaiser la populace scandalisée.

— Lalonde va finir la corde au cou, c'est certain.

— Il est innocent jusqu'à preuve du contraire, Emma. Et toi ? Ce n'était pas trop souffrant ?

— Qu'est-ce que vous voulez dire ?

— Le dentiste, hier.

— Oh…

Elle baissa les yeux et se mit à tapoter sur un bloc-notes avec un crayon.

— Je voulais justement vous en parler.

— Ah bon ?

— Oui, je… je ne suis pas allée chez le dentiste Amyot pour un examen.

— Pourquoi tu y es allée, dans ce cas-là ?

— Eh bien… euh… c'est difficile, hésita Emma. Je ne sais pas comment vous annoncer la nouvelle.

— Explique les choses comme elles viennent.

Elle prit une grande inspiration.

— Le dentiste Amyot se cherchait une secrétaire. J'ai vu l'annonce dans le journal. J'ai passé une entrevue hier. J'ai été embauchée. Je commence lundi prochain.

Je restai bouche bée. Je ne savais pas quoi répondre. J'étais encore plus sonné que la veille, après mon passage à tabac.

— Je ne veux pas vous laisser, continua Emma, mais j'ai de la difficulté à joindre les deux bouts et je sais qu'une augmentation, c'est hors de question. Et je suis fatiguée d'emprunter à Estelle.

— Estelle?

— La secrétaire qui travaille à côté. Ce n'était pas la première fois, l'autre jour, quand vous nous avez surprises.

— Pourquoi tu ne m'en as pas parlé?

— C'est gênant, dit Emma avec un sourire fugitif.

— On aurait trouvé un moyen de s'arranger.

— Comment? Je sais que je vous place devant le fait accompli…

— Les affaires vont finir par reprendre. Je pourrais t'avancer de l'argent.

— Peut-être qu'elles vont reprendre, mais quand? Je ne peux pas attendre. J'ai un loyer et des factures à payer, il faut que je mange. Vous comprenez?

Elle parlait d'une voix lente et posée, comme si elle s'adressait à un débile mental. Je comprenais sa situation, mais… Je ne savais que penser. Mon esprit était un terrain vague.

— Je vais me repoudrer le nez, annonça Emma.

Elle se leva et se dirigea vers la porte. Ses pas s'éloignèrent dans le couloir.

Je sortis mes Grads. Mes mains tremblaient tellement que j'échappai l'allumette. J'en craquai une autre.

Emma avait laissé son sac à main sur un coin du bureau.

◆

Je passai la journée dans mon pensoir. Comme on était vendredi, c'était la dernière journée d'Emma. Ma fidèle secrétaire, à mon emploi depuis près de deux ans, me quittait, j'étais cassé comme un clou, j'avais perdu les seuls souvenirs précieux de mon épouse, je m'étais fait deux nouveaux ennemis. Curieux comme le vent tourne parfois rapidement : la veille, l'avenir n'avait pas paru si sombre. Curieux, mais pas amusant pour deux sous. J'avais besoin d'un verre. Ça urgeait.

Emma apparut dans l'embrasure de la porte vers quatre heures, sans bruit, comme une souris.

— Qu'est-ce que vous faites ?

— Je me morfonds, répondis-je.

— Je peux me joindre à vous ?

— Plus on est de fous...

Elle vint s'asseoir sur la chaise habituellement réservée aux clients.

— Vous êtes souffrant ? s'enquit-elle. J'ai des aspirines dans mon sac.

— Ça va, répondis-je même si la tête me fendait et que je me sentais courbaturé comme un vieillard.

Le soleil passait par les grandes vitres et réchauffait la pièce, mais l'atmosphère était aussi joyeuse qu'à des funérailles.

— C'est mieux ainsi, dit Emma.

— Je ne te suis pas.

— Que j'aille travailler ailleurs. J'ai besoin d'argent et vous, de vous retrouver seul.

— Qu'est-ce qui te fait dire ça ?

— Je ne sais pas, répondit-elle avec un haussement d'épaules. J'ai souvent eu le sentiment de déranger, ces derniers temps.

— Ce n'était pas le cas, l'assurai-je.

— Devant la même situation, deux personnes réagissent différemment. J'ai eu tort d'essayer de m'imposer comme je l'ai fait.

— Je sais que tu voulais m'aider, Emma. Il n'y a pas de possibilité que tu changes d'idée ?

Elle sourit, fit signe que non. Ses cheveux auburn suivirent le mouvement de sa tête et caressèrent ses joues.

— Dans ce cas-là, c'est bel et bien fini.

— Eh oui, acquiesça-t-elle. On devrait sortir prendre un verre. Vous savez, en mémoire du bon vieux temps…

— Tu parles comme une vieille de la vieille.

— Qu'est-ce que vous en dites ?

— C'est une idée.

— Demain soir, ça vous va ?

— Ça me va. Je passerai te chercher à huit heures.

— Parfait. Je vais partir tout de suite, si vous n'avez pas d'objections.

— C'est OK. Je vais te reconduire.

Je fis mine de repousser ma chaise, mais elle brandit une main pour m'arrêter.

— Ne vous dérangez pas. Je vais prendre le tram.

— Certaine ?

— Certaine.

Elle se dirigea vers la porte. Dans l'embrasure, elle se retourna :

— À demain.

J'allai à la fenêtre. Dans Sainte-Catherine, quatre étages plus bas, la vie suivait son cours. Emma apparut bientôt, une boîte en carton sous le bras. Elle traversa la rue au pas de course et se fondit dans la foule qui se pressait sur le trottoir.

Je quittai le bureau à mon tour une heure plus tard. Dans le hall sombre de mon immeuble, le plafonnier jetait une lumière jaunâtre sur les murs défraîchis. Je passai devant la porte des Lépine et me dirigeai vers l'escalier au fond du hall en essayant de faire le moins de bruit possible. Peine perdue. Je posais le pied sur la première marche quand une voix lança dans mon dos :

— Une minute, m'sieur Coveleski.

C'était monsieur Lépine, un gros bonhomme au crâne dégarni et aux joues piquetées de blanc qui avait un œil qui se foutait de l'autre. Je fis comme si j'ignorais ce qu'il voulait.

— Bonsoir, lui dis-je avant de gravir une autre marche.

— Pas si vite.

— Vous m'excuserez, mais j'attends un coup de fil important.

— Pas si vite, répéta-t-il. L'argent pour le loyer.

— Euh… c'est-à-dire que…

— Vous ne l'avez pas, c'est ça ?

— Oui, je l'ai.

— Bon, eh ben, donnez-le-moi.

Il tendit la main.

— J'ai oublié que c'était aujourd'hui, mentis-je, et je ne suis pas passé à la caisse.

— Quelle date on est ?

— Le premier.

— Bon. C'est comme partout ailleurs, ici. Le chèque pour le loyer, c'est le premier du mois. Pas le deux ni le trois. Le premier.

— J'ai oublié. Désolé. Vous aurez l'argent demain, je vous le jure.

Monsieur Lépine secoua la tête. Il s'était mis sur son trente et un pour l'occasion : il portait un pantalon à carreaux soutenu par des bretelles et une camisole ornée d'une tache de moutarde.

— Non, non, non. C'est aujourd'hui ou vous êtes dehors.

— Écoutez, je vais passer à la caisse demain matin, à la première heure.

— Y va être trop tard.

— Quoi ? Vous me jetez à la porte ?

— Exactement. Ce n'est pas la première fois que vous êtes en retard. Je vous avais prévenu, ma femme aussi.

— Vous n'avez pas le droit.

— Ah non ? répliqua-t-il. Qu'est-ce que vous allez faire, hein ? Appeler la police ?

Ce n'était pas une mauvaise idée. Je pourrais causer un esclandre et, pour calmer les esprits, les flics pourraient obliger Lépine à m'accorder un sursis.

Mais le concierge lut dans mes pensées.

— Allez-y, dit-il avec un sourire arrogant, appelez-les, les flics. Et moi, je vais leur parler des types louches qui vont et qui viennent chez vous.

— Quels types louches ?

— Les deux gars d'hier soir. Ne me dites pas que c'étaient des enfants de chœur. Madame Turbide, en dessous de chez vous, a entendu toutes sortes de bruits bizarres, comme si vous vous bagarriez.

— C'était son imagination. Vous savez bien qu'elle est dure de la feuille.

— Dans ce cas-là, je vais leur parler des mafieux.

— Quels mafieux ? demandai-je en me doutant de la réponse.

— L'an passé, le caïd qui s'est fait descendre par un gang rival… Conrad Knox, si ma mémoire est bonne… Il était passé ici dans les jours précédant sa mort. Et je ne serais pas étonné que vous ayez eu des liens avec madame Beauchamp, la patronne des bordels du Red Light, qu'on croyait impliquée dans toute l'affaire.

Il n'était pas aussi stupide qu'il en avait l'air, le gros rat.

— Vous fabulez, mon pauvre vieux.

— Vous savez que c'est la vérité. Allez ramasser vos affaires et sacrez votre camp.

— Vous ne pouvez pas me jeter à la rue parce que…

— Je ne veux plus rien entendre, me coupa-t-il.

— … vous n'approuvez pas ma vie privée. Et la petite Gertrude, au deuxième, qui fait des passes ? Qu'est-ce que vous en faites ?

— Je me fous du métier qu'elle pratique si elle me paie à temps. Et elle me paie à temps. Pas vous.

Une jeune femme à la tête blonde apparut dans l'embrasure de la porte derrière le concierge.

— Et puis, papa ?

— C'est correct, ma petite fille, répondit le concierge, tu vas avoir le logement.

Elle vint le retrouver et il passa un bras autour de ses épaules en lui souriant tendrement. À en juger par son ventre, elle était enceinte de six ou sept mois. La partie avait été perdue d'avance.

— Vous avez des boîtes vides ? demandai-je au concierge.

— Oui, au sous-sol. Et je vais demander à mon gendre de vous aider.

Il sourit avant d'ajouter :

— Vous voyez bien que je ne suis pas un mauvais diable !

Je montai à mon logis et commençai à vider les tiroirs. Bientôt, Lépine et son gendre se joignirent à la fête. Je jetai pêle-mêle mes vêtements dans des sacs, vidai le contenu de la pharmacie de la salle de bain dans une boîte. Le gendre me donna un coup de main, sous l'œil attentif et implacable du concierge. Il craignait peut-être que je brise des meubles ; ce n'étaient pas les miens, ils étaient fournis avec l'appartement.

Je laissai la vaisselle, la crottée dans l'évier et la propre dans les armoires.

— Laissez faire, me dit Lépine en parlant du contenu du frigo, ma femme va s'en occuper.

Là-dessus, on descendit tous les trois en file indienne jusqu'à la rue. Le soleil se couchait, ses derniers rayons coloraient le ciel de rose et de rouge. Les deux hommes m'aidèrent à charger mes paquets dans le coffre arrière de la Studebaker, puis je me glissai au volant et, sans un au revoir, quittai le voisinage. Le tout n'avait duré qu'une vingtaine de minutes. Peut-être était-ce mieux ainsi.

Il me fallait un toit pour la nuit. Mon bureau aurait fait l'affaire, mais le gardien de sécurité faisait du zèle depuis qu'il y avait eu une série de vols au début de l'année. Les seuls endroits pas chers que je connaissais se trouvaient dans le Red Light. Je mis le cap sur ce coin de la ville et m'arrêtai au premier hôtel que je croisai. Des milliers de pieds avaient tracé un sillon dans le tapis du hall, de l'entrée à l'accueil et de l'accueil à l'escalier. La moitié des ampoules du chandelier suspendu au plafond ne fonctionnaient pas.

L'homme à l'accueil était frisé comme un mouton. Pour une raison inconnue, ses sourcils étaient rasés. Des traits de crayon noir les avaient remplacés.

— Monsieur désire ? me demanda-t-il comme un mauvais acteur débitant son texte.

— Une chambre.

— Pour une heure ou pour la nuit ?

— La nuit.

— Comme il plaira à monsieur. Si monsieur veut bien signer le registre…

Il sortit un grand cahier de sous le comptoir, puis se tourna vers une étagère où étaient accrochées les clés. Ses cheveux étaient peut-être en fait une perruque. Ils étaient d'un rouge très vif qui me brûlait la rétine.

— Est-ce que monsieur est superstitieux ?

— Non.

— Je vais donner à monsieur la 13, dans ce cas. C'est notre meilleure chambre.

— Qu'est-ce qu'elle a de spécial ? Les punaises demandent la permission aux clients avant de leur sauter dessus ?

Sous la surprise, l'homme cligna des yeux.

— Arrêtez de vous prendre pour le manager du Windsor, grognai-je. Votre établissement n'est qu'un hôtel de passe… et, comparé aux autres, un hôtel de passe très bas de gamme.

Comme pour appuyer mes dires, une poule immonde juchée sur des talons aiguilles entra dans le hall au bras d'un type. Ses bas résille filaient de partout.

Je montai au premier. La chambre 13 se trouvait dans un couloir qui empestait la pisse de chat. Tandis que je me battais avec la serrure, la pute et son client apparurent au sommet de l'escalier. Tout en s'appuyant contre elle, le type en profitait pour la peloter. Le visage de la femme était impassible sous les couches de mascara. Nos regards se rencontrèrent une seconde avant que je réussisse à ouvrir la porte.

Si ma chambre était la meilleure de l'établissement, je n'aurais pas aimé voir les autres : le papier peint décollait des murs, des mouches mortes gisaient dans le globe du plafonnier et les fleurs du rideau étaient fanées. Je m'assis au bord du vieux lit en fer et sortis de ma poche une demi-bouteille de scotch V.O. rescapée de mon déménagement en catastrophe. La journée avait été pénible. Et les choses ne s'arrangèrent pas : bientôt, le lit dans la chambre d'à côté se mit à grincer sur un rythme régulier, tandis que l'ivrogne tringlait la pute.

Je leur portai un toast silencieux.

CHAPITRE 5

Je me réveillai en sursaut. J'avais encore rêvé à l'accident, sauf que cette fois j'étais sur la banquette arrière. Des hurlements et des crissements de pneus retentissaient, le garde-fou en bordure de la route volait en éclats de l'autre côté du pare-brise. Pendant un instant, j'avais eu l'impression que la voiture était suspendue dans les airs par une immense grue. J'étais revenu à moi juste comme on coupait les câbles.

Un brin de toilette n'aurait pas fait de tort. Je songeai à utiliser le lavabo dans mon bureau et à y laisser quelques boîtes en même temps, mais on ne me laisserait pas le squatter gratuitement et le loyer était dû là aussi. Ne voulant pas courir le risque de tomber sur le concierge, qui me cherchait sûrement, je passai au plan B, un petit-déjeuner dans une binerie.

Je trouvai non loin de l'hôtel un endroit où l'on servait œufs, bacon et tout le reste pour vingt sous. Je pris place au comptoir et mangeai en observant ce qui se passait dehors. Le nom du restaurant, peint en grosses lettres sur la vitre, me cachait partiellement la vue. Le seul autre client partit en laissant une copie du *Montréal-Matin* sur sa table. J'allai prendre sa place. La nappe de plastique à carreaux rouges et blancs était criblée de brûlures de cigarettes.

Je parcourais la chronique « Entre nous madame » de Jeannette quand la serveuse apparut à côté de la table. Elle portait un uniforme qui lui donnait des airs de bonne. Difficile d'estimer son âge. Elle mastiquait sa gomme comme si elle tentait de broyer une semelle de botte.

— Encore un peu de café, mon chou ?

— Oui, merci.

Elle remplit ma tasse d'un liquide noir et boueux et disparut aux cuisines. Je me penchai sur les petites annonces, pour la forme. Bientôt, un type passa la porte battante, un tablier blanc noué à la taille et un petit chapeau en papier perché sur la tête. Il se faufila derrière le comptoir et se versa un café. Il sirota sa tasse en me jetant un regard de temps en temps, comme s'il voulait entamer la conversation mais ne savait pas comment s'y prendre. Je déposai le journal et levai les yeux sur lui.

— Salut, dit-il aussitôt avec un hochement de tête.

Je lui retournai son hochement.

— Comment ça va ?

— Bien, bien. Je termine mon café et j'y vais.

— Prenez votre temps. Vous avez aimé votre repas ?

— Mouais.

— Vous les vouliez bien brouillés, vos œufs ?

— Hm-hm.

— Parfait. Pierrette se mélange parfois dans les commandes.

Il porta sa tasse à ses lèvres. J'allumai ma première Grads de la journée et lui demandai :

— Une journée tranquille en vue ?

— Oh, c'est toujours tranquille, les week-ends. Et vous ?

— Je n'ai rien au programme.

— C'est bien, approuva le type. Un homme doit pouvoir se la couler douce, de temps en temps. Sans vouloir être indiscret, vous faites quoi dans la vie ?

— Rien.

— Rien ? répéta-t-il d'un air interloqué.

— Pour l'instant.

— Ah, je comprends, je comprends. Vous réflé-chissez aux options qui s'offrent à vous, exact ?

— Si vous voulez.

— Ça vous dirait d'investir dans la restauration ?

L'homme détourna aussitôt la tête, comme s'il regrettait ce qu'il venait de dire.

— Je croyais que les affaires tournaient au ralenti les week-ends seulement ?

— C'est plutôt sept jours sur sept, mon vieux. J'avais prévenu ma femme. On n'est pas trop bien situés, et la clientèle qu'on attire… Vous êtes le pre-mier type que je vois ici qui m'a l'air correct.

— Vous êtes ouverts depuis combien de temps ?

— Trois mois la semaine prochaine.

— Faut laisser le bouche-à-oreille faire son œuvre.

— C'est ce que j'ai expliqué à mes créanciers. Mais ils ne sont pas très patients.

— Désolé, mais je ne peux pas vous aider sur ce plan-là.

Je me levai et allai régler la facture.

— Revenez quand vous voulez, mon vieux, me dit l'homme en me rendant la monnaie.

— Ce qu'il vous faut, c'est un barman à qui vous confier.

— Je ne bois pas.

— Il y a un début à tout.

Je passai la porte.

Il n'allait rien arriver d'extraordinaire ce jour-là, et je n'avais pas l'intention d'y changer quoi que ce soit. J'allai chez Morgan's, puis traversai chez son concurrent, La Baie, et déambulai entre les rayons. C'était incroyable la camelote qu'on vendait dont personne n'avait réellement besoin. Et quelque peu

déprimant de voir les clients faire la queue aux caisses
enregistreuses.

Je fis un stop à la succursale de la Commission
des liqueurs. Le garçon au nœud papillon me reconnut
dès que j'entrai, son regard s'alluma.

— Et puis ? Vous avez réfléchi ?

— Hein ?

— Le gardien des Canadiens, Durnan... Vous
pensez qu'il est meilleur que Broda, de Toronto ?

— Ce sont deux passoires. Lumley, de Detroit,
est supérieur.

Le commis fronça les sourcils.

— C'est vrai qu'il a réussi sept blanchissages
durant la saison, songea-t-il tout haut.

— Les chiffres ne mentent pas. Une bouteille de
Canadian Club, m'empressai-je d'ajouter pour couper
court à la conversation.

J'allai ensuite errer dans le coin de la place
d'Armes, à l'ombre des façades pompeuses derrière
lesquelles on brassait de grosses affaires, puis je
descendis dans le port et m'assis sur un banc. C'était
une belle journée. Quelques nuages décoratifs déri-
vaient dans le ciel azuré. J'observai les cargos qui
mouillaient dans les eaux calmes. Sur le pont de l'un
d'eux, une intense activité régnait, des silhouettes
allaient et venaient. Une immense grue souleva une
grosse caisse et la déposa derrière une clôture, hors
de ma vue. Je méditai un instant sur son contenu,
puis consultai ma montre. À peine deux heures.

Je restai assis un moment, mais le soleil tapait
fort, alors je rentrai à l'hôtel. Le gérant faisait le
guet dans le hall. Il avait les cheveux blonds comme
un saint Jean-Baptiste, cette fois.

— Je reste ce soir aussi, lui annonçai-je.

— Très bien.

Je le payai et montai à ma chambre. J'ouvris la
fenêtre pour laisser entrer un peu d'air. De l'autre

côté de la rue, au premier étage comme moi, une rousse à la peau blanche était accoudée à sa fenêtre. Les affaires tournaient au ralenti pour elle aussi. Nos regards se rencontrèrent. Elle remonta la bretelle de sa camisole qui avait glissé sur son épaule et tourna les talons.

J'accrochai mon veston au dossier d'une chaise, dénouai mon nœud de cravate et m'allongeai sur le lit.

◆

Emma s'était toute pomponnée pour l'occasion, comme si on allait à une fête. Elle portait une robe fourreau qui soulignait sa silhouette svelte et trimbalait un châle, parce que les soirées étaient fraîches. Ses cheveux relevés en chignon dégageaient son visage lourdement maquillé. Elle insista pour qu'on aille au Café Saint-Michel. Elle aimait l'ambiance et l'orchestre, dont les membres étaient tous des Noirs. Personnellement, je trouvais les cuivres trop criards, mais les goûts ne se discutent pas.

L'endroit était plein à craquer. Les gens recommençaient à sortir après les longs mois d'hiver et ils avaient soif. On dut attendre au bar une vingtaine de minutes, le temps qu'une table se libère. À ce moment, on avait déjà épuisé tous les sujets de conversation. Est-ce que je comptais engager une autre secrétaire? (Non, bien sûr, expliquai-je platement à Emma, tu es irremplaçable.) Comment se déplacerait-elle entre chez elle et le cabinet du dentiste Amyot? Quel genre de type était le doc? Avait-il l'air d'un meilleur patron que moi? Et ainsi de suite. C'était une des soirées les plus ennuyantes de ma vie mais, en même temps, je redoutais l'instant où elle prendrait fin.

On dansa le temps d'un ou deux morceaux, mais quelque chose clochait. Je crois qu'Emma ressentait la même chose. On s'en alla. La soirée était encore jeune, les clients s'entassaient dans l'entrée.

— Tu veux aller ailleurs? demandai-je à Emma une fois dans la Studebaker.

— Pas vraiment. Vous?

— Pas vraiment.

Je mis le contact. Au bout de quelques coins de rue, ma passagère ajusta le châle sur ses épaules en me demandant de remonter ma fenêtre. Je lançai mon mégot dehors et l'accommodai.

L'immeuble où elle habitait était plongé dans l'obscurité, excepté pour quelques fenêtres qui brillaient ici et là. Je me garai en double devant l'entrée.

— Merci pour la soirée, dit-elle au bout d'un moment. C'était bien amusant.

— Tu sais bien que non, mais de rien quand même.

— On se reprendra une autre fois quand ça ira mieux. On garde contact, n'est-ce pas?

— Hm-hm.

Une voiture passa dans la rue. J'observai ses phares arrière se fondre dans la nuit. Je pensai à la petite chambre miteuse qui m'attendait. Mon estomac se noua.

— Bon, eh bien... à la prochaine, dit Emma en rompant le silence.

— Bonne nuit.

— Bonne nuit.

Elle descendit, contourna la Studebaker et franchit le sentier qui menait à l'entrée à petits pas pressés. J'appuyai sur le klaxon quand elle mit la main sur la poignée. Elle se retourna, me fit un petit salut. Je lui retournai son salut et enfonçai l'accélérateur.

Je rentrai à l'hôtel. Le type à l'accueil avait peut-être encore changé de coiffure, mais je ne m'arrêtai pas pour vérifier. Je montai directement à ma chambre en compagnie de la bouteille de Canadian Club et commençai à me dévêtir. J'avais besoin d'un bain. Et un coup de rasoir n'aurait pas fait de tort.

J'étais en pantalon et en camisole quand on cogna à la porte. J'allai ouvrir. C'était la prostituée que j'avais croisée la veille. Elle s'avança dans la pièce comme si elle était chez elle.

— Tu m'offres un verre ? Je t'ai vu passer dans le corridor avec une bouteille.

Je jetai un œil dans le couloir avant de refermer la porte. La prostituée m'observa d'un air intrigué.

— Qu'est-ce qu'il y a ?

— La dernière fois que j'ai offert un verre à une blonde, ça m'a coûté dix dollars, sans compter une couple d'ecchymoses.

— Tu n'as pas à t'inquiéter avec moi, répliqua-t-elle avec un sourire, je ne mords pas.

— La bouteille est là, dis-je en indiquant la table de nuit.

Elle s'assit au bord du lit, tendit la main vers le Canadian Club. Sous les couches de mascara, elle paraissait plus jeune que je ne l'avais cru la veille. Beaucoup plus jeune. Elle ne portait pas ses bas résille ni ses talons aiguilles. Elle avait des jambes maigrichonnes, légèrement tordues, peu attirantes.

— Pas de clients ce soir ?

— Oh, si, fit-elle, mais il s'est endormi. T'entends ?

Je tendis l'oreille et perçus une sorte de grondement sourd qui provenait de l'autre côté de la cloison.

— Il ronfle comme un tracteur, reprit la fille. Il a trop bu. T'as un verre ?

— Non. Tu travailles pour le proprio de l'hôtel ?

— Cornélius ? Non, non, je suis à mon propre compte, dit-elle avec une certaine fierté.

— C'est ce type-là, Cornélius, qui monte la garde dans le hall ?

— Oui.

Elle avala une lampée à même la bouteille. Un frisson lui parcourut tout le corps, une flamme s'alluma dans ses yeux verts.

— Chaque fois que je ramène un client ici, continua-t-elle, je lui remets vingt-cinq cennes. Ça ne me dérange pas, ce n'est pas cher comparé aux autres. Et puis il est gentil. Il ne m'a jamais frappée ou menacée. Mais c'est un drôle de type, tu ne trouves pas?

— À se rouler par terre.

— Je devrais lui demander de me prêter ses perruques. Je serais pas mal en brune.

Elle glissa deux doigts dans le décolleté de sa robe et sortit une liasse de billets, qu'elle effeuilla. Il y avait pas mal de dollars. Je lui en fis la remarque.

— Je ne les ai pas volés, lança-t-elle d'un ton brusque.

— L'idée ne m'avait même pas effleuré l'esprit. Mais je croyais que le gars dormait comme une bûche.

— Je me suis servie dans son portefeuille. Ben quoi? Je l'ai écouté se plaindre toute la soirée, je le mérite!

— Qu'est-ce qui ne va pas?

— Les trucs habituels. Il n'aime pas son job, le patron a une dent contre lui, sa femme n'arrête pas de chialer – ils ne sortent jamais, elle n'a rien à se mettre sur le dos…

— Je vois le genre.

— En l'écoutant, je me disais que j'avais bien fait de ne pas me marier. Ça a passé proche, une fois, tu sais.

— Vraiment?

— Hm-hm, fit la fille en portant le goulot à ses lèvres.

Elle décroisa et recroisa les jambes. Ses cuisses laiteuses s'aplatirent l'une contre l'autre.

— Qu'est-ce qui s'est passé ? demandai-je.

— Antonio a craqué pour quelqu'un d'autre : Dieu. Il est entré chez les frères. C'est moche, mais je me dis que ç'aurait été pire si c'était une autre qui me l'avait piqué. Après tout, qu'est-ce qu'on peut contre le Seigneur ? Et toi ?

— Moi quoi ?

— Qu'est-ce qui ne va pas ?

— Tout va bien, merci.

Elle esquissa un geste las de la main.

— Oh, allons, raconte-moi pas d'histoires. Tu n'as pas affaire dans un trou comme ici.

— Si Cornélius t'entendait...

— Ben quoi, faudrait être aveugle pour ne pas le voir. Ton complet, il est tout fripé, mais c'est du tissu de qualité. Un coup de fer, un brin de toilette et tu pourrais passer pour un businessman.

— Tu es très observatrice.

— Dans mon métier, faut l'être. Si on est incapable de reconnaître les types qui ont de l'argent de ceux qui sont cassés comme un clou, on crève de faim.

— Tu ne devrais pas te fier aux apparences. Je ne suis pas un businessman. Et je n'ai plus un sou ou presque.

— Qu'est-ce que tu fais dans la vie ?

— Jusqu'à tout récemment, j'étais détective privé.

— Jusqu'à tout récemment... ?

— Les clients m'ont abandonné.

— Bah, ça ne sert à rien de faire une face de carême. Les affaires vont reprendre.

— Ce n'est pas le feeling que j'ai.

— Elles finissent toujours par reprendre, dit la fille d'un ton convaincu. À moins que tu ne le souhaites pas ?

Je lui tournai le dos et allai à la fenêtre. Dans la rue, les ampoules rouges qui brillaient au-dessus des portes me rappelaient où je me trouvais.

— Mon épouse est décédée, cet hiver, dans un accident de la route, laissai-je tomber.

Silence.

— Ouais, ce n'est pas évident, pensa tout haut la fille au bout d'un instant. Comment c'est arrivé?

— On m'avait demandé d'enquêter sur un type qu'on soupçonnait d'être un imposteur, à Joliette. Il y avait de l'argent en jeu. Beaucoup d'argent. Sauf que je n'ai pas fait attention. Le type en question s'est fait descendre. L'homme qui l'avait appuyé a cru qu'on le soupçonnerait de meurtre et il s'est poussé en prenant ma femme comme otage. Les flics sont tombés sur eux par hasard. Ils s'y sont mal pris pour procéder à l'arrestation. Il y a eu une poursuite. La route était enneigée et la voiture dans laquelle ma femme se trouvait a dérapé.

J'ignore pourquoi je racontais tout ça à une inconnue. Peut-être parce que c'est plus facile de se confier à quelqu'un qu'on ne connaît pas, justement.

— On dirait une suite de malentendus, remarqua ma confidente.

— J'aurais pu empêcher l'accident.

— Comment? Ce n'est pas toi qui chauffais.

— Non, mais si j'avais été plus vigilant, les choses n'en seraient pas arrivées là. J'ai tout gâché.

— C'est ce que tu penses maintenant. Les choses paraissent toujours évidentes après que les faits se sont produits. Laisse le temps passer et…

— Le temps n'arrange rien, la coupai-je.

— Eh ben, c'est pas un fait scientifique, je te l'accorde.

— C'est de la bouillie pour les chats.

— Tu viens de me perdre, là.

Je me tournai vers la fille.

— Tu crois que le temps arrange les choses, que les affaires vont reprendre, que le soleil va revenir après l'orage. Tu n'es qu'une petite sotte.

Elle battit des cils et me dévisagea d'un air étonné.

— Non mais, tu t'es regardée ? continuai-je. T'es rien qu'une pute. Où est passée ta famille ? Tu as bien un père et une mère, non ? Où est-ce qu'ils sont ? Un des clients que tu ramènes ici pourrait te faire la peau, un beau soir, et personne ne verserait de larmes à tes funérailles. Personne ne se soucie que tu existes ou non. Où est-ce que tu seras dans deux, cinq ou dix ans ? Tu n'en as pas la moindre idée. Tu vivotes. Ce que tu gagnes, tu le dépenses en hamburgers et en patates frites au snack du coin, tu quêtes tes cigarettes à gauche et à droite.

La fille bondit sur ses pieds. Mon petit discours l'avait piquée.

— Hé ! Qu'est-ce qui te prend ? Tout ce que je voulais, moi, c'était parler.

— Va prêcher ailleurs.

— C'est important de croire en quelque chose, sinon quoi ? On s'enferme dans une chambre et on boit en attendant de crever ?

Je lui arrachai la bouteille de whisky de la main.

— Foutez le camp, toi et tes bons sentiments.

— Pas besoin de crier, je m'en vais.

Elle fila vers la porte d'un pas quasi militaire, le corps bien droit.

— Je croyais que t'étais un bon gars, me lança-t-elle, la main sur la poignée.

Je brandis la bouteille derrière mon oreille, comme si j'allais la lui balancer par la tête.

— Aaah, cria-t-elle, espèce de malade !

Elle quitta la chambre en claquant la porte derrière elle.

J'observai les fleurs de la tapisserie en écoutant ses pas s'éloigner dans le couloir. Elle semblait pressée d'évacuer les lieux.

◆

Un bruit dans la rue flotta à mes oreilles, me tira lentement du sommeil. À mesure que j'émergeais, le bruit se précisa. Pendant un instant, je me sentis perdu. Je ne savais plus où j'étais. Puis je sentis le matelas mou sous moi et reconnus les odeurs de la pièce : cigarettes, alcool, transpiration. J'ouvris péniblement les yeux, mes paupières pesaient une tonne. Entre mes cils, je vis le plafonnier au milieu du plafond lézardé ; les mouches mortes y gisaient toujours. Depuis combien de temps j'étais là ? Qu'est-ce que j'avais fait la veille ? Je fouillai ma mémoire un instant, mais un mal de bloc carabiné me convainquit que ce n'était pas important.

Je me redressai. Une bouteille vide roula sur mon abdomen, tomba sur mes genoux, puis alla rejoindre les autres cadavres sur la moquette miteuse. On suffoquait dans la pièce. Pas un grain de vent. Je balançai mes pieds au sol et me redressai. J'attendis. Quand la mer sur laquelle tanguait la pièce se calma un peu, je décrispai les paupières et desserrai les dents. La fenêtre n'était qu'à quelques pas. Derrière le rideau, le soleil tapait fort et rendait l'étoffe quasi diaphane. « Allons, Stan, t'avances le pied gauche, puis le droit, puis encore le gauche et ainsi de suite. Il n'y a rien de bien sorcier là-dedans. »

Rien de bien sorcier, mais mes jambes refusaient de coopérer et je dus les convaincre de s'activer. À la fenêtre, je tirai le rideau d'un coup sec, comme on arrache un sparadrap. Les rayons du soleil me transpercèrent les yeux comme des milliers d'aiguilles.

Je plaçai la main en visière au-dessus de mon front, observai ce qui se passait dans la rue, deux étages plus bas. Il ne se passait rien. Pas âme qui vive. Mon imagination me jouait des tours ou peut-être avais-je rêvé ?

Je rebroussai chemin jusqu'au lit. Je me laissai choir dedans et sombrai dans un sommeil agité.

◆

Le même soir ou quelques jours plus tard.

La température n'avait pas baissé. Même si le soleil était au lit depuis un bon moment déjà, le bitume semblait avoir emmagasiné sa chaleur et nous la renvoyait en pleine gueule comme un coup de poing. De chaque côté de la rue, les enseignes brillaient de toutes leurs ampoules, on se serait cru en plein jour. Je franchis la porte sous l'une d'elles et me retrouvai dans une salle basse de plafond. D'un côté, il y avait des box séparés à quatre places et, de l'autre, un bar. Sur la scène au fond, un type caressait les touches d'un piano droit. Le bruit des conversations et les éclats de rire enterraient complètement la mélodie qu'il jouait.

Je m'accoudai au bar et demandai un gin tonic. Tandis que le barman jouait avec les bouteilles, j'échangeai des regards avec le type dans la glace derrière le comptoir. Il me ressemblait vaguement. Il avait les yeux cernés et vitreux, les joues piquetées de noir et de blanc. Elles s'étaient creusées récemment et lui allongeaient le visage, ce qui lui donnait un air sinistre. Son complet aurait eu besoin d'un coup de fer.

Je sirotai mon verre en observant la salle. La faune habituelle qu'on retrouve dans les cabarets s'amusait ferme, un verre dans une main et une cigarette dans l'autre. Il y avait les couples, les types qui se montraient charmants avec leur compagne dans l'espoir de la sauter plus tard dans la soirée et les buveurs solitaires, les yeux au fond de leur verre, retranchés dans leur monde.

Je commandai un autre gin tonic et payai le barman pour lui montrer que j'avais de l'argent et que j'étais un client bien élevé. Il déposerait ainsi les verres les uns après les autres devant moi sans se demander si je réglerais la facture ou non.

Quand une blonde au décolleté plongeant s'avança quelques verres plus tard, je sus que le moment était venu de partir. Je fis tournoyer le gin autour du glaçon, l'avalai d'un coup sec et me dirigeai vers le fond de la salle. C'était trop risqué de sortir par la porte d'entrée : toutes les boîtes employaient des fiers-à-bras pour régler le cas des fauteurs de troubles ou des clients qui ne payaient pas leurs consommations. Le barman n'avait d'yeux que pour la poitrine de la blonde et personne ne me prêta attention. J'atteignis la sortie sans encombre et me retrouvai dans une ruelle sombre où l'odeur pestilentielle d'un tas d'ordures saturait l'air. Je m'allumai une Grads et me dirigeai vers la rue et ses lumières. La soirée était jeune. Je me sentais bien.

Je refis le coup dans trois ou quatre autres clubs. Même que je retournai dans l'un d'eux, comme un meurtrier retournant sur les lieux de son crime. J'entrai par l'issue de secours qui ne fermait pas bien et m'accoudai au bar pour la deuxième fois. Le barman pensa que j'étais allé aux toilettes ou bien il ne me reconnut pas.

Mais la chance commençait à m'abandonner. Au club suivant, j'avais répété mon petit numéro et me dirigeais vers la sortie quand une voix retentit dans mon dos.

— Monsieur? Monsieur?

C'était le barman.

Je ne m'arrêtai pas. J'ajustai mon feutre et souris d'un air indulgent aux visages qui se tournaient sur mon passage.

À mon nouvel arrêt, je frappai un nœud: le barman perça à jour mon petit stratagème et appela deux gorilles en renfort. Je tentai d'atteindre l'issue de secours en me faufilant par la piste de danse, mais les gens y étaient entassés comme des sardines, ce qui ralentit ma fuite. Les gorilles me rattrapèrent et m'agrippèrent les coudes. Ils avaient des mains comme des serres d'aigle.

Mes pieds effleurèrent à peine le sol, tandis qu'ils me reconduisaient à l'arrière de la salle sous les regards désapprobateurs de la foule. J'étais assez soûl pour me démener et protester contre le traitement qu'on m'infligeait.

— Ta gueule, me suggéra gentiment l'un des gorilles.

La porte s'ouvrait sur une autre ruelle sombre. On me poussa violemment par-derrière et je faillis m'étendre de tout mon long. Je virevoltai vers les deux gorilles:

— C'est comme ça que vous traitez les clients? Bas les pattes! De quel zoo vous vous êtes échappés, bande d'idiots?

— T'as pas compris la première fois?

Un poing fila vers mon visage. Je réussis à l'éviter et chargeai, tête baissée, comme Wladek Kowalski dans l'arène. Un ventre mou freina ma course. J'enroulai les bras autour de la taille de son propriétaire et on s'écrasa tous les deux contre un mur. Puis je me mis à cogner, mes jointures labourèrent sa chair flasque. Un bras entoura soudain mon cou, me releva brutalement le menton. Une douleur sourde irradia tout le bas du dos, une fois, deux fois; j'en eus le souffle coupé.

Puis une silhouette fondit sur moi. Une lumière blanche explosa au-dessus de mon œil droit et un liquide chaud me pissa dans l'œil. Quelqu'un gémit. Je levai instinctivement les bras devant mon visage. Des poings se mirent à m'attendrir les côtes. Au bout de quelques coups, mes genoux fléchirent et le ciment me sauta au visage. Encore quelques coups plus tard, une voix menaçante retentit:

— Remets plus jamais les pieds ici, sinon on pourrait vraiment se fâcher. *Capice?*

Je poussai un grognement en guise de réponse. Des pas s'éloignèrent, une porte claqua, puis plus rien, sauf les bruits de la circulation tout près. Je les écoutai un moment, puis me relevai, d'abord sur une jambe, puis sur l'autre. On aurait dit qu'un train m'était passé sur le corps.

Je fis quelques pas en m'appuyant contre le mur crasseux. Mon pied buta tout à coup contre un objet long en travers de ma route. Dans la pénombre, on aurait dit un tronc d'arbre. Je regardai de plus près et constatai que l'objet faisait partie d'une forme humaine. Des jambes. Un type était à moitié allongé au sol, à moitié adossé contre le mur. Je me penchai sur lui. Il semblait avoir pigé ses vêtements dans des penderies différentes, et ils étaient élimés, quand ils n'étaient pas carrément déchirés. Un robineux – l'odeur qu'il dégageait ne laissait planer aucun doute. Il ronflait et continua de ronfler, tandis que je le délestais d'un quarante onces de gin De Kuyper à moitié entamé.

Au bout de quelques coins de rue, la bouteille était vide et j'avais toutes les misères du monde à me tenir debout. Tous les deux pas, je risquais d'embrasser le trottoir. Heureusement qu'il y avait des lampadaires et des piétons auxquels m'accrocher. L'un d'eux – sans doute un piéton – m'invectiva après que je lui fus rentré dedans.

Je me rendis compte que j'avais abouti au beau milieu de la rue quand des phares m'aveuglèrent, qu'un violent courant d'air me fit quasiment perdre l'équilibre et qu'un long coup d'avertisseur me vrilla les tympans. J'observai la voiture s'éloigner et envoyai la main au conducteur. Quelqu'un rit. C'était bien drôle.

Je me retrouvai au square Dominion. Le monument Strathcona se détachait contre le ciel étoilé. Je savais qu'on l'avait érigé pour souligner la contribution du pays à une guerre quelque part en Afrique, mais sans plus. Qui était le type qui se dressait sur le socle? Il avait fière allure, coiffé de son chapeau à large bord, le drapeau fermement en main. Je voulus lui porter un toast, mais la bouteille était vide. Je la lançai par-dessus mon épaule et me dirigeai en titubant vers un banc sur lequel je m'allongeai. J'avais soudain très sommeil.

◆

Un autre club, une autre nuit. J'étais penché sur un verre, n'entendant rien du vacarme environnant, quand on me tapota l'épaule.

— M'sieur Coveleski? C'est bien vous?

Deux types, aussi costauds que des boy-scouts, flottaient dans des vêtements à carreaux, rayés et à pois. Une moustache clairsemée décorait leur lèvre supérieure. Leur visage me disait quelque chose, mais l'alcool ralentissait mes facultés. Quand je plissai les yeux, ils semblèrent se fondre l'un dans l'autre.

— Vous ne me reconnaissez pas? C'est moi, Jimmy Barrette!

Il m'agrippa une main et m'actionna le bras comme si c'était une pompe à eau. Il avait l'air aussi imbibé que moi.

— Ah ben, le monde est petit! Qu'est-ce que vous êtes venu faire ici? On va boire ensemble, OK? enchaîna-t-il avant que j'eus le temps de répondre. Qu'est-ce que vous en dites? Je vous l'offre. Vous êtes mon invité!

Je réfléchis à l'état de mes finances et décidai de ne pas protester.

Barrette héla le barman, commanda deux whiskies.

— Dès qu'on a fini, ajouta-t-il, sers-nous-en d'autres. L'argent n'est pas un problème. Regarde…

Il sortit son portefeuille, l'ouvrit sous le nez du barman. L'enveloppe de cuir débordait de billets.

— Pas de problème, mon gars.

Les whiskies apparurent devant nous dix secondes plus tard.

— À la vôtre! me dit Barrette en levant son verre.

On fit tchin-tchin et cul sec. Pour un type qui vivotait, il avait pas mal de pognon. Peut-être une combine avec des types comme l'homme au cure-dents et Tony qui lui avait rapporté cette généreuse galette. Mais ça importait peu.

On quitta les lieux à quatre pattes ou presque, aux environs de deux heures. Barrette insista pour que je l'accompagne chez lui pour un dernier verre.

— Et… et ta femme? lui demandai-je.

— Vous z'inquiétez pas pour Dolorès, répondit-il, la langue pâteuse, en passant un bras autour de mes épaules. C'est moi qui mène. Je ramène à la maison qui je veux, quand je veux!

Par bouts, le trottoir n'était pas assez large et on fit quelques pas dans la rue. Un couple croisa notre route. Barrette perdit pied, tamponna légèrement le type. Il n'y avait aucune raison pour que les choses aillent plus loin, mais Barrette s'arrêta.

— Qu'est-ce que t'as dit ? lança-t-il à l'homme. Hé, le gros, c'est à toi que je parle !

Il fit un pas, agrippa l'inconnu par un bras.

— Qu'est-ce que t'as dit ? répéta-t-il.

— Rien.

— Si, t'as dit quelque chose.

— Tu as des hallucinations, mon pauvre vieux.

— Je t'ai entendu.

L'inconnu dévisagea Barrette d'un air interloqué.

— Tu vas me répondre, reprit Barrette qui commençait à s'énerver.

— Mais puisque je te dis…

— Parle, espèce d'enfant de chienne !

Il empoigna l'homme par les revers de son veston et le repoussa contre une vitrine. La femme se tenait à l'écart, les bras croisés. La situation semblait l'ennuyer.

— Qu'est-ce que t'as entendu, Jimmy ? demandai-je à Barrette.

— Il m'a traité de maudit ivrogne.

— Je jure que je n'ai rien fait de tel, m'assura l'homme.

— Il a trop bu, c'est tout, dis-je. Laisse tomber, Jimmy.

Je lui tapotai l'épaule.

— Allez, on y va.

Barrette se hissa sur la pointe des pieds pour être nez à nez avec l'inconnu.

— Faudra que t'apprennes à retenir ta langue, mon gars, lui conseilla-t-il. Tu vas faire un effort à l'avenir, hein ?

Je suggérai la réponse à l'homme en hochant la tête. Il fit de même. Barrette lui pinça une joue et éclata de rire.

— T'es pas un mauvais diable. Allez, débarrasse !

Sans demander son reste, l'inconnu se fondit dans la nuit avec sa compagne.

— Il ignore la chance qu'il a eue, me dit Barrette.

— Je sais.

— J'aurais pu lui arranger le portrait vite fait !

— Tu es une vraie terreur, Jimmy. Ce sera ton nouveau surnom à partir de maintenant.

— Quel surnom ? De quoi vous parlez ?

— Jimmy La Terreur.

Il réfléchit un instant là-dessus. Puis son visage s'illumina.

— Jimmy La Terreur. J'aime ça, m'sieur Coveleski ! J'aime ça !

— Tant mieux. On le prend, ce dernier verre ?

On poursuivit notre route jusqu'à une DeSoto qui semblait avoir beaucoup de millage dans la carrosserie. Barrette se glissa au volant, mit le contact. Le véhicule fit quelques pieds en zigzaguant avant de s'immobiliser tout doucement. Barrette se tortilla sur la banquette et examina le fond de la voiture en marmonnant. La DeSoto bondit en avant, puis s'arrêta avec une secousse.

— 'Scusez-moi, m'sieur Coveleski, dit Barrette le plus sérieusement du monde, y a quelqu'un qui a mélangé les pédales.

Au bout d'une longue seconde, on se remit à avancer.

— J'ai une proposition à vous faire, m'sieur Coveleski, m'annonça mon conducteur.

— C'est quoi ?

— Je vais me lancer dans le métier et j'ai pensé…

— Quel métier ?

— Détective privé ! Comme vous. Et j'ai pensé qu'on pourrait faire équipe. Qu'est-ce que vous en dites ?

— Désolé, je travaille seul.

— On était tout un duo, l'autre soir, vous vous souvenez ?

— Oh oui ! Et je ne suis pas près de l'oublier.

— Je connais Montréal comme ma poche, j'ai des contacts…

— Tu parles des deux types qu'on a croisés à la taverne ? Tu devrais surveiller tes fréquentations, mon vieux.

Il éclata de rire. Il conduisait penché en avant, le menton quasiment appuyé contre le volant, son feutre incliné vers l'arrière.

— Je ne sais pas pourquoi ça t'intéresse, repris-je. Ce n'est pas le boulot le plus amusant du monde.

— Oui, mais est-ce que ça existe, un boulot amusant ? répliqua-t-il. Vous demanderez à votre voisin s'il aimerait mieux rester couché le matin au lieu d'aller bosser.

— On est tous lève-tôt par obligation, pas par choix.

— Je sais. Mais faut que je pense à ma famille.

— Si c'est à elle que tu penses, trouve-toi une autre branche. C'est dangereux, parfois.

— Il y a souvent de la bagarre ? demanda Barrette d'un ton excité. Vous vous êtes déjà battu ?

— Ça m'est arrivé une couple de fois.

— J'aime quand ça cogne ! Je suis Jimmy La Terreur, vous vous souvenez ?

Il gloussa.

— C'est parce que tu n'as jamais reçu un vrai coup de poing sur la margoulette, dis-je. Ce n'est pas comme dans les films où les types se frappent à qui mieux mieux comme si de rien n'était.

— Quand même, c'est sûrement plus excitant que les petits boulots que je fais. Vous savez…

Les voitures rangées le long de la rue foncèrent sur nous de l'autre côté du pare-brise. Barrette donna un coup de volant et on dériva au milieu de la rue jusqu'à ce que la DeSoto se stabilise.

— … un gars sans éducation comme moi, continua-t-il, n'a pas des tonnes de choix.

— Tu sais lire et écrire ?

— Ben oui.

— Tu peux sûrement trouver quelque chose de mieux que détective privé.

— Et vous, m'sieur Coveleski ?

— Moi quoi ?

— Vous savez lire et écrire ?

— Oui.

— Pourquoi êtes-vous devenu détective privé, dans ce cas-là ?

Pour un type en état d'ébriété, il était vite sur ses patins.

— Vous voyez ? lança-t-il à la blague. Je suis capable d'interroger les gens et de les coincer !

— Je vois ça. Disons que c'est arrivé dans un moment de folie passagère.

— Peut-être que vous avez un faible pour les blondes plantureuses, suggéra Barrette en m'adressant un clin d'œil. Hein ? Hein ?

— Ça, c'est une autre idée fausse qu'ont les gens.

— Vous n'avez jamais croisé de belles femmes pendant vos enquêtes ?

— On peut croiser des belles femmes à l'épicerie du coin. Et ta femme, là-dedans ?

— J'aime Dolorès, m'sieur Coveleski. Je sais que ça ne paraît pas toujours, mais je l'aime. Je traverserais l'enfer vêtu d'une combinaison imbibée d'essence si elle me le demandait. C'est vrai. Mais ça ne m'empêche pas de regarder ailleurs. Dolorès le sait. Toutes les femmes le savent. Mais tant qu'on fait juste regarder, il n'y a pas de problème, pas vrai ? Et vous ? Je ne vous l'ai pas demandé. Êtes-vous marié ?

Je détournai la tête, observai les façades obscures de l'autre côté de la vitre. Je dégrisais rapidement. Ma conversation avec Barrette avait le même effet qu'une douche glacée et une dizaine de cafés noirs.

— Je l'ai déjà été, répondit une voix qui ressemblait à la mienne.

— C'qui s'est passé ?

— Mon épouse est partie.

— Oh, fit Barrette.

J'examinai son profil dans la pénombre de l'habitacle. J'étais en train de gâcher la fête.

— On arrive bientôt ?

— Oui, quelques coins de rue. J'espère que vous avez encore soif. Moi, je m'en enverrais bien deux ou trois autres.

— Comment tu fais pour tenir debout ?

Il rit.

— Vous allez penser à ma proposition ?

— Je ne…

— Ne me donnez pas votre réponse tout de suite, m'interrompit-il en me tapotant un genou. Pensez-y, c'est tout ce que je vous demande. Pensez-y.

Les appartements Sundale étaient plongés dans la noirceur. Seul le plafonnier du hall brillait de sa lumière jaunâtre. On gravit l'escalier jusqu'au deuxième en s'accrochant à la rampe et l'un à l'autre. Barrette fouilla ses poches pour sa clé et se pencha pour l'insérer dans la serrure. Il y parvint à sa troisième tentative. Quand la porte fut déverrouillée, je suivis la silhouette de Barrette dans la pénombre jusqu'au salon. Une lampe sur pied s'alluma, éclairant le modeste mobilier.

— 'Soyez-vous, m'sieur Coveleski, faites comme chez vous.

Je me laissai choir dans un fauteuil. Barrette sortit une bouteille d'un buffet et la déposa entre mes genoux.

— Tenez, gardez un œil là-dessus, moi, je vais nous chercher des verres.

Il quitta la pièce.

J'examinai la bouteille. Du Crown Royal. Ça ferait l'affaire. Puis je renversai la tête contre le dossier, fermai les yeux. Je sentais mes forces m'abandonner. Dans quelques heures, le soleil se lèverait.

— Encore vous, lança une voix amère.

Je rouvris les yeux. Dans l'embrasure de la porte, Dolorès nouait la ceinture de son peignoir. Elle sortait du lit – ses cheveux étaient tout écrasés sur un côté –, mais elle était bien réveillée.

— Qu'est-ce que vous faites là ? Où est Jimmy ?

— Où rangez-vous vos verres ?

— Quoi ?

— Il est parti chercher deux verres.

— Où l'avez-vous rencontré ? demanda Dolorès en poursuivant son interrogatoire. Dans un club ?

— Hm-hm.

— On dirait que vous avez assez bu, me fit-elle remarquer.

— C'était l'idée de Jimmy, répliquai-je pour me défendre. En parlant du loup…

Barrette se faufila entre le cadre de la porte et le corps robuste de son épouse et déposa un baiser sur sa joue.

— Salut, ma poulette ! T'es debout de bonne heure, ce matin.

— Pas si fort. Les enfants…

— J'ai les verres, ajouta-t-il à mon intention.

Je lui donnai la bouteille et il remplit les verres qu'il tenait au creux d'une main, comme un vrai barman. Dolorès l'observa d'un air désapprobateur.

— Tu ne penses pas que c'est assez pour ce soir ?

— Juste un dernier, répondit-il.

— Je parie que tu as dit ça dix fois avant celui-ci.

— Pourquoi tu te joins pas à nous autres au lieu de chialer ?

— Tu as vu l'heure ? Tu travailles demain et…

— Tout à l'heure, tu veux dire.

— Tout à l'heure. Allez, viens te coucher.

— Tu appelleras mon patron et tu lui diras que je ne file pas, c'est tout, dit Barrette en me tendant mon verre.

— Oh ! non, je ne joue plus à ce petit jeu-là, répliqua Dolorès. Et puis souviens-toi de ce qu'il a dit : que si tu t'absentais une autre fois sans une bonne raison…

— Tu lui expliqueras que ma mère est décédée.

— C'est ce que je lui ai dit la dernière fois ! Et je te signale que je ne peux plus lui servir cette excuse-là, tu as fait mourir toute ta parenté pour ne pas travailler.

Le ton commençait à monter. Une chicane de couple. Voilà qui ravivait de vieux souvenirs. Je vidai mon verre.

— Écoute, dit Barrette pour couper court à la conversation, je prends un dernier verre avec m'sieur Coveleski, puis je vais me coucher.

— Ah oui ?

— Je le jure sur la tête des enfants.

— Tu peux bien jurer sur la tête de qui tu veux…

— Tu ne me crois pas ?

— Tu as déjà tenu tes promesses ? Donne-moi la bouteille, ordonna Dolorès en tendant la main.

Barrette glissa le Crown Royal dans son dos.

— Je le savais, dit sa femme en secouant la tête.

— Pourquoi faut toujours que tu fasses une scène devant la visite, pour l'amour ?

— C'était la dernière fois, tu peux me croire.

— Je l'espère bien !

Dolorès tourna les talons.

— C'est fatigant de toujours répéter la même chose, lança-t-elle par-dessus son épaule.

— C'est ça, marmonna Barrette, retourne au lit si tu es si fatiguée.

Les pas de la jeune femme s'éloignèrent rapidement, une porte claqua. Au diable les enfants.

Son mari avala son whisky d'une traite et s'en versa un autre.

— Voulez-vous bien me dire où on s'en va si l'homme n'est plus maître chez lui ? songea-t-il tout haut.

— T'aurais dû lui sacrer une claque.

— Vous pensez ?

— Moi, c'est ce que j'ai fait une fois où ma femme me cassait les pieds. Elle ne m'a plus embêté.

— Ce n'est pas l'envie qui me manque, des fois, je vous jure.

Je ne lui expliquai pas que Kathryn m'avait planté là par la suite. Je lui tendis mon verre.

— Un double, barman, dis-je afin de résister à l'envie de brailler qui me sciait le ventre.

CHAPITRE 6

Quelque chose rampa sur mon visage, tira mon nez et s'accrocha à la commissure de mes lèvres. Des paroles inintelligibles flottèrent à mes oreilles. Je soulevai péniblement une paupière. Un garçon de trois ou quatre ans était penché sur moi.

— Allô, me dit-il avec un sourire espiègle, allô, allô !

Il essaya de tâter mon visage de nouveau. J'agrippai ses avant-bras potelés et, sans le lâcher, balançai les pieds au sol. Le garçon se jeta en travers de mes genoux en babillant. Ma tête allait se fendre en deux d'une seconde à l'autre.

— Jérôme, laisse monsieur Coveleski tranquille, ordonna Dolorès en s'avançant dans la pièce.

Le garçonnet se sauva en riant.

Sa mère était vêtue de son peignoir. J'étais dans le salon des Barrette et le soleil éclaboussait la pièce de ses rayons. On était le matin. Le canapé m'avait servi de lit. Je pigeais.

— Comment vous sentez-vous ? s'enquit la maîtresse de maison d'une voix acide. Tout croche, j'imagine ?

— J'ai déjà connu des réveils plus agréables.

— Bien fait pour vous.

— Merci, vous êtes gentille, dis-je en lui renvoyant son sourire glacial.

— Je veux bien jouer à l'hôtesse, mais ne me demandez pas de sympathie en plus.

— Où est Jimmy La Terreur ?

— « La Terreur » ? Vous parlez de mon mari ?

— C'est son nouveau surnom.

— Comme c'est mignon, dit Dolorès sans le penser une seconde.

— Quand il prend un verre de trop, il subit une transformation, comme le docteur Jekyll.

— Eh bien, le docteur est au boulot. Il est passé neuf heures. Café ?

— Ce n'est pas de refus.

Elle s'éclipsa un moment et revint, cigarette au bec et tasse fumante à la main. Elle s'assit dans un fauteuil devant moi et se pencha en avant pour ramasser la bouteille de Crown Royal. L'encolure du peignoir s'ouvrit une seconde, dévoilant une bonne étendue de chair tendre, avant qu'elle le referme.

— Joli travail, remarqua-t-elle en faisant tournoyer la larme de whisky qui restait au fond de la bouteille.

— Qu'est-ce que vous avez dit à Jimmy pour le convaincre de se rendre au boulot ?

— Je n'ai rien dit, je l'ai poussé en bas du lit. Et vous ? Vous n'êtes pas censé être à votre bureau ?

— C'est moi qui fais mon horaire, répondis-je. Je suis mon propre patron.

— C'est pratique.

J'avalai une gorgée de café et demandai à Dolorès Barrette où travaillait son époux.

— En ce moment, à la Pharmacie Montréal. Je dis en ce moment parce qu'il change souvent, vous comprenez ?

— Qu'est-ce qu'il fait, à la pharmacie ?

— Il y a un snack-bar à l'arrière, expliqua-t-elle, et il s'occupe de servir les cornets de glace et les sundaes. Très prestigieux comme boulot, vous ne trouvez pas ?

— Ça pourrait changer bientôt.

— Il vous a fait des confidences ?

— Je ne sais pas si c'était une confidence, mais il pense tenter sa chance comme détective privé.

Elle tira une bouffée de sa cigarette d'un air indifférent.

— Jimmy a toujours des idées ou des projets plein la tête, dit-elle. Je trouvais ça charmant avant.

— Plus maintenant ?

— Les choses ont changé. Des idées, ça ne nourrit pas les enfants.

— Pourquoi l'avez-vous marié ?

— Je le trouvais drôle. Il avait toujours de l'argent – d'où provenait cet argent-là ? Dieu seul est au courant – et il savait comment s'y prendre pour sortir une fille. Et, comme j'ai dit, il avait toujours de ces idées complètement folles.

— Comme vendre des chaussures à un cul-de-jatte ?

— Non, pas à ce point-là, mais… Quand je vous ai entendu l'appeler Jimmy La Terreur, j'ai cru une seconde qu'il comptait devenir lutteur professionnel. Vous comprenez ?

— Hm-hm, fis-je en sirotant ma tasse.

— C'est un des rares trucs qu'il n'a pas essayé. Une chance pour lui, il se ferait casser en deux.

— Les combats sont truqués, vous savez.

— Sans blague ! Comment trouvez-vous mon café ?

— Excellent.

Dolorès Barrette m'observa en avaler une gorgée, la tête appuyée au creux de la main.

— Où avez-vous rencontré Jimmy ? lui demandai-je.

— Pourquoi vous me demandez ça ? Je suis juste une femme qui a fait de mauvais choix, comme bien d'autres.

— Je suis curieux.

Elle tira sur sa cigarette. Derrière les volutes de fumée, son visage sembla vieillir de quelques années tandis qu'elle fouillait ses souvenirs.

— Je travaillais dans un club, répondit-elle en fixant le vide. Je vendais des cigarettes, je servais aux tables. Il y a des soirs où je dansais avec les filles. On s'alignait toutes, bras dessus bras dessous, et on montrait nos jambes. J'ai été l'assistante d'un magicien quelque temps, aussi. À cette époque-là, je pouvais porter un petit costume *low cut* sans problème. Les filles m'appelaient l'Amazone parce que j'avais une belle silhouette. J'étais bien faite et je portais mes cheveux plus longs qu'aujourd'hui. Je me disais que j'irais loin dans le showbiz grâce à ce que la nature m'avait donné. J'imagine que je paie pour avoir été vaine comme ça, parce que maintenant…

Elle baissa les yeux sur son corps et ajusta le peignoir qui le drapait, comme si elle en avait honte.

— Je ne vois pas ce qu'elle a de mal aujourd'hui, votre silhouette.

— Mon café n'est pas assez fort, dit-elle avec un sourire doux-amer, vous n'avez pas encore dessoûlé. Pour faire une histoire courte, c'est dans ce club-là que j'ai rencontré le prince charmant. Il m'a invitée à sa table après mon *shift*, il m'a payé une couple de verres et, trois ans et deux enfants plus tard, nous voici ici, ce matin. Et voilà, fin, *the end*. Ce n'était pas trop ennuyant ?

Elle tendit la main vers un cendrier pour écraser sa cigarette. Puis, avec son mégot, elle déplaça les autres cadavres, joua dans la cendre. Sous le peignoir, son corps semblait avoir émergé d'un long sommeil. Je ressentais ses vibrations de là où j'étais assis.

— Vous pensez que j'ai encore une belle silhouette ? me demanda-t-elle en continuant son petit manège.

— Oui.

— Sans blague ?

— Je ne le dirais pas si je ne le pensais pas.

— Vous êtes gentil.

Ses joues prirent une teinte rosée. Elle me jeta un regard rapide de côté.

— Jimmy ne m'a pas regardée comme vous le faites depuis des mois, vous savez, dit-elle tout bas.

Elle se mordilla la lèvre inférieure un instant, puis laissa son mégot et riva ses yeux dans les miens. Des flammes brûlaient au fond de ses prunelles.

— Vous avez envie de coucher avec moi ?

— En ce moment, plus que tout au monde.

— Venez, souffla-t-elle en se levant.

Elle contourna la table basse, me tendit la main et m'entraîna dans le passage.

— Et Jérôme ?

— Il joue dans sa chambre et la petite dort.

On traversa le passage jusqu'à la chambre principale. Les couvertures étaient tout emmêlées au pied du lit, les oreillers, déformés par la tête de Dolorès et celle de Barrette.

— Déshabillez-vous.

Je déboutonnai ma chemise tandis qu'elle baissait le store et tournait vers le mur sa photo de noces, sur la table de chevet. Puis elle dénoua la ceinture de son peignoir, qui glissa de ses épaules et tomba en corolle autour de ses chevilles. Elle ne portait rien d'autre. Elle avait de gros seins ronds auréolés de brun vif. Ses hanches en amphore se séparaient en deux cuisses dodues entre lesquelles moussait la toison que j'avais entrevue l'autre nuit.

Elle s'allongea près de moi et remonta les couvertures sur nos corps nus. Sa peau était chaude, satinée. Je posai la main sur son ventre rebondi, puis un peu plus bas. Elle se mit à respirer très fort. Sa main à elle farfouilla dans mon entrejambe, ses doigts se refermèrent sur mon sexe.

J'eus un mouvement de recul.

— Non, venez, souffla-t-elle.

Je la repoussai, m'assis au bord du lit. J'avais comme le vertige et le cœur me galopait dans la poitrine. Je pris de grandes respirations, même si j'avais l'impression que ma cage thoracique écrasait mes poumons.

— Est-ce que ça va ? demanda Dolorès dans mon dos.

Je me levai, ramassai mes vêtements en évitant son regard.

— Ça va, je comprends, reprit-elle. Ce sont des choses qui arrivent. Ne vous en faites pas.

Je ne boutonnai pas tous les boutons de ma chemise, j'enfouis ma cravate dans une poche et filai vers la porte.

— Monsieur Coveleski ? lança Dolorès.

Je ne m'arrêtai pas. Je quittai l'appartement au moment où une voisine de palier quittait son logement, plus loin dans le couloir. Elle fit un pas, s'arrêta net quand nos regards se fixèrent. C'était une vieille bonne femme qui avait un long nez et qui semblait aimer le fourrer dans les affaires des autres.

Je lui tournai le dos et m'éloignai d'un pas rapide.

◆

La succursale de la Commission des liqueurs était toujours située dans la même rue. Les lattes du store horizontal étaient à moitié fermées pour bloquer les rayons du soleil. À l'intérieur, le comptoir et les étagères remplies de bouteilles se dressaient dans un demi-jour. Un homme chauve, debout devant une étagère, examinait les étiquettes et transcrivait des informations dans un petit calepin noir.

Je m'éloignai de la vitrine et me dirigeai vers la ruelle, à l'arrière de l'édifice. Les piétons s'ôtèrent de mon chemin, certains en détournant la tête et d'autres en me dévisageant carrément. Je faisais cet effet-là aux gens, depuis quelque temps.

Le jeune commis amateur de hockey grillait une cigarette, adossé contre le mur. Je le reconnus à son nœud papillon. Il m'observa avancer avec une certaine appréhension. Mon visage, sous la barbe et la crasse, lui disait quelque chose, mais sans plus. Je lui fis un sourire. Il alluma, mais ne sembla pas rassuré pour autant.

— Oh, c'est vous. Je ne vous avais pas reconnu. Il y a un bail que vous n'êtes pas passé.

— Comment ça va ?

— Bien, bien, répondit-il. Belle journée, n'est-ce pas ?

— Magnifique.

— Le beau temps n'arrête pas, c'en est presque indécent.

— Ouais.

— J'ai l'impression qu'on va payer pour, cet hiver, alors aussi bien en profiter pendant que ça passe, pas vrai ?

— Écoute, j'aurais besoin d'une bouteille…

— Allez-y, monsieur Renaud va vous servir.

— Tu penses qu'il pourra me faire crédit ? Je n'ai pas d'argent sur moi.

Je n'en avais plus sur moi, ni à la banque ni nulle part depuis un moment déjà.

— Eh ben, euh…, hésita le commis, faudrait voir avec monsieur Renaud.

— Tu pourrais y aller à ma place ?

— Moi ?

— Oui. Tu penses qu'il accepterait en me voyant ?
Les temps sont durs, je traverse une mauvaise passe.

— Oh, c'est dommage, répondit le jeune homme
en secouant la tête d'un air dépité. C'est vraiment
dommage. Je suis certain que…

— Tu vas y aller ? le coupai-je.

Il parlait trop.

— Pour vous dire la vérité, monsieur, on ne fait
pas crédit. Je regrette.

— Toi, tu pourrais m'avancer un peu d'argent ?

— C'est que, voyez-vous…

— Quoi ?

Il tira une dernière bouffée de sa cigarette, l'écrasa
méticuleusement sous la pointe de son soulier. Il
semblait aussi nerveux qu'une gazelle encerclée par
une bande de hyènes.

— Quoi ? répétai-je.

— J'ai promis à Suzanne que je la sortirais demain
soir. Va falloir que je fasse le plein de ma voiture,
puis il y aura le cinéma, les glaces… Vous comprenez ? J'aimerais bien vous aider, mais…

— Demande une avance sur ta prochaine paie à
monsieur Renaud.

— Non, non, je ne peux pas faire ça, dit-il en
écrasant toujours son mégot.

— Si tu allais chercher une bouteille dans le
backstore ?

— Qu'est-ce que vous voulez dire ?

— Va dans le *backstore* chercher une bouteille et
apporte-la-moi. N'importe laquelle.

Le jeune commis me fixa en fronçant les sourcils.

— Mais c'est du vol !

— Monsieur Renaud ne le saura jamais. Allez…

— Si, il va s'en rendre compte. Il suit l'inventaire
de près. S'il manque juste une bouteille…

— Tu lui diras que tu ignores où elle est passée.

— Je ne peux pas faire une affaire de même. C'est voler et mentir.

— Il ne saura rien.

— Non, je ne peux pas. Excusez-moi, ma pause est finie.

Il fit un pas vers la porte. Je lui bloquai le chemin. Il commençait sérieusement à me taper sur le système. Ce n'était qu'une bouteille, après tout.

— Je vais aller me servir moi-même, dans ce cas-là.

— Je ne peux pas vous laisser entrer dans le *backstore*, dit-il. Les clients n'y ont pas accès.

— Grille une autre cigarette. J'en ai pour une minute.

— Je ne peux pas, je regrette.

— Écoute, mon petit verrat…

— Lâchez-moi, vous me faites mal.

Je baissai les yeux et me rendis compte que je lui avais agrippé un poignet.

— Qu'est-ce qui se passe ici ? lança une voix hautaine.

C'était l'homme que j'avais observé à l'intérieur de la succursale. Il portait des petites lunettes rondes sans branches qui lui donnaient des airs de banquier.

— Rien, monsieur Renaud, rien, répondit le commis avec un sourire forcé.

— Qui est ce monsieur ?

— C'est… euh… c'est un ami qui est passé me saluer.

Monsieur Renaud m'examina d'un air pincé. J'avais lâché le commis et, sous le regard du patron, je reculai.

— Je vous prierais de bien vouloir quitter les lieux, monsieur, me dit ce dernier. Viens, Michel.

Le jeune homme et son patron entrèrent. La porte se ferma derrière eux avec un claquement sec.

◆

Une voix flotta à mes oreilles de très loin :

— Tu penses qu'il est mort ?

Un objet pointu s'enfonça dans mes côtes une, deux, trois fois.

— M'sieur ? M'sieur ? dit une autre voix.

Je grognai et roulai sur le flanc, tournant le dos aux voix. Dormir. C'était tout ce que je voulais.

— Au moins, il est vivant. Envoye, donne-moi un coup de main.

— Qu'est-ce que tu veux faire ?

— Je ne sais pas, mais on ne peut pas le laisser là. Aide-moi à le relever, tu veux ?

Des mains m'empoignèrent, et je me sentis soulevé dans les airs. Un poids m'attirait vers le sol. Mes jambes.

— Criss, il n'est pas léger, grommela une des voix.

— Il pue le gros gin, en plus.

— Comment les robineux font pour boire s'ils n'ont jamais une cenne ?

— Il y en a toujours un qui a une bouteille et qui est prêt à partager avec ses petits camarades.

Je relevai la tête. Où est-ce que j'étais ? Il y avait une vitrine loin devant, de l'autre côté d'une rue où défilaient des automobiles. « A. Nirenberg », indiquait un écriteau au-dessus de grandes vitrines, « Fine Furs ».

Les propriétaires des voix me traînèrent en direction d'une auto-patrouille, rangée en bordure de la rue. Des policiers. Puis mon menton revint s'appuyer contre ma poitrine. Ma tête était trop lourde à porter.

Je dus tomber dans les pommes, car j'étais assis sur la banquette arrière quand je rouvris les yeux.

— T'as compris ce que baragouinait l'épicier, toi ? demanda le conducteur à son collègue, assis à sa droite.

— Pas un mot, non.

— Moi non plus. C'était un Hongrois ou un Tchèque, je pense.

— Il n'avait pas l'air de bonne humeur, en tout cas.

— Tu serais tout sourire, toi, si tu trouvais un robineux couché devant ton magasin ?

— C'est vrai que c'est rien pour attirer les clients.

Je jetai un regard par les fenêtres. Il y avait des vitrines et des écriteaux partout.

— On l'emmène où, finalement ? reprit le passager au bout d'un moment.

— Tu veux l'emmener chez toi ?

— T'es fou ?

— Tu pourrais demander à Clairette de mettre un couvert de plus pour souper, non ? lança le conducteur à la blague.

— Je ne veux pas de cette affaire-là chez nous !

— Au refuge Meurling ?

— C'est une idée. Mais ils n'acceptent pas les gars en état d'ébriété.

— Je pense qu'il est capable de se tenir debout. Tiens, regarde, la Belle au bois dormant revient à elle.

Le flic passager me jeta un regard par-dessus son épaule.

— Le refuge Meurling, ça te tente ?

Je ne répondis pas.

— On va prendre son silence pour un oui, dit le conducteur.

◆

L'auto-patrouille s'immobilisa devant l'immense bâtisse de la rue Champ-de-Mars.

— Terminus, lança le conducteur.

Je mis pied à terre.

— Tu peux te compter chanceux, me dit le flic passager par la fenêtre de sa portière. On aurait pu te mettre en dedans pour vagabondage.

La voiture s'éloigna.

Les gargouillis de mon estomac me poussèrent à rejoindre les hommes sur le trottoir. Il y en avait des dizaines et des dizaines qui attendaient, les mains au fond de leurs poches ou adossés contre le mur, les bras croisés. Certains paraissaient en plus mauvais état que d'autres. J'eus droit à quelques coups d'œil rapides, sans plus. Chacun fixait ses souliers, comme s'il craignait qu'un passant le reconnaisse.

Au bout d'un moment, tout le monde se dirigea vers le coin de la rue. Une file se forma d'elle-même et contourna l'édifice. Par une porte latérale, on entra dans une grande salle et, un à un, les hommes empruntèrent un couloir qui menait à un guichet semblable à une billetterie de cinéma. Tout se faisait en silence, de façon ordonnée.

Mon tour vint et je m'arrêtai devant un type penché sur un registre, un crayon à la main. Rien ne se produisit. Des grognements d'impatience retentirent derrière moi.

— C'est votre première visite ? me demanda le type avec la voix de quelqu'un qui aurait préféré se trouver ailleurs.

— Oui.

— Comment vous appelez-vous ?

— Stan Coveleski.

— Vous avez quel âge ?

— Quarante-trois ans.

Le type nota le tout sans même lever la tête. Il voulait aussi connaître mon état civil, ma nationalité, depuis combien d'années j'habitais la ville. Puis il me tendit trois jetons avec le numéro cinquante-huit dessus et indiqua le bout du couloir.

— Vous pouvez descendre au sous-sol. L'escalier est par là.

Au bas des marches, une autre salle, qui ressemblait à un vestiaire. Les hommes qui étaient passés avant moi au guichet se dévêtaient sans la moindre gêne. Des vêtements jonchaient le sol. La salle était chaude et humide, on étouffait.

— Tenez, dit un préposé en me tendant un sac en corde et un cintre. Déshabillez-vous. N'oubliez pas vos jetons si vous voulez récupérer vos affaires demain.

Je me déshabillai et fis comme mon voisin. Je pendis mes vêtements au cintre et y accrochai un des jetons. Puis j'enfouis mes sous-vêtements dans le sac et y attachai le deuxième jeton ; le troisième, je me le passai autour du cou ou, du moins, j'essayai. Le cordon était trop court.

Un autre préposé, qui s'était approché pour récupérer mes choses, poussa un soupir ennuyé.

— Non, non, le jeton avec le long cordon va autour du cou, pas après le sac.

Je fis le changement, et il s'éloigna avec mes affaires.

La salle des douches était située à côté. Les stalles le long du mur étaient toutes occupées et je dus attendre comme les autres. Quand ce fut mon tour, on me versa un savon semi-liquide sur la tête et je me dirigeai vers une des stalles. L'eau tiède-chaude gicla en même temps dans toutes les douches.

Je me frottai vigoureusement, laissai l'eau ruisseler sur mon visage. J'ignorais à quand remontait mon dernier brin de toilette.

J'aurais pu rester des heures sous le jet mais, bien vite, on coupa l'eau. Je suivis les autres hors de la salle en grelottant. On me remit une chemise de nuit en gros tissu rugueux et je me dirigeai vers une autre salle d'attente. C'était une pièce sombre, malgré les lampes qui pendaient du plafond. Il y avait de la brique et des tuyaux partout. On se serait cru dans un bunker.

Les hommes entrèrent chacun leur tour dans un bureau. Certains y restèrent cinq minutes, d'autres plus longtemps. Quand je franchis la porte, je compris au mobilier que c'était le cabinet d'un médecin. Il y avait une étagère vitrée remplie de divers flacons et bouteilles, et un secrétaire près duquel était assis un type en blouse blanche.

— Votre numéro? demanda-t-il.

— Cinquante-huit.

Il fouilla dans les dossiers devant lui, en sortit un et l'étudia un moment.

— C'est votre première visite, à ce que je vois. Vous êtes sans asile depuis longtemps?

— Une couple de mois.

— Qu'est-ce qui s'est passé? Vous avez perdu votre emploi?

— Oui.

— Vous souffrez d'une maladie? Êtes-vous cardiaque, par exemple?

— Non.

— Diabète, épilepsie…?

— Non plus.

Il nota mes réponses dans le dossier, puis me posa d'autres questions, comme celles que pose n'importe quel médecin dans un cabinet. Après cet interrogatoire, il m'ausculta, m'examina les oreilles et la gorge et me palpa le cou, juste sous la mâchoire.

— Tendez les mains vers moi, dit-il ensuite en reculant d'un pas.

J'allongeai mes bras. Au bout, mes mains tremblaient.

— Vous buvez ? me demanda le médecin d'un ton sec.

— De temps en temps.

— C'est la vérité ou un euphémisme ?

— Eh ben…

— Si vous voulez trouver un autre travail et remettre votre vie sur ses rails, coupa-t-il, faudra lâcher la bouteille. L'alcool ne vous apportera rien de bon. Compris ?

Je hochai la tête. Je me sentais comme un gosse qui a fait un mauvais coup et qui se fait gronder par sa maman.

— OK, dit le médecin, vous pouvez y aller. Le réfectoire est au premier.

J'empruntai un autre escalier, qui menait, celui-là, à une grande salle. Au menu, il y avait un bol de soupe et du pain. Je pris un plateau au comptoir et m'assis à une longue table. Pendant le souper, certains pensionnaires parlèrent à voix basse, comme s'ils échangeaient des secrets. Mais on entendait surtout le cliquetis des cuillères contre les bols et le bruit de ceux qui engloutissaient leur soupe. C'était bizarre de voir tous ces hommes vêtus de la même chemise de nuit alignés aux tables.

Après le repas, on passa au dortoir où des lits en fer superposés s'étendaient en rangs serrés, avec un pot de chambre au bout de chaque rangée. Une plaque avec un numéro correspondant au numéro sur les jetons qu'on remettait aux pensionnaires était fixée aux couches. Le cinquante-huit était un lit du dessous. Je laissai le type du cinquante-sept monter et me glissai entre les draps rêches. Le matelas, déformé par des centaines de corps, était aussi confortable que le lit d'un fakir.

Au bout d'un moment, les lumières s'éteignirent et le dortoir fut plongé dans l'obscurité. Je croisai les mains sous ma nuque et fixai le matelas au-dessus de moi. Des toussotements se firent entendre, un lit craqua quand son locataire roula sur le flanc. Quelqu'un éternua. Je n'avais aucune idée de l'heure, mais il ne devait pas être tard, je n'avais pas sommeil. Puis des ronflements retentirent.

C'était ma première nuit dans un lit depuis des lunes, mais je fus incapable de fermer l'œil avant un fichu bout de temps. Les ténèbres m'enveloppaient, m'étouffaient. J'étais seul sur un radeau à la dérive.

◆

— Hé, réveille-toi, lança une voix. Hé…

J'ouvris un œil. Le type dans le lit au-dessus était à moitié sorti de sous les couvertures, penché dans le vide.

— Il est cinq heures et demie. Envoye, debout.

Je me levai et suivis les pensionnaires dans une pièce adjacente au dortoir où il y avait des lavabos. Je m'aspergeai le visage d'eau froide, puis me rendis au réfectoire. Le déjeuner consistait en du pain et du café. Puis je descendis à la salle où je m'étais dévêtu la veille et remis le jeton autour de mon cou à l'employé de service, qui me donna mes vêtements. Ils dégageaient une odeur bizarre, comme si on les avait nettoyés avec un produit pour tuer la vermine.

Je m'habillai et quittai le refuge par la porte où j'étais entré. Les pensionnaires se dispersaient dans la rue sans se presser. Le soleil levant essayait de se frayer un chemin entre les nuages.

◆

Deux autres flics me cueillirent, tard un soir. Mais ceux-là étaient à la fin de leur quart et, au lieu de me conduire à un refuge pour la nuit, ils m'enfermèrent dans la cellule du poste où ils travaillaient et s'en allèrent. J'étais le problème de quelqu'un d'autre.

La cellule, aussi spacieuse qu'une penderie, comprenait un banc à peine assez large pour poser ses fesses et un crachoir qui, d'après l'odeur qu'il dégageait, servait à soulager autre chose que les bronches encrassées. Ce n'était rien de bien extravagant. On ne devait y enfermer que les petits malfrats et les ivrognes, le temps d'une nuit. J'étais le seul représentant de ces deux castes, ce soir-là.

Le policier chargé de me surveiller faisait des réussites. Une lampe éclairait les cartes sur son bureau. C'était sans doute un jeu neuf, car les cartes claquaient quand il les manipulait. Il repoussa sa chaise au bout d'un moment et s'avança vers la cellule. C'était un type plus vieux que moi de quelques années, bien droit. Il avait de petits yeux très brillants. Il ne portait pas sa casquette.

Il sortit un paquet de Player's de sa poche de chemise et le tendit entre les barreaux.

— Cigarette ?

J'en pris une et l'allumai à son briquet. C'était ma première depuis des lunes. J'aspirai la fumée jusqu'à ce qu'elle me picote les poumons, puis la soufflai vers un coin du plafond.

Le policier rangea le paquet.

— Vous n'en prenez pas une ? lui demandai-je.

— Je ne fume pas.

— Pourquoi trimbalez-vous un paquet ?

— C'est pour mes pensionnaires. Ne faites pas cet air-là, câliboire. Il y a encore des gens qui pensent aux autres.

— C'est une espèce en voie de disparition.

Il sourit.

— Je ne suis pas fâché de vous avoir, vous savez, m'annonça-t-il.

— Ah non ?

— Je surveillais une cellule vide depuis deux jours.

— Je peux faire un peu de grabuge pour vous désennuyer, si vous voulez.

— Ce ne sera pas nécessaire.

— Rassurez-vous, ce n'est pas mon intention, dis-je. Vous pouvez même piquer un somme, si ça vous chante.

— Je n'ai pas sommeil. Je vais retourner à mes cartes dans une minute.

— Comment ça se présente ?

— Le valet ne veut pas sortir, câliboire, répondit le gardien en secouant la tête.

Il croisa les bras et m'observa fumer d'un air paisible. Son uniforme était impeccable. Son épouse devait le repasser tous les jours.

— Vous jouez aux cartes, vous ? reprit-il.

— Parfois.

— Moi, je les aime bien. Elles me tiennent compagnie, la nuit.

— C'est vrai que ça doit être tranquille, ici.

— Oh, il y a bien des pensionnaires qui s'énervent de temps en temps, qui gueulent un peu fort…

— Qu'est-ce que vous faites dans ces cas-là ?

— Je sais comment m'y prendre pour les calmer, répondit l'homme. J'ai déjà travaillé à Saint-Jean-de-Dieu.

— Vous avez dû en voir des vertes et des pas mûres.

— Il arrivait que ça brasse, oui. Un patient armé d'un couteau s'est déjà rué sur moi.

— Comment avez-vous réagi ? demandai-je.

— Comme je vous ai dit, je sais comment m'y prendre pour calmer ces gens-là.

— Vous êtes modeste.

— Bah ! Il ne m'en voulait pas, il était juste un peu fou. Tout ça pour dire que j'aime bien mes petites nuits paisibles.

— Je vais me tenir tranquille. Promis.

— Alors on devrait bien s'entendre.

Des éclats de voix retentirent ; un homme sortait d'un bureau et échangeait des salutations avec quelqu'un à l'intérieur. Quand il eut terminé, il se dirigea vers la sortie. En chemin, il jeta un œil désintéressé vers la cellule. Il s'arrêta net en me reconnaissant et s'avança. Il m'observa sans prêter attention au gardien.

— Coveleski…, fit Maranda d'un ton incrédule. Qu'est-ce que vous faites là ?

Avant que je puisse répondre, il se tourna vers mon geôlier.

— Ouvrez la cellule.

— Le capitaine est au courant ? s'enquit le gardien.

— Non, mais Coveleski n'est pas un criminel. Je me charge de lui.

— Je ne sais pas si je devrais.

— S'il y a quoi que ce soit, vous direz au capitaine Paradis de m'appeler. Phil Maranda.

— OK.

Le gardien prit le trousseau de clés à sa ceinture. Le verrou craqua, la porte grinça lugubrement en s'ouvrant.

— Allez, venez, me dit Maranda.

Je tirai mon mégot dans le crachoir et me levai.

— Merci pour la cigarette et le brin de conversation, dis-je au gardien.

— Y a pas de quoi, répondit-il en refermant la porte. Vous repasserez faire un tour.

— Je n'ai pas l'intention de remettre les pieds ici.

Il esquissa un sourire en coin.

— C'était juste une façon de parler, câliboire.

Je rejoignis le sergent-détective Maranda et le suivis en direction de la sortie.

◆

Il conduisait la même Plymouth deux tons, et la même médaille de saint Joseph se balançait au rétroviseur. À cette heure-là, les rues étaient désertes ou presque, mais Maranda garda les yeux droit devant lui, comme si on était en pleine heure de pointe.

— Une chance que je passais saluer le capitaine Paradis, dit-il en brisant le silence. Vous auriez dormi en cellule.

Il me jeta un regard de côté.

— Vous n'avez pas l'air en grande forme, mon vieux, sans vouloir vous offenser.

— Ça va. Je ne suis pas frais comme une rose, en ce moment. Ce n'est pas un secret d'État.

— Qu'est-ce qui vous est arrivé?

Je répondis à sa question par une question:

— Où m'emmenez-vous?

— J'ai dit que je me chargeais de vous, répondit-il, et c'est bien ce que j'ai l'intention de faire.

— Déposez-moi au prochain coin de rue. Ce sera parfait.

— Ne faites pas l'idiot, Coveleski.

— Arrêtez-vous.

— Vous n'êtes pas en état.

— Je vais très bien. Ça ne semble pas le cas, mais l'habit ne fait pas le moine, comme on dit.

— Je vous emmène à la maison, point final, répliqua Maranda d'un ton ferme.

— La dernière chose dont j'ai besoin, c'est une mère poule. Arrêtez-vous ici.

On arriva à un carrefour et il tourna à droite. Je crus un instant qu'il allait s'arrêter, mais la Plymouth reprit de la vitesse.

— Maranda, j'ai dit…

— Vous avez besoin d'un coup de main, m'interrompit-il.

— J'ai besoin de personne.

— Laissez votre orgueil de côté pour cette nuit, d'accord ? Vous avez besoin d'un bain et d'un bon repas.

— L'orgueil n'a rien à voir là-dedans.

— Vous êtes crotté et vous n'avez pas l'air bien, mais vous refusez qu'on vous aide. C'est quoi, si ce n'est pas de l'orgueil ?

Je regardai défiler les façades des immeubles par ma fenêtre. Je me sentais tout à coup épuisé, complètement à bout de forces. Ma vue s'embrouilla.

— Arrêtez de vous obstiner et laissez-vous conduire, marmonna Maranda. On en a pour quelque temps encore.

Il habitait le sud-ouest de l'île, parmi les ouvriers de Pointe-Saint-Charles. La rue où se dressait son triplex se terminait par le mur en briques d'une manufacture. C'était tout ce qu'on pouvait discerner sous le manteau de la nuit.

Maranda créchait au troisième, dans un logement tout en long aux pièces sombres. Il me conduisit à une pièce qui s'avéra être le salon en allumant au passage quelques lampes, puis s'éclipsa. Je pris place sur un canapé dans lequel je m'enfonçai. Il y avait un piano droit contre un mur. Des bouteilles et diverses babioles, dont le portrait d'une femme, s'étalaient dessus.

— Et voilà, dit Maranda.

Il jeta un oreiller et une couverture à côté de moi.

— Essayez de dormir un peu, ajouta-t-il. On parlera demain.

— Je ne savais pas que vous jouiez, dis-je en indiquant le piano.

— Je ne joue pas, il était là quand je suis arrivé. Bonne nuit.

— Bonne nuit.

Il éteignit le plafonnier et s'en alla. À la lumière des rayons de lune qui passaient par la fenêtre, j'enlevai quelques vêtements et m'installai aussi confortablement que je le pouvais. Les bruits de quelqu'un faisant un brin de toilette retentirent en sourdine. Bientôt, les bruits s'évanouirent et j'émigrai au pays des rêves.

◆

Je me réveillai aux sons de quelqu'un qui bardassait dans une cuisine. Je me défis de la couverture qui s'était enroulée autour de mes jambes comme les bandelettes d'une momie, m'habillai et me dirigeai vers les sons. Maranda, à la cuisinière au gaz, ajoutait de l'instantané dans deux tasses qui fumaient.

— Vous arrivez juste à temps, le café est prêt. Assoyez-vous.

Il déposa une tasse devant moi et s'assit avec l'autre. Il était frais rasé et en bras de chemise. Sa cravate pendait à son cou comme une écharpe.

— Bien dormi? Il me semble vous avoir entendu crier cette nuit.

Je répondis d'un haussement d'épaules. Je n'avais pas dormi sur mes deux oreilles depuis des lunes.

— Mon canapé n'est pas très confortable, reprit Maranda, mais c'est quand même mieux qu'un banc de parc.

Je sirotai mon café.

— Je prends le mien noir, dit le sergent-détective, mais il y a du sucre et de la crème, si vous voulez.

— Il est parfait comme ça.

Je gardai les yeux baissés sur ma tasse. Elle était en porcelaine fine et décorée de motifs floraux. Elle ne devait contenir que trois ou quatre gorgées. J'avais l'impression de pouvoir la broyer dans ma main d'une seule petite pression.

— Vous n'êtes pas très bavard, le matin, me fit remarquer mon hôte. C'est correct. Vous n'avez pas d'explications à me donner ni à vous justifier. Faites comme chez vous, soyez bien à l'aise. Je vous ai sorti le nécessaire pour faire un peu de toilette. Reposez-vous, sortez faire une promenade cet après-midi ou faites une sieste, comme il vous plaira. Je vais rentrer du bureau à l'heure du souper, d'accord ?

Je hochai la tête. Maranda consulta sa montre.

— Faut que j'y aille.

Il avala une dernière gorgée de café, alla rincer sa tasse à l'évier et quitta la pièce. Il réapparut cinq minutes plus tard coiffé de son feutre, la cravate bien en place.

— J'oubliais : il y a tout ce qu'il faut pour le petit-déjeuner et le dîner. Ne vous gênez pas pour fouiller. Bonne journée.

Ses pas s'éloignèrent dans le passage, puis la porte d'entrée se referma.

Je mangeai une bouchée et, tandis que l'eau chauffait pour un second café, j'allai ranger mon lit de fortune. Puis j'allai à la salle de bain. Il y avait une serviette et une débarbouillette soigneusement pliées et un pain de savon sur le réservoir de la toilette ; accrochés derrière la porte, un pantalon et une chemise. J'enfouis mon nez dedans. J'avais oublié l'odeur du détergent, de la propreté. Je ne pus résister.

Je me dévêtis, ajustai la température de l'eau et me glissai sous le jet. Je me laissai éclabousser un long moment, puis me savonnai de pied en cap, me rinçai et fermai les robinets. Un épais nuage de vapeur avait envahi la pièce.

Je me séchai vigoureusement, enfilai mes nouvelles fringues. Elles étaient un peu grandes, mais feraient l'affaire. Je me sentais assez bien pour mettre le nez dehors, comme si les dernières semaines s'étaient écoulées dans le drain avec l'eau et la crasse.

C'était une belle journée ensoleillée et des enfants avaient transformé la rue en terrain de jeu. À la lumière du jour, les immeubles avaient mauvaise mine. Les cadres des fenêtres et les portes avaient perdu de gros éclats de peinture et on voyait la couche précédente en dessous. La boucane vomie par les cheminées qui se dressaient dans le ciel avait noirci les murs. On n'était pas riches dans le voisinage, mais on semblait honnêtes.

Je retournai à la tanière de Maranda. L'odeur qui y régnait m'était familière, un mélange de fumée de cigare, de whisky et de solitude. Il y avait cependant des petites touches qui trahissaient une présence féminine passée, comme des bibelots, des cadres et la vaisselle que j'avais vue au petit-déjeuner. Cette touche appartenait peut-être à la femme dont la photo se trouvait sur le piano. J'allai l'examiner. Elle avait un visage aux traits un peu sévères, encadré par des cheveux de jais. Ses yeux noirs avaient une expression triste et il y avait un pli entre eux, accentué par l'éclairage dans lequel le cliché avait été pris. Sa bouche bien dessinée ne souriait pas : elle hésitait entre deux expressions, comme si le photographe avait appuyé sur le déclencheur sans crier gare. C'était le visage d'une femme qui a connu de gros soucis et en porte encore les traces. Cette fragilité faisait sa beauté.

Je remis le cadre à sa place et n'y songeai plus. Après tout, il s'agissait d'une simple photo.

Il y avait un secrétaire dans un coin de la chambre de Maranda. J'ignore pourquoi je commençai à fouiller. Je ne cherchais rien en particulier. Le fait qu'il ne soit pas verrouillé constituait peut-être une invitation ; après tout, Maranda l'aurait verrouillé s'il n'avait pas voulu qu'on fouille dedans. La partie du haut contenait des factures accumulées depuis des années, un carnet d'adresses tout écorné, des coupures de journaux jaunies où l'on parlait de diverses affaires criminelles. Dans les tiroirs, un bric-à-brac indescriptible : une plume et un encrier, un réveille-matin qui ne fonctionnait sans doute plus, une pipe, une flasque vide, une boîte de munitions qui contenait une dizaine de balles.

Un objet enveloppé dans du papier journal attira mon attention. Je défis les cordes qui tenaient le paquet fermé et découvris un petit revolver à l'acier terne et à la crosse en bois, sans pontet. Il n'avait pas l'air jeune mais, comme je connaissais Maranda, il devait être en état de marche. J'ouvris le barillet, jetai un coup d'œil à l'intérieur. Il y avait un peu de poussière, mais rien pour empêcher l'arme de fonctionner. Je la remballai en me disant qu'elle appartenait sans doute à l'un des ancêtres du sergent-détective, politicien ou homme d'affaires, qui se l'était procurée pour sa protection personnelle.

Je m'allongeai sur le lit. Le matelas me changeait des bancs de parc et l'oreiller, d'un veston roulé en boule. Mes yeux se fermèrent d'eux-mêmes, et les cris des enfants en bas dans la rue s'estompèrent lentement.

◆

Le sergent-détective revint aux alentours de six heures. Il alla à la cuisine et sortit deux Black Horse de la glacière. Il les décapsula en appuyant le goulot contre le coin de la table et en abattant sèchement la main dessus.

— Dites donc, vous m'avez quasiment l'air humain, dit-il en me tendant une bouteille. Ne manque qu'un coup de rasoir et de ciseaux. Je vais vous envoyer chez mon barbier.

Il se rendit au salon, s'écrasa sur le canapé en expirant bruyamment et desserra sa cravate. Je le suivis comme un chiot.

— Écoutez, Maranda…

— Hum ?

— Je ne voudrais pas abuser de votre hospitalité. Vous avez sûrement…

— Ah non, vous n'allez pas recommencer.

Il porta sa bouteille à ses lèvres avant de reprendre :

— C'est vous qui allez m'écouter, Coveleski. Vous resterez ici le temps qu'il vous faudra pour retomber sur vos pattes. Je ne veux pas d'histoires. Je le répète, vous n'avez pas à vous justifier ni à vous expliquer.

— Je n'ai pas de quoi vous payer.

— Qui a parlé d'argent ?

— Comment je pourrais vous remercier autrement ?

— Ne vous en faites pas, je ne m'attends pas à quoi que ce soit en retour de mon aide. Si ça peut vous rassurer, vous me donnerez un coup de main ici-dedans. D'accord ?

— D'accord.

— Donc, c'est réglé, dit mon hôte pour clore le débat.

On sirota nos bières.

— Pourquoi m'aidez-vous ? lui demandai-je.

— J'ai connu une mauvaise passe, moi aussi. C'est facile de se laisser aller, vous savez, de baisser les bras…

Il tourna la tête vers la photo de la femme, sur le piano. Ses yeux prirent une expression distante et, pendant un instant, il sembla absent de la pièce. Puis un sourire doux-amer se dessina sur ses lèvres.

— Alors si je peux aider quelqu'un à ne pas perdre le fil, eh bien, tant mieux.

Il détailla l'étiquette sur sa bouteille un moment, même s'il l'avait sans doute examinée des dizaines et des dizaines de fois avant.

— Bon, j'ai un petit creux, annonça-t-il enfin. On va manger?

◆

C'était un salon tout ce qu'il y a de plus ordinaire. La traditionnelle enseigne cylindrique blanche à rayures rouges était fixée à la façade. Un petit écriteau dans le bas de la vitrine, à droite, indiquait qu'on était ouvert. L'unique chaise était occupée et, quand je passai la porte, le barbier, armé d'un peigne et de ciseaux, tourna la tête vers moi. C'était un grand sec dont la blouse blanche et les sourcils en broussaille lui donnaient des airs de savant fou, genre docteur Frankenstein.

— Assoyez-vous, ce ne sera pas bien long.

Je pris place dans un fauteuil. Une copie de *La Presse*, sur le siège à ma gauche, attira mon attention. Une des manchettes titrait: « Début aujourd'hui du procès de Sylvio Lalonde ». J'avais jusque-là tout oublié de cette affaire. Je me rafraîchis la mémoire en lisant l'article. Lalonde était accusé du meurtre de son épouse et de leur fille; il les avait étranglées toutes les deux et avait disposé des corps en les rangeant dans une malle, qu'il avait jetée dans un étang derrière chez lui. Il y avait une photo de Lalonde, mine basse et menottes aux poings, qui sortait de je ne sais où, entouré de flics, et, en médaillon, l'image des deux disparues et de l'étang derrière la maison.

L'avocat chargé de la défense de Lalonde comptait faire valoir que son client venait d'un foyer brisé, qu'il y avait des cas de folie et de démence dans sa famille, qu'il n'avait pas toute sa tête au moment des meurtres et qu'il avait voulu cacher ses méfaits après être revenu à lui. Pour la Couronne, rien n'était l'effet du hasard : Lalonde avait choisi le jour où il passerait aux actes, acheté la malle et fait appel aux déménageurs pour qu'ils l'aident, sans le savoir, à disposer des cadavres. C'était donc, selon l'accusation, l'œuvre de quelqu'un qui sait très bien ce qu'il fait et elle demandait la peine de mort. Tout indiquait que c'était le sort qui attendait Lalonde.

— Monsieur ? C'est à vous.

Le barbier désignait la chaise de la main. Je déposai le journal et m'y installai.

— Qu'est-ce que ce sera ? demanda-t-il en ajustant une serviette autour de mon cou.

— Un rasage complet et une coupe.

— Très bien.

Il ôta le plus gros de la barbe qui me bouffait le visage à l'aide d'une tondeuse, puis inclina la chaise pour que je me retrouve à l'horizontale ou presque et termina le travail avec un rasoir à manche. J'examinai le résultat dans la glace, tandis qu'il essuyait les restants de mousse blanche sous mon nez et sur le lobe de mes oreilles. Je commençais à ressembler au Stan Coveleski d'il y a quelques mois.

◆

Le même soir, en sirotant un thé, Maranda me donna les détails qu'il me manquait concernant l'affaire Lalonde.

— Il avait réussi à filer entre les mailles du filet qu'on lui avait tendu, le petit malin. Ce sont des gars de la GRC qui l'ont épinglé dans le coin de Lethbridge, en Alberta. Il cherchait à voler des bidons d'essence dans une station-service.

— Ce qui prouve qu'il n'était peut-être pas si malin.

— Peut-être bien. Les choses ont déboulé à partir de là. On l'a ramené au Québec, on l'a jugé apte à subir un procès, la Couronne s'est mise au travail, et c'est demain que le spectacle commence. Tout le monde est sur les dents, même si, à mon avis, la finale est prévisible.

— Il n'y a rien de plus imprévisible qu'un jury, vous le savez bien.

— Il est clair que c'était prémédité et, à ce que j'ai entendu, la Couronne a un dossier en béton. Lalonde va finir la corde au cou.

— Comment est l'avocat qui le défend ?

— C'est un nouveau qui a vu dans cette histoire un moyen de se faire rapidement un nom. Et pour ça, il ne pouvait pas mieux tomber. En plus de tous les journaux du pays, il y en a de New York qui ont envoyé leurs gratte-papier couvrir le procès. Votre nom a fait surface pendant l'enquête préliminaire, vous savez.

— Ah oui ?

Maranda hocha la tête.

— La Couronne voulait votre témoignage, mais elle a été incapable de vous trouver.

— C'est aussi bien ainsi, dis-je. Je n'aurais pas été un témoin très convaincant.

— Ce n'est pas Colombe Grégoire, la sœur de la défunte, qui était déçue, dit Maranda d'un air amusé. Ce n'est pas une de vos plus grandes admiratrices, vous savez.

— Mon fan-club est plutôt restreint, mais je ne m'en fais pas. Moins on est de fous, plus on s'amuse.

— Je croyais que c'était le contraire?...

— Peu importe. Vous m'avez l'air pas mal au courant de ce qui se passe.

— L'enquêteur chargé du dossier, Pinel, est un ami à moi.

— Je croyais que Réal Caron s'en occupait?

— Le capitaine Rivard le lui a retiré après notre petite rencontre dans son bureau, expliqua Maranda. Vous vous souvenez?

— Vaguement.

— Bob n'était pas satisfait de son travail. Il lui a retiré son grade, et Caron est de nouveau simple enquêteur. Au fait, qu'est-ce qui s'est passé entre Caron et vous?

— Qu'est-ce que vous voulez dire?

Le sergent-détective m'adressa un sourire par-dessus le bord de sa tasse.

— J'ai eu le sentiment que ce n'était pas le grand amour, vous deux. Je me trompe?

— Ça ne l'a jamais été, répondis-je. Différences de points de vue.

— Vous voulez élaborer pour ceux qui ne parlent pas en paraboles?

— Quand je suis arrivé à la brigade des détectives, je me suis vite aperçu qu'on avait droit à certains petits avantages. Ce n'était rien de bien méchant et je pouvais comprendre que certains en profitent. Il y a des enquêteurs, sur le terrain depuis des années, qui n'avaient jamais eu d'augmentation ni de promotion. La plupart avaient leurs petites combines. C'était la seule façon d'avoir un salaire raisonnable. Mais un jour, les choses ont été un peu trop loin à mon goût. Un pauvre type avait tenté de braquer une épicerie de quartier. Il avait eu maille à partir avec le propriétaire et un coup de feu était parti durant l'escarmouche, tuant le proprio. Le braqueur avait été coincé quelques heures plus tard. Il avait toujours le revolver en sa possession lors de son arrestation.

J'avalai une gorgée de thé avant de poursuivre.

— Ce que j'ignorais, c'est qu'il s'agissait de l'arme de service de Caron. Le type était en fait un de ses indics et Caron la lui avait prêtée pour qu'il vole l'épicier. Ce dernier était un petit caïd qui devait de l'argent à Caron à la suite d'une combine quelconque, mais il refusait de payer. Caron a récupéré son flingue et, du coup, la Couronne a perdu sa principale pièce à conviction.

— Qu'est-ce que vous avez fait ? demanda Maranda en scrutant mon visage, les yeux à moitié fermés.

— J'ai voulu en discuter avec mon supérieur. Le type avec qui je faisais équipe à l'époque m'a suggéré de n'en rien faire, en me disant que ça n'aboutirait à rien. Caron a eu vent de mes intentions et il m'a menacé. Je ne l'ai pas écouté, j'étais décidé à aller jusqu'au bout. Mais mon collègue avait raison : Caron était habitué à graisser la patte de notre supérieur et il n'a reçu qu'un coup de baguette sur les doigts. Personne n'a eu vent de cette histoire, ça s'est réglé à l'interne, mais Caron m'en a toujours voulu de l'avoir dénoncé.

« Ce qui a aggravé les choses, c'est que, plus tard, j'ai plongé, moi aussi. Les beaux grands principes que je voulais défendre à mes débuts... Disons que ma volonté a fini par s'éroder avec le temps. Du coup, je suis devenu un hypocrite aux yeux de Caron, un visage à deux faces. Quand les choses faisaient mon affaire, je me taisais. Et il avait raison, d'une certaine façon. J'avais changé sans m'en rendre compte,

et ses accusations ont eu le même effet qu'une douche
froide. Ça m'a réveillé et je me suis regardé comme
il faut dans le miroir. Et ce que j'ai vu m'a flanqué
la frousse.»

— C'est à ce moment-là que vous avez quitté la
Sûreté, dit Maranda.

— Oui, mais c'était foutu.

— Qu'est-ce qui était foutu?

— Je voulais retrouver le type que j'étais avant.
Mais on ne peut pas échapper à son passé, on ne
peut qu'essayer de cohabiter avec lui. Malheureusement, ma femme ne voulait rien savoir d'un ménage
à trois.

— Je sais ce que c'est.

Maranda posa sa tasse, se leva et prit le portrait
de la femme sur le piano. Il l'examina comme s'il le
voyait pour la première fois. C'était très silencieux.
On entendait des éclats de voix étouffés à l'étage
au-dessous.

— Nous, on avait une caisse. On était cinq ou
six. On y mettait toutes nos recettes et, à la fin du
mois, on se séparait la cagnotte. Un jour, un gars
qui venait d'arriver au bureau des enquêteurs a
commencé à mettre son nez dans nos affaires. Il
voulait sa part, lui aussi. On n'était pas intéressés à
l'accommoder – il ne faisait pas partie de notre
gang, vous comprenez? Il a voulu jouer au plus fin
et nous a menacés de bavasser. Il n'était pas méchant,
il voulait juste faire partie du groupe, lui aussi. Mais
c'était le fils d'un grand chum de notre supérieur –
c'est ce dernier qui l'avait fait entrer –, alors valait
mieux ne pas prendre de risque. Les gars et moi
avons convenu qu'il valait mieux le dissuader et j'ai
été choisi pour le raisonner. C'est toujours moi
qu'on choisissait pour les jobs de bras. Après ce
petit épisode, j'ai été incapable de continuer. Ce que

je faisais depuis des années me rendait maintenant malade. Je ne pouvais plus me regarder dans un miroir, moi non plus. Les gars ont remarqué que j'avais changé et, tranquillement pas vite, ils m'ont exclu. Ma femme aussi s'est aperçue de quelque chose. Elle était là pour moi mais, en voulant me le prouver, elle a empiré les choses. Je ne voulais pas de son aide.

Maranda posa le cadre et alla à la fenêtre. Les mains au fond des poches, il scruta le ciel qui tournait au mauve.

— Un beau matin, elle en a eu assez. J'imagine qu'elle a refait sa vie avec quelqu'un d'autre. Je n'ai pas eu de nouvelles depuis son départ, il y a seize ans.

— Vous n'avez jamais essayé de la retrouver? demandai-je.

— J'ai continué de fréquenter les clubs où l'on avait l'habitude de se rendre et je suis allé dans les boutiques où elle magasinait, dans l'espoir de tomber sur elle. J'avais préparé soigneusement ce que j'allais lui dire. Mais la chance n'était pas au rendez-vous. Le temps a passé et je me suis immergé dans le boulot pour essayer d'oublier. Évidemment, c'était peine perdue. Il valait mieux accepter que c'était bel et bien fini et vivre avec. C'est impossible de recommencer à zéro. On continue, c'est tout.

Je pensai à Kathryn. Comment pourrais-je continuer? Il y avait tant de souvenirs, de choses qu'on n'aurait jamais la chance de faire... Je me raclai la gorge, délogeant la boule qui s'y était formée.

Maranda se tourna vers moi, esquissa un demi-sourire.

— Je sais que ce n'est pas facile, mon vieux. Moi, j'y travaille depuis seize ans, alors... Encore un peu de thé?

Je lui tendis ma tasse. Il posa la main sur mon épaule, la laissa là un instant. Puis il quitta la pièce.

◆

Une pluie fine tombait, mais rien pour empêcher quiconque voulait mettre le nez dehors de le faire. J'ignore pourquoi je pris le tramway et retournai dans le voisinage de l'hôtel où je m'étais terré des jours durant. J'y retournai, c'est tout. Les rues étaient désertes, excepté pour une voiture qui dérivait de temps en temps en faisant bruisser ses pneus sur le pavé humide. Le temps était frisquet, et il n'y avait pas de putes appuyées aux cadres des fenêtres et qui guettaient les clients.

Je m'arrêtai au pied de l'escalier qui menait à l'hôtel. Cornélius devait monter la garde dans le hall. De quelle couleur étaient ses cheveux aujourd'hui ? Je pensai à la blonde qui avait tenté de me faire voir que les choses n'étaient pas si noires. Qu'est-ce qui lui était arrivé ? Avait-elle crevé au fond d'un fossé ? Je pouvais l'imaginer étendue dans l'herbe, enroulée sur elle-même et tout empêtrée dans ses vêtements ; la pluie collait ses cheveux à son crâne, ruisselait sur son visage inexpressif. Je ne ressentis rien à cette pensée funeste, comme si la température m'engourdissait. Je ne connaissais même pas le nom de cette jeune personne. Beaucoup de gens que j'avais croisés dans ma vie ressentaient sans doute la même chose à mon égard.

Je repris ma route et allai déambuler dans la rue Craig. Il se mit soudain à tomber des cordes, et je courus me réfugier dans l'entrée d'un des nombreux *pawnshops* qui se dressaient dans la rue. Le propriétaire, de l'autre côté de la porte vitrée, m'observa d'un œil torve de la pénombre de son établissement. Je lui tournai le dos, examinai le contenu des vitrines. Il y en avait pour tous les goûts : un banjo, une radio Monarch, un service de couverts en argent, un moulin à viande, des cannes à pêche, quelques bijoux. Parmi ceux-ci, une montre-bracelet de marque Hamilton attira mon attention. Les chiffres romains se détachaient contre le cadran argent et il y avait une fenêtre pour indiquer la date entre le quatre et le cinq. Le bracelet en peau d'alligator était usé mais encore présentable. Quelques secondes s'écoulèrent avant que je la reconnaisse, et mon cœur fit un bond.

C'était la montre-bracelet que Kathryn m'avait offerte.

En regardant de plus près, je reconnus aussi des bracelets lui ayant appartenu, un médaillon que je lui avais offert, des bagues, dont celle que lui avait remise sa mère. Je n'arrivais pas à le croire. Comment tous ces bijoux avaient-ils abouti dans le bric-à-brac de ce magasin ? En y pensant bien, je ne voyais qu'une explication possible : le type au cure-dents et son acolyte Tony, ou quelqu'un à qui ils les avaient refilés, étaient venus les mettre au clou.

Une boule se forma au creux de mon estomac, mes jambes se transformèrent en guenille. Je ne pouvais rien y faire, je n'avais pas un sou en poche pour les récupérer. Ils feraient le bonheur d'une personne qui ne connaissait rien de leur histoire, de ce qu'ils signifiaient pour leur ancien propriétaire.

Il fallait que je quitte les lieux au plus vite.

Je m'élançai sous la pluie.

◆

Le tiroir tomba sur la moquette avec un bruit sourd. Je m'agenouillai à côté et cherchai le revolver à tâtons parmi les objets. Quand je mis la main dessus, j'arrachai le papier journal, puis défis la cordelette qui s'était enroulée autour du canon. Les balles. Je sortis la boîte, mais elle m'échappa et tomba par terre. Sous le choc, elle s'ouvrit et les balles roulèrent un peu partout. J'en ramassai une, l'insérai dans le barillet. Mes doigts étaient engourdis, on aurait dit que ce n'étaient pas les miens. Quelqu'un sanglotait. Je glissai deux ou trois autres balles dans le barillet et me relevai sur une jambe, puis sur l'autre. Toute la pièce tanguait.

Je titubai jusqu'à la salle de bain. En passant devant le lavabo, j'entrevis un visage dans le miroir au-dessus. Était-ce le mien ? Non, impossible. Je n'allais pas commettre un acte pareil. Je m'installai tant bien que mal au fond de la baignoire et examinai le revolver dans ma main tremblotante.

Un claquement sec retentit soudain.

Un sifflement déchira l'air et un nuage de plâtre tomba du plafond comme une neige fine. La détente était sensible. La balle aurait pu ricocher et terminer sa course dans mon estomac. Sur le coup, je ne m'en rendis pas compte. Je n'avais pas les idées trop claires.

Je pris l'arme pour qu'elle pointe vers moi, mais je grelottais tellement que je fus incapable d'enfoncer le canon dans ma bouche. J'arrachai le rideau de douche, relevai mes genoux contre moi et m'enroulai dedans, comme si ça avait été une couverture. Je n'aurais plus froid dans quelques instants.

Un poing se mit à marteler une porte, quelque part.

J'appuyai le canon contre ma tempe. Mon index s'enroula autour de la détente. J'étais parfaitement conscient de tout, même si je nageais dans le Crown Royal. Les gargouillis de la tuyauterie, les bruits extérieurs, tout le côté mélodramatique de la scène : un homme brisé, qui n'avait plus de raison de continuer, grelottant au fond d'une baignoire, prêt à se brûler la cervelle. Il ne manquait qu'un auditoire.

— Oh! Mon Dieu! lança soudain une voix.

C'était une femme d'un certain âge dont le corps massif bloquait toute la porte.

— Qu'est-ce que vous faites là? demanda-t-elle d'une voix surprise et choquée. Posez ce revolver tout de suite.

Je la fixai sans rien dire.

— Ne faites pas de bêtises, reprit-elle. Allez, donnez-le-moi.

Elle fit un pas, tendit une main, la paume tournée vers le haut. Elle avait l'air bien décidée à obtenir ce qu'elle voulait.

— Donnez-le-moi.

On pouffa de rire, quelque part.

Il y avait quelque chose de surnaturel dans ce rire. Quand la femme l'entendit, son courage l'abandonna. Elle tourna les talons et ses pas précipités s'éloignèrent dans le couloir.

Je pressai la détente.

J'ignore combien de temps je restai dans les pommes. Quand je revins à moi, un flic en uniforme, penché sur moi, me secouait l'épaule. Il avait des yeux très bleus et une moustache blanche. Ça ne semblait pas être la première tentative de suicide qu'il voyait. Il dit d'un ton calme:

— Envoye, mon homme, debout.

Il m'aida à me relever. Mon pantalon de pyjama me collait à l'entrejambe. Je m'étais pissé dessus.

— On fait quoi, sergent?

C'était un deuxième policier, dans le couloir.

— On va le mettre au lit et appeler une ambulance, répondit le flic à la moustache. Aide-moi donc…

Les deux policiers me soutinrent jusqu'à la chambre et m'allongèrent sur le lit. Je me laissai faire, docile comme un chaton. Le flic à la moustache quitta la chambre et me laissa seul avec son comparse. Des minutes s'écoulèrent, j'ignore combien. Je n'étais pas censé être mort ? Des éclats de voix retentirent à la cuisine. Le policier grilla une cigarette en arpentant la pièce. Je suivis son ombre sur le mur en écoutant la pluie tambouriner contre la fenêtre. Il avait l'air pas mal nerveux. Il ne semblait pas avoir revêtu l'uniforme depuis longtemps.

Le vieux policier revint, le revolver à la main.

— L'ambulance s'en vient, dit-il.

Il ouvrit le barillet, examina l'arme d'un air désintéressé.

— Comment il a fait pour se manquer ? lui demanda son jeune collègue.

— Les balles étaient sans doute dans la boîte depuis une couple d'années. La poudre s'est décomposée. Pas de chance, mon vieux, me lança le policier.

Je roulai sur le flanc, enfouis mon visage dans l'oreiller.

◆

Quand je me réveillai des heures ou des jours après, tout le monde avait disparu. La pluie avait cessé. Je balançai les pieds au sol, respirai profondément pour apaiser les nausées qui m'assaillaient et me traînai jusqu'à la cuisine. Tout mon corps baignait dans une sueur gluante. Le bruit de mes pas me résonnait entre les oreilles comme des coups de canon.

Maranda, à l'évier, vidait une bouteille de gin Holloway's dans le drain. Il y avait d'autres cadavres sur le comptoir.

— C'que vous faites ?

— Ce que j'aurais dû faire à votre arrivée, répondit-il par-dessus son épaule. Assoyez-vous, le café est presque prêt.

Je pris appui sur la table, me laissai descendre doucement sur une chaise.

Une tasse de café noir apparut devant moi. Je gardai les yeux rivés dessus.

— C'est madame Roy, la propriétaire, qui vous a trouvé dans la baignoire, dit Maranda en retournant à l'évier. Elle est montée aussi vite qu'elle le pouvait, alertée par le coup de feu, et est entrée avec sa clé. C'est elle qui a averti la police. Pendant qu'ils veillaient sur vous, elle m'a appelé au bureau. Heureusement qu'elle a mon numéro. Je suis arrivé en même temps que l'ambulance. Le doc vous a fait une piqûre. Il voulait vous conduire à Notre-Dame pour des examens, mais je l'en ai dissuadé.

Je ne dis rien. Je continuai de fixer mon café. Maranda continua sa besogne un instant.

— Ça ne peut plus continuer comme ça, dit-il en rompant le silence.

— Je comprends. Je ramasse mes pénates et je m'en vais.

— Mais non, Coveleski.

— Faut que je parte. Vous en avez assez fait, *anyway*.

— Ce n'est pas ce que je voulais dire. Vous ne voyez pas que…

Il poussa un grognement mêlé à un soupir, pivota vers moi.

— Faut que vous fassiez quelque chose, mon vieux. Je peux vous écouter si vous voulez vous vider le cœur, vous donner des conseils. Vous pouvez rester ici aussi longtemps qu'il vous plaira. Mais, au bout du compte, il n'y a que vous qui puissiez renverser la situation. Vous comprenez où je veux en venir ?

Je baissai la tête.

Maranda s'appuya sur la table, se pencha vers moi.

— Écoutez, ce qui vient de se passer... Vous ne croyez pas qu'il s'agit d'un sérieux avertissement ? Vous ne pouvez pas continuer ainsi, parce que la prochaine fois vous pourriez être moins chanceux et réussir votre coup. Pensez-y.

Je sentais son regard rivé sur moi. Le mien était voilé de larmes.

— Qu'est-ce qu'il y a ? reprit-il d'une voix dure. Vous pensez que vous n'en valez pas la peine, c'est ça ? Il y a sûrement des dizaines de gens qui pensent le contraire, tous ceux que vous avez aidés dans votre vie. Moi aussi, je pense le contraire, mais ce que je pense ne change rien à l'ordre des choses. Votre femme, elle, qu'est-ce qu'elle vous dirait, selon vous ? De vous laisser dépérir ? Non, elle vous dirait de ramasser les morceaux et de reprendre le dessus. Elle vous aimait. Ça la rendrait folle d'inquiétude de vous voir dans cet état-là. Pourquoi vous ne le feriez pas pour elle, hein ? Si elle était ici, elle serait fière de vous en maudit.

Un sanglot me noua la gorge. J'enfouis mon visage dans mes mains tremblotantes et laissai ma peine me submerger. Je n'aurais pas pu l'endiguer même si j'avais voulu.

Maranda se glissa sur une chaise à côté de moi.

— Faites-le pour elle, dit-il en plaçant la main sur mon épaule.

◆

Ça ne peut plus continuer comme ça.

Maranda avait raison. Je le savais depuis un moment déjà, je n'étais pas complètement parti. Mais qu'on me le dise en pleine face, ce fut comme si je m'en rendais compte pour la première fois. La bonne nouvelle était qu'ayant touché le fond, je ne pouvais que remonter. De plus, ma carapace étant en morceaux, le sergent-détective n'eut aucune difficulté à me tendre la main, malgré quelques sursauts d'orgueil.

Avec les semaines qui passèrent, je réalisai que me laisser dépérir jusqu'à atteindre le point de non-retour ne changerait rien à ce qui était arrivé : Kathryn ne reviendrait pas. Pour bien imprimer ce fait sur les plaques sensibles de mon cerveau, Maranda me conduisit au cimetière de l'Est, un après-midi. La famille de Kathryn y possédait un lot mais, comme elle était décédée en hiver, on avait remisé son corps en attendant que le sol dégèle pour procéder à l'inhumation. Cette dernière cérémonie s'était déroulée en mon absence ; la famille ne m'avait pas contacté ou bien j'errais dans les rues quand elle avait tenté de me joindre. Toujours est-il qu'on dénicha la pierre tombale, toute simple, qui comportait les inscriptions qu'on trouve habituellement sur les pierres tombales. Tandis que Maranda restait en retrait, je m'avançai à pas feutrés pour ne pas déranger Kathryn et fixai la stèle un instant en ravalant mes larmes.

Elle était morte. Il n'y avait rien que je puisse dire ou faire. C'était sans appel.

Bien que ce fût un pas dans la bonne direction, je n'étais pas pour autant sorti de l'auberge et il y eut quelques passages difficiles. Dans ces moments-là, je me rappelai le conseil du sergent-détective – *Faites-le pour elle* – et m'y accrochai jusqu'à ce que l'orage s'éloigne. Mais quelque chose m'empêchait de tourner la page pour de bon : l'accident. J'étais incapable de le classer dans un coin de ma mémoire, comme les autres souvenirs. J'en discutai avec Maranda, qui me fit comprendre qu'il m'avait été impossible de prévoir ce qui allait arriver avec l'information que je possédais et que les flics s'y étaient mal pris pour procéder à l'arrestation, ce qu'il m'était impossible de changer.

Mais une partie de moi-même doutait encore. Peut-être était-ce à cause de ce que m'avait dit Rachel, la sœur de Kathryn. Après les funérailles, elle avait accueilli la famille chez elle pour un goûter et m'avait enguirlandé devant tout le monde : j'avais conté des salades à Kathryn pour qu'elle me revienne après notre séparation, j'avais été négligent en l'emmenant à Joliette pour mon enquête et j'étais responsable de ce qui lui était arrivé. Ses paroles m'avaient tailladé le cœur comme des lames de rasoir.

Je décidai de lui rendre visite. Un matin, Maranda, en route pour le travail, me laissa au coin des rues Sainte-Catherine et Saint-Laurent. Dans le tramway 55 qui me conduisit vers le nord en se faufilant dans la circulation, je me rappelai qu'on s'était toujours bien entendus. Rachel nous recevait souvent chez elle pour des parties de cartes qui s'étiraient jusque tard dans la nuit. C'était une excellente hôtesse. Elle avait toujours des sandwiches ou du sucre à la crème à nous offrir, le tout à la bonne franquette, sans prétention. Dans ces occasions-là, j'avais connu ce que c'était que faire partie d'une famille.

On passa le coin des immigrés et les épiceries d'Extrême-Orient et d'Europe de l'Est, avec leurs chaudrons et leurs morceaux de bidoche qui pendaient dans les vitrines. Je descendis plus loin, à la rue Beaubien, et attrapai l'autobus 26 à la course. Rachel habitait près du parc Molson, sur une rue bordée d'arbres. Derrière les larges trottoirs se dressaient les duplex en rangs serrés, avec leurs escaliers qui s'élevaient en tournoyant sur eux-mêmes.

Je pris une grande inspiration, pressai la sonnette. La porte s'entrouvrit au bout d'un instant et on se dévisagea sans un mot. Elle avait pris un coup de vieux depuis notre dernière rencontre et sa ressemblance avec Kathryn s'était estompée. Les rides aux coins de ses yeux s'étaient creusées, comme les sillons qui encadraient sa bouche. La ligne de sa mâchoire s'affaissait un peu plus.

— Je peux entrer ? demandai-je en forçant un sourire.

Elle hésita, puis recula en murmurant « Bien sûr, bien sûr ». Je m'avançai dans le vestibule.

— J'allais me préparer un thé, dit-elle. Tu en veux un ?

— D'accord.

— Passe au salon. Je vais mettre l'eau à bouillir.

Elle s'éloigna dans le passage qui menait à la cuisine, ses escarpins claquant sur le plancher de bois. Elle semblait sous le choc – j'étais ni plus ni moins un fantôme du passé –, mais ses instincts de bonne hôtesse avaient pris le dessus.

J'allai au salon, une pièce double tout en long encombrée de gros meubles en bois foncé. Le dessus de la table basse, sous une récente couche de cire, luisait comme une patinoire. J'y déposai mon feutre et allai à la fenêtre pour observer ce qui se passait dans la rue. Mon arrivée ne semblait pas avoir semé l'émoi parmi les résidants.

Rachel apparut dans l'embrasure de la porte.

— Ce ne sera pas long. Installe-toi.

Je la remerciai et pris place dans le canapé, tandis qu'elle s'assoyait sur le bout d'un fauteuil. Le silence tomba sur la pièce. Tout le logement était si calme qu'on entendait le tic tac de l'horloge murale dans la cuisine. J'en fis la remarque à Rachel.

— C'est vrai que c'est tranquille, acquiesça-t-elle. Les enfants sont dans un camp de vacances.

— Ils sont chanceux.

— J'ai pensé que le grand air leur ferait du bien. Et puis on peut se le permettre, Marcel a eu une promotion à la Compagnie des tramways.

— Comment il va ?

— Bien, bien.

Rachel se racla la gorge, ajusta le collier qui pendait à son cou.

— Ça fait un bail qu'on s'est pas vus, repris-je pour briser un nouveau silence. Notre dernière rencontre remonte à quand ?

— Aux funérailles, répondit-elle d'une voix cassante comme si elle détestait qu'on le lui rappelle.

— Comment ont été les derniers mois ?

En guise de réponse, elle porta son attention sur la table à son coude et déplaça d'un pouce ou deux la babiole qu'il y avait dessus.

— Je comprends, dis-je. J'ai filé un mauvais coton, moi aussi.

Elle me jeta un regard glacial.

— C'est pour ça que tu es venu ici ? Pour qu'on parle de ce qui est arrivé ? Ce que j'ai dit, je le pensais. Tu n'auras pas d'excuses.

— Ce ne sont pas des excuses que je cherche.

— Ah bon. Qu'est-ce que tu cherches ?

— Je voulais seulement voir comment tu te débrouillais.

— Les derniers mois ont été difficiles, tu t'en doutes sûrement, répondit-elle comme si elle avait déjà préparé sa réponse. On était proches, Kathryn et moi, comme on ne l'avait pas été depuis notre enfance. Elle avait quitté la maison jeune pour se marier. On avait gardé le contact, bien sûr, mais ce n'était pas pareil. J'avais perdu ma sœur et j'avais dû finir de grandir seule jusqu'à ce que je me marie à mon tour. Je l'avais retrouvée après que vous vous étiez séparés. Ce qu'elle avait vécu… Ça nous avait beaucoup rapprochées. Elle était venue habiter ici un temps. Elle dormait sur le divan dans lequel tu es assis, là. Je lui avais dit qu'elle pouvait rester aussi longtemps qu'elle le voulait, mais elle était partie au bout de quelques jours. Trop orgueilleuse pour accepter qu'on l'aide. Elle était vraiment blessée par ce qui s'était passé, tu sais, ajouta Rachel sur un ton de reproche.

— Je m'en doute. J'ai essayé de réparer les pots cassés par la suite. Je crois que Kathryn était prête à tourner la page. C'est moi qui étais incapable d'oublier.

— Oh, je sais qu'elle était prête à te donner une deuxième chance…

— Qu'est-ce que tu veux dire ?

— Les types dans ton genre – les beaux parleurs – obtiennent toujours une deuxième chance, puis une troisième.

— Je ne lui ai pas raconté d'histoires, Rachel.

— Ah non ?

— Non.

— Explique-moi, dans ce cas-là. Tu avais un bon poste à la Sûreté. Tu as démissionné pour faire je ne sais quoi et tu l'as abandonnée. Tu as dû lui en conter des vertes et des pas mûres pour qu'elle accepte de se remettre en ménage avec toi. Ce n'était pas une petite sotte !

La conversation tournait au vinaigre.

— Je le sais. Je ne voulais pas lui faire de mal.

— Tu ne voulais pas lui faire de mal ? répéta Rachel d'un ton sarcastique. Bien joué !

— À l'époque, je ne savais plus ce que je faisais ni qui j'étais. Je ne me reconnaissais plus. J'étais coincé dans différentes combines au travail. Tu ne peux pas t'imaginer comment c'était. Je me sentais pris à la gorge par tout ça, j'étouffais.

— Tu vas me faire croire que ce n'est pas toi qui l'as giflée ?

À la cuisine, la bouilloire siffla.

Rachel se leva et quitta la pièce. La façon dont je m'étais comporté avec Kathryn avait blessé sa famille aussi. Je le réalisais pleinement maintenant.

J'allai rejoindre la maîtresse de maison à la cuisine, une pièce aussi en ordre et aussi immaculée que le salon. Rachel avait seulement ôté la bouilloire de l'élément. Elle se tenait à la fenêtre, les bras croisés.

— C'est trop facile de blâmer les autres, Stanislas Coveleski, lança-t-elle par-dessus son épaule.

— Je ne blâme personne. Les choses se sont déroulées comme ça, c'est tout.

— C'est ce qui est arrivé à Joliette aussi?

— C'était un accident.

— Tu te défiles encore une fois.

— Je ne me défile pas, Rachel.

— Si! insista-t-elle.

— Le film des événements… J'ignore combien de fois je me le suis joué dans ma tête. Si je pouvais revenir en arrière et empêcher tout ce gâchis – changer le cours des choses –, je le ferais. Mais c'est impossible. Avec ce que je savais à ce moment-là, je ne pouvais pas empêcher ce qui est arrivé.

— Donc tu t'en laves les mains, si je comprends bien.

— J'essaie de continuer, c'est tout.

Elle secoua la tête, décroisa ses bras qui tombèrent le long de son corps. Les mains au bout se serrèrent en poings.

— Ce qui me brûle, reprit-elle d'une voix tremblotante, c'est qu'elle t'aimait malgré tout ce que tu lui as infligé. J'ai essayé de lui faire entendre raison quand elle a passé quelques jours ici, mais elle ne voulait rien entendre. Elle était prête à te tendre la main si tu lui demandais de l'aide. On s'est disputées à cause de ça. Je pense même que c'est ce qui l'a poussée à refuser mon hospitalité et à partir.

Rachel se tourna vers moi. Deux grosses larmes roulaient sur ses joues.

— Pourquoi tu l'as fait souffrir quand elle, elle t'aimait ?

— C'est moi que je faisais souffrir en attaquant ceux que j'aimais.

Elle poussa un petit rire sarcastique.

— J'imagine que c'est ce que tu as raconté à Kathryn pour qu'elle revienne avec toi ?

— Je n'ai jamais voulu lui faire de mal, je te le répète.

Je fis un pas vers elle. Elle recula et se servit de la table comme d'une barricade entre nous.

— Tu lui faisais faire tes quatre volontés, n'est-ce pas ? cracha-t-elle comme si elle n'avait rien entendu. Elle était sous ton emprise. Eh ben, pas moi ! Tu n'arriveras pas à me convaincre de tes bonnes intentions, Stanislas Coveleski. À force de te répéter que tu n'étais pas responsable, tu as fini par le croire. Dans mon cas, ne gaspille pas ta salive. Ça ne marchera pas !

Elle me fixa, les yeux pleins de larmes, le haut du corps penché en avant, comme si elle me défiait de la relancer. Mais je n'avais pas envie de me battre. Le combat était truqué. Je ne pourrais pas gagner.

— Au revoir, Rachel.

Je retournai au salon pour ramasser mon couvre-chef. Elle me suivit en continuant de me haranguer. Je m'en allai, refermant la porte sur ses cris et ses larmes, et m'éloignai de la maison. J'avais de la peine pour elle, mais je me sentais mieux. On aurait dit que j'émergeais de l'eau et que je respirais à pleins poumons pour la première fois depuis des mois.

J'allais tourner la page et cesser de ruminer le passé.

DEUXIÈME PARTIE

LA CHUTE DE COUTURE

CHAPITRE 7

C'était la première fois en trois jours que le soleil perçait les nuages. On avait eu droit à des averses ici et là et à du temps maussade depuis le début de la semaine. La journée idéale pour mettre le nez dehors. Tandis qu'on sirotait notre café matinal, je demandai à Maranda où il rangeait son *Lovell's*.

— Dans le petit meuble, dans l'entrée, répondit-il.

J'allai chercher l'annuaire et m'installai dans le salon. Le sergent-détective me rejoignit au bout d'un instant, feutre en place et clés à la main.

— Qu'est-ce que vous cherchez ?

— Un dentiste.

— Mal aux dents ?

— Non.

— Je vous dépose en chemin ?

— Ça va, je vais prendre le tram et marcher.

— Comme vous voudrez. À ce soir.

— À ce soir.

◆

Le dentiste Amyot avait son bureau dans un édifice de la rue Sherbrooke, dans l'ouest, local 211 selon la liste des locataires dans le hall. L'ascenseur me conduisit à l'étage, et je longeai un couloir qui empestait l'eau de Javel jusqu'à la bonne porte. Elle s'ouvrait sur une salle d'attente assez luxueuse : tapis partout, chaises aux pattes chromées, aquarelles sur les murs. Il y avait un type à l'air piteux qui tenait un sac rempli de glaçons contre sa joue droite et une femme avec un petit sur ses genoux.

La secrétaire, assise à son bureau, était au téléphone. Elle tenait le combiné coincé au creux de son épaule et griffonnait des notes dans un calepin. Je m'approchai et, sans interrompre son travail, elle me fit signe de patienter. Elle avait changé depuis notre dernière rencontre. Ses cheveux étaient plus courts – ils tombaient juste au-dessus de sa nuque, maintenant – et tout frisés. Cette nouvelle coiffure la rajeunissait, même si elle n'en avait pas besoin. Elle portait toujours aussi peu de maquillage, mais aux bons endroits. Des lunettes à monture d'écaille reposaient sur son petit nez. Ça aussi, c'était nouveau.

Elle remit le combiné sur son support en expirant bruyamment, posa son stylo.

— Merci de votre patience, monsieur. Vous avez un rendez-vous ?

Elle leva la tête et son visage se figea quand elle me reconnut. Je continuai de sourire – je souriais depuis que j'avais franchi la porte.

— Non, tu ne rêves pas, Emma. Tu es libre pour le lunch ?

Elle était libre et on trouva un petit restaurant non loin de là, bondé de travailleurs des environs. On passa nos commandes. Emma ne pipa mot ensuite. Elle garda les yeux rivés sur son verre d'eau et tripota ses ustensiles.

— Qu'est-ce qui ne va pas ? lui demandai-je.

Elle répondit à ma question par une question, d'une voix un peu agressive.

— Où étiez-vous passé? J'ai essayé de vous joindre au bureau: rien. J'ai appelé chez vous. C'est une femme qui a décroché et elle m'a dit que vous étiez parti.

— J'ai traversé une mauvaise passe.

— Combien mauvaise?

— J'ai touché le fond.

— Pourquoi vous ne m'avez rien dit? J'aurais pu vous aider.

Elle scruta mon visage. Je haussai les épaules.

— Je l'ignore. J'imagine que je devais passer par là pour me retrouver où je suis présentement.

— J'étais inquiète. Je ne…

Sa voix se cassa. Elle détourna la tête. Je tendis la main vers la sienne, sur la table, et la pressai délicatement.

— Allons, Emma. C'est fini. Tout va bien, maintenant.

Elle ôta ses lunettes, le temps de se tamponner les yeux avec sa serviette.

— Il n'y a pas trop de dégâts? s'informa-t-elle.

— Non, rien n'a coulé.

— Où habitez-vous?

— Chez un ami. On s'est croisés par hasard, un soir, et il m'a recueilli chez lui.

— Il est gentil.

— Pas pire, tes lunettes. Très professionnel.

— Je n'avais pas le choix. Le dentiste Amyot écrit tout petit, je ne voyais rien.

— Il te traite bien?

— Je n'ai pas à me plaindre.

— Mieux que moi?

— C'est impossible, ça, vous le savez parfaitement, répliqua Emma avec le sourire narquois que je connaissais bien. Où avez-vous croisé votre ami?

— En taule.

— En taule ? cria-t-elle presque. Qu'est-ce que vous… ?

Elle s'interrompit elle-même.

— Et puis non, je ne veux pas le savoir. L'important, c'est que vous alliez mieux.

— Je vais mieux.

— Vous me le jurez ?

— Je le jure.

— Si j'apprends que vous mentez, dit-elle en brandissant un index menaçant, vous aurez affaire à moi !

— Je sais de quoi tu es capable. Je ne mens pas.

— Tant mieux.

Elle tendit le cou, scruta la salle du regard.

— Où il est, le serveur ? Je meurs de faim.

Après le lunch, je la reconduisis au cabinet de son dentiste et on échangea des au revoir sur le trottoir inondé de soleil.

— Donnez-moi de vos nouvelles, hein ? demanda-t-elle ensuite. N'oubliez pas.

— Je n'oublierai pas.

Elle se dirigea vers l'entrée, puis revint sur ses pas. Elle se hissa sur la pointe de ses escarpins et déposa un baiser sur ma joue. Puis, tout sourire, elle entra dans le hall et se fondit dans la foule qui s'y pressait.

Je tournai les talons.

Maranda plongea une assiette dans l'eau savonneuse et la frotta à l'aide de la lavette. L'émission *Le Bon Parler français*, à CKAC, jouait en sourdine à la radio.

— Dites-moi, vous sentez-vous assez en forme pour reprendre le collier ? s'enquit-il. J'aurais un boulot pour vous. Rien de compliqué.

— De quoi s'agit-il ?

Le sergent-détective me tendit l'assiette, que j'essuyai tandis qu'il élaborait.

— Le mois dernier, j'ai enquêté sur la mort de Lionel Couture, un jeune homme au début de la vingtaine, sans histoire. Vous vous en souvenez peut-être ? On en a parlé dans les journaux.

— Ça ne me dit rien.

— On avait repêché son corps sur les berges du fleuve ?…

— Non, j'ai un trou de mémoire.

— Quoi qu'il en soit, le légiste a conclu à un accident. L'autopsie a révélé que Couture était soûl au moment de sa mort. Il se serait aventuré trop près de l'eau, aurait glissé sur une roche, aurait perdu connaissance en se cognant contre une pierre – il avait une grosse ecchymose à la tête – et se serait noyé.

— Les parents ne croient pas à la thèse de l'accident ?

— Non, ils y croient. Au cours de l'enquête, je les ai interrogés, eux et des amis du défunt, sans rien trouver qui aurait prouvé le contraire. J'avais fermé le dossier jusqu'à ce matin, quand j'ai reçu la visite de Charles Vaucaire.

— Qui c'est, Charles Vaucaire ?

— Le père d'un des amis du défunt, répondit Maranda en me donnant une tasse. Il s'inquiète pour son fils. Il paraît qu'il ne file pas depuis la mort de son ami, qu'il déprime. Vaucaire voudrait que quelqu'un fasse quelque chose avant qu'il ne s'enfonce trop.

— Et ce quelqu'un, ce serait moi.

— Si vous voulez.

— Je ne suis pas psychologue, Maranda.

— Vous n'auriez pas besoin de jouer les psys, répliqua-t-il. En fait, Vaucaire craint que Pierre-Paul – son fils – ait quelque chose à voir avec la mort de son ami. C'est ce qui le tracasse. Il vous suffirait d'aller au fond des choses, tout simplement.

— Vous croyez que le jeune Vaucaire a quelque chose à y voir ?

Maranda haussa les épaules.

— Vu les circonstances, la thèse de l'accident avait du sens, alors on m'a affecté à une autre affaire. Vous savez comment c'est. Mais j'imagine que ce n'est pas impossible. Qu'est-ce que vous en dites ? Ça vous permettrait de reprendre le *beat* tout doucement, et je suis certain que Vaucaire paierait bien. Il habite une de ces cabanes au bord de la rivière des Prairies…

— Vous oubliez un détail.

— Lequel ?

— Comment je ferais pour me déplacer ? Je n'ai plus de voiture. Des jeunes ont dû prendre ma Studebaker pour faire une balade et l'ont abandonnée Dieu seul sait où. Faudrait lancer un avis de recherche.

— J'ai une solution plus simple et plus rapide.

— Oh ?

— Il y a un gars au bureau, Pichette, qui a mis sa bagnole en vente, une Graham. Il demande trois cent cinquante dollars pour, mais je suis certain qu'on pourrait le faire baisser à près de trois cents.

— Il faudrait qu'il baisse pas mal plus que ça pour s'adapter à mon budget.

— Je vais vous avancer l'argent, mon vieux, dit Maranda le plus naturellement du monde.

— Pas question. Vous en avez déjà assez fait.

— Vous me rembourserez jusqu'à la dernière cenne, si vous y tenez.

— Je ne peux pas accepter, Maranda.

— Mais si, voyons, insista-t-il. Ce n'est pas un problème.

— Je ne peux pas.

— Vous n'avez pas vraiment le choix.

— Ah non?

— J'ai pris rendez-vous avec Louis-Guy. Il nous attend à sept heures et demie.

— Vous m'avez piégé.

Maranda sourit d'un air repentant.

— Écoutez, ça ne vous engage à rien. On va seulement voir. Allez, ajouta-t-il en plongeant les mains dans l'évier, on finit la vaisselle et on y va.

Le collègue de Maranda habitait un bas de duplex sur une petite avenue bordée d'arbres dans Rosemont. Son épouse nous ouvrit la porte. À en juger par son ventre, elle allait mettre bas d'une minute à l'autre.

— Venez, dit-elle en nous guidant le long du passage qui traversait le logement, Louis est à l'arrière.

Le passage déboucha sur une cuisine éclaboussée par la lumière jaunâtre d'un plafonnier. Il y avait deux marmots attablés devant une boîte de Whippet et des verres de lait et un type, en camisole, qui s'affairait autour d'une glacière achetée chez Dupuis & Frères, selon la plaque dorée fixée à l'avant.

— Louis, lança sa femme, t'as de la visite.

— Ah, Phil, fit-il en reconnaissant Maranda.

Il s'approcha et les deux hommes se serrèrent la pince. Pichette, dans la jeune trentaine, faisait de la bedaine et les cheveux au-dessus de son front s'éclaircissaient. Il avait deux grosses valises sous les yeux.

Maranda s'occupa des présentations, puis demanda :

— Qu'est-ce qui ne va pas avec ta glacière ?

— Elle prend de l'âge, répondit Pichette.

— Elle coule, précisa sa femme. Quand vas-tu te décider à acheter un frigidaire ?

— On n'a pas besoin d'un frigidaire. Je vais la solidifier. Tu vas voir, elle peut encore faire beaucoup de millage.

— Ce n'est pas toi qui passes tes journées à essuyer le plancher.

Pichette se gratta la nuque d'un air ennuyé. Il changea de sujet.

— Vous êtes intéressé par ma Graham ? me demanda-t-il.

— J'aimerais la voir.

— Elle est dans le garage.

On sortit par la porte moustiquaire. Le ciel virait lentement au mauve au-dessus des bâtisses. Des enfants jouaient dans la ruelle et un chien jappait dans une cour, tout près. Pichette ouvrit la porte du garage et tira sur une cordelette pour allumer l'ampoule nue qui pendait du plafond. La voiture apparut au milieu d'un bric-à-brac indescriptible. Au premier coup d'œil, elle avait l'air propre. Deux couleurs, blanc et gris-bleu. Le capot s'avançait au-dessus de la calandre, inclinée vers le bas et l'arrière et soulignée par quatre bandes horizontales de chrome. Celle du haut s'étendait jusqu'à l'arrière de la carrosserie en incorporant les poignées de porte. Les phares carrés étaient montés sur les ailes arrondies.

— Assoyez-vous au volant, me suggéra son propriétaire. Allez-y, allez-y.

Je me glissai sur la banquette et empoignai le volant. Pichette se pencha à l'intérieur de l'habitacle par la fenêtre baissée de la portière.

— C'est le modèle Sharknose de 39. Moteur six cylindres. Une bonne voiture. J'en ai pris bien soin – je me suis occupé des pneus, des freins, des changements d'huile – et elle me l'a bien rendu. Je n'ai jamais eu de problèmes avec.

— Pourquoi vous voulez vendre ?

— Avec la famille qui s'agrandit, il me faut une quatre portières. Pas le choix.

— Quand l'avez-vous achetée ?

— En 42. Elle appartenait à un de mes oncles. Il a eu des ennuis de santé et il ne pouvait plus conduire. Il y faisait bien attention, lui aussi.

— Et vous demandez trois cent cinquante ?

— Ouais.

— C'est négociable ?

— Écoutez, vous m'avez l'air d'un bon diable…

— Mais ?

— Il y a les enfants, le bébé… Et vous avez entendu ma femme ?

Maranda s'interposa :

— Allons, Louis-Guy. On se connaît, on bosse ensemble.

— Je sais, je sais, fit ce dernier en se redressant.

— Les amis de mes amis sont mes amis, comme on dit. Qu'est-ce que tu en penses ?

Pichette se frotta le menton entre le pouce et l'index.

— Trois cent trente ?

— Trois cents, répliqua Maranda.

— Trois cents ? lança Pichette d'un ton incrédule.

— Cette voiture-là a presque dix ans, Louis-Guy.

— Hé, j'en ai pris soin comme de la prunelle de mes yeux. Trois cent vingt.

— Trois cent dix.

— Trois cent quinze.

— Trois cent dix, répéta Maranda en secouant la tête. À prendre ou à laisser.

Pichette réfléchit un instant en fixant ses souliers. Puis il poussa un grognement mêlé à un soupir.

— Bon, OK, trois cent dix. Mais ne dis pas aux gars du bureau que tu m'as fait baisser mon prix de quarante piastres.

— Ce sera notre petit secret, le rassura Maranda. Allez, on va régler les détails.

Il me fit un clin d'œil, puis passa un bras autour des épaules de Pichette et l'entraîna hors du garage.

CHAPITRE 8

La journée s'annonçait étouffante. Quand je tirai les rideaux, les rayons du soleil entrèrent dans la pièce et la réchauffèrent en quelques minutes. J'enfilai le complet que j'avais fait presser la veille et que j'avais soigneusement accroché à une chaise, allai à la salle de bain faire mes ablutions, puis me rendis à la cuisine où flottaient les odeurs d'un petit-déjeuner. Je m'assis devant une assiette bien garnie mais, au bout de deux ou trois bouchées, je n'étais plus capable de rien avaler.

— Qu'est-ce qui ne va pas ? s'enquit Maranda à l'autre bout de la table. Ce n'est pas à votre goût ?

— J'ai le trac.

En fait, j'avais l'estomac tordu comme un tire-bouchon.

— Allons, fit Maranda avec un sourire, ce n'est pas la première affaire dont vous vous occupez.

— C'est la première depuis un bail.

— Tout va bien se passer. Vous avez l'adresse ?

— Dans ma poche, dis-je en la tâtant pour m'assurer qu'elle s'y trouvait.

— Tout va bien se passer, répéta Maranda. Buvez votre café, au moins. Ça finira de vous réveiller.

C'était une immense maison en briques rouges de deux étages au toit en pignon. Une galerie aussi haute et aussi profonde que le parvis d'une église courait devant la façade et s'étendait sur les côtés ; les colonnes qui soutenaient le toit étaient d'un blanc immaculé, comme les rampes et les cadres des fenêtres. Un sentier formé de pierres grossièrement taillées menait de la rue à la galerie. La pelouse semblait avoir été tondue cinq minutes plus tôt et la mauvaise herbe, minutieusement épilée. Était-ce la bicoque dont Maranda m'avait parlé ? Je vérifiai l'adresse pour la énième fois. J'étais bien au bon endroit.

Je tirai une bouffée de ma cigarette. De l'autre côté du pare-brise, au bout de la rue, les eaux de la rivière miroitaient entre des arbres. Il y avait de la verdure partout. On se serait cru en pleine campagne. Je songeai à Emma. Si elle avait été là, on aurait pu bavarder un peu avant que je parte, de son rendez-vous galant de la veille, du courrier de Jeannette, de la pluie et du beau temps. Ç'aurait été bien.

J'écrasai mon mégot dans le cendrier du tableau de bord, mis pied à terre et m'engageai sur le sentier de pierres. Les pièces de la maison devaient être des pièces doubles ou, à tout le moins, le paraître. J'imaginai de gros meubles foncés, de la dentelle un peu partout et des planchers qui craquent sous les pas. À l'ombre de la galerie, j'inspirai profondément avant d'enfoncer la sonnette d'un index pas trop tremblotant.

Au bout d'un moment, un homme ouvrit et se tint droit comme un soldat au garde-à-vous ; le majordome, d'après son habillement. C'était un grand sec qui avait la mine réjouie d'un croque-mort.

— Stan Coveleski. Je viens voir le maître de la maison.

— Monsieur Vaucaire vous attend ?

— Oui.

— Vous avez une carte ?

— Non.

Le majordome me dévisagea d'un air hautain. Comment avais-je pu oser me présenter sans carte ?

— Attendez ici, dit-il.

Il referma la porte. J'écoutai les oiseaux pépier dans les arbres autour de la résidence tandis qu'un autre moment s'écoulait. Puis le majordome réapparut.

— Par ici, je vous prie.

J'entrai. Il me débarrassa de mon couvre-chef et me précéda le long d'un couloir sombre, accompagné par le craquement du plancher, comme je l'avais imaginé. On aboutit dans ce qui s'avéra être un salon immense. La pièce avait les dimensions d'une pièce triple. Des rideaux diaphanes atténuaient quelque peu la lumière du dehors.

— Monsieur Stan Coveleski, annonça le majordome.

Il s'adressait à un type qui paraissait tout rabougri, calé au fond d'un fauteuil profond. Le type m'invita à m'asseoir en désignant élégamment un canapé de la main, puis il dit, à l'intention du majordome :

— Ce sera tout, Constant. Merci.

Constant hocha la tête, une fois, et disparut.

Je pris place sur le canapé. Une horloge de parquet grosse comme un frigo, ornée de moulures et d'un cadran doré, tictaquait dans mon dos et un piano à queue Steinway tout blanc se dressait à l'autre bout de la pièce. Autrement, le mobilier correspondait à l'image que je m'en étais faite.

Mon hôte m'adressa un sourire par-dessus la table basse qui s'étalait entre nous.

— Vous n'avez pas eu de difficulté à trouver la maison ?

— Ce n'est pas ma première visite dans le voisinage.

— Vos autres visites avaient aussi pour but des enquêtes ?

— Pour des enquêtes, pour faire des promenades au bord de l'eau.

— Je vois. Je me présente : Charles Vaucaire.

Il devait être dans la cinquantaine, mais il en paraissait davantage. Ses cheveux blancs clairsemés, soigneusement coiffés sur un côté, ondulaient comme si on venait d'en enlever les bigoudis. Il avait des yeux bleus qui larmoyaient et le bas de son visage commençait à s'affaisser. Un foulard bourgogne moussait à son cou qui devait être maigrichon ; c'était la seule touche de couleur dans son habillement, il ne portait que du blanc. Ses mains, posées à plat sur les accoudoirs du fauteuil, étaient longues et effilées comme les mains d'une femme. Un étrange bidule était fixé à l'index de sa main droite, une sorte de bague sur laquelle se dressait une tige au bout de laquelle rougeoyait une cigarette. Le propriétaire du dispositif pouvait ainsi fumer sans se tacher les doigts.

— Votre réputation vous précède, monsieur Coveleski, reprit-il.

— Vraiment ?

— Oui, le sergent-détective Maranda m'a vanté vos mérites.

— Ah bon. Je croyais que c'était parce que je ne courais pas assez vite.

— L'enquête que je souhaite vous confier ne doit être ébruitée sous aucun prétexte, continua mon hôte en ignorant mon commentaire. Il s'agit d'une affaire familiale et vous devez m'assurer de votre discrétion, que je vous embauche ou non.

— Ce que vous me direz restera entre nous.

— Parfait. Que vous a raconté Maranda ?

— Qu'un ami de votre fils était décédé et que votre fils le prenait plutôt mal.

— C'est un excellent résumé et, malheureusement, c'est la triste vérité concernant Pierre-Paul.

— Vous avez une idée de la raison pour laquelle votre fils est si mal en point? demandai-je. Ils étaient proches l'un de l'autre?

— Je crois qu'ils l'étaient.

— Vous n'en êtes pas certain?

— Je les ai vus ensemble une seule fois, monsieur Coveleski. C'était le mois dernier. Je suis revenu d'une promenade, un après-midi, et l'ami de Pierre-Paul, Lionel Couture, était installé au piano. J'ai tout de suite su qu'il n'appartenait pas à la même classe que nous par la musique qu'il jouait – c'était de celle qu'on entend dans les cabarets en ville – et son accoutrement. On aurait dit un cheminot.

Vaucaire dit ça le plus naturellement du monde, comme s'il était habitué à juger les gens. Peut-être qu'il l'était. Il croisa les jambes en appuyant le genou droit sur le gauche et en serrant les cuisses. Un espace entre son pantalon et sa chaussette laissa entrevoir une bande de peau blanche et sèche.

— Comment était votre fils? continuai-je.

— Il avait l'air content. Il se tenait les bras croisés, le sourire aux lèvres, et hochait la tête en cadence avec la musique.

— Où se sont-ils rencontrés?

— Aucune idée.

— Qu'est-ce que vous savez sur ce Lionel Couture?

— Peu de choses. Les conversations que j'ai eues à son sujet avec Pierre-Paul ont toujours tourné à l'engueulade.

— Pourquoi?

— Je ne tenais pas à ce que mon fils fréquente ce garçon.

Monsieur Vaucaire porta son bidule à sa bouche, souffla un jet de fumée en direction du plafond avant d'élaborer.

— Il avait une mauvaise influence sur Pierre-Paul, monsieur Coveleski. Mon fils étudiait au Conservatoire de musique. Il désirait suivre mes traces et devenir pianiste de concert. Il était très sérieux. Il ne manquait jamais un cours et pratiquait tous les jours. Au contact de ce Couture, il s'est mis à traîner dans les cabarets et à rentrer à des heures impossibles, empestant l'alcool et la cigarette. Et depuis ce temps, le Steinway que vous voyez là-bas s'est tu.

— Je pensais que vous jouiez, vous aussi.

— Non, plus maintenant...

Il examina les ongles de sa main gauche comme s'il examinait le travail d'une manucure. Ses yeux prirent une expression triste, distante.

— Selon vous, repris-je, c'est Couture qui l'a défroqué, pour ainsi dire ?

— J'en suis convaincu, répondit mon hôte sans hésiter.

— Pourquoi tenez-vous à ce que j'enquête sur sa mort ? Vous n'êtes pas heureux qu'il ne soit plus dans les parages ?

— Je voulais qu'il cesse de fréquenter Pierre-Paul, monsieur Coveleski, non qu'il meure. Et si je souhaite que vous enquêtiez sur les circonstances de sa mort, c'est pour m'assurer que Pierre-Paul n'a rien à y voir.

— Vous pensez qu'il a quelque chose à y voir ?

— J'espère que non, mais il y a un doute dans mon esprit.

— Qu'est-ce que vous entendez par là ?

— Peut-être une fille est-elle la source de cette tragédie.

— Vous croyez que les deux garçons auraient pu se disputer à propos d'une demoiselle, par exemple, et que les choses auraient mal tourné ?

— Ce n'est pas impossible, fit Vaucaire en esquissant une moue. Pierre-Paul est certes à l'âge de ces bêtises.

— Où était-il le soir de la tragédie ?

— Il a passé une partie de la soirée avec Couture et des amis à faire bombance. Selon ces derniers, ils étaient tous les deux d'excellente humeur, bien que légèrement imbibés. Toujours est-il que Pierre-Paul se comporte comme s'il était responsable de quelque chose et avait peur. Il ne quitte pratiquement plus sa chambre, se nourrit à peine…

— Je pourrais lui parler ?

Vaucaire secoua doucement la tête, comme pour ne pas se fatiguer ou se décoiffer.

— Non, pas maintenant. Il dort encore. Il a besoin de repos.

— Il me faut au moins l'adresse de Couture pour débuter. Comment je vais faire pour l'obtenir ?

— Tenez. Je l'ai trouvée dans les affaires de Pierre-Paul.

Monsieur Vaucaire se pencha en avant, déposa un bout de papier sur la table entre nous.

— Donc, vous m'embauchez ? demandai-je.

— Je crois que vous ferez très bien l'affaire. Quels sont vos honoraires ?

J'empochai l'adresse avant de répondre :

— Quinze dollars par jour, en plus des dépenses. Je vous montrerai les factures pour éviter toute dispute.

— Cela me semble raisonnable, dit mon client en hochant la tête.

— Je vais prendre cinquante dollars tout de suite, comme acompte, disons.

— Bien sûr. Constant !

Le majordome à la mine de croque-mort se matérialisa dans l'embrasure de la porte.

— Veuillez apporter mon chéquier, je vous prie, lui intima Vaucaire.

— Bien, monsieur.

Il tourna les talons. Le clac-clac de ses pas s'évanouit dans la maison.

— Je suis prêt à tout pour que Pierre-Paul retrouve son équilibre, dit mon client. À déployer tous les efforts ou à débourser n'importe quel montant.

Je hochai la tête. Je n'y voyais aucun inconvénient, surtout à propos de la deuxième partie de son affirmation.

Le majordome revint avec un carnet en cuir et un stylo à plume. Vaucaire fit le chèque, puis se leva. Je l'imitai.

— Il y a un numéro où je peux vous joindre ? s'enquit-il en me donnant le chèque.

— S'il y a quoi que ce soit, c'est moi qui vous contacterai.

— Très bien. Constant vous donnera les informations nécessaires.

— Parfait.

— Bonne chance, monsieur Coveleski. J'attends de vos nouvelles.

Sans plus de cérémonie ni même une poignée de main, il s'éloigna, la tête baissée. Il s'arrêta au Steinway, fit glisser le bout de ses doigts sur le couvercle, perdu dans ses pensées, avant de quitter la pièce.

Le majordome me reconduisit à la porte, me donna mon feutre et les informations dont m'avait parlé le maître de maison, puis je sortis. Le soleil était aveuglant après le demi-jour qui régnait à l'intérieur. Je m'éloignai sur le sentier qui menait à la rue et à la Graham. J'étais à mi-chemin quand une décapotable vint se ranger tout doucement devant la maison. C'était une Chrysler crème, deux portes, un modèle assez récent, mais c'était le premier exemplaire que je voyais décapotable.

Une femme en descendit. Elle me jeta un regard, claqua la portière, ramassa des sacs sur la banquette arrière et s'engagea sur le sentier en direction de la maison. Je dus m'arrêter pour éviter la collision.

Elle portait une robe fourreau qui lui dénudait les épaules et des escarpins assortis. Difficile d'estimer son âge: des lunettes noires comme celles que portent les starlettes de Hollywood lui masquaient les yeux. Des cheveux de jais s'échappaient de sous son chapeau à large bord et tombaient lourdement sur ses épaules.

— Qu'est-ce que vous avez vendu à mon mari? demanda-t-elle d'une voix un peu cassante.

— La tranquillité d'esprit – du moins, je l'espère.

Ce n'était pas la réponse qu'elle attendait. Sa bouche se durcit.

— Je ne fais pas du porte-à-porte, rassurez-vous, lui dis-je avec un sourire.

— Qui êtes-vous? Qu'est-ce que vous êtes venu faire ici?

— C'est votre époux qui m'a convoqué.

— À quel sujet? insista madame Vaucaire.

— Vous le lui demanderez.

— Qu'est-ce que c'est que ces mystères?

— Ce ne sont pas des mystères.

— Ah non? C'est pourtant mon impression.

Je n'aimais pas le ton de sa voix, agressif et hautain.

— Pas du tout, dis-je. Votre mari m'a demandé de garder notre rencontre entre nous et c'est ce que je fais, voilà tout. S'il veut vous donner des détails, c'est son affaire.

— Vous êtes de la police?

— Parlez à votre mari, d'accord ?

— C'est au sujet de Pierre-Paul, n'est-ce pas ?

Je la pris par les épaules, lui fis faire un pas de côté.

— Excusez-moi, mais votre pelouse est magnifique, dis-je. Ce serait criminel de la piétiner.

Je repris ma route.

— Je ne comprends pas pourquoi Charles veut aller au fond des choses, pensa tout haut madame Vaucaire dans mon dos. Il n'y a rien à découvrir. C'est normal de filer un mauvais coton quand un ami décède, non ?

Sans m'arrêter, je me retournai et pinçai le bord de mon feutre en guise de salutation. Puis je montai dans ma voiture et mis le contact. Madame Vaucaire me jeta un dernier regard avant de disparaître à l'intérieur de la maison. Quand la porte se fut refermée, j'enfonçai l'accélérateur.

◆

L'adresse de la famille Couture étant une adresse dans Saint-Henri, je dus pratiquement traverser l'île d'une rive à l'autre. Je n'avais pas conduit ainsi sur une grande distance depuis deux ou trois mois ; c'était une de ces sensations qu'on s'aperçoit qu'on aime quand on ne l'a pas éprouvée depuis un certain temps. Mon nouveau véhicule roulait un peu plus carré que ma défunte Studebaker, mais je finirais par m'habituer.

Après les cabanes cossues et les larges rues bordées d'arbres, le quartier faisait piètre figure avec ses maisons tassées les unes contre les autres, ses ruelles sales et ses hangars en tôle qui poussaient dans les petites cours dénuées de verdure. Les Couture habitaient au-dessus d'un dépanneur aux vitrines couvertes d'affiches publicitaires de Sweet Caporal et de Kik Cola. Je gravis l'escalier extérieur sur le

côté de la maison, franchis la longue galerie jusqu'à
la dernière porte et cognai contre la moustiquaire.
La silhouette d'une femme énorme se profila dans
la pénombre, à l'autre bout du couloir. Une cigarette
rougeoyait là où devait se trouver sa bouche.

— Hum? grogna-t-elle.

— Madame Couture?

La silhouette poussa un autre grognement, cette
fois d'acquiescement.

— Je m'appelle Stan Coveleski, je suis détective
privé. J'aimerais vous parler.

— À propos?

— De votre fils, Lionel.

— Y a pas grand-chose à dire. Y est mort.

— Je sais. C'est de ça que j'aimerais qu'on bavarde.

— J'ai déjà tout raconté à la police. Allez les voir.

— Ce ne sera pas long. Deux minutes.

Madame Couture s'avança et tendit une main
potelée vers le crochet qui retenait la moustiquaire.
Mon sourire n'arriva pas à l'amadouer.

— Deux minutes, pas plus, dit-elle.

Elle portait une robe fleurie qui semblait vouloir
céder sous la pression de ses nombreux et volumineux
bourrelets. Son visage était grisâtre et huileux. Quant
à l'odeur qu'elle dégageait...

Je suivis le ruban de fumée qui flottait par-dessus
son épaule, tandis qu'elle me précédait jusqu'à une
cuisine dégueulasse. Un drap suspendu à la fenêtre
servait de rideau, la peinture sur les murs jaunissait
et le plancher devant l'évier était tout élimé et noirci.
On s'assit à une table branlante où s'étalaient les restes
du petit-déjeuner. Une bouteille de gin De Kuyper à
demi vide trônait parmi le beurre d'arachide, la
confiture et le café instantané et faisait incongru.

— Vous travaillez pour qui? s'enquit ma récalci-
trante hôtesse.

— Charles Vaucaire.

— Le père de Pierre-Paul Vaucaire ?

— Hm-hm. Vous le connaissez ?

— Ben, c'était un chum de Lionel, ça fait que je l'ai vu icitte une couple de fois.

— Ils étaient de grands amis ?

Madame Couture haussa ses épaules massives, tira une bouffée de sa cigarette.

— Sais pas. Lionel n'était pas du genre à se confier à sa maman. C'était comme un hôtel pour lui, ici-dedans. Y faisait pas mal ce qu'il voulait, y rentrait pis sortait à n'importe quelle heure du jour pis de la nuit.

— Quand les avez-vous vus ensemble pour la dernière fois ? demandai-je.

— Y a un mois, peut-être. Ils se sont enfermés dans la chambre de Lionel pour écouter des disques.

— Savez-vous s'ils se sont disputés ?

— Ce soir-là ?

— Ou un autre.

— Non, j'sais pas, répondit madame Couture en secouant la tête. Comme j'ai dit, Lionel n'était pas le genre de garçon à se confier.

— Il a revu Pierre-Paul Vaucaire après la soirée qu'ils ont passée à écouter des disques ?

— J'imagine.

— Votre fils avait une blonde ?

— Oui, la p'tite Émilie. Je l'aimais ben, elle avait du chien.

— Plus maintenant ?

— Lionel l'a laissée y a deux mois environ. Elle ne vient plus faire son tour depuis ce temps-là. Les seules fois où je la vois, c'est quand je vais au restaurant où elle travaille. Elle est serveuse.

— C'est votre fils qui a rompu ?

— C'est ça qu'elle m'a dit.

Madame Couture tira une dernière bouffée de sa clope, l'écrasa dans une assiette qui contenait déjà les croûtes brûlées d'une rôtie. À l'entendre, je devinais qu'elle n'était pas une fan de l'émission *Le Bon Parler français*.

— Le soir de sa mort, votre fils est sorti avec des amis, repris-je. Vous savez qui était là ?

— Pas vraiment. Les mêmes que d'habitude, j'imagine.

— À part le jeune Vaucaire, vous n'en connaissez aucun ?

— Pas leur nom, en tout cas.

— Vous avez une idée où votre fils a pu rencontrer Vaucaire ?

— Dans un club, j'imagine, répondit madame Couture en esquissant une moue. Lionel se tenait dans ces endroits-là. C'était pour le piano, il en jouait.

— Il faisait partie d'un orchestre ?

— Non, non, il jouait quand le band faisait une pause. Il meublait l'ambiance, qu'il m'a déjà expliqué. Mais ça lui arrivait souvent de remplacer le pianiste habituel quand lui, il ne pouvait pas jouer.

— Quels clubs il fréquentait ?

— Oh, il les a tous fréquentés à un moment ou un autre, vous savez. Même les places de Nèg', comme le Rockhead's pis le Café Saint-Michel... Y avait un petit calepin dans lequel il notait où il avait joué pis combien le gérant l'avait payé.

Elle agrippa la bouteille de De Kuyper par le goulot et l'examina. Nos deux minutes étaient écoulées depuis un moment mais, comme beaucoup de gens en deuil, elle tenait à parler de l'être cher disparu.

— Mon Lionel n'était pas un mauvais yable, vous savez. Ouais, bon, ça lui arrivait de faire des folies et y était pas sérieux. Mon mari et lui se chicanaient souvent à cause de son manque d'ambition, comme le disait mon mari. « Tu ne veux pas aller à l'école, qu'il lui avait dit, eh ben, dans ce cas-là, tu vas travailler », et il lui avait trouvé une job à la shop. Mais Lionel n'aimait pas ça et y s'est fait jeter dehors. Ce qu'il aimait, c'était le piano. Ça faisait rire mon mari. « Le piano, qu'il disait, ça ne mettra pas le pain et le beurre sur la table. »

Bien que ses yeux fussent embués, madame Couture esquissa un sourire.

— Vous avez encore le calepin de votre fils ou les flics l'ont pris ? lui demandai-je.

— Ils l'ont regardé, mais ils me l'ont laissé. Vous le voulez ?

— Oui.

Madame Couture repoussa sa chaise et souleva son énorme carcasse en prenant appui sur la table avec les mains. Elle quitta la cuisine un moment, revint avec un petit carnet noir tout écorné.

— Et voilà, dit-elle en me le tendant.

Je l'empochai.

— Je vous le rapporte dès que j'en ai terminé.

— Pas la peine.

— Vous ne voulez pas le garder ?

— Qu'est-ce que vous voulez que j'en fasse ?

— Une dernière chose.

— Quoi ?

— À quel restaurant travaille Émilie ?

— Au Star. C'est à quelques rues d'icitte.

— Je connais.

Je remerciai madame Couture et me reconduisis moi-même à la porte. Elle avait la bouteille de De Kuyper à terminer.

Au Star, l'hôtesse m'accueillit avec le sourire qui venait avec son poste, me conduisit à un box à quatre places et déposa un menu devant moi.

— Émilie travaille, ce midi ? m'informai-je.

L'hôtesse parut surprise.

— Oui.

— Je veux qu'elle s'occupe de moi.

— Ah bon. Il y a une raison particulière ou… ?

— Parce que je le demande. Le client a toujours raison, non ?

Elle s'éloigna d'un air soucieux. Je scrutai la salle. Le Star était un établissement qui hésitait entre le café de quartier et le resto chic. La plupart des box étaient occupés, surtout par des types en complet-cravate. Je m'étais attendu à voir des ouvriers travaillant dans les usines des environs, puis je me dis qu'ils cassaient sans doute la croûte sur le pouce, leur boîte à lunch sur les genoux.

Une jeune femme en uniforme de serveuse s'avança. Grande et large d'épaules, elle n'était pas vraiment jolie. Ses sourcils se rejoignaient quasiment au-dessus de son nez et elle avait des traits anguleux. Sa coupe de cheveux au bol ne l'avantageait pas vraiment. Elle dégaina un calepin de commandes et un stylo.

— Prêt à commander ?

— Émilie ?

Elle leva des yeux étonnés sur moi. C'était elle.

— J'aimerais te parler.

— Là, maintenant ? fit-elle en haussant son sourcil.

— Ce ne sera pas long.

— Qu'est-ce que vous voulez ?

— Discuter de Lionel.

La jeune femme baissa la tête. C'était un sujet délicat.

— Je suis détective privé. Je travaille pour le père de Pierre-Paul Vaucaire.

— Je sais qui c'est.

— Assis-toi. On va jaser.

— Non, je n'en ai pas envie. Et puis faut que je travaille.

— Allons, ce ne sera pas long, insistai-je. Deux minutes.

Elle jeta un œil aux alentours, hésitante, puis se décida. Elle rangea le calepin et le stylo dans la poche de devant de son uniforme et se glissa sur la banquette, de l'autre côté de la table. Elle me quêta une cigarette. Je sortis mes Grads et lui en tendis une. Quand elle eut tiré sa première bouffée, elle demanda :

— Vous dites que monsieur Vaucaire vous a engagé ?

— Exact.

— Je ne comprends pas.

— Pierre-Paul file un mauvais coton depuis le décès de Lionel.

— C'est difficile pour tout le monde, j'imagine. La famille, les amis…

— L'ex-blonde aussi ?

— L'ex-blonde aussi, répéta-t-elle avec un pâle sourire. Ce n'est pas moi qui ai rompu, vous savez.

— Qu'est-ce qui s'est passé ?

— Si je le savais… On ne s'est pas vus pendant près de trois semaines. Puis il a débarqué ici, un soir où je travaillais, et m'a annoncé que c'était terminé. Je n'arrivais pas à comprendre. Je m'occupais des clients au comptoir et… Je ne m'attendais pas à cette nouvelle. Pas du tout.

Il y avait une pointe d'amertume dans sa voix.

— Quelles raisons il donnait pour refuser de te voir ? repris-je.

— Qu'il était trop occupé, qu'il était fatigué, bla-blabla. Comme une idiote, je ne me suis doutée de rien.

— Il t'a laissée pour une autre ?

— C'est ce qui arrive d'habitude, non ? rétorqua Émilie avant de glisser sa cigarette entre ses lèvres.

— Et dans ton cas ?

— Je ne sais pas.

— Tu n'as pas essayé de le revoir par la suite ?

— Évidemment que j'ai essayé ! Il fallait que je sache pourquoi il avait cassé. Je voulais comprendre.

— Qu'est-ce qu'il a dit ?

— Que c'était fini, qu'il fallait l'oublier et continuer sans lui. Il était en paix avec sa décision, serein. Je lui ai crié après. « Pour qui tu te prends ? Tu te penses fin ? » C'était insultant, je vous le jure, comme s'il se croyait supérieur.

— Comment il a réagi ?

— Il a pris la porte, comme d'habitude. C'est ce qu'il faisait quand quelque chose ne lui plaisait pas. Au lieu de parler, il s'en allait.

Elle la jouait dure et cynique, mais toute cette histoire l'avait blessée. Ça se sentait derrière ses paroles.

— Dis-moi, tu as assisté aux funérailles ? repris-je.

— Je suis allée au cimetière pour la mise en terre, j'ignore pourquoi… Je l'ai observée de loin, cachée derrière une pierre tombale.

— Tu n'étais pas invitée ? Madame Couture t'aimait bien.

— J'imagine qu'elle a oublié.

— Tu n'as pas remarqué une fille qui était seule à la cérémonie, qui n'était pas de la famille Couture ?

— Qu'est-ce que vous croyez ? Il y avait bien trop de monde. Et puis je ne connais pas vraiment la famille.

Au bout de l'allée, l'hôtesse nous observait d'un air inquiet. De nouveaux clients se pressaient à l'entrée. Émilie lui jeta un regard par-dessus son épaule.

— Je suis mieux de retourner au travail, dit-elle en écrasant sa cigarette, sinon la mère sup va péter une attaque.

Elle se leva.

— Vous allez manger quelque chose ?

Je commandai un sandwich avec la soupe du jour et un café, même si c'est plutôt un verre qui me faisait envie. Émilie nota le tout dans son calepin.

— Ce ne sera pas long, ajouta-t-elle avant de s'éloigner entre les box.

Après le repas, je remis le cap sur la rivière des Prairies. Comme le soleil tapait fort, je baissai les vitres pour laisser entrer un peu d'air frais dans l'habitacle. Lionel Couture avait-il laissé Émilie pour une autre ? Pierre-Paul Vaucaire connaissait peut-être le fond de l'histoire. Son papa ne voulait pas qu'on le dérange, mais faudrait bien que je le rencontre tôt ou tard. Ce serait tôt. J'avais maintenant une bonne raison de le faire.

Charles Vaucaire lui-même m'ouvrit. Le vestibule sombre était étonnamment frais après la chaleur qui régnait dehors.

— Votre feutre, me dit Vaucaire en tendant la main.

Je le laissai à sa place et demandai :

— Où est Constant ? Vous lui avez donné l'après-midi de congé ?

— Non. Il suit Pierre-Paul.

— Il le suit ?

— Pierre-Paul fait une promenade au bord de la rivière, répondit le maître de la maison. J'ai préféré ne pas le laisser sans supervision, au cas où.

— Au cas où il se jetterait à l'eau ?

Ça me semblait un peu dramatique mais, à l'expression grave de Vaucaire, je compris qu'il croyait que c'était possible.

— Comment était-il en sortant du lit ? repris-je.

— En piteux état. Il n'a pratiquement pas touché à son petit-déjeuner. C'est moi qui lui ai suggéré de sortir prendre l'air et profiter du soleil. Dites-moi, comment avez-vous occupé votre avant-midi ?

Je lui parlai de mes entretiens avec madame Couture et Émilie. Son expression grave ne le quitta pas.

— Vous croyez qu'elle – Émilie – a pu tuer Couture ? s'enquit-il.

— Elle ne m'a pas paru être un assassin en puissance.

— Mais lors d'une crise de jalousie ?

— S'il y a une autre fille, j'imagine que ce n'est pas impossible. C'est ce que j'aimerais vérifier auprès de votre fils.

Une voix lança soudain :

— Qui est-ce, Charles ? Avec qui discutes-tu ?

Je levai la tête. Madame Vaucaire se tenait au sommet de l'escalier qui menait à l'étage, un pied sur la première marche et une main posée sur la rampe, comme si elle posait pour un photographe.

— C'est monsieur Coveleski, répondit son mari, le détective privé dont je t'ai parlé tout à l'heure. Monsieur Coveleski, voici ma…

— Ça va, on a déjà fait connaissance, l'interrompis-je.

— Oh ?

— On s'est croisés devant la maison à mon départ.

— Qu'est-ce que vous faites ici ? demanda-t-elle. Vous n'êtes pas supposé mener une enquête en ce moment ?

Sa voix était de nouveau hautaine et agressive, comme plus tôt.

— Je suis ici pour ça, répondis-je laconiquement.

Je me tournai vers Vaucaire.

— Je peux jeter un œil à la chambre de votre fils en attendant son retour ?

— Bien sûr. Après vous, dit-il en désignant l'escalier.

Je gravis les marches jusqu'au sommet, où se tenait toujours madame Vaucaire. Sans lunettes ni couvre-chef, je vis mieux à qui j'avais affaire. Les rides aux coins de ses yeux et la ligne de sa mâchoire me laissaient deviner qu'elle amorçait la quarantaine. Ses yeux, derrière de longs cils recourbés, étaient d'un bleu tirant sur le gris. Elle portait beaucoup de maquillage. Sa bouche pulpeuse et légèrement inclinée aux commissures était rouge comme un camion de pompiers. Une bouche qui attirait les baisers.

— Pourquoi voulez-vous voir la chambre de Pierre-Paul ? me demanda-t-elle.

— Je suis curieux.

Charles Vaucaire me conduisit à la chambre. Avant d'entrer, je jetai un œil à l'autre bout du couloir. Mon regard rencontra celui de madame Vaucaire une seconde avant qu'elle ne franchisse une porte, qui se referma derrière elle.

Il était impossible de se faire une idée de l'occupant de cette chambre. Il n'y avait son empreinte nulle part. On aurait pu retrouver les aquarelles sur les murs chez n'importe qui. Des paysages, des oiseaux. Je m'approchai d'une bibliothèque sous le regard de son père. Les livres qu'elle contenait n'indiquaient pas un penchant pour la littérature policière ni pour un sujet particulier. Des bouquins aux couvertures austères, ornées de dorure. Les *Confessions* de Rousseau, les *Pensées* de Pascal, *Le Rouge et le Noir* de Stendhal. Plutôt lourd comme lecture pour un adolescent. Pierre-Paul n'était pas comme les autres garçons de son âge. Ou peut-être qu'il ne les avait jamais lus.

— Qu'est-ce qui se passe ici ? lança soudain une voix.

Un jeune homme se tenait dans l'embrasure de la porte. Grand, la poitrine creuse, il avait un nez bulbeux et un menton quasi inexistant où poussait un début de barbe. Ses cheveux roux moussaient en boucles n'importe comment sur sa tête. Il flottait dans une chemise et un pantalon en flanelle qui tombait jusqu'à terre, cachant ses chaussures. Les deux vêtements auraient eu besoin d'un coup de fer.

— Ah, te voilà, Pierre-Paul, fit Vaucaire. Comment a été ta promenade ?

Le garçon ignora la question.

— Qui c'est ? demanda-t-il en me désignant du doigt.

— Ce monsieur s'appelle Stan Coveleski.

— Qu'est-ce que vous faites dans ma chambre, tous les deux ?

— Laisse-moi t'expliquer…

Vaucaire fit un pas vers son fils. Ce dernier se blottit dans un coin et nous fit face, comme un animal blessé.

— Monsieur Coveleski est détective privé, reprit son père. C'est moi qui l'ai engagé.

— Pour faire quoi ? Me suivre comme un chien de poche, comme Constant ?

— Non, pour t'aider, Pierre-Paul.

— M'aider ? lança fiston, incrédule.

— Tu souffres, dit Vaucaire d'une voix douce.

— Mais qu'est-ce que tu racontes ?

— Depuis le décès de ton ami, tu…

— Je vous ai dit, à toi et à maman, de me laisser tranquille, le coupa le jeune homme en haussant le ton.

— Pierre-Paul, sois raisonnable.

— Vous êtes sourds ? Je n'ai pas besoin de votre aide ni de personne !

Ses yeux bleus se voulaient méchants, mais je n'étais pas effrayé pour deux sous. Il me faisait l'effet d'un acteur qui en beurrait un peu trop épais. Vaucaire, lui, paraissait impressionné. Et désemparé.

Je pris la parole.

— Comme vient de le mentionner ton père, je m'appelle Coveleski et je suis un privé. Il s'inquiète pour toi.

— Très touchant, rétorqua cyniquement Pierre-Paul.

— Paraît que tu as changé depuis la mort de Lionel Couture.

— Ce n'est pas vrai.

— Ah non ?

— Non ! Il prétend ça uniquement parce que je ne joue plus de son maudit piano.

— Pourquoi tu ne joues plus ?

— Peut-être que j'en ai plus envie, tout simplement, répondit Pierre-Paul. Vous avez pensé à ça, monsieur le privé ?

— Tu dis peut-être vrai. Mais je pense que ton père a raison.

— Pfft ! Si vous saviez…

— Quoi donc ?

— Je me fous pas mal de ce que vous pensez.

— Pierre-Paul, intervint son père d'un ton indigné, reste poli !

— Ben quoi ?

Il ne faisait rien pour se rendre sympathique, le jeune. Mais je laissai passer et lui demandai :

— Tu te mets souvent dans un état pareil ?

— Qu'est-ce que vous voulez dire ?

— J'examinais les rayons de ta bibliothèque. C'est une raison pour piquer une crise comme un bébé gâté ?

Ma question le prit au dépourvu. Il se calma un peu en cherchant quoi répondre.

— Je n'aime pas qu'on fouille dans mes affaires, c'est tout, trouva-t-il.

— Je ne fouillais pas, je regardais.

— Quand même… Je ne vous connais pas, moi. Ça me semblait inapproprié.

— Et si tu cachais quelque chose ?

— Comme quoi ?

— Je l'ignore. C'est le cas ?

— Qu'est-ce que j'aurais à cacher ?

— Tu as réagi comme quelqu'un qui n'a pas la conscience tranquille. Mais ça ne signifie pas que tu as des secrets, pas vrai ?

— Bien sûr que non.

Il esquissa un pâle sourire, baissa la tête.

Un autre personnage fit alors son entrée en scène : madame Vaucaire. Ne manquait plus que le major-dome et toute la maisonnée serait là.

— Tout va bien ? J'ai entendu des éclats de voix, comme s'il y avait une dispute.

— Nous discutions avec Pierre-Paul, expliqua le mari.

Elle se tourna vers son fils.

— Quand es-tu rentré ? Je n'ai rien entendu.

— Il y a quelques minutes, maman.

— Est-ce que ça va ? Tu es tout pâle.

Le jeune homme ne fit rien pour rassurer sa mère.

— Je me sens étourdi, dit-il en portant la main à son front. Un léger mal de tête…

— Tu n'as rien mangé, ce matin. Viens, je vais te préparer quelque chose.

Pierre-Paul se dirigea vers la porte comme un bon petit garçon. Sa mère passa un bras autour de ses épaules, l'entraîna hors de la chambre. Avec toutes ces palpitations, j'avais presque oublié le but de ma visite.

— Un instant, madame Vaucaire.

Elle s'arrêta dans le couloir, son fils aussi. Je demandai à ce dernier :

— Tu savais que Lionel avait laissé sa petite amie ?

— Émilie ? Oui.

— Il y avait une autre fille dans le décor ?

Il baissa la tête, la secoua doucement. Son mal de tête, sans doute.

— Pas que je sache, non.

— Je vous en prie, monsieur Coveleski, intervint sa mère. Pas maintenant. Vous voyez bien qu'il est bouleversé.

Avant que je puisse ajouter quoi que ce soit, ils disparurent dans le couloir.

— Je vous prie d'excuser Pierre-Paul, monsieur Coveleski, dit Vaucaire qui s'était laissé choir sur le lit.

— Pas besoin. J'ai encore tous mes morceaux.

— Vous croyez que c'est grave ?

— Habituellement, on se remet sans problème d'un mal de bloc.

— Non, je veux dire... Vous croyez que Pierre-Paul cache quelque chose ?

— Ça reste à voir.

Vaucaire fixait la moquette, les épaules penchées en avant, les mains entre les genoux, comme si les dix plaies d'Égypte s'étaient abattues sur lui en même temps.

— Mais votre fils m'a l'air plutôt combatif, ajoutai-je. C'est bon signe.

Après avoir ainsi rassuré Vaucaire, je repartis pour le Star. Une collègue d'Émilie m'annonça que cette dernière venait juste de quitter le restaurant après une prise de bec avec madame Trudeau – l'hôtesse, sans aucun doute. D'après ce que j'avais entendu plus tôt, ce n'était pas le grand amour entre l'employée et sa supérieure.

Je sillonnai le quartier et retrouvai Émilie, toujours en uniforme, à quelques pas du restaurant. Je rangeai la Graham en bordure du trottoir, tendis le cou vers la fenêtre baissée, côté passager.

— Émilie, lançai-je quand elle passa à côté de la voiture.

Elle se pencha à l'intérieur de l'habitacle.

— Encore vous ? Qu'est-ce que vous voulez ?

— Terminer ce qu'on a commencé. Monte.

— Je n'ai plus rien à vous dire.

Elle reprit sa route d'un pas décidé. J'appuyai sur l'accélérateur en essayant de rester à sa hauteur.

— Émilie…

— Foutez-moi la paix, lança-t-elle en regardant droit devant elle.

— J'ai parlé à Pierre-Paul Vaucaire.

— Et alors ?

— Selon lui, Lionel ne t'a pas laissée pour une autre.

— Qu'est-ce qu'il en sait ? Et puis ça change quoi ? Le résultat est le même.

— Tu n'as rien remarqué le soir où Lionel est passé au Star t'annoncer votre rupture ?

— Comme quoi ?

— Quelqu'un se tenait à l'écart pendant qu'il te parlait ? Ou l'attendait dehors, dans une voiture ?

Elle bifurqua soudain dans une ruelle. Je poussai un juron, écrasai la pédale de frein et mis pied à terre. La jeune femme s'éloignait d'un pas rapide. Je la rejoignis au trot. Elle pivota vers moi.

— Vous avez un front de bœuf d'insister comme vous le faites ! Vous pensez que c'est facile pour moi ? Ça m'a fait mal quand Lionel est parti. Je commençais à m'en remettre et vous, vous venez rouvrir la plaie !

— Je regrette, mais…

— Vous regrettez ?

Elle n'en croyait visiblement rien.

— Allez achaler quelqu'un d'autre, d'accord ? enchaîna-t-elle. J'en ai jusque-là des interrogatoires !

Il y a eu la police, vous et puis madame Trudeau.
Elle voulait savoir qui vous étiez, pourquoi vous me
posiez des questions. Elle n'était pas contente. Elle
a dit que des policiers et des détectives privés dans son
établissement, c'était mauvais pour les affaires, les
gens finiraient par savoir. Je ne veux pas perdre mon
boulot, alors soyez gentil et laissez-moi tranquille !

Elle tourna les talons. Il fallait que j'insiste.

— Émilie, dis-je en lui prenant le bras.

Elle riva son regard dans le mien, serra les dents.
Le soleil tapait sur nos têtes et sur des ordures tout
près. Des exhalaisons nauséabondes piquaient nos
narines.

— Je n'ai rien remarqué, OK ? Lionel était seul
le soir de sa visite. Content ?

— Merci.

— Lâchez-moi, vous me faites mal.

Je la lâchai. Elle ajusta la courroie de son sac à
main sur son épaule.

— J'aimerais bien qu'il voie dans quel pétrin il
m'a foutue, ce bon à rien de petit drogué, ajouta-t-elle
sans desserrer les dents.

D'autres épithètes peu flatteuses suivirent, mais
je la coupai.

— Couture se droguait ?

— Hm-hm. Il fumait de la marijuana. J'ignore où
il a pris cette habitude – dans un des clubs où il
jouait, sans doute. Ce ne sont pas les gens peu recommandables qui manquent dans ces endroits-là,
pas vrai ?

— Tu l'as déjà vu consommer ?

— Non, mais il n'était pas normal, parfois.

— Qu'est-ce que tu veux dire ?

— Il avait les yeux vitreux, il avait de la difficulté
à s'exprimer comme il faut. Son comportement n'était
pas le même.

Elle me fixa entre ses cils, la tête baissée, comme si elle guettait ma réaction.

— Il avait consommé le soir où il est passé au Star ?

— Non. Je lui avais déjà dit que j'étais inquiète, mais il m'avait répondu qu'il avait le contrôle, qu'il pouvait arrêter quand il le voulait. Je l'ai cru. Je l'aimais, vous comprenez ? J'étais prête à le croire. Quelle idiote j'ai été…

— Je suis certain que tu as essayé de l'aider.

— Ben, vous vous trompez ! Je n'ai rien essayé. Il aurait dû aller faire une cure dans un sanatorium, comme les gens riches, mais sa famille n'a pas un sou.

Un coup de klaxon retentit dans mon dos – un camion de livraison. J'enroulai un bras autour des épaules d'Émilie, l'entraînai à l'écart. Le camion passa en soulevant un nuage de poussière et en faisant virevolter des détritus.

— Je pense vous avoir donné suffisamment de mon temps, me dit Émilie. Ramenez-moi à la maison, maintenant.

Elle habitait non loin de là. Je me garai en double file devant une rangée de duplex en piteux état qui s'appuyaient les uns sur les autres pour ne pas s'écrouler. Un vieil homme, assis sur une chaise de cuisine sur l'étroite galerie au rez-de-chaussée, faisait tournoyer son dentier dans sa bouche avec sa langue. Les poteaux de téléphone qui bordaient la rue étaient tout croches, comme si une tornade était passée dans le coin récemment.

— Tu l'as dit aux policiers ? demandai-je à ma passagère. À propos de Lionel ?

Elle fit signe que non. Elle tripotait son sac à main.

— Pourquoi je leur aurais dit ? C'était à eux de le découvrir. Et puis ce n'était pas un mauvais gars. Il faisait ça pour… J'ignore pourquoi. Peut-être pour atteindre je ne sais pas quoi, comme d'autres artistes. Et vous ? dit-elle en tournant la tête vers moi. Vous allez le dire aux flics ?

— L'affaire est classée pour eux.

Elle réfléchit une minute, puis reprit en ouvrant sa portière :

— Bon, faut que j'y aille.

— Merci de m'avoir parlé.

Elle descendit et se pencha à l'intérieur de l'habitacle.

— Ne revenez pas me déranger, d'accord ? Je vous ai raconté tout ce que je savais.

Je hochai simplement la tête. Ça ne m'engageait à rien.

Elle claqua la portière, contourna la voiture. Le vieil homme arrêta son manège avec ses fausses dents pour l'observer. Il recommença seulement quand elle eut disparu à l'intérieur, comme s'il ne pouvait faire deux choses à la fois.

Je quittai le voisinage. En route pour la demeure de Maranda, je m'arrêtai à la caisse populaire où j'avais l'habitude d'effectuer mes transactions. Je remplis un avis de dépôt pour le chèque de Vaucaire et me présentai au comptoir. La préposée me dévisagea comme si j'étais un revenant. J'engraissai mon compte de cinquante dollars et repris la route, avec le sentiment d'être de nouveau dans le coup.

J'attendis le sergent-détective pour le souper. Quand ce fut évident qu'il ne rentrerait pas, sans doute retenu par une enquête, je mangeai un morceau sans me presser et pris une douche pour me rafraîchir. Les cheveux encore humides, je passai un coup de fil à Emma. Le travail ne manquait pas au cabinet du dentiste Amyot. Les gens qui avaient mal aux dents étaient plus nombreux que ceux qui avaient besoin d'un détective. Elle fut contente d'apprendre

que j'avais repris le collier. On parla un moment
encore de la pluie et du beau temps, puis je partis
pour le centre-ville, le carnet de Lionel Couture dans
la poche de mon veston.

◆

Premier arrêt : le Savoy. J'arrivai sur les lieux aux
environs de neuf heures. Si je voulais interroger des
musiciens qui avaient joué avec Couture, je devais
le faire avant les premières représentations, à dix
heures. La salle se remplissait lentement. Un bon
nuage de fumée de cigarette planait au-dessus des
clients et le bruit des conversations avait déjà pas
mal d'ampleur. La soirée s'annonçait bonne pour le
propriétaire.

Je me faufilai entre les grandes tables rondes,
traversai la piste de danse en baissant la tête pour ne
pas accrocher une guirlande qui pendait du plafond.
Une porte masquée par un rideau donnait sur un
bout de couloir. Trois types en complet de scène
bavardaient, adossés contre le mur ; l'un d'eux, un
saxophone accroché au cou, sirotait un Coke. Je leur
demandai s'ils connaissaient Couture. Ils échangèrent
des regards, secouèrent la tête, non.

— Peut-être Marco, me dit le saxophoniste en
désignant une porte ouverte derrière lui.

C'était une petite loge qui contenait un bureau et
une couple de chaises. Un plafonnier jetait une
lumière jaunâtre sur les murs nus. Un homme aux
épais cheveux noirs figés dans la pommade grattait
une guitare, assis sur un coin du bureau. Il leva la
tête vers moi quand je cognai au chambranle.

— Je peux vous parler deux minutes ? lui demandai-
je.

— Bien sûr. Je me déliais les doigts.

Il posa son instrument. Je me présentai, puis allai droit au but :

— Vous avez déjà joué avec Lionel Couture ?

— Oui, quelques fois. C'est vraiment dommage ce qui lui est arrivé.

— Vous savez qu'il s'est noyé ?

— Je l'ai lu dans le journal.

— À quand remontait votre dernière rencontre ?

— Oh, environ une semaine avant sa mort, je pense. Il était venu me rejoindre au Mocambo, après son set. On avait jammé ensemble jusqu'à l'aube avec d'autres musiciens.

— Il était bon ?

— Il se débrouillait pas mal, fit Marco le guitariste en esquissant une moue. Il pouvait jouer à peu près n'importe quoi sans avoir l'air fou. S'il s'était appliqué un peu plus, il aurait pu être vraiment bon. Mais ça, on ne le saura jamais.

— Vous savez s'il se droguait ?

Marco haussa les sourcils.

— Se droguer ?

— Hm-hm.

— Non, pas Lenny. Il aimait prendre un verre de temps en temps, comme tout le monde. Mais pas de drogue. Qui vous a dit ça ?

— Sa petite amie.

— Une de ses petites amies, vous voulez dire, me corrigea Marco avec un sourire.

— Ah bon ?

— C'était un garçon qui paraissait bien, vous savez.

— Je ne l'ai jamais rencontré.

Marco reprit sa guitare, comme si elle lui manquait déjà, et recommença à se délier les doigts.

— Il y a des femmes qui le trouvaient de leur goût, je vous prie de me croire, continua-t-il avec un mélange d'admiration et d'envie. Des admiratrices lui payaient des drinks, et certaines lui faisaient porter des petits mots par les serveuses. Il y en a qui étaient plutôt directes dans leurs invitations, si vous comprenez ce que je veux dire. Et quand elles étaient jolies, Lenny ne refusait pas. Je l'ai déjà vu disparaître *backstage* avec l'une d'elles, une dizaine de minutes, puis revenir tout ébouriffé, la cravate défaite.

— Il est sorti de scène le temps de… ?

— Oui ! On l'a taquiné pendant des jours, après.

— La dernière fois que vous avez joué ensemble, il était seul ou accompagné d'une de ses conquêtes ?

— Seul. Il ne tenait pas en place, il parlait sans arrêt.

— Qu'est-ce qui le rendait si excité ?

— Il était amoureux !

— Amoureux ?

— Eh oui. On le taquinait sur ses derniers « exploits », vous comprenez, quand il nous a annoncé que c'était fini, qu'il était tombé en amour et qu'il allait se ranger. On a tous bien rigolé.

— Vous ne l'avez pas cru ?

— Bien sûr que non.

— Pourquoi pas ?

— Il avait un coup de foudre toutes les semaines, expliqua Marco avec un sourire. Je pense même qu'il devait être amoureux de nous pour jouer avec nous. Dans le fond, c'était un garçon bien sensible.

— Il vous a parlé de sa nouvelle flamme ? Il vous a dit son nom ?

— Non, rien. Et vous dites qu'il avait une blonde ?

Je lui décrivis Émilie et lui demandai s'il ne l'avait pas déjà croisée.

— Non.

— Certain ?

— Certain. Avec la description que vous en faites, je m'en serais souvenu.

Il ajouta en secouant la tête :

— Pauvre fille, si elle avait su…

Je le remerciai de son temps et quittai la loge. Un autre endroit où Couture avait souvent joué, selon son carnet, était le Vienna. Je retraversai la salle en direction de la sortie. Une serveuse, un plateau bondé de verres, croisa ma route. Je dus lutter pour ne pas en ramasser un au passage. Les derniers mois étaient bien présents à mon esprit et le seraient encore très longtemps. À cet instant précis, je me détestai pour m'être aventuré sur ce terrain glissant.

La rue Sainte-Catherine, baignée par les ampoules multicolores, grouillait de monde et de voitures. C'était une soirée chaude, humide. On avait le sentiment que tout pouvait arriver. Un troupeau d'éléphants aurait pu dévaler la rue, personne n'aurait été surpris.

Comme le Vienna se dressait à quelques coins de rue, je décidai de laisser la Graham là où je l'avais garée et d'user mes semelles un peu. C'était un établissement où l'on pouvait dîner, puis danser jusque tard dans la nuit au son d'un big band. Pour l'instant, un pianiste qui semblait à moitié endormi meublait le silence, seul sur la scène. La décoration était criarde – il y avait des paillettes partout – et l'air, enfumé. Le bar, où les clients pouvaient siroter un martini en attendant qu'une table se libère, se trouvait à l'écart de la salle à manger. Il y avait le traditionnel poivrot qui buvait seul, enfermé dans son monde. Le barman, derrière le comptoir, ne semblait pas s'en soucier outre mesure.

Le maître d'hôtel m'intercepta dans l'entrée. L'œillet rouge épinglé à sa boutonnière ressemblait à une blessure sanglante sur son veston blanc.

— Je suis un privé, lui dis-je, et j'aimerais parler aux membres de votre orchestre à propos d'un de leurs collègues.

L'homme hésita.

— Eh bien, c'est que… Je vais devoir en parler au patron avant.

— Vous ne voulez pas d'ennuis, c'est exact ?

— C'est un endroit respectable, ici.

— Je n'en veux pas, moi non plus. Vous ne croyez pas qu'il serait plus simple de me conduire en coulisses, ni vu ni connu ?

Pour effacer tous ses doutes, je sortis mon portefeuille. Rapide comme un magicien, le maître d'hôtel fit disparaître le billet de un dollar que je lui tendis.

— Par ici, dit-il avec des airs de conspirateur.

Les coulisses étaient encombrées de tout un bric-à-brac : des tables démontées, des chaises empilées dans un coin, des décorations de Noël, des caisses vides. Les musiciens se préparaient à monter sur scène. On ajustait son nœud papillon en s'observant dans un miroir crasseux, on se mettait d'accord sur les morceaux qu'on allait jouer.

On ne savait rien qui pouvait m'être utile. On me référa au pianiste d'ambiance, un certain Ray, qui avait déjà côtoyé Couture. Je me rendis au bar pour l'attendre. Mes mains devinrent soudain moites, mon cœur se mit à cogner dans ma poitrine. Ma langue me parut soudain épaisse et craquelée comme si j'errais dans un désert depuis des jours. Je fis signe au barman qui s'approchait que je ne voulais rien et rebroussai chemin. J'allai m'adosser à un mur, derrière un pilastre, et guettai la scène.

Le pianiste cessa de jouer dans l'indifférence générale. Il referma le couvercle sur les touches, se leva et quitta la scène. C'était un petit homme maigre aux joues creuses dans un smoking une taille trop grand. Son regard ne restait jamais au même endroit plus de deux secondes. Nerveux. L'index et le majeur de sa main gauche étaient tachés de nicotine.

Je l'accostai et, après le blabla habituel du début de n'importe quelle conversation, je lui demandai s'il pouvait m'accorder quelques minutes.

— J'allais prendre une bouffée d'air frais, répondit-il. Vous venez ?

— OK.

On se retrouva à l'arrière de l'établissement, dans un parking où la carrosserie de dizaines de bagnoles brillait sous les étoiles et les lumières environnantes. Ray le pianiste ôta son nœud papillon, le glissa dans une des poches de son veston.

— Criss, quelle chaleur, pensa-t-il tout haut en défaisant le bouton de son col de chemise. Fait assez chaud à votre goût ?

Puis il sortit le nécessaire pour s'allumer une clope.

— Donc, m'sieur Coveleski, vous êtes un privé, reprit-il en manipulant un briquet.

— C'est exact.

— Et vous voulez me parler ?

— Oui.

— Vous avez fait du chemin pour me retrouver, interrogé pas mal de monde, hum ? C'est dommage pour vous.

— Pardon ?

— Vous n'auriez pas dû gaspiller vos énergies.

— Écoutez, je n'ai…

Je ne terminai pas ma phrase, je me figeai en voyant son poing droit filer vers ma figure. Trop étonné pour parer le coup, je me retrouvai à quatre pattes au sol à compter les étoiles qui dansaient devant mes yeux.

— Il n'est pas question que je rentre à la maison, OK ? gueula Ray. Vous lui direz, à Cécile. Je ne veux plus rien savoir d'elle, criss de vieille folle. C'est fini, f-i fi, n-i ni, qu'elle se rentre ça dans la tête une fois pour toutes. Compris ?

— Écoutez, je pense qu'il y a un malentendu, réussis-je à articuler.

— Un malentendu ?

— Cette bonne femme…

— Cécile, mon épouse.

— Ce n'est pas elle qui m'envoie.

— Ah non ?

— Non.

— Merde ! Désolé, mon vieux…

Ray le pianiste m'aida à me relever, épousseta mon veston même s'il n'avait pas besoin d'époussetage et ajusta mon feutre sur ma tête tout en se confondant en excuses et en explications. La situation aurait été cocasse si le coup n'avait pas si bien atteint sa cible. J'en avais les jambes molles.

— Je suis parti de la maison le mois passé. Cécile ne faisait plus la cuisine, le ménage, plus rien. La maison était laissée à l'abandon. Quand elle était soûle – ce qui était le cas la plus grande partie du temps, elle buvait comme une éponge –, elle me criait après et n'arrêtait pas de chialer. Vous comprenez ? Fallait que je parte, elle me rendait fou ! Elle a envoyé des détectives privés à mes trousses pour me ramener à la maison et me voler mon argent afin de continuer à boire. Mais qu'est-ce que je peux faire pour vous, mon vieux ? Allez-y, posez-les-moi, vos questions.

— Vous avez déjà joué avec Lionel Couture, à ce qu'on m'a raconté.

— C'est vrai, c'est vrai. Si vous voulez lui parler, il est un peu trop tard. Il est mort.

— Je suis au courant.

Il tira une bouffée de sa cigarette, rejeta la fumée par son nez effilé.

— C'est dommage, il avait du talent, croyez-en ma parole. Mais il n'a pas pris les choses au sérieux et il est mort avant de réaliser son potentiel. Mais ce n'est pas le premier à qui ça arrive. On entend souvent des histoires de ce genre dans le milieu.

Le visage du pianiste se rembrunit. Il baissa la tête.

— C'est toujours triste quand une jeune personne comme Couture décède. Il aurait pu faire une belle carrière, vous savez.

— Qu'est-ce qui s'est passé?

— Je pense qu'il avait de mauvaises fréquentations – ce ne sont pas les types louches qui manquent dans notre milieu – et c'est ce qui a causé sa perte. Je me demande pourquoi il est tombé dans le panneau. C'était un gars intelligent, peut-être trop, justement. Tout lui venait facilement et il se lassait vite des choses, vous comprenez? Prenez le piano, par exemple. Il en jouait comme un vieux de la vieille.

— On m'a dit qu'il se débrouillait, sans plus.

Ray me jeta un regard quasi insulté.

— Vous voulez rire? Il jetait un coup d'œil aux partitions et hop, il se lançait, et on aurait dit qu'il avait joué le morceau toute sa vie, des trucs que moi-même je ne maîtrise pas encore tout à fait et je suis dans le métier depuis vingt-quatre ans! Et il avait le sens du rythme, comme s'il était né avec. Il y avait sûrement des musiciens dans sa famille. Moi, je suis parti avec rien. Je viens d'une famille de cultivateurs…

Dans le stationnement, un homme descendit d'une Packard. Il ajusta sa ceinture et son pantalon, tandis qu'une femme se repoudrait le nez dans la voiture, à la lumière du plafonnier.

— Ce n'est pas le type avec qui elle est arrivée tout à l'heure, me glissa Ray à l'oreille.

Le couple s'avança dans notre direction, bras dessus, bras dessous, et se faufila dans le club par la porte entrouverte, par laquelle filtraient les sons de l'orchestre.

Ray secoua la tête, un sourire en coin.

— On en voit de toutes les couleurs, par une nuit comme celle-ci.

— On m'a raconté que Couture avait beaucoup de succès auprès des femmes, dis-je pour revenir à nos moutons.

— Hm-hm, c'est la vérité. Et il n'était pas du genre à se contenter d'une seule. Il n'y a qu'une femme qui a réussi à le garder plus qu'une nuit – une chanteuse qui fait régulièrement le tour des cabarets en ville. Le pianiste qui l'accompagne habituellement n'était pas là, un soir. Lenny, qui bossait avec l'orchestre, l'a remplacé au pied levé. Ç'a été le coup de foudre, à ce qu'il paraît. Lenny n'en voyait plus clair.

— Comment elle s'appelle?

— Linda Saphir. Vous l'avez sûrement déjà entendue chanter.

— Ouais.

Je la connaissais même assez bien, mais sous un autre nom: Antoinette Beaupré. Je l'avais aidée à se soustraire des griffes de sa mère despotique, au début de sa carrière. Une vieille enquête. Bizarre comme certains personnages de notre passé ressurgissent parfois sans crier gare.

— Qu'est-ce qui s'est passé? demandai-je à mon indic en verve de confidences.

— Elle en a eu marre, un beau jour, répondit Ray en tétant sa cigarette. Les nuits blanches, les *partys*, les infidélités... Elle l'a planté là.

— La drogue aussi?

— La drogue?

— La marijuana, plus précisément.

— Non, pas Lenny. Qui vous a raconté ça?

— Une de ses conquêtes.

— Non, il ne touchait pas à cette cochonnerie-là.

— Vous en êtes certain ?

— Je l'aurais su, vous pouvez me croire, dit le pianiste d'un ton ferme. Je l'ai pris sous mon aile un bout de temps, vous savez. Je lui aurais passé un de ces savons… Mais il buvait, ça… Il ne crachait pas dedans, ce qui s'avère parfois pire que la drogue, pas vrai ?

Ray jeta son mégot par terre, l'écrasa du bout de son soulier. Je réalisai qu'il s'attendait à ce que je le relance.

— Qu'est-ce que vous voulez dire ?

— Je vous ai vu au bar, tantôt.

— Je pensais avoir le goût d'un verre. J'ai changé d'idée, c'est tout.

— Vous êtes toujours sur le point de défaillir quand vous changez d'idée, vous ? répliqua Ray avec un sourire.

— Vous êtes très observateur.

Il haussa modestement les épaules.

— Bah, pas plus que la majorité des gens. Mais je suis passé par là, moi aussi.

— Sans blague.

— Je tiens le coup grâce aux Lacordaire. Ce n'est pas évident au début. On ne veut pas arrêter, il y a les démarches… Mais quand on n'a pas bu une seule goutte depuis des mois, c'est pareil, on ne veut pas s'arrêter, briser sa lancée. Je suis abstinent depuis bientôt neuf mois. Vous devriez vous inscrire, mon vieux. Je vous parrainerais.

J'ignore s'il était sincère ou s'il voulait se faire pardonner de m'avoir sonné les cloches. Quoi qu'il en soit, on s'éloignait de notre sujet.

— Comment Couture a-t-il encaissé le coup ? de se faire larguer ?

— Il l'a pris dur, répondit Ray. Il a eu le caquet bas pendant quelques jours. Mais il s'est bien vite consolé dans les bras d'une autre.

Pour terminer, je lui demandai s'il savait dans quel cabaret se produisait Linda Saphir ces temps-ci. Il ne le savait pas, mais le batteur de l'orchestre en avait peut-être une petite idée, alors on retourna à l'intérieur. Les musiciens jouaient à plein régime, tout le monde gueulait pour essayer de se faire entendre. Les couples entassés sur la piste devaient jouer des coudes afin de se trémousser à leur goût.

Ray grimpa sur la scène, se pencha à l'oreille du batteur. Ce dernier, sans arrêter de marteler ses caisses, hocha la tête ; ses babines esquissèrent un nom que je ne saisis évidemment pas à cause du vacarme. Ray vint me transmettre la réponse. Avant que je le quitte, il m'agrippa un coude.

— Si vous avez besoin d'information ou de quoi que ce soit d'autre… je passe mes soirées dans les clubs du coin. Faites-moi signe.

◆

Le Casino Bellevue se trouvait dans un autre registre : éclairage tamisé, nappe sur les tables, box avec banquettes en cuir. La scène, inoccupée pour le moment, semblait à peine assez grande pour accueillir le piano à queue et la chanteuse. Les clients se comportaient de manière impeccable. On ne haussait pas le ton et on ne riait pas à gorge déployée. On fumait à l'aide de porte-cigarettes. Pas de poivrots au bar. Le barman ne l'aurait pas toléré. Il avait l'air sérieux comme un pape.

Il y avait deux types pour s'assurer que les choses restent ainsi. Le premier était debout à une extrémité du bar, un coude appuyé au comptoir. Il avait la mâchoire carrée et son menton ressemblait à la proue d'un brise-glace. Il traçait des cercles sur le bois poli avec son index d'un air nonchalant. Le tonic dans le gin à côté de son coude ne faisait plus de bulles. Son comparse se tenait près du passage menant à l'arrière de la scène, adossé au mur, les bras croisés. Ses yeux guettaient la salle à travers la fumée du cigare coincé dans sa bouche cruelle.

Mes chances de rencontrer Linda Saphir avec ces deux moineaux-là dans les environs étaient plutôt minces. Après m'avoir intercepté, le fumeur me poserait les questions habituelles. Tandis que je lui expliquerais le but de ma visite, il ferait discrètement signe à son acolyte qui s'approcherait en douce et, dès la fin de mon exposé, je me retrouverais dans la rue, cul par-dessus tête. À leurs yeux, je ne serais qu'un petit détective véreux qui cherchait des ennuis à la grande star.

J'avais besoin d'un plan.

Une vendeuse de cigarettes et de bonbons déambulait entre les tables. Je lui fis signe de s'approcher. Elle portait un petit costume qui lui assurerait de bonnes ventes au cours de la soirée, pas de doutes là-dessus.

— B'soir, fit-elle en me gratifiant d'un sourire étincelant. Belle soirée, n'est-ce pas ?

— Magnifique.

— Qu'est-ce que je peux vous offrir ?

— Des bonbons… Ceux-là.

Elle prit un rouleau de Life Savers dans le plateau qu'elle portait accroché au cou. Je lui tendis un vingt-cinq sous.

— Tu pourras garder la monnaie si tu me rends un petit service.

— Oh ?

Elle inclina la tête sur un côté. Ses boucles blondes ne bougèrent pas d'un poil.

— Faut que je voie Linda. Tu peux m'ouvrir la porte de secours ?

— Qu'est-ce que vous lui voulez ?

— Lui parler.

— Je ne veux pas qu'elle ait d'ennuis. C'est une amie à moi.

— Je veux seulement lui parler, rien de plus.

La jeune femme fixa la pièce d'un air hésitant. Puis elle se décida.

— OK, je vais vous ouvrir. Allez m'attendre dans la ruelle.

On compléta la transaction, puis elle se dirigea vers le fond de la salle en s'arrêtant de temps à autre à une table pour s'assurer que personne n'avait besoin de rien. Je l'observai un moment, puis quittai les lieux.

La ruelle était faiblement éclairée par une enseigne qui se dressait à un bout. J'attendis. La température n'avait pas baissé et mon feutre me collait au front. Dans le lointain, des pneus crissèrent sur le bitume. Puis la porte pleine devant moi s'ouvrit sur la blonde vendeuse. J'entrai.

— Pour la loge de Linda, dit-elle tout bas, vous tournez le coin. C'est la deuxième porte à votre droite.

— Merci. Joli travail.

Elle tourna les talons. Je jetai un œil au-delà de l'angle du mur : un couloir s'étendait et on voyait la salle au bout, par un rideau entrouvert. En passant devant la loge de Linda, la jeune femme indiqua discrètement la porte.

Quand elle eut disparu, je gagnai la loge à pas feutrés et me faufilai à l'intérieur. Linda Saphir brossait sa longue chevelure de jais, assise à une coiffeuse. Sans s'arrêter, elle leva ses yeux bruns vers moi dans le miroir.

— Oui ? fit-elle simplement.

— Je peux vous parler deux minutes ?

— De quoi s'agit-il ?

— De qui, plutôt. Lionel Couture.

Elle interrompit son geste et baissa les yeux une seconde avant de reprendre :

— Je vous avais confondu avec un employé du club. Comment avez-vous fait pour venir jusqu'ici ?

— Une de vos amies m'a donné un coup de main.

— Une amie ?

— Petite, blonde, dégourdie…

— Louison, répondit Linda Saphir avec un sourire.

Elle déposa la brosse et se tourna vers moi, passa un bras par-dessus le dossier de sa chaise et croisa les jambes. Elle avait changé depuis notre première rencontre. Ce n'était plus une femme en devenir, elle s'était épanouie. Son visage en goutte d'eau inversée s'était arrondi, comme les formes de son corps. Un pan de sa robe avait glissé, révélant une cuisse satinée, un genou rond et un mollet bien moulé. Le tout se terminait par un pied gracieux aux orteils peints en rouge, chaussé d'une sandale ornée de paillettes.

— Il n'y a pas grand-chose à dire à propos de ce pauvre Lionel. Il est mort.

— Je sais. J'essaie d'en apprendre un peu plus sur lui et on m'a raconté que vous étiez sortis ensemble.

— Qui, on ?

— Des musiciens.

— Vous avez interrogé de ses confrères ?

— Hm-hm.

— Votre visage m'est familier… C'est une habitude chez vous d'interroger les gens, n'est-ce pas ?

— C'est une habitude, mais je n'ai pas encore décidé si elle était bonne ou mauvaise.

Elle tendit la main vers la coiffeuse sur laquelle trônait un verre à cocktail contenant un liquide clair et une olive.

— Vous savez, je pourrais vous faire expulser bien vite.

— Je suis certain que les deux matamores dans la salle feraient de l'excellent boulot. Mais pourquoi en arriver là ?

— J'ai une bonne raison qui me vient à l'esprit.

— Vous n'avez qu'à répondre à deux ou trois questions. Rien de bien difficile.

— C'est vrai. Mais peut-être n'en ai-je pas envie.

— Tout ce que vous me direz restera entre nous. Vous n'avez rien à craindre.

— Je n'ai rien à cacher.

— Dans ce cas, notre conversation sera des plus intéressantes, dis-je en lui faisant mon plus beau sourire.

Elle sirota son martini. Elle s'efforçait de dégager la froideur ironique qu'elle croyait venir avec son nouveau statut de star, mais je ne mordais pas.

— Vous et Couture, ç'a duré longtemps ?

— Plus de deux mois, répondit-elle en posant son verre.

— Qu'est-ce qui s'est passé ?

— Je l'ai surpris au lit – mon lit – avec une fille. C'est assez direct à votre goût ?

— Direct et clair.

— C'était en pleine nuit. J'étais censée sortir avec des amis après mon tour de chant, mais j'avais la migraine. Je me doutais qu'il avait des aventures, mais de le surprendre ainsi… C'a été la goutte qui a fait déborder le vase. Je les ai jetés à la rue.

— Tous les deux ?

— Tous les deux, flambant nus. Je leur ai lancé leurs vêtements par la fenêtre.

— Qui était la fille ?

— Mon assistante – ex-assistante, devrais-je plutôt dire.

— Vous croyez qu'il a continué à la voir par la suite ?

Linda Saphir secoua la tête.

— Elle est retournée à la campagne d'où elle venait. Juliette était une pauvre fille sans éducation, juste bonne à noter des rendez-vous et à s'occuper des courses, et j'ai fait en sorte qu'elle ne se trouve pas un autre boulot ailleurs. Comme vous pouvez le constater, il vaut mieux ne pas me contrarier.

— C'est une menace ?

— Un conseil, me corrigea-t-elle avec un sourire.

— Et Couture ?

— On s'est croisés à quelques occasions après notre rupture. Sans se faire de grosses bises, ce n'était pas la guerre non plus. Il était difficile de rester en colère contre lui.

— On m'a dit qu'il avait une nouvelle flamme au moment de sa mort.

— On ne vous a pas menti. Il m'en a parlé lors de notre dernier entretien.

— Qu'est-ce qu'il vous a raconté ?

— Qu'il avait rencontré une femme, tout simplement. C'était le grand amour. Il était prêt à se ranger, à cesser de courailler. Et cette fois-là, c'était pour de bon.

— Vous êtes certaine ?

— Ses paroles n'étaient pas des paroles en l'air.

— À ce que j'en sais, il avait un coup de foudre toutes les semaines.

— Pas cette fois-là, dit la star d'un ton convaincu. Moi, je connaissais le vrai Lionel. Les autres, ils le percevaient comme une espèce de don Juan et lui ne faisait rien pour changer cette perception. Parce qu'il était facilement influençable, parce qu'il y avait toujours un petit rigolo qui le poussait à recommencer. Mais au fond de lui-même, il n'était pas comme ça. C'était un garçon sérieux.

Elle reprit son martini, mais juste pour s'occuper les mains. Elle ne but pas. Ses yeux avaient une expression distante, nostalgique. Peut-être qu'elle regrettait d'avoir jeté Couture à la rue en costume d'Adam.

— Cette femme, repris-je, Couture vous a dit son nom?

— Non, il n'y a pas eu de présentations officielles. Je l'ai seulement croisée en coulisses, une fois. Elle était là pour écouter Lionel.

— Vous pouvez me la décrire?

— Une blonde assez bien mise, répondit Linda Saphir en fouillant sa mémoire. Elle portait beaucoup de maquillage, surtout autour des yeux. Ça faisait quasiment vulgaire.

— Son âge?

— Difficile à estimer. Le maquillage change beaucoup une femme. Mais elle était plus âgée que Lionel, c'est certain.

— Vous avez discuté?

— Brièvement. Elle semblait très nerveuse. On a échangé deux ou trois banalités, puis elle s'est excusée. Je l'ai revue quand j'ai quitté le club. Elle s'était assise dans un coin et avait enfilé des lunettes noires.

— Des lunettes noires?

— Oui. J'ai trouvé ça bizarre parce qu'il faisait déjà pas mal sombre à l'intérieur.

Je trouvais ça bizarre aussi, comme si l'inconnue avait eu peur tout à coup qu'on la reconnaisse.

On toqua soudainement à la porte dans mon dos.

— Deux minutes, Linda, lança une voix.

Cette dernière fit cul sec avec le reste de son drink et se leva.

— Bon, je dois travailler, annonça-t-elle en ajustant sa robe sur ses hanches en amphore. Il y a autre chose ou... ?

Elle jouait de nouveau son personnage de vedette.

— Ce sera tout, répondis-je. Merci de votre temps.

— Pour sortir, prenez la même porte par laquelle vous êtes entré.

— D'accord.

Elle quitta la loge.

J'attendis cinq minutes, puis me faufilai dans le couloir. La voix de Linda Saphir, chaude et envoûtante, retentissait au bout du couloir comme le chant d'une sirène.

Je lui tournai le dos.

CHAPITRE 9

Ce fut le soleil qui me réveilla le lendemain matin. Un de ses rayons filtra entre les rideaux et me frappa un œil. Je repoussai la couverture et me levai. Une bonne journée m'attendait. Pas le temps de paresser au lit. En route pour la cuisine, je passai devant la chambre de Maranda, qui n'était pas là à mon arrivée. Je le trouvai allongé au beau milieu de son lit, sur le dos. Il était tout habillé et sa main droite s'était accrochée à sa cravate à moitié défaite. Sa respiration lente et profonde s'échappait de sa bouche entrouverte. Une fanfare aurait pu traverser la chambre, il n'aurait pas ouvert l'œil.

Tandis que l'eau pour le café bouillait, je sortis le nécessaire pour le petit-déjeuner, la nourriture et deux couverts, que j'étalai sur des napperons. J'attaquais ma deuxième tasse en pensant aux verres que j'aurais pu m'enfiler la veille quand le sergent-détective se pointa. Il s'assit devant moi en grognant un bonjour.

— Tenez, dis-je en prenant la cafetière, ça a l'air urgent.

Je tendis le bras par-dessus la table et remplis sa tasse en lui demandant à quelle heure il était rentré.

— Deux heures passées, répondit-il.

— Qu'est-ce qui vous a retenu si tard ?

— Une couple de suspects dans une affaire de vols de voitures.

Il ajouta un peu de lait et une cuillerée de sucre à son café, brassa le tout et porta sa tasse à ses lèvres.

— Ah, fit-il avec un sourire, voilà qui fait du bien… Et vous ? Où étiez-vous, hier soir ? J'ai appelé aux alentours de neuf heures, mais le téléphone a sonné dans le vide.

— J'avais du boulot, moi aussi.

— Racontez-moi.

Je lui résumai ma soirée. Mon récit et la caféine chassèrent les brumes du sommeil qui l'enveloppaient. À la fin, il était parfaitement éveillé et réfléchissait à ce que je venais de lui apprendre.

— Je n'avais pas songé que Couture aurait pu se droguer, pensa-t-il tout haut.

— L'autopsie a révélé quelque chose ?

— Non, rien. Mais la marijuana ne laisse pas de traces et s'il ne prenait pas autre chose… S'il se droguait, la liste des suspects s'allonge.

— Je vais tirer ça au clair.

— Faudra bien. Et la femme dont a parlé la chanteuse, Linda Saphir ?

J'avalai une gorgée de café avant de répondre.

— Sa description est trop vague pour que je me fasse une idée.

— Et la Saphir elle-même ?

— Vous pensez qu'elle aurait pu assassiner Couture ?

— D'après ce que vous m'avez raconté, elle a tout un caractère.

— Vous l'avez sûrement interrogée lors de l'enquête, dis-je. Vous n'avez pas vérifié son alibi ?

— Eh ben, c'est que…

Maranda gratta son menton piqueté de noir en grimaçant.

— Comme je vous l'ai raconté, l'enquête a été quelque peu bâclée. On l'a interrogée, mais comme elle n'avait pas l'air suspecte...

— Pas besoin de vous justifier, je sais comment c'est.

— Vous pensez qu'elle a pu le zigouiller, dans un excès de jalousie, par exemple ?

— Elle a un caractère de chien, oui, mais je ne la vois pas tuer Couture. Elle l'aimait bien, même s'il lui en a fait voir de toutes les couleurs. Non, celle qui m'intéresse, c'est la femme que Saphir a croisée.

— Vous avez une piste ?

— Peut-être que le jeune Vaucaire l'a rencontrée.

— C'est vrai.

— Je vais le lui demander dès ce matin.

— Dites-moi : je croyais que vous deviez rassurer Vaucaire en lui prouvant que son fils n'avait rien à voir dans le décès de Couture ?

— C'est toujours ce que je compte faire, en découvrant ce qui est vraiment arrivé à Couture.

Maranda se leva et alla insérer deux tranches de pain dans le grille-pain.

— Vous n'avez pas l'air magané, me dit-il dans mon dos.

— Je devrais ?

— Ce ne sont pas les tentations qui manquent dans les clubs.

— C'est vrai, mais la chair ne cède pas toujours à l'esprit.

Il gloussa dans sa barbe. Sa grosse patte me tapota le dos.

Là-dessus, je me rendis à la salle de bain et sortis le nécessaire pour me raser. Quand ce fut fait, je me glissai sous une douche chaude, me rinçai à l'eau froide, histoire de me réveiller comme il faut, et me vêtis. Quand je retournai à la cuisine, Maranda sirotait toujours son café.

— Allez-y, me dit-il, je vais tout ranger. À ce soir.

Je descendis dans la rue. Les cheminées des usines environnantes se dressaient contre le ciel bleu dans lequel brillait le soleil.

Deux types faisaient le pied de grue devant le triplex. L'un d'eux se tenait appuyé contre l'aile arrondie d'une Buick beige, les mains au fond de ses poches; l'autre avait un pied posé sur le marchepied, le coude appuyé sur le cadre de la fenêtre baissée de la portière. Une cigarette brûlait entre son index et son majeur. Il portait un complet noir orné de fines rayures grises et un feutre à large bord.

— Stan Coveleski?

Je hochai la tête en guise de réponse.

— Viens avec nous.

— Où ça?

— M'sieur Silvera veut te rencontrer.

— Connais pas. Bonne journée.

Je fis mine de m'éloigner. L'autre gus se redressa d'un coup de reins et me toisa d'un œil mauvais. Il était deux fois plus large que l'autre. Il n'avait pas l'air commode.

— Allez, embarque, reprit son comparse.

— Qu'est-ce qu'il me veut, votre Silvera?

— Nos ordres, c'est de t'emmener à lui.

— J'ai autre chose au programme.

— Eh ben, ton programme vient de changer. Monte.

— Bon. J'ai le choix?

L'armoire à glace secoua la tête en esquissant un sourire béat.

Évidemment que je n'avais pas le choix. Quelle question.

— Je suis tout à vous, messieurs.

Le type jeta son mégot et ouvrit la portière. Je me glissai sur la banquette arrière, suivi de l'armoire à glace, tandis que l'autre prenait place au volant. Je jetai un œil aux fenêtres du troisième étage du triplex. Aucun signe de Maranda.

La Buick s'ébranla et, bientôt, on quitta Pointe-Saint-Charles. Au bout d'un moment, il devint évident qu'on se rendait au centre-ville. Durant le trajet, l'armoire à glace resta muette. Elle regardait droit devant elle, les mains posées sur ses genoux. La gauche, toute déformée et tordue, ressemblait à une racine de gingembre. Ça n'avait rien de rassurant. Les individus qui font les courses des autres et qui présentent des infirmités ou des cicatrices sont bien souvent des gens peu recommandables.

On roula un instant dans Sainte-Catherine, puis on émergea du flot de la circulation pour se glisser dans une ruelle à l'arrière du Vienna, un des clubs que j'avais visités la veille.

— Terminus, annonça le chauffeur en immobilisant le véhicule.

Tout le monde descendit et les deux sbires m'escortèrent à l'intérieur. On traversa un bout de couloir pour arriver à une porte fermée. Le chauffeur toqua à la vitre givrée.

— Oui ? lança une voix.

— On est revenus, m'sieur Silvera. Coveleski est avec nous.

— Entrez.

On s'avança tous les trois dans un bureau au mobilier bien ordinaire ; il se faisait mieux, mais pire aussi. Un homme en bras de chemise était debout derrière le bureau bien rangé, un cigare au bec. Il le retira de sa bouche le temps d'ordonner qu'on me fouille. J'écartai les jambes et me plaçai les bras en croix et, tandis que le chauffeur s'exécutait, j'observai les photos aux murs. Des artistes et des gens importants, sans doute, en compagnie du type qui s'appelait Silvera. Des sourires qui paraissaient pour la plupart forcés. Les apparences sont bien importantes dans le monde du showbiz.

— Rien, annonça le chauffeur.

— Parfait, répondit Silvera. Allez attendre dans le corridor. Et fermez la porte.

Les deux sbires obéirent comme des chiens savants.

— J'espère que Victor et Franco ne vous ont pas trop malmené? s'enquit mon hôte quand on fut seuls.

— Pas du tout. En les voyant, j'ai réalisé qu'il valait mieux me tenir tranquille.

— C'est ce qui fait les bons hommes de main.

— La grosseur des bras doit être inversement proportionnelle à la taille du cerveau. C'est là que réside le secret.

Silvera désigna le fauteuil devant lui, en face du bureau.

— Assoyez-vous, monsieur Coveleski. Cigarette?

Il me tendit un coffret où s'alignaient de petits tubes blancs. Je déclinai poliment l'offre et observai Silvera tandis qu'il s'installait dans un fauteuil. Il avait un long nez et un menton fuyant et, entre les deux, une bouche ornée d'une moustache coupée en brosse. Il avait le teint basané, comme s'il revenait d'un séjour dans le Sud, et paraissait le genre de type à qui il est impossible d'en passer une. Ses cheveux noirs striés de gris étaient lissés vers l'arrière et ondulaient.

— On m'a rapporté que vous êtes venu dans mon établissement, hier soir, commença-t-il.

— C'est défendu?

— Pas du tout.

— Alors pourquoi ce cirque ?

— J'aimerais connaître le but de votre visite.

— J'ai seulement pris un verre.

Silvera tapota son cigare dans un cendrier.

— Seulement, monsieur Coveleski ? répéta-t-il avec un sourire. Je crois que c'était un peu plus que ça.

— Bon, d'accord. J'ai aussi discuté avec votre pianiste.

— C'est la teneur de cette discussion qui m'intéresse.

— Elle vous intéresse en quoi ?

— S'il y a un problème, j'aimerais être au courant. Comme on dit, mieux vaut prévenir que guérir.

— Ça ne concernait pas votre cabaret, si c'est ce qui vous inquiète.

— J'ai l'air inquiet ?

— Il y a quelque chose qui vous chicote. Vous avez pris la peine d'envoyer vos matamores pour me cueillir et me ramener ici. En passant, comment diable ont-ils fait pour me retrouver ?

Le propriétaire du Vienna se laissa aller contre le dossier de son fauteuil et songea à sa réponse en tétant son cigare.

— Franco vous a vu discuter avec Ray. J'ai fait venir ce dernier à mon bureau. Il m'a révélé que vous étiez un privé et que vous enquêtiez sur le décès d'un certain Lionel Couture, un pianiste qui jouait dans les clubs de la ville. Votre arrêt suivant étant le Casino Bellevue, selon Ray, j'ai envoyé mes hommes vous y rejoindre et ils vous ont suivi.

— Ils ont fait du bon boulot, je ne me suis aperçu de rien. Leur cerveau n'est pas si petit, après tout.

— Qu'est-ce que vous espériez trouver en venant ici ?

— Un détail que je ne connais pas déjà sur Couture. Jusqu'à ce qu'on trouve un meilleur moyen de faire avancer une enquête, c'est ainsi qu'on procède.

— Bien sûr.

— Vous vous souvenez de lui?

— Vaguement. Je l'ai croisé une ou deux fois seulement – ce n'est pas moi qui m'occupe d'engager les musiciens. Mais, dites-moi, la police n'a pas déjà enquêté sur les circonstances de sa mort?

— Oui, mais on a rouvert le dossier, si vous voulez.

— Je vois. Qu'est-ce que vous avez découvert?

— Couture était plutôt du genre fêtard: la musique, la boisson, les femmes – surtout les femmes. C'était un véritable bourreau des cœurs.

Silvera fit pivoter son fauteuil pour être parallèle au bureau et s'étirer les jambes. Il faisait dans les six pieds deux, six pieds trois et, comme bien des gens minces et de grande taille, il avait les épaules un peu voûtées.

— Rien d'autre? s'enquit-il.

— Avec tout ça, j'ignore s'il lui restait du temps pour autre chose.

Il esquissa un pâle sourire.

— Contrairement à vous, monsieur Coveleski, je ne prends pas la situation à la légère. Voyez-vous, je ne peux permettre qu'un représentant de la loi, détective privé ou flic, vienne fouiner dans mon établissement.

— À cause de certaines activités que vous menez pour boucler vos fins de mois?

— J'ignore ce que vous voulez insinuer par là.

— Ce n'est pas vous qui m'intéressez, Silvera. À moins que…

— Quoi?

— Couture vous rendait parfois de petits services?

— Pas du tout. Il ne faisait que jouer du piano.

— On m'a dit qu'il fumait de la marijuana.

— Je ne touche pas à la drogue.

— À quoi touchez-vous ? La prostitution ? Le recel ? Toutes ces réponses ?

Le propriétaire du Vienna fit de nouveau pivoter son fauteuil pour me faire face. Il m'examina un instant à travers la fumée de son cigare, comme s'il cherchait à lire mes pensées.

— Je vois que vous avez beaucoup de métier, monsieur Coveleski. Vous me semblez un bon diable. Je ne demande qu'à vous croire.

— Et moi, je ne demande qu'à vous croire, vous.

— Si on en restait là pour l'instant ?

— Je n'ai pas d'objections.

— Bien.

Il se leva. Je me levai à mon tour et serrai la main qu'il tendait au-dessus du bureau. Il avait une bonne poigne.

— Heureux d'avoir fait votre connaissance, monsieur Coveleski.

— Moi de même. Si vous y alliez maintenant d'une petite menace, histoire de vous assurer que je reste dans le rang ?

— Respectez votre parole et vous n'aurez pas d'ennuis. Si vous la trahissez, par contre, je pourrais me montrer beaucoup moins conciliant.

— Hum… Ça fera l'affaire.

— Mes hommes vont vous ramener.

On échangea des au revoir et je me dirigeai vers la porte.

— Monsieur Coveleski ? lança Silvera derrière moi.

— Oui ?

— Vous avez songé à un mari jaloux ? Si Couture était un coureur de jupons invétéré…

— C'est une idée.

Je quittai le bureau sans plus d'histoires et les deux zigotos me ramenèrent à Pointe-Saint-Charles sans un mot.

— Merci pour la promenade, leur dis-je une fois que nous fûmes arrivés à notre point de départ. Silvera vous a vraiment bien dressés.

Racine de gingembre, assis à ma droite, prit ombrage de ma remarque. Il m'agrippa le nœud de cravate avec sa bonne main, poussa un grognement.

— Hé, bas les pattes, lui conseillai-je. On est des amis, ton patron et moi.

— Lâche-le, Vic, lui dit son acolyte qui observait la scène, un bras étendu sur le dossier de la banquette.

Il me lâcha. Je mis pied à terre. La Buick fit demi-tour à l'autre bout de la rue et repartit dans la direction d'où elle était venue. Je rejoignis la Graham d'un pas rapide. Ce petit intermède avait été bien amusant, mais j'avais du boulot.

◆

Sous l'éclat du soleil, la brique rouge de la résidence des Vaucaire paraissait encore plus rouge et le gazon et les arbres, encore plus verts. Constant, impeccable dans son uniforme, m'ouvrit après que j'eus tiré la chevillette. Il me conduisit au salon et me demanda de patienter un moment, le temps qu'il aille chercher le maître de la maison. Parfait, répondis-je, et il s'éclipsa. La maison était silencieuse. Les rideaux de dentelle atténuaient l'éclat du soleil, plongeant la pièce dans une pénombre rafraîchissante.

Je m'approchai du Steinway d'un blanc immaculé. Il me donnait l'impression d'une énorme bête sauvage. Je levai le couvercle et effleurai à peine les touches du bout des doigts, pour éviter que la bête se réveille et me les bouffe. Kathryn avait l'habitude de pianoter un air ou deux quand on allait dans des soirées et que les hôtes possédaient un piano. Mais ce qu'elle aimait par-dessus tout, c'était chanter. Inévitablement, les autres invités se dégelaient en l'entendant jouer et l'un d'eux, qui s'y connaissait un peu plus, prenait sa place et elle pouvait ainsi s'adonner à son passe-temps favori.

Un craquement retentit, me ramenant sur terre. Je levai la tête et mon regard rencontra celui de madame Vaucaire. En route pour je ne sais où, elle m'avait vu en passant devant la porte qui menait à la cuisine et s'était arrêtée. Elle était vêtue d'un peignoir en soie blanche. Son visage, encadré par ses cheveux noirs, ne portait aucune trace de maquillage. Elle paraissait dix années plus jeune sans fard ni mascara. Ses yeux bleu-gris étaient saisissants.

— Monsieur Coveleski ?

C'était Vaucaire qui s'avançait dans le salon en ôtant des gants. Il portait aussi un bleu de travail et un grand chapeau de paille.

— J'étais au jardin, expliqua-t-il, je transplantais des bégonias. Assoyez-vous, je vous en prie.

Je jetai un œil vers la porte avant de m'asseoir sur le canapé : madame Vaucaire avait disparu – ou plutôt s'était évaporée.

— Votre fiston est ici ? demandai-je à son époux.

— Il est allé faire une promenade au bord de la rivière, répondit ce dernier en prenant place dans un fauteuil.

— Seul ?

— Avant de partir, il nous a assurés, sa mère et moi, qu'il n'avait aucunement l'intention de se jeter à l'eau.

— Il va mieux ?

— Eh bien, nous nous sommes disputés ce matin.

— À propos de… ?

Vaucaire secoua la tête d'un air dépité.

— Il n'avait prévenu personne qu'il sortait. Quand je l'ai découvert, j'ai insisté pour que Constant l'accompagne. C'est à ce moment que le ton a monté. Il ne voulait rien savoir. Pour nous rassurer, il nous a fait cette promesse.

— Je vais le rejoindre. Il faut que je lui parle.

— Qu'est-ce qui se passe? s'enquit Vaucaire. Il y a du nouveau?

Je lui relatai les péripéties de la veille. Il m'écouta en mordillant le bout de l'index d'un de ses gants. Peut-être qu'il avait égaré son bidule pour fumer et qu'il devait absolument s'occuper la bouche.

— Je savais que ce Couture était de la mauvaise graine, pensa-t-il tout haut quand j'eus terminé. De la marijuana…

— Il n'y a rien de certain encore. Votre fils pourra peut-être m'aider à tirer ce point-là au clair.

— Vous pensez que…

— Quoi?

Vaucaire riva des yeux inquiets dans les miens.

— Que Pierre-Paul consommait lui aussi? dis-je pour compléter sa phrase. Je l'ignore. Vous avez déjà observé des comportements bizarres chez lui?

— Non, mais quand il sortait avec Couture… Qui sait si ce type ne l'a pas entraîné dans de sordides histoires? songea-t-il tout haut d'une voix où perçait une pointe d'hystérie.

— Du calme.

Mon employeur bondit de son siège. Les mains au bout de ses bras, tendus le long de son corps, tremblaient.

— Comment voulez-vous que je me calme? Mon fils…

— Assoyez-vous et prenez de grandes respirations, lui suggérai-je. Il paraît que ça fait des miracles.

Il se réinstalla dans son fauteuil, rumina un instant.

— Et cette femme, reprit-il d'une voix éteinte, la mystérieuse blonde?

— J'espère que Pierre-Paul pourra me révéler quelque chose qui me permettra de la retrouver.

— Vous la soupçonnez du meurtre de Couture ?

— Il est un peu tôt pour des accusations. Et puis rien encore ne me dit qu'il y a eu meurtre. Mais, oui, j'aimerais discuter avec elle. Bon, je vais aller rejoindre votre fils.

Je quittai le salon, Vaucaire sur les talons. Je croyais qu'il allait me raccompagner à la porte mais, quand j'y arrivai, il avait disparu. Je me retournai et le vis qui gravissait au pas de course l'escalier qui menait à l'étage.

— Où vous allez ? lui demandai-je.

Il s'arrêta.

— Je vais fouiller la chambre de Pierre-Paul. Je ne tiens pas en place !

Il reprit son ascension.

Je sortis, refermai la porte derrière moi. Un geai bleu, dans un bosquet tout près, s'en donnait à cœur joie. Je descendis à la rivière sans me presser. Les arbres qui bordaient la rue se rejoignaient quasiment au-dessus de celle-ci et le feuillage découpait des taches d'ombre au sol.

Je repérai tout de suite Pierre-Paul grâce à sa chevelure rousse. Assis sur un banc face à l'étendue d'eau, il fixait l'autre rive, perdu dans ses pensées. Plus loin, un homme, debout devant un chevalet, essayait de saisir sur une toile les humeurs changeantes de la rivière.

— Salut, Pierre-Paul, dis-je en prenant place à côté du jeune homme. Tu te souviens de moi ?

Il me jeta à peine un regard avant de répondre :

— Vous êtes le détective que papa a engagé. Qu'est-ce que vous voulez encore ?

— Discuter. J'ai interrogé des gens qui ont connu ton ami, Lionel.

— Ah oui ?

— C'est moche ce qui lui est arrivé. Je comprends comment tu te sens.

Cette fois, le jeune Vaucaire me dévisagea un moment.

— Qu'est-ce qu'il y a ? demandai-je.

— Vous êtes la première personne qui me dit une chose pareille.

— C'est vrai que c'est moche, tu ne trouves pas ?

— Oui. C'était un chic type. Et je n'étais pas le seul à le penser. Tout le monde l'aimait. Il était le centre d'attraction partout où il allait, mais c'était bien malgré lui. Il ne cherchait pas à capter l'attention des gens, c'étaient eux qui allaient vers lui. Vous comprenez ?

Je hochai la tête et enchaînai :

— Pourquoi, selon toi ?

— Eh ben, je pense que c'est parce qu'il restait lui-même, expliqua Pierre-Paul avec un haussement d'épaules. Il parlait fort et riait fort peu importe où il se trouvait ou en compagnie de qui. Il n'y avait pas quelqu'un derrière lui qui le poussait à se comporter comme quelqu'un qu'il n'était pas.

— C'est si difficile de rester soi-même ?

— Parfois.

— Et c'est ce que tu admirais chez lui ?

— Oui. Tout avait l'air tellement facile pour lui… La vie était un jeu, il s'amusait, quoi. Prenez le piano. Avec tout le talent qu'il avait, il aurait pu jouer à Carnegie Hall. Mais il s'en foutait. Pour lui, jouer là ou dans un club en ville, c'était du pareil au même. Moi, quand je m'installe au piano, j'ai les mains toutes moites.

Il leva ses paluches devant son visage, les paumes vers le haut, et les examina. Le peintre, de son côté, restait concentré sur sa toile.

— Qu'est-ce qui te rend si nerveux ?

— Il y a des gens pour qui jouer à Carnegie Hall, ce n'est pas comme jouer dans n'importe quel club.

Je pouvais deviner à qui il faisait référence.

— Ton père ne veut pas mal faire.

— Je sais. Il veut seulement que je réussisse là où il a échoué.

— Il n'a pas fait une grande carrière ?

— Pas celle qu'il aurait voulue, en tout cas. Il a dû arrêter de jouer à cause de l'arthrite qu'il a dans les doigts.

— Pourquoi tu ne laisses pas tout tomber si tu n'es pas à l'aise ?

Pierre-Paul poussa un grognement et reporta son attention sur la rivière. Je n'insistai pas. Ce n'était pas le but de notre entretien.

— Lionel était un grand séducteur, à ce qu'on m'a raconté, repris-je.

— À vrai dire, il ne faisait pas grand-chose.

— Ce qui signifie ?

— Les filles lui tournaient autour dès qu'il mettait les pieds quelque part. J'ai vu ce phénomène-là assez souvent. Quand on sortait ensemble, je finissais toujours la soirée tout seul parce qu'une fille lui mettait le grappin dessus. Mais c'était comme le reste pour lui : un jeu. Quand il en avait assez, il plantait la fille là. Ce n'était pas grave, il y en avait tout de suite une autre qui lui tombait dans les bras.

— Il y en a une qui a réussi à le garder auprès d'elle quelque temps.

— Vous parlez de Linda Saphir ?

— Tu l'as rencontrée ?

— Une couple de fois, répondit Pierre-Paul. C'est la seule qui lui a dicté les règles du jeu et non l'inverse – pendant un bout de temps, en tout cas.

— Comment Lionel a encaissé le coup quand elle l'a laissé ?

— Plutôt bien. Il était avec une autre le lendemain.

— Linda Saphir m'a raconté que, au moment de
sa mort, il avait une nouvelle copine et que c'était
sérieux.

— Hm-hm.

— Il te l'a présentée ?

— Non.

Le jeune Vaucaire se leva. Il fit un pas vers la
rivière, se pencha pour ramasser un caillou, qu'il
pesa et soupesa dans sa main. Il avait été jaloux
de Couture – à moins que ce n'ait été des nom-
breuses conquêtes de ce dernier. Il l'avait dit lui-
même, les gens étaient attirés par Couture comme
des aimants.

Je changeai de sujet.

— Qu'est-ce qui s'est passé lors de votre dernière
rencontre ?

— On s'est rejoints au Jazzteck pour prendre un
verre. C'est lui qui m'avait invité, il prétendait avoir
quelque chose à m'annoncer. En réalité, il voulait
me faire ses adieux. Il allait rejoindre sa copine. Ils
allaient prendre la poudre d'escampette.

— Il avait l'intention de se sauver avec elle ?

— C'est ce qu'il voulait dire.

— Hum… Ça m'avait l'air plutôt sérieux.

— Oui, mais jusqu'à quel point ? dit Pierre-Paul
en ouvrant les mains. Je veux dire… il avait toutes
les filles qu'il voulait. Pourquoi celle-là plutôt qu'une
autre ?

— Ce devait être quelqu'un de spécial. Tu n'as
pas une idée de qui il pourrait s'agir ?

— Non, je ne l'ai jamais rencontrée. On ne se
voyait plus beaucoup, Lionel et moi, à cause d'elle.

— Pourquoi ils voulaient se pousser ensemble,
d'après toi ?

— Je ne sais pas. Peut-être que les parents de la jeune fille lui interdisaient de le fréquenter. Lionel disait vrai, d'une certaine façon…

— À propos de… ?

— Il m'a fait ses adieux et je ne l'ai jamais revu, répondit le jeune Vaucaire d'une voix sombre. Il est mort le même soir.

Il se tourna vers la rivière et lança le caillou en le faisant ricocher à la surface de l'eau. En entendant le plouf après le dernier bond, le peintre leva la tête une seconde avant de se pencher sur son tableau.

Je me levai et rejoignis Pierre-Paul, qui avait enfoui les mains au fond de ses poches et fixait le sol.

— Une dernière chose. Est-ce que Lionel se droguait ?

— Qui vous a demandé de me poser cette question-là ? Mon père ?

— Non, c'est Émilie qui m'a fait cette révélation.

Le jeune Vaucaire tourna vivement la tête vers moi.

— Vous avez parlé à Émilie ?

— Ouais. Tu la connais ?

— Eh bien, euh…, fit Pierre-Paul en détournant le regard, Lionel me l'avait présentée quand ils sortaient ensemble.

— Elle mentait ?

— À propos de Lionel ? Il n'a jamais touché à cette affaire-là. On s'en était parlé, ça ne l'intéressait pas. Dites-moi, Émilie vous a-t-elle fait d'autres révélations ? Comment elle allait ?

— Je pense qu'elle est secouée par la mort de Lionel et par le fait qu'il l'a rejetée.

— Oui, j'imagine qu'elle l'aime encore, songea Pierre-Paul du bout des lèvres.

Il rebaissa la tête. Je lui fis remarquer que son père serait soulagé d'apprendre que Couture n'était pas un si mauvais garçon et qu'il s'inquiétait pour lui, mais il garda le silence. Il avait besoin d'être seul. Notre entretien était fini.

— Je vais rentrer, lui dis-je. Ça va aller?

Il fit signe que oui. Il avait l'air très las de mes questions.

Je rebroussai chemin en direction de la demeure des Vaucaire. Au bout de quelques pas, je lançai un œil par-dessus mon épaule. Pierre-Paul s'était rassis et contemplait de nouveau la rivière. Il faisait un peu pitié dans ses vêtements trop grands.

Ce coup-ci, ce fut madame Vaucaire qui m'ouvrit. Je n'eus pas besoin de cogner ou sonner, on aurait dit qu'elle guettait mon arrivée. Elle s'était vêtue – une robe bleu foncé à encolure bateau – et maquillée. Elle portait son sac en bandoulière.

— Où est votre mari? demandai-je.

— Là-haut, répondit-elle en indiquant l'étage d'un signe de la tête.

— Il fouille toujours la chambre de Pierre-Paul?

— Oui. Je crois qu'il ne s'arrêtera pas tant qu'il n'aura pas découvert ce qu'il cherche.

— C'est peine perdue. Il ne trouvera rien.

— Comment était Pierre-Paul?

— Bien.

Elle s'avança soudain en entraînant la porte derrière elle, ce qui me força à reculer sous le porche.

— Il faut que je vous parle, monsieur Coveleski. C'est important.

Je pouvais voir à l'expression de ses yeux, rivés dans les miens, que quelque chose la turlupinait.

— Je vous écoute.

— Non, pas ici. Il n'y a pas un endroit plus discret où nous pourrions aller? Votre bureau, peut-être?

— Mon bureau ?

— Oui.

— Je le fais rénover en ce moment. L'odeur de peinture fraîche est très forte.

— Dans ce cas, dit-elle comme si elle avait prévu cette éventualité, il y a un petit parc tout près d'ici, à deux rues. Je vous y rejoins dans une heure. Vous aurez le temps de tout terminer ici ?

— Amplement.

— Bien. Allez-y.

Madame Vaucaire rouvrit la porte. Je m'avançai dans le hall sombre.

— À tout à l'heure, me dit-elle avant de refermer la porte.

J'écoutai ses pas résonner sur le sentier menant à la rue en me demandant ce que signifiaient tous ces mystères.

Puis je gravis l'escalier jusqu'à l'étage. En route pour la chambre de Pierre-Paul, je vis une porte ouverte qui donnait sur une autre chambre. Tout était parfaitement en ordre. Il y avait une coiffeuse couverte de flacons de différents formats et un lit simple contre le mur du fond.

Là-dessus, Constant apparut. Avec son visage impassible, difficile de deviner s'il était choqué que je regarde.

— La chambre de madame ?

Il hocha la tête.

— Et monsieur ?

— Monsieur couche dans son bureau, répondit le majordome en indiquant une porte au bout du couloir. Vous voulez le voir ?

— Lui, pas le bureau.

— Par ici.

Il me conduisit à la bonne pièce et s'éclipsa. Je m'avançai dans la chambre. Vaucaire était agenouillé

au fond de la penderie. Des chaussures s'empilaient
sur le tapis. Il était déjà passé par la commode. Les
tiroirs ouverts dévoilaient leur contenu, sens dessus
dessous.

— Vous avez trouvé quelque chose ?

— Non, pas encore, répondit-il en continuant sa
besogne.

— Vous perdez votre temps. Votre fils ne se drogue
pas.

Monsieur Vaucaire se tourna vers moi tout en
restant à genoux.

— Il vous l'a juré ?

— Non, il ne m'a rien juré.

Cette réponse ne le rassura pas pour deux sous.

— Faut que j'en aie le cœur net, dit-il en reprenant son boulot. Regardez dans la bibliothèque,
voulez-vous ?

Si ça pouvait lui apaiser les esprits…

Je regardai à l'intérieur de certains livres aux
reliures dorées. Rien. Pas de sachets de marijuana.
Je sortais un exemplaire d'un des rayons quand un
bout de carton tomba sur la moquette. Je le ramassai.
Une photographie. Pierre-Paul et Couture posés
d'assez près, tout sourire. Pierre-Paul appuyait sa
tête contre celle de son ami, ce dernier coiffé d'une
casquette en feutre souple. Il y avait à l'arrière-plan
un kiosque décoré de guirlandes. Un stand de tir ou de
je ne sais trop quel jeu d'adresse. Le cliché semblait
avoir été pris lors d'une fête foraine.

— Qu'est-ce que vous avez là ?

Vaucaire m'arracha la photographie et l'examina. Je jetai un œil rapide à sa main. Pour quelqu'un
qui souffrait d'arthrite, elle n'était ni tordue ni déformée.

— Ce sont Pierre-Paul et Couture, m'annonça-t-il
comme si je ne le savais pas.

— Et une troisième personne, ajoutai-je.

— Comment le savez-vous ?

Je repris la photo.

— On l'a coupée, expliquai-je en lui montrant le côté droit du cliché. Regardez, on peut voir un bout d'épaule et les coups de ciseaux. Ils ne devaient pas être bien effilés.

— Pourquoi ?

— Peut-être qu'on voulait cacher l'identité de cette personne.

— Qui cela peut-il être ? réfléchit tout haut Vaucaire. La dernière petite amie de Couture ? Pourquoi Pierre-Paul l'aurait enlevée de la photographie ?

— Il n'y a qu'un moyen de le savoir.

— Je vous accompagne.

Il fila vers la porte. J'empochai la photo et lui emboîtai le pas. Madame Vaucaire devrait peut-être attendre.

Vaucaire insista pour qu'on prenne une voiture, alors on descendit à la rivière en Graham. Arrivés sur les lieux, aucun signe de Pierre-Paul. Le banc était inoccupé. Le peintre avait laissé son chevalet et se tenait un peu plus loin, sur le bord de la rivière. Sa palette de couleurs et son pinceau gisaient dans l'herbe. Quelque chose ne tournait pas rond.

Je rejoignis l'artiste au pas de course.

— Le garçon s'est jeté à l'eau ! m'annonça-t-il.

— Quand ?

— Il y a une minute ! Regardez ! Juste là !

Il indiqua Pierre-Paul qui flottait sur le ventre, les bras en croix, à une trentaine de mètres de la rive. Le bas de son corps disparaissait sous la surface. Il ne pouvait pas déjà s'être noyé. C'était trop vite. Mais le courant l'entraînait rapidement au large.

Je me tournai vers Vaucaire, qui m'avait suivi.

— Votre fils sait nager ?

Il fit signe que non. Il était blanc comme un linge et se tenait la gorge, comme s'il venait d'avaler un poison.

Je me faufilai parmi les broussailles qui poussaient là. Mon pied glissa et je m'accrochai après un petit arbre pour ne pas me retrouver sur le derrière. J'ôtai ensuite mes souliers et mon veston à la hâte et m'avançai dans l'eau glacée. Quand j'en eus à la taille ou presque, je plongeai et, en pratiquant quelque chose qui ressemblait au crawl, me dirigeai vers Pierre-Paul. Je criai son nom, avalant du même coup une bonne tasse, mais il ne répondit pas. Le courant était plus fort que je ne le pensais et mes vêtements imbibés m'attiraient vers le fond, mais je réussis à le rejoindre. J'étais à bout de souffle et mes épaules me faisaient horriblement souffrir.

Je retournai le jeune homme sur le dos tant bien que mal et passai un bras autour de lui pour le soutenir. Ses cils battirent l'air dans son visage ruisselant et j'entrevis ses yeux. Il était complètement dans le cirage, sous le choc peut-être.

Je devais maintenant regagner le rivage. Je fis du surplace en pensant refaire mes forces, mais je m'aperçus bien vite que j'en gaspillais au lieu d'en gagner. Si je voulais rentrer sain et sauf, c'était le moment ou jamais. Je me mis en route en grelottant, les dents me claquaient dans la bouche. N'ayant qu'un bras de libre, je forçai davantage des jambes pour avancer et, bientôt, des crampes atroces me torturèrent les cuisses. Sur la rive, le peintre avait roulé son pantalon au-dessus de ses genoux et m'attendait dans l'eau.

J'ignore comment je fis pour l'atteindre. Quand ce fut fait, il m'aida à sortir Pierre-Paul et on l'allongea sur le dos, dans l'herbe. Je m'écrasai à côté du jeune homme, épuisé, complètement à bout de forces. J'en avais la nausée. Vaucaire avait disparu.

— Je l'ai envoyé appeler une ambulance, dit le peintre en réponse à ma question muette. Ne bougez pas, elle sera ici bientôt.

◆

Une demi-heure plus tard, j'étais assis dans le chic salon des Vaucaire, enveloppé dans une couverture, me demandant si je n'avais pas rêvé – tout s'était passé si vite. Mais non, c'était bien arrivé. Mes vêtements plus qu'humides en étaient la preuve. J'étais seul. Vaucaire se trouvait à l'étage. Il avait appelé le docteur Du Sablon, un ami de la famille qui habitait tout près, et les deux hommes étaient au chevet de Pierre-Paul. Pas d'hôpital. L'état du jeune homme ne semblait pas le nécessiter. Pourquoi s'était-il jeté à l'eau ? Et que serait-il arrivé si je n'avais pas découvert par hasard la photographie ?

Le claquement de la porte d'entrée vint interrompre mes réflexions et le silence qui régnait. Au bout d'un instant, madame Vaucaire apparut dans le couloir. Elle s'arrêta en me voyant tout emmitouflé, les cheveux mouillés. Ses sourcils se froncèrent.

— Désolé d'avoir raté notre rendez-vous, lui dis-je. Un imprévu.

Elle s'avança dans la pièce.

— Qu'est-ce qui s'est passé ?

— Votre fils a fait une saucette dans la rivière.

— Une saucette ?

— Eh oui. C'est moi qui l'ai repêché.

— Où est-il ?

— Au chaud, dans son lit. Votre mari est là avec le docteur Du Sablon. Qu'est-ce que vous aviez à me dire ?

— Là, maintenant ?

Elle semblait étourdie ou avait l'esprit ailleurs.

— Pourquoi pas ? On est seuls.

Mais le temps qu'elle se décide, on ne l'était plus, le docteur Du Sablon faisait son entrée, trousse au poing. C'était un sexagénaire bien enveloppé qui avait l'air assez vigoureux. Ses cheveux blancs étaient coupés comme ceux d'un militaire et ses yeux bleus brillaient dans un visage au teint de plein air.

Madame Vaucaire se tourna vers lui.

— Ah, William…

— Bonjour, Clara.

— Et puis ? Comment va Pierre-Paul ?

— Il dort pour l'instant. Je lui ai donné un sédatif. Il ne devrait pas avoir de séquelles – au pire, un bon rhume.

— Il t'a expliqué pourquoi il s'est jeté dans la rivière ? À moins qu'il soit tombé ?

— Impossible de tomber. Les berges sont couvertes de broussailles. Si on veut atteindre l'eau, il faut avancer.

— Pourquoi ?

— Aucune idée. Il ne s'est pas expliqué. Mais quelque chose le perturbe, c'est certain. Il t'en a parlé ?

Madame Vaucaire fit signe que non. Elle ne semblait pas inquiète outre mesure, comme si l'entretien portait sur une connaissance et non sur son fils.

— Comment se comporte-t-il depuis quelque temps ? reprit Du Sablon. Tu as remarqué un changement ?

— À vrai dire, il mange peu, il ne sort pas souvent. Il passe parfois des journées entières dans sa chambre, la porte fermée.

— Insomnies ?

— Je n'en sais rien. C'est depuis la mort d'un de ses amis – tu sais, Lionel Couture ?

Le docteur hocha la tête d'un air pensif. Je me levai et le rejoignis.

— Vous pensez qu'il est suicidaire ? lui demandai-je.

— Faudrait un examen psychiatrique pour déterminer si c'est le cas ou s'il s'agit d'une petite déprime. Vous êtes Stan Coveleski, le privé que Charles a engagé ?

Je répondis que oui.

— Vous lui avez parlé quelques minutes avant son plongeon, me dit Du Sablon. Vous l'avez trouvé comment ?

— Quelque chose le perturbe, comme vous l'avez mentionné. J'essaie de découvrir de quoi il s'agit.

— Vous en avez une idée ?

— Faudrait qu'on discute davantage, lui et moi. À son réveil, peut-être ?

— Personnellement, je n'y vois pas d'objections, mais j'ignore si Charles vous laissera l'approcher.

— Pourquoi pas ?

— Ce qui s'est passé est votre faute, selon lui.

— Ma faute ?

— Votre échange avec Pierre-Paul l'aurait troublé et c'est ce qui l'aurait poussé à plonger. Il y croit dur comme fer.

— Il avait l'air bien quand je l'ai quitté.

Le docteur Du Sablon esquissa un sourire.

— Rassurez-vous, je ne souscris pas à la théorie de Charles. Je crois qu'il parlait sous le coup de l'émotion. Mais vous devriez attendre avant de le revoir, le temps que les choses se tassent un peu. Bon, je vais y aller, ajouta-t-il à l'intention de madame Vaucaire. Je serai chez moi jusqu'en fin d'après-midi. S'il y a quoi que ce soit, appelle-moi. Mais Pierre-Paul devrait dormir d'ici là.

— D'accord. Merci, William.

Du Sablon fit un pas vers la sortie. Il se retourna avant de passer la porte.

— Tandis que j'y pense, Clara… Dis à Charles de bien ranger son revolver, au cas où Pierre-Paul se déciderait à agir sur un autre coup de tête.

— Je vais lui faire le message. Mais il ne le laisse jamais traîner, de toute façon.

Le docteur s'éclipsa. Clara Vaucaire fixa la porte en écoutant ses pas s'estomper.

— Votre mari possède une arme ? lui demandai-je.

— Oui. Pour se protéger.

— De quoi ?

— Il ne se sent pas en sécurité le soir.

— Vous n'êtes pas là pour le rassurer ?

— C'est pour quand je m'absente.

— Je vois. Alors, qu'est-ce qui vous tracasse ?

Elle me dévisagea sans aucune expression particulière.

— Vous vouliez me parler, dis-je pour lui rafraîchir la mémoire, bien que j'eusse de la difficulté à croire qu'elle en ait besoin.

— Non, pas maintenant.

— Vous avez peur que votre mari vous entende ?

— Pourquoi dites-vous ça ?

— Parce que vous faites des cachotteries.

— Je crois que ce n'est ni l'endroit ni le moment – surtout le moment. Faut que je voie Pierre-Paul. Mais je tiens toujours à vous parler. Ce soir, à huit heures ? Dans le petit parc à deux rues d'ici…

— Comme vous voulez.

Elle quitta la pièce sans plus de cérémonie et gravit l'escalier sans se presser.

Je drapai la couverture sur un dossier de chaise et évacuai les lieux. J'avais hâte d'enfiler des vêtements secs.

Une fois chez Maranda, je pris une douche et me changeai. Je restai sous le jet quasi brûlant de longues minutes pour chasser les frissons qui me parcouraient encore l'échine, puis je m'allongeai sur le canapé. J'avais seulement l'intention de me reposer un moment, mais je sombrai dans un sommeil profond. Je rêvai que je secourais Pierre-Paul mais, cette fois-ci, j'arrivais trop tard. Il avait coulé au fond de la rivière. Je plongeais pour aller le chercher parmi des algues et, quand je le ramenais à la surface, il avait le visage tout gris et boursouflé, comme s'il avait séjourné des jours dans la flotte. Les poissons lui avaient bouffé les yeux. Je me réveillai en sursaut et en nage, le cœur qui battait à tout rompre.

Il était près de cinq heures. La faim me tenaillait. Je me préparai à souper et mangeai seul – Maranda était sans doute retenu encore une fois par son enquête sur les voleurs de voitures –, puis je me mis en route. Il était trop tôt pour me rendre à mon rendez-vous, mais j'avais un arrêt à faire en chemin.

Le quartier n'avait pas changé, comme s'il ne s'était rien passé depuis ma visite de la veille, ce qui était sûrement le cas. La porte du dépanneur était ouverte et des éclats de voix se répandaient dans la rue. Je me garai devant, gravis l'escalier et traversai la galerie jusqu'à la moustiquaire. Rien ne se produisit après que j'eus cogné. Le logement était plongé dans la pénombre. On n'avait pas fixé le petit crochet à l'intérieur pour retenir la porte. Je songeais à m'inviter à entrer quand les marches de l'escalier craquèrent.

Un homme apparut bientôt au sommet, une caisse de Dow sous le bras. Petit, maigrichon, le teint terreux, chauve excepté pour trois mèches lissées d'un côté à l'autre de son crâne. Il avait de petits yeux noirs très brillants. Ses vêtements avaient connu des jours meilleurs. Il s'avança en claudiquant légèrement.

— Je peux vous aider ?

— Monsieur Couture ?

— Ouais, fit-il d'un air suspicieux. Vous êtes qui, vous ?

— Je m'appelle Coveleski.

— Le détective qui est venu parler à ma femme, hier ?

— C'est exact. J'aimerais lui parler encore une fois.

— Laissez-la tranquille, OK ? dit Couture en ouvrant la moustiquaire. Elle essaie d'oublier ce qui s'est passé et elle va pas y arriver si vous continuez à l'achaler.

— Ce ne sera pas long.

— Elle dormait quand je suis rentré de la shop. Elle dort encore. Vaut mieux pas la réveiller.

Il s'éloigna dans le couloir menant à l'arrière de la maison. J'attrapai la moustiquaire avant qu'elle ne claque contre le cadre de la porte, entrai à mon tour. Une sorte de grondement sourd emplissait le petit appartement. En passant devant le salon, je découvris son origine : madame Couture, écrasée sur le canapé, ronflait comme un tracteur. Elle avait le visage gris, moite. Une bouteille vide gisait sur la moquette.

Dans la cuisine miteuse, son époux s'ouvrait une boîte de fèves au lard dont il vida le contenu dans un chaudron en cognant la boîte contre le rebord. Puis il alluma un des éléments de la cuisinière, souffla l'allumette et posa le chaudron sur l'élément. Il s'assit ensuite à la table, tendit la main vers la caisse de Dow qui trônait parmi les restes des repas passés et en décapsula une. Il m'ignorait complètement.

— J'essaie de découvrir ce qui est réellement arrivé à votre fils, commençai-je.

— C'que vous voulez dire, réellement ? Il est mort, il s'est noyé. Voulez-vous bien me dire qui vous a engagé ? Il doit avoir de l'argent à plus savoir quoi en faire, pour le garrocher comme ça par les fenêtres.

— Charles Vaucaire, le père d'un ami de votre fils.

— Hum, là, je comprends. Je l'ai croisé souvent, Pierre-Paul. Il a une face qui me revient pas, ce p'tit criss-là.

— Comment ça ?

— C'est rien qu'un grand flanc mou. S'il se rend quelque part dans la vie, ce sera grâce à l'argent de sa famille. Il collait après Lionel comme une gomme après une semelle de botte. Je pense qu'il avait une mauvaise influence sur Lionel.

Monsieur Couture sirota sa bière avant d'élaborer. Dans le salon, le tracteur continuait de gronder.

— Il était en admiration devant lui, c'était son idole – à cause du piano, j'imagine. Mon gars travaillait pas, voyez-vous. Pas question qu'il se rabaisse à gagner sa vie avec ses mains, comme son vieux père. Et l'autre – Vaucaire – l'admirait parce qu'il jouait mieux que lui et mon gars se pensait ben bon.

— Il se débrouillait plutôt bien, à ce que des collègues musiciens m'ont raconté.

— *So what ?* répliqua Couture en me mitraillant du regard. C'pas une vie, jouer du piano toute la nuit et dormir toute la journée.

Je n'avais rien à rajouter là-dessus. Il avait droit à son opinion, comme tout le monde. Et le convaincre du contraire aurait été une cause désespérée.

— Vous lui avez parlé, le jour de son départ ?

— Pas vraiment. Quand je suis rentré, ce soir-là, il était dans sa chambre, il faisait sa valise. Sa mère essayait de l'empêcher de partir. Elle le suivait partout comme un petit chien. « Tu peux pas t'en aller », qu'elle répétait en braillant, « Tu peux pas t'en aller », mais lui, il voulait rien savoir.

— Il avait l'intention de se rendre où ?

— C'que j'en sais, moi ? Il s'en allait, c'est tout. Je lui ai dit de ramasser ses pénates et de prendre la porte, si c'est ça qu'il voulait. Bon débarras. La vieille était en maudit, on s'est chicanés après. J'aurais dû lui parler, selon elle, essayer de le faire changer d'idée, mais qu'est-ce que j'aurais pu faire, hein ? Son idée était faite.

— Vous saviez qu'il allait rejoindre une femme ?

— Qui ? La petite qui travaille au Star ?

— Non, il s'agissait d'une autre.

— Je connais juste elle. C'est quoi son nom, déjà ?

— Émilie.

Couture hocha la tête. L'odeur de fèves au lard commençait à se répandre dans la pièce.

— Ils avaient l'intention de se pousser ensemble, continuai-je. Une blonde assez bien habillée qui ne lésine pas sur le maquillage, selon la description qu'on m'en a faite.

— Sacré Lionel, fit le père Couture d'un air amusé. Il a toujours eu du succès auprès des femmes.

— Vous l'avez déjà vue ?

— Jamais.

— Certain ? Réfléchissez un peu.

Il porta le goulot à ses lèvres en me jetant un œil mauvais. Une lampée de houblon lui rafraîchit la mémoire.

— Ouais, peut-être que je l'ai déjà croisée.

— Quand ça ?

— Le mois passé ou l'autre avant, je sais plus. Je rentrais tard un soir. Y avait un char parké devant la maison. Quand je suis passé à côté, j'ai regardé dedans et la personne au volant s'allumait une cigarette en même temps. L'allumette a éclairé son visage. Peut-être que c'était la femme dont vous parlez, je suis pas sûr.

— Qu'est-ce qu'elle faisait devant chez vous ?

— Elle attendait Lionel. Je l'ai croisé dans l'escalier quand je montais. Il a embarqué et ils sont partis.

Là-dessus, madame Couture vint nous honorer de sa présence. Elle ouvrit une porte d'armoire, puis une autre et encore une autre. Elle n'avait pas meilleure mine éveillée qu'endormie. Un pan de jupon dépassait de sous sa robe toute fripée.

— C'que tu cherches, sa mère ? lui lança son époux d'un ton brusque. Ton gin ? Y en a plus, tu l'as tout bu.

— Vous pouvez me décrire la voiture ? demandai-je à Couture.

— Un petit char, deux portes.

— Un modèle sport ?

— Hm-hm, fit-il en guettant son épouse du coin de l'œil.

— Une couleur, deux couleurs ?

Madame Couture se tourna vers la table, tendit la main vers la caisse de Dow. Son mari lui agrippa le poignet pour l'arrêter.

— Touche pas !

— Juste une.

— C'est ma bière.

— Ton nom est marqué dessus ?

— Qui c'est qui paie pour ?

— Si tu me donnais un peu d'argent aussi…

— Je te donnerai pas une maudite cenne ! Et si je t'en donne, qu'est-ce que tu vas faire avec, hein ? T'acheter de la boisson ? Tu penses pas que tu bois assez de même ?

— Regardez donc qui parle !

Vive comme l'éclair, elle tendit l'autre main vers les bouteilles tout en se défaisant de l'étreinte de son mari et fila dans le couloir.

— Hé ! Reviens icitte ! gueula Couture en repoussant sa chaise.

Il se lança à sa poursuite. Je lui emboîtai le pas.

— La voiture, une couleur ou deux ?

— Ma tabarnak…

— Une ou deux ?

— Deux ! lança-t-il par-dessus son épaule.

— Certain ?

Il s'arrêta à une porte fermée, bûcha dedans avec son poing.

— Ouvre la porte, osti de grosse vache !

— Certain ? répétai-je.

— Ouvre !

— Monsieur Couture, vous…

Il riva des yeux enragés dans les miens.

— Quoi ?

— Vous êtes certain, pour la voiture ? Vous avez dit qu'elle était deux couleurs.

— Oui, je suis certain ! hurla-t-il en secouant la poignée. Le toit était plus foncé que la carrosserie.

La porte n'était pas verrouillée.

Couture entra dans ce qui était la chambre principale. Son épouse, assise au bord du lit, serrait précieusement la bouteille dans ses bras.

— Je t'ai dit non ! cria-t-il en s'avançant. C'pas français, ça ? Donne !

Elle rentra la tête dans ses épaules, se tourna vers le mur en chignant.

J'avais l'impression que ce n'était pas la première scène du genre dans la maison. Je n'avais pas envie de m'en mêler. Et puis c'était l'occasion rêvée de jeter un œil dans les affaires de Lionel.

Je trouvai la chambre du jeune homme sans problème. À première vue, elle était dans le même état que lors de son départ. Les tiroirs de la commode étaient toujours ouverts et vides ou presque. Même chose pour la penderie. Il y avait une veste miteuse, accrochée à un cintre, qui avait l'air bien seule. Je fouillai les poches, tandis que les Couture échangeaient des petits mots doux, et trouvai un vieux ticket de tramway et un paquet d'allumettes. C'est tout. Je portai ensuite mon attention sur la table de nuit. Elle n'avait aucun secret à révéler.

En route pour la sortie, je passai devant la chambre des époux. Madame Couture, toujours assise sur le lit, se frottait une joue d'un air abruti. À la cuisine, son mari ne décolérait pas après avoir découvert ses fèves au lard, sans doute cramées, sur le poêle.

◆

Le parc n'était pas très vaste, juste une couple d'arbres avec un banc et un petit sentier de gravier qui le traversait. Il y en avait quelques-uns dans le coin qui offraient ainsi un raccourci aux piétons ne désirant pas faire le tour des pâtés de maisons. Je m'assis et allumai une Grads. Une légère brise soufflait de la rivière. Le soleil couchant colorait le ciel de rose et de rouge. Une belle journée se terminait et celle du lendemain s'annonçait aussi belle. Les rares nuages n'avaient rien de menaçant.

Clara Vaucaire se pointa au bout de la rue à huit heures tapant, une enveloppe très blanche à la main dans la brunante. Je me demandai ce qu'elle avait dit à son mari avant de sortir. Mais comme ils faisaient chambre à part, elle n'avait peut-être pas besoin de le mettre au courant de ses allées et venues.

Elle me fit signe de rester assis et se glissa sur le banc. Elle portait le même ensemble que lors de notre rencontre plus tôt et avait drapé une veste sur ses épaules. Elle sourit quand on échangea des bonsoirs, mais le sourire ne contenait ni chaleur ni bonne humeur. J'écrasai mon mégot et m'enquis de la santé de son fils.

— Je crois que ça va aller. Il a mangé un peu tout à l'heure et s'est rendormi.

— Et votre mari ?

— Il s'est calmé. Il ne vous en veut pas comme tel, vous savez. C'est qu'il s'inquiète beaucoup pour Pierre-Paul.

— Je ne suis pas fâché, ne vous en faites pas. Dites-moi…

— Oui ?

— C'était la première fois que votre fils faisait une chose pareille ?

— Se jeter à l'eau ?

— Hm-hm. Ou tout autre geste dramatique du genre.

Elle baissa la tête et ses cheveux cachèrent son visage. Elle tapotait son genou avec le tranchant de l'enveloppe.

— C'était la première fois, répondit-elle. Pierre-Paul est un garçon très émotif. Il était très proche de Lionel – c'était son seul ami, en fait. Il est normal qu'il soit bouleversé par ce qui s'est passé.

— Où se sont-ils rencontrés ? Vous le savez ?

Elle fit signe que non, hésita.

— Dans un cabaret en ville, peut-être. Pierre-Paul emprunte parfois la voiture de Charles. Il prétend que c'est pour se balader dans les environs, mais c'est possible qu'il en profite pour aller au centre-ville.

— Pourquoi mentir ? Parce que son père n'approuve pas ?

— Comme je vous l'ai mentionné, Charles s'inquiète beaucoup pour Pierre-Paul. Il n'aimerait pas que son garçon fréquente des endroits comme les cabarets.

— Et vous ? Ça ne vous dérange pas ?

— Je crois que c'est bon pour lui de sortir.

— En quoi ?

— Parce qu'il a parfois besoin de changer d'air, comme tout le monde. Mais discuter de Pierre-Paul n'était pas l'objet de notre rencontre.

— L'objet, c'était cette enveloppe ?

En guise de réponse, elle me la tendit. J'y jetai un œil. Pas de timbre ni de signes particuliers. Une enveloppe blanche tout ce qu'il y a de plus ordinaire. On avait écrit dessus CLARA VAUCAIRE en grosses lettres carrées. On l'avait décachetée avec un coupe-papier effilé comme une lame de rasoir.

— Je comprends Pierre-Paul de vouloir se pousser, repris-je. Selon lui, votre mari se montre parfois exigeant.

— Exigeant ?

— Pour le piano. Pierre-Paul a envie de se mutiner.

— Ah bon ?

— Vous ne l'avez pas remarqué ?

— Le piano ne m'intéresse pas. Je n'assiste pas aux répétitions.

— Et vous ? Vous avez déjà rencontré Lionel ?

— Je l'ai croisé à une ou deux reprises.

— Qu'est-ce que vous pensiez de lui ?

— Rien.

— Rien ?

Clara Vaucaire haussa les épaules d'un air impatient. Sa veste glissa.

— Je ne lui ai jamais parlé comme tel, précisa-t-elle en l'ajustant. Il avait l'air d'un gentil garçon, voilà.

— Il était différent de votre fils. Il venait d'une famille différente aussi, ce qui pourrait expliquer la fascination et l'attachement que Pierre-Paul avait pour lui.

— Peut-être. Vous ouvrez l'enveloppe ? J'ai dit à Charles que je sortais faire une promenade, il va se poser des questions si je m'attarde.

— OK.

Je l'ouvris et en sortis une feuille blanche sur laquelle on avait collé des lettres et des mots découpés dans le journal – une lettre anonyme tout ce qu'il y a de plus classique. Je lus :

> Le silence est d'or faudra acheter
> le mien sinon toute la ville saura
> ce que vous avez fait ne jouez pas
> à la plus fine je ne plaisante pas.

Je me tournai vers madame Vaucaire, qui attendait mes questions.

— Quand l'avez-vous reçue ?

— Le mois dernier.

— Rien d'autre depuis ?

— Non, mais un coup de téléphone…

— De qui ? Un homme, une femme ?

— Un homme, la voix modifiée à l'aide d'un mouchoir.

Je repliai la lettre, la glissai dans l'enveloppe. Un grillon se mit à striduler dans un buisson tout près.

— Combien il demande ?

— Deux mille dollars.

— Et vous n'avez pas deux mille dollars.

— Si c'était le cas, je les lui donnerais pour avoir la paix. Mais c'est Charles qui s'occupe de l'argent.

— Et vous ne souhaitez pas qu'il soit au courant.

— Non.

— C'est si terrible ?

Ce coup-ci, pas de réponse.

— Qu'est-ce que vous voulez que je fasse ? demandai-je.

— Je suis censée apporter mille dollars à l'inconnu demain.

— Ce n'est pas deux mille ?

— J'ai réussi à le convaincre de diviser le montant en deux. C'est tout ce que j'ai dans mon compte à la banque. Il a accepté à condition que je lui remette l'autre moitié d'ici la fin du mois.

— Où la transaction doit-elle avoir lieu ?

— Sur le mont Royal. Je suis supposée laisser l'argent dans un journal roulé, sur un banc, face au lac des Castors.

— Et vous voulez que je vous accompagne pour affronter le maître chanteur et le convaincre de vous laisser tranquille ?

Madame Vaucaire riva son regard dans le mien, comme si elle cherchait à lire dans mes pensées. Ses yeux étaient lourdement maquillés. C'était le genre de femme qui se pomponne, peu importe les circonstances.

— Vous pourriez le faire ?

— Oh, je peux avoir l'air menaçant quand je m'y mets…

— Mais ?

— Vous oubliez que je travaille pour votre mari.

— Et alors ?

— Je ne peux pas mener deux enquêtes à la fois. Je travaille seul.

Elle esquissa un geste las de la main. Une pointe de colère perça dans sa voix.

— Vous savez comme moi qu'il n'y a pas d'enquête à mener. Pierre-Paul n'est que bouleversé par la mort de son ami. Rien de plus normal dans les circonstances.

— Bref, vous insinuez que je vole votre mari.

— Non, mais…

Elle planta ses dents blanches dans sa lèvre inférieure rouge, ce qui déforma sa bouche. Elle me considérait comme un profiteur, mais je n'en pris pas

ombrage. Il y avait certains points que je désirais
éclaircir.

— Qu'est-ce que vous avez fait ?

— C'est nécessaire de connaître le fond de l'histoire ?

— J'aime toujours savoir dans quoi je m'embarque.

— Donc vous allez m'aider ?

— Racontez toujours.

Elle hésita un moment, puis inspira profondément et
lâcha le morceau.

— J'ai eu une aventure, avoua-t-elle avec un sourire cynique. Original, n'est-ce pas ?

— Avec qui ?

— Un ancien ami. Charles jouait au bridge chez
William – le docteur Du Sablon – ce soir-là. Comme
je déteste le bridge, je suis allée dans une boîte et
c'est là que je l'ai rencontré. On a échangé des souvenirs, puis on est allés chez lui pour un dernier verre.
Je crois que j'avais un peu trop bu, je me sentais seule.
Il en a profité.

— D'où il vient, cet ancien ami ?

— Du quartier où je suis née. On a grandi ensemble et on s'est fréquentés brièvement, avant que
la vie nous sépare.

— Et c'est lui qui vous a envoyé la lettre et qui
vous a téléphoné ?

— Oui.

— Certaine ? Il se peut que quelqu'un d'autre soit
au courant.

— Je ne vois personne d'autre.

— Mais vous avez dit que la voix au téléphone
était modifiée. Il pourrait donc s'agir d'une tierce
personne, non ?

— J'imagine que c'est possible.

— Si c'est un ancien ami, vous pourriez lui parler,
le raisonner vous-même.

— J'ignore si j'y arriverais. Il a changé.

— Comment ça ?

— Dans mon souvenir, c'était quelqu'un de bien. Il n'aurait jamais fait chanter des gens. Il s'est passé quelque chose ces dernières années pour qu'il change ainsi. Voilà pourquoi je vous demande votre aide. Vous allez le faire ?

Elle me dévisagea en attendant que je me branche. Pour une femme qui avait trompé son mari et qui était victime de chantage, elle ne manquait pas d'aplomb.

— Pourquoi vous n'en parlez pas à votre époux ?

— Je ne veux pas qu'une simple erreur de jugement vienne détruire tout ce qu'on a construit ensemble. Charles est très strict, il ne me le pardonnerait jamais. Vous comprenez, monsieur Coveleski ?

— Oui.

— Et alors ?

Je lui répondis que j'acceptais de l'aider, mais ce n'était pas par compassion. Elle hocha la tête d'un air satisfait, comme un businessman qui vient de signer un lucratif contrat.

— Quels sont vos honoraires ?

— On discutera d'argent plus tard.

— Non, insista-t-elle, je désire procéder dans les règles.

— Un montant fixe serait bien dans ce cas-ci. Disons… cinquante dollars ?

— Je vous paierai demain quand vous aurez récupéré l'argent.

— OK.

— Je vais rentrer, maintenant.

Elle se leva.

— À quelle heure la transaction aura-t-elle lieu ? demandai-je en me levant à mon tour.

— Onze heures.

— Parfait. Je ne devrais avoir aucune difficulté à vous repérer.

— Je vous attendrai ici ensuite, à une heure. Au revoir, monsieur Coveleski.

— Au revoir.

Elle tourna les talons. Je la suivis du regard jusqu'à ce qu'elle s'évanouisse dans la brunante et retournai à ma voiture.

◆

Les affaires tournaient au ralenti au Star. Il y avait dans un box deux couples qui discutaient en mangeant un morceau de tarte avec une boule de glace. Deux adolescents, au comptoir, partageaient un lait frappé, chacun perdu dans le regard de l'autre. À ce moment précis, le reste du monde n'existait pas pour eux.

J'observai les serveuses par les grandes vitrines. Celle que je cherchais n'était pas là. Je redémarrai et sillonnai le quartier en essayant de reconnaître le duplex où habitait Émilie. À la noirceur, ils se ressemblaient tous. Je finis par le trouver, me garai un peu plus loin et revins sur mes pas. Je cognai. Pas de réponse. Pourtant, toutes les fenêtres étaient illuminées. Je descendis de la galerie, fis le tour du pâté de maisons et m'engageai dans la ruelle sombre. Un chat tout blanc croisa ma route. Je m'accroupis, tendis la main. Il la renifla, décida qu'elle n'avait rien de dangereux et se frotta contre elle en poussant des ronrons. Je le caressai un moment avant de reprendre mon chemin.

Il y avait une balancelle dans la cour. Deux silhouettes s'y trouvaient, une costaude et une toute menue. La costaude était peut-être celle d'Émilie. Je mentionnai à haute voix le nom de la serveuse du Star. La silhouette remua.

— Oui ?

— C'est moi, Coveleski. Je peux te parler ?

— Non, mes parents vont revenir bientôt. Qu'est-ce que je leur dirais s'ils me voyaient avec vous ?

— Ce ne sera pas long.

Je tendis le bras par-dessus la clôture, défis le crochet qui retenait la barrière. Je rejoignis la balancelle et m'assis devant Émilie. Elle était avec une fillette, cinq ou six ans tout au plus, qui serrait un ourson dans ses bras. Je lui fis un sourire. Elle se cacha le visage au creux de l'épaule d'Émilie.

— C'est ma petite sœur, Juliette, m'expliqua la serveuse. Elle est timide.

— Tu joues les baby-sitters ?

— Mes parents sont sortis, mes frères aussi.

— Et puis, tu tiens le coup ?

Une sonnerie de téléphone retentit dans la maison. Émilie tourna la tête dans sa direction.

— J'attends un appel d'une amie. C'est elle, sans doute.

— Vas-y, je vais surveiller la petite.

— Vous êtes certain ?

— Mais oui.

Émilie se tourna vers sa cadette.

— Reste avec monsieur Coveleski, d'accord, Juliette ? Je reviens dans une minute.

Elle quitta la balancelle et se dirigea vers la galerie au pas de course. La moustiquaire claqua contre le cadre de la porte.

La fillette me dévisagea sans un mot. Je lui fis un sourire. Elle ne sembla pas rassurée.

— C'est un joli nounours que tu as là. Comment il s'appelle ?

— Casimir.

— Tu l'aimes bien ?

En guise de réponse, elle serra l'ourson contre elle.

— Tu l'as reçu en cadeau ?

— C'est Émilie qui me l'a donné.

— Pour ton anniversaire ?

— Non. Elle me l'a donné.

— Comme ça, sans raison ?

Elle hocha la tête.

— Tu l'aimes, ta grande sœur, hein ?

— Oui.

— Elle est gentille.

La fillette sourit enfin. C'était un joli sourire, même s'il lui manquait quelques dents.

La moustiquaire claqua de nouveau et Émilie revint.

— Ce n'était pas trop long ? me demanda-t-elle en reprenant place dans la balancelle.

— Pas du tout. On a fait connaissance, Juliette et moi.

— Qu'est-ce que vous voulez ?

— Éclaircir un détail qui a fait surface au cours de mon enquête.

— Comment les choses se déroulent ?

— Bien. Ce ne sont pas les rebondissements qui manquent. Je m'attendais à ce que ce soit plutôt tranquille, mais ce n'est pas le cas.

— Qu'est-ce qui s'est passé ?

Il y avait dans la voix d'Émilie une pointe de cynisme qu'on se serait attendu à trouver chez une fille plus âgée.

— Eh bien, ce matin, par exemple, j'ai nagé dans la rivière des Prairies.

— Vous aviez besoin de vous rafraîchir ?

— Non. Pierre-Paul s'était jeté à l'eau. Apparemment, il voulait en finir.

Elle battit des cils, comme si elle avait reçu une gifle.

— Je l'ai sorti de l'eau de peine et de misère,

poursuivis-je. Il est suivi par un médecin, qui est un ami de la famille.

— Comment va-t-il?

— Difficile de poser un diagnostic pour l'instant. Mais il semble encaisser le décès de Lionel moins facilement que toi. Tu le connais bien, Pierre-Paul?

— Je l'ai souvent côtoyé avec Lionel.

— Comment était leur relation? Est-ce qu'ils étaient vraiment de grands amis?

Émilie réfléchit un instant en ajustant sa robe sur ses genoux. Juliette s'occupait de son nounours, enfermée dans son petit monde.

— Non, je ne crois pas, répondit-elle du bout des lèvres. Lionel n'avait pas vraiment d'amis – beaucoup de connaissances, mais personne à qui se confier ni avec qui partager. Vous comprenez?

— Oui.

— Les gens s'attachaient à lui et lui donnaient beaucoup, mais c'était à sens unique. Il était comme une éponge qui garderait toute son eau. C'était la même chose avec Pierre-Paul. Il adorait Lionel mais, quand ils étaient ensemble, Lionel pouvait l'ignorer complètement. Ou si Pierre-Paul était tout joyeux quand ils se rejoignaient dans un club ou ailleurs, Lionel pouvait se comporter comme un parfait rabat-joie.

— Pourquoi, d'après toi?

— C'était pesant pour Lionel, parfois. Il m'a déjà dit que Pierre-Paul l'énervait, qu'il lui collait après et que c'était fatigant. J'imagine qu'il lui arrivait de penser la même chose de moi… et qu'il allait voir ailleurs pour cette raison.

Elle releva la tête. Ses yeux brillaient d'une étrange lueur dans la pénombre.

— Vous avez sûrement appris dans votre enquête que Lionel était un grand coureur de jupons.

— Tu le savais ?

— Je m'en suis aperçue bien vite. Toutes les filles lui tournaient autour et il ne faisait rien pour les repousser. Mais je lui pardonnais chaque fois.

— Parce que tu l'aimais.

— Oui.

— Et c'est parce que tu l'aimais que tu m'as dit qu'il se droguait ?

Elle baissa la tête, renifla bruyamment. Un moment s'écoula.

— Je suis une personne horrible, dit-elle d'une voix chevrotante. Horrible…

Elle se cacha le visage dans les mains, un sanglot lui secoua les épaules. Juliette laissa son ourson, se tourna vers sa sœur.

— Mimi ?

J'allai m'asseoir à côté d'Émilie et fis mine de passer un bras autour de ses épaules. Elle bondit aussitôt sur ses pieds.

— Non, laissez-moi…

Elle s'éloigna de quelques pas et s'arrêta, me tournant le dos.

— Je suis une personne horrible, répéta-t-elle.

— Arrête, voyons.

Je quittai la balancelle à mon tour et la rejoignis.

— Tu étais blessée et tu voulais te venger, c'est tout.

— Ça n'excuse pas ce que j'ai fait.

— Mais tu ne savais pas ce que tu faisais.

— J'ai… j'ai été égoïste. Je n'ai pas pensé que mon geste pourrait avoir des conséquences.

Une petite voix s'éleva derrière nous :

— Mimi ?

La petite était là, son ourson à la main.

— Viens ici, Juju, lui dit Émilie en retenant ses larmes.

Elle posa un genou au sol. L'enfant la rejoignit et elles s'enlacèrent. L'enfant tapota le dos de sa grande sœur en lui disant de ne pas pleurer, comme l'aurait fait une adulte. Des rires se mêlèrent aux larmes d'Émilie.

— Ça va, Juju, dit-elle, ça va. Je vais mieux.

En les observant, je me sentis de trop dans la scène. Je ne pouvais pas rester. Et puis j'avais obtenu ce que je voulais.

Je quittai la cour. Après avoir refermé la barrière, je lançai un regard aux deux sœurs. Elles étaient toujours enlacées.

◆

Maranda était écrasé dans le fauteuil, le visage tourné vers la lampe sur pied. La lumière lui éclaboussait le visage, mais elle ne semblait pas le déranger. Il dormait à poings fermés. Il y avait une bouteille de Black Horse coincée dans son entrejambe.

J'éteignis le poste de radio, coupant le sifflet à l'orchestre qui se produisait en direct de je ne sais trop quelle ville américaine. Le sergent-détective poussa un grognement, ouvrit un œil.

— Ah, c'est vous.

— Je ne voulais pas vous réveiller.

— Ça va, ce fauteuil-là n'est pas l'endroit idéal pour passer la nuit.

Il se redressa, attrapa la bouteille juste avant qu'elle tombe sur la moquette et la posa sur une table.

— Vous avez soupé ? me demanda-t-il.

— Oui. Vous ne m'avez pas attendu, j'espère.

— J'ai mangé une bouchée. Et puis ?

Je lui résumai ma journée, qui me parut soudain bien longue. Il ne put réprimer un bâillement à la fin de mon récit.

— Ce n'est pas vous, s'excusa-t-il. J'ai eu une journée de fous. Donc, le jeune Couture ne se droguait pas. Une chose réglée. Pourquoi avoir accepté d'aider madame Vaucaire ?

— Je n'ai jamais rencontré de maître chanteur prêt à diminuer ses exigences pour accommoder sa victime.

— Peut-être qu'il a changé d'idée. Au lieu de demander un gros montant fixe, il pourrait en exiger un petit tous les mois.

— Clara Vaucaire a jusqu'à la fin du mois pour trouver le reste. Vous l'avez rencontrée durant votre enquête ?

— Je l'ai interrogée brièvement.

— Qu'est-ce que vous en avez pensé ?

— Elle m'a impressionné par son sang-froid. Elle semble impossible à intimider, cette femme-là.

— Elle a du cran, pas de doutes là-dessus.

Maranda esquissa un sourire.

— Vous vous demandez donc pourquoi elle cède à la première menace et est prête à payer son ami d'enfance ?

— Vous lisez dans mes pensées.

— Si sa famille était au courant de son aventure, elle pourrait tout perdre. Elle l'a dit elle-même.

— Oui, mais je me demande si elle serait anéantie.

— Qu'est-ce que vous voulez dire ?

— Elle ne semble pas s'inquiéter plus qu'il faut de l'état de son fils. Et elle et son mari sont comme deux étrangers habitant sous le même toit. Ils font chambre à part, en plus.

— Bah, fit Maranda avec une moue dubitative, ça ne veut rien dire. Et puis vous ne les connaissez que depuis deux jours. C'est un peu vite pour se faire une idée.

— Vous avez raison. Mais toute cette histoire de chantage me paraît bizarre.

Il se leva.

— Vous verrez demain. Promettez-moi seulement une chose.

— Hum ?

— Soyez prudent.

— Craignez rien, je serai sur mes gardes. La dernière fois que je me suis rendu au lac des Castors pour ce genre de business, je me suis réveillé à l'hôpital.

Maranda s'étira longuement.

— Vous me raconterez ça un de ces jours. Pour l'instant, je vais me coucher, je ne tiens plus debout. Bonne nuit.

— Bonne nuit.

CHAPITRE 10

Le sergent-détective dormait encore quand je me levai le lendemain. Je fermai la porte de sa chambre, accomplis les petites tâches qu'on accomplit chaque matin et pris la direction de la demeure des Vaucaire. Je commençais à bien connaître le chemin. La Graham se dirigea quasiment toute seule vers la rivière des Prairies. Je la garai devant la maison, parcourus le sentier qui menait à la porte en remarquant que la voiture de Clara Vaucaire n'était pas là. La belle journée qu'on annonçait la veille aurait bel et bien lieu.

Constant me fit entrer dans le hall, impeccable comme toujours. Le pli de son pantalon était si droit qu'il aurait pu trancher un pain avec.

— Monsieur est sorti, m'annonça-t-il.

— Où est-il allé ?

— Il fait une promenade.

— Et madame ?

— Sortie, elle aussi.

Elle était sans doute en route pour la banque.

— Tout s'est bien passé cette nuit ? repris-je. Pierre-Paul n'a pas eu d'autres gestes dramatiques ?

Le majordome esquissa un sourire crispé, détourna la tête.

— Il est arrivé quelque chose?

— Rien. Pierre-Paul a dormi comme un loir.

— Il avait pris un somnifère?

— Non, rien. C'est ce matin que les choses se sont envenimées.

— Ah bon?

Le majordome hésita.

— Je travaille pour votre patron, lui dis-je. J'ai sa confiance. Ne vous en faites pas.

Après un autre moment d'hésitation, il répondit:

— Monsieur et madame se sont disputés.

— À propos de…?

— De Pierre-Paul. Quand elle a annoncé qu'elle partait pour la matinée, il l'a accusée de ne pas s'occuper de lui. Elle l'a mal pris et le ton a monté. Monsieur était dans tous ses états. C'est pour cette raison qu'il est allé faire une promenade, pour se changer les idées.

— Ils se disputent souvent ainsi?

— C'est plutôt le contraire.

— Vous voulez dire qu'ils ne se parlent pas?

— Eh bien…

Le vieil homme se racla la gorge, ajusta son nœud papillon. Il en avait trop dit. C'était embarrassant de voir cet homme tellement digne si mal à l'aise.

— Ça va, je comprends votre position, lui dis-je. Pierre-Paul dort encore?

— Non, il est réveillé.

— J'aimerais lui parler. Ne vous inquiétez pas pour son père. S'il arrive quoi que ce soit, j'en prends l'entière responsabilité. Où est-il?

— Dans sa chambre. Il est descendu pour manger un peu avant d'y retourner.

— Très bien.

Je montai à l'étage. La porte était fermée. Je l'effleurai avec mes jointures. Rien.

— Pierre-Paul?

J'attendis une seconde. Toujours rien. J'entrai. Les rideaux étaient fermés et le soleil peinait à filtrer entre le tissu et le cadre de la fenêtre. L'occupant de la chambre me tournait le dos, couché en chien de fusil, une main sous l'oreiller.

— Pierre-Paul?

— Allez-vous-en, répliqua-t-il d'une voix terne.

Je pris la chaise devant le bureau, l'approchai du lit. Le jeune homme se tourna sur l'autre flanc pour qu'on ne soit pas face à face.

— Laissez-moi tranquille, je ne veux pas vous parler.

— Tu t'es levé du mauvais pied? demandai-je en m'assoyant.

— J'ai pris un somnifère la nuit passée. Je ne me sens pas bien.

— Très drôle. On ne t'a jamais dit que c'était mal de mentir?

— Allez-vous-en, répéta-t-il.

— Pas avant qu'on ait eu une bonne discussion, toi et moi.

Il expira bruyamment, roula sur le dos et joignit les mains derrière sa nuque. Il avait les traits tirés, mais était bien éveillé.

— Pourquoi tu as plongé, hier?

En guise de réponse, un grognement accompagné d'un haussement d'épaules.

— C'est à cause de Lionel? Tu te sens responsable de ce qui lui est arrivé?

— Où avez-vous pris cette idée-là?

— Ton père.

— Et où il l'a prise, lui?

— Il a un mauvais pressentiment. Il a raison de s'inquiéter?

— J'imagine qu'il s'inquiète, répliqua Pierre-Paul d'un ton sarcastique.

— Pourquoi tu as autant de difficulté à le croire ?

Le jeune Vaucaire poussa un long soupir. Ses yeux ne quittaient pas le plafond.

— Je me sens responsable d'une certaine façon, c'est vrai. J'aurais dû faire attention. Lionel a sûrement envoyé des signaux. On ne se décide pas à commettre un tel acte, comme ça, du jour au lendemain. Ç'a été un choc… Lionel était si gai quand on s'est parlé la dernière fois. Il allait rejoindre la fille qu'il aimait. Et puis il… Je n'arrive pas à comprendre pourquoi il a fait ça.

— De quoi tu parles, au juste ? Tu penses qu'il s'est suicidé ?

— La police prétend qu'il s'est noyé, mais Lionel était un excellent nageur. Je l'ai vu à l'œuvre, on s'est baignés quelques fois à la plage de l'île Sainte-Hélène. Il allait très loin au large et revenait sans difficulté. Moi, je m'arrêtais quand j'avais de l'eau à la taille. Je ne sais pas nager.

— Un nageur, aussi bon soit-il, va couler au fond s'il est dans les pommes.

— Lionel était inconscient ?

— Il avait une ecchymose à la tête. On a conclu qu'il était tombé par accident et qu'il s'était assommé.

— C'est possible. À moins que…

— Qu'on l'ait frappé ? Tu sais ce que ça signifierait ?

Il le savait, mais hésita une seconde.

— Ben… qu'on l'aurait tué.

— Si c'est le cas, il faut une sacrée bonne raison. Assassiner quelqu'un, ce n'est pas quelque chose de facile comme de se brosser les dents. Ou peut-être qu'il s'agissait d'un accident ?

— Vous croyez qu'il aurait pu se disputer avec son amie et qu'elle l'aurait frappé sans le vouloir ?

— Tu penses que c'est possible ?

— Moi? répondit le jeune Vaucaire d'un air étonné.
Je ne sais pas.

— Il aurait fallu qu'elle soit capable de se défendre.
Quel genre de fille c'était?

— Je ne l'ai jamais rencontrée.

— Certain?

— Je vous ai dit que non.

Pierre-Paul tourna la tête vers moi.

— Pourquoi vous revenez là-dessus? Vous croyez
que je mens?

— Je suis tombé par hasard sur une photographie,
hier.

— Comment, par hasard? Vous fouilliez dans mes
affaires?

— C'est ton père qui…

— Je l'avais prévenu de ne pas rentrer dans ma
chambre quand je ne suis pas là!

Il roula rageusement sur le côté, me tournant de
nouveau le dos. Je sortis la photo coupée, qui les
montrait, lui et Lionel, et tendis le bras pour la placer
devant son visage.

— Ça te rappelle quelque chose?

Il me l'arracha de la main et l'examina un instant.
Les souvenirs qu'elle suscita semblèrent l'apaiser.

— C'était au parc Belmont, le mois dernier. Mon
père était parti avec des amis et ma mère… Je ne
me rappelle plus, mais elle était absente. J'ai pris sa
voiture et je suis allé chercher Lionel chez lui. Le
soleil brillait, j'avais baissé la capote. Je nous avais
préparé un lunch et on a passé la journée là-bas. On
a fait tous les manèges, on a vu toutes les attrac-
tions. On a joué à un jeu d'adresse – il fallait lancer
des anneaux autour d'une tige – et je l'ai battu. J'ai
gagné un ourson en peluche.

Je parcourus la chambre des yeux. Pas d'ourson.

— Qu'est-ce que tu en as fait?

— Je l'ai donné.

— À qui ? À la personne qui vous accompagnait ?

— Non, on était juste tous les deux, Lionel et moi.

— Là, tu mens.

Je sentis son corps se raidir sous les couvertures.

— Il y avait quelqu'un avec vous, Pierre-Paul. Regarde la photo, on voit une partie de son épaule. Tu l'as coupée.

Je lui laissai le temps de s'expliquer mais, comme il ne se décidait pas, je l'éperonnai :

— Qui c'était ? La nouvelle copine de Lionel ? Ou Émilie ? Est-ce qu'ils sortaient toujours ensemble à l'époque ?

— Mouais…

— C'était Émilie ?

— Oui, c'était elle, répondit-il d'un ton brusque. C'est moi qui ai demandé à un badaud de nous poser tous les trois.

— Tu as remis l'ourson à Émilie ? Je suis passé chez elle, hier soir. Elle l'a donné à son tour à sa sœur. Je divague ou… ?

— Non, c'est ça.

Enfin, on avançait un peu.

— Je lui ai raconté que tu avais plongé dans la rivière, hier, poursuivis-je sur le ton de la conversation. Elle était drôlement secouée.

— Qu'est-ce que vous voulez dire ?

— Elle a pleuré. Il s'est passé quelque chose entre vous deux ?

— Je ne sais pas.

— Tu ne sais pas ?

— Eh ben, je croyais que…

Pierre-Paul soupira. Il roula sur le dos, joignit les mains sur son abdomen.

— On a fait un tour dans la grande roue. Lionel n'était pas dans la nacelle avec nous, il souffrait de vertige. Là, Émilie m'a dit combien j'étais fin, qu'elle passait une belle journée. Pendant qu'elle parlait, elle avait la main sur mon bras. Et puis elle m'a embrassé... Pas sur la joue comme avant. Quand j'ai battu Lionel aux anneaux, je lui ai remis l'ourson. Elle était tellement contente... Elle ne m'a plus lâché de l'après-midi. Elle disait en riant qu'elle aimait mieux sortir avec un gagnant qu'avec un perdant.

— Et Lionel ? Comment il a réagi ?

— Il a gardé le silence et les mains au fond de ses poches. Parfois, il esquissait un petit sourire... J'ignore à quoi il pensait.

— Qu'est-ce qui s'est passé ensuite avec Émilie ?

— J'ai continué de la voir quand je sortais avec Lionel. Ils se fréquentaient toujours.

— Comment elle se comportait ?

— Elle me faisait des compliments, elle riait de mes blagues en me touchant le bras ou l'épaule. C'était comme si elle me remarquait pour la première fois. Quand Lionel a rompu, au fond de moi-même, j'étais content. Je sais, c'était horrible de penser une telle chose... Ils étaient tous les deux mes amis... Mais j'étais certain qu'on sortirait ensemble.

— Mais ce n'est pas ce qui s'est produit.

— Elle ne voulait plus rien savoir de moi. Elle m'ignorait complètement. J'allais la voir au Star et elle me traitait comme n'importe quel client. Je lui ai acheté une chaînette avec mon argent de poche... Elle ne l'a jamais mise.

Il y avait une pointe d'amertume dans la voix du jeune homme. Je pouvais comprendre comment il se sentait. J'étais passé par là dans ma jeunesse et récemment aussi, d'une certaine façon.

Je chassai ces pensées et repris mon interrogatoire.

— C'est pour cette raison que tu t'es jeté à l'eau ?

— C'est moi qui ai coupé la photo. Je gardais sur moi la partie où l'on voit Émilie. Mais après vous avoir parlé, je me suis dit qu'il valait mieux m'en débarrasser. Comment je pourrais l'oublier si je traînais son portrait partout ? Alors j'ai chiffonné la photo autour d'une roche, que j'ai lancée à l'eau. Mais dès qu'elle a crevé la surface, j'ai tout de suite regretté mon geste. Il fallait absolument que je la récupère, c'était plus fort que moi. Alors j'ai plongé, mais comme je ne sais pas nager…

Un reniflement vint interrompre le récit de Pierre-Paul. Il se cacha les yeux au creux de son bras.

— Comment ai-je pu croire qu'une fille s'intéressait à un pauvre idiot comme moi ? Comment ai-je pu être aussi stupide ?

— Tu n'es pas stupide.

— Si !

— Mais non, voyons…

— Je ne suis qu'un bon à rien !

Il commença à se frapper le front furieusement avec ses poings, comme un patient de Saint-Jean-de-Dieu en proie à une crise de folie. Je lui agrippai un poignet au vol et tentai de le retenir.

— Lâchez-le, monsieur Coveleski ! lança alors une voix.

Je levai les yeux : Vaucaire était dans l'embrasure de la porte, raide comme un piquet, les bras le long du corps. Par-dessus son épaule, le docteur Du Sablon observait la scène.

— Veuillez quitter la chambre de mon fils.

Il avait le regard noir, les narines blanches.

— Je n'ai pas fini de…

— Si, vous avez fini, m'interrompit-il sèchement. Sortez immédiatement.

Je me levai. Le docteur s'avança dans la pièce, se pencha sur son patient. Pierre-Paul, qui avait enfoui son visage dans son oreiller, pleurait à chaudes larmes.

Dans le couloir, Vaucaire ferma la porte derrière moi. Il brandit un index sous mon nez. Il tremblait de partout.

— Vous avez fini de tourmenter mon fils, monsieur Coveleski.

— Je ne le tourmentais pas, je le questionnais.

— Vous avez vu dans quel état il se trouve ? Moi, c'est ce que j'appelle tourmenter quelqu'un. C'en est trop. J'étais prêt à vous donner une seconde chance, après ce qui s'est passé hier, mais…

— Je n'ai pas obligé votre fils à se jeter à l'eau.

— Vous êtes renvoyé.

— Pardon ?

— Vous m'avez bien compris. Sortez de chez moi.

On nageait en plein délire.

— Écoutez, monsieur Vau…

— Dehors.

— Vous m'avez embauché pour faire un boulot et…

— Et c'était une erreur, de toute évidence. Vous n'avez obtenu aucun résultat.

— Au contraire, j'en avais de bons avant que vous interveniez.

— Je vous prierais de partir. Vous avez été payé. Je ne vous dois plus rien.

— Et mes deux journées de travail ? Vous m'avez versé un acompte seulement.

— C'est amplement suffisant. Sortez !

On se fixa un moment sans un mot. J'aurais pu l'étrangler en un tour de main avec le foulard qu'il portait au cou – ce n'était d'ailleurs pas l'envie qui me manquait à cet instant précis. Je tournai les talons avant de céder à cette envie, descendis l'escalier et filai vers la sortie. Aucun signe de Constant.

S'était-il fait savonner lui aussi pour m'avoir permis d'interroger Pierre-Paul ?

Et puis qu'est-ce que ça pouvait me foutre ? J'en avais ras le bol des Vaucaire, de leur sens de la mise en scène et de leurs mystères. Je me dirigeai vers la Graham en allongeant le pas. Le plus vite je quitterais le quartier, le mieux ce serait. J'agrippai la poignée, arrachai quasiment la portière de rage et de frustration. Vaucaire me retirait mon enquête et, surtout, le jeune Pierre-Paul avait besoin d'aide et son père la lui refusait.

En songeant à tout ça, je refermai la portière et rebroussai chemin en direction de la maison du même pas décidé. Je m'arrêtai sous le porche. Mieux valait faire une pause avant de remonter dans le ring, le temps que la pression retombe. Une cigarette ne ferait pas de tort. Je fouillai mes poches à la recherche de mes Grads, ouvris le paquet. Vide. C'était bien le moment. Je broyai le paquet dans mon poing en maudissant tous les saints du ciel et le lançai au loin. Il s'écrasa dans l'herbe, rebondit deux-trois fois avant de s'immobiliser et de gésir sous le soleil. C'était une matinée fertile en émotions.

Le paquet faisait incongru dans la pelouse fraîchement tondue, comme si la Mona Lisa avait eu un énorme furoncle sur le nez. J'allai le ramasser. J'avais un genou au sol quand une ombre me recouvrit. Je levai la tête. Le docteur Du Sablon esquissa un sourire.

— Vous avez perdu quelque chose ?

Je me relevai.

— Mon sang-froid.

— Il y a eu un échange musclé entre vous et Charles, n'est-ce pas ? J'ai entendu vos éclats de voix.

— Il m'a renvoyé.

— Renvoyé, hum ? fit le docteur d'un air amusé.

— Ouais.

— Charles a toujours eu le sens du mélodrame. Je ne m'en ferais pas, à votre place.

— Vous pensez qu'il pourrait revenir sur sa décision ?

— C'est possible. Attendez un peu que la pression retombe, vous verrez bien.

L'air amusé de Du Sablon ne le quittait pas. Au moins, l'un de nous deux trouvait la situation amusante.

— J'espère qu'il va changer d'idée, il me doit deux jours de salaire. Comment va Pierre-Paul ? Vous lui avez prescrit un calmant ?

— Pour quoi faire, grand Dieu ?

— Sa crise de tout à l'heure ?

— Ce n'était rien de sérieux. Il s'était calmé quand je suis sorti. Dites-moi, vous avez découvert ce qui le tracasse ?

— Oui, je pense avoir mis le doigt sur le bobo.

— Oh ?

— Pierre-Paul a une peine d'amour, à mon avis. L'ex-petite amie de Lionel s'est servie de lui pour rendre Lionel jaloux. Leur union battait sans doute de l'aile, elle sentait que Lionel allait la quitter. L'ennui, c'est qu'elle ne se doutait pas que Pierre-Paul s'amouracherait si fort d'elle.

Du Sablon hocha la tête d'un air pensif.

— Charles avait donc raison.

— En quoi ?

— Il y a bien une fille dans toute cette histoire.

— Vu sous cet angle-là…

— C'était inévitable que Pierre-Paul tombe ainsi dans le panneau, j'imagine.

— Pourquoi ?

— Aucune fille ne s'était intéressée à lui auparavant. De manière générale, personne ne s'est jamais intéressé à lui. Pierre-Paul est un jeune homme renfermé, timide – sauvage à la limite. Il ne possède aucun entregent. Et ce n'est sûrement pas Charles qui l'encourage à sortir de sa coquille.

— Qu'est-ce que vous voulez dire ?

— Il surprotège son fils. Sans être prisonnier, Pierre-Paul ne sort pratiquement jamais de la maison. Il n'a pas de contacts avec des jeunes de son âge. Il craint d'affronter ce qui se trouve hors des murs de sa chambre.

— Vous semblez bien connaître la famille, docteur, lui fis-je remarquer.

— Notre rencontre remonte à des années. Clara s'était présentée à mon cabinet. C'est à ce moment qu'on s'est rendu compte qu'on était voisins ou presque. J'habite à deux rues d'ici, voyez-vous. Pour me remercier de l'avoir guérie, Clara m'a invité lors d'un cocktail, j'ai fait la rencontre de Charles et on s'est découvert des intérêts communs.

— Comme le bridge.

— C'est exact.

— De quoi souffrait madame Vaucaire ?

— De migraines, d'insomnies. Je lui avais prescrit des somnifères.

— Qu'est-ce qui n'allait pas ?

— Je crois que son couple traversait une mauvaise passe et elle s'imaginait toutes sortes de choses. Entre vous et moi, Clara est une femme qui ne manque pas d'imagination. Elle se faisait du souci pour tout et pour rien, ce qui nuisait à son sommeil et provoquait ses maux de tête. Les somnifères l'ont aidée. Depuis, je lui en ai prescrit à quelques reprises.

— Quand était-ce, la dernière fois ?

— Il y a trois semaines. Les ennuis de Pierre-Paul l'ont beaucoup affectée.

Le docteur Du Sablon esquissa un sourire.

— Mais peut-être en ai-je trop dit. Après tout, il s'agit d'informations confidentielles.

— Ne vous inquiétez pas, ce n'est pas mon genre de bavasser.

— J'imagine que la discrétion est de mise dans votre métier. Bon, il faut que j'y aille, ajouta-t-il en consultant sa montre. Je reçois des patients à partir de midi et je dois passer chez moi.

— Quelle heure est-il ?

— Dix heures cinq.

Et moi, je devais me rendre au mont Royal dans moins d'une heure.

— Vous n'êtes pas venu en voiture ? demandai-je au docteur en observant la rue déserte.

— Non. Charles a cogné à ma porte en faisant sa promenade et je l'ai raccompagné jusqu'ici.

— Je vous dépose ?

— Non, je vais rentrer à pied, merci. Bonne chance dans vos recherches.

— Mes recherches ?

— Pour votre sang-froid.

— Je crois l'avoir retrouvé en jasant avec vous.

— Content d'avoir pu me rendre utile. Au revoir, monsieur Coveleski.

Il me tendit la pince et on échangea une poignée de main qui conclut de manière bien formelle notre rencontre.

◆

Le lac des Castors, entouré de verdure, offrait un paysage apaisant après le béton et le bruit de la ville. Les environs grouillaient de monde. Il y avait des mères qui poussaient des carrosses, d'autres qui déambulaient main dans la main avec leur bambin, des hommes en complet qui se faufilaient parmi elles, attaché-case au poing. Un groupe de jeunes gens discutaient, assis à l'ombre d'un arbre, non loin de l'endroit où je me trouvais. L'un d'eux parlait d'un manifeste qui sortirait bientôt et qui remettrait en question les valeurs de la société, chamboulerait l'ordre établi. Il était convaincu – ses yeux brillaient d'excitation – et convaincant – les autres buvaient ses paroles.

Deux jeunes abbés marchaient en silence, côte à côte, les mains jointes dans le dos. Leur soutane imposait naturellement le respect et, à leur passage, les gens gardaient les yeux rivés au sol ou les saluaient d'un timide hochement de la tête. Les abbés, eux, souriaient. Ils n'étaient sans doute pas au courant pour le manifeste.

Je n'eus aucune difficulté à repérer Clara Vaucaire parmi cette foule. Elle était coiffée d'un chapeau à très large bord qui la rendait aussi suspecte qu'un clown à un enterrement. Elle avait en bandoulière un sac, comme ceux qu'on emporte à la plage, duquel dépassait un bout de journal roulé.

Elle s'immobilisa un moment au bord de l'eau pour observer le modèle réduit d'un voilier qui dérivait sur les eaux. Elle avait l'air tendue. Des lunettes noires masquaient ses yeux et leur expression, mais elle se tenait le corps raide et sa démarche, quand elle reprit sa route, était celle de quelqu'un qui s'en va quelque part et qui a hâte d'en revenir.

Après avoir contourné une partie du lac, elle s'assit sur un banc sans s'y adosser. Il y avait un homme à ses côtés. Elle lui jeta un regard tout en tambourinant sur le sac avec ses doigts. Quand l'inconnu s'en alla, elle sortit le journal, le posa sur le siège, se leva brusquement, comme mue par un ressort, et s'éloigna. Je fis quelques pas – un jeune couple qui s'était arrêté pour contempler le voilier à son tour me bloquait la vue – et gardai les yeux sur le banc en me demandant ce qui se passerait si un quidam le ramassait pour lire les manchettes et se retrouvait soudain plus riche de mille dollars. J'imaginai qu'il serait plus étonné que content. Voilà quelque chose qui n'arrivait pas tous les jours.

Mais personne n'aurait ce coup de chance. Le maître chanteur sortit de nulle part, ramassa le journal sans s'arrêter et s'éloigna en se faufilant entre les gens. Malgré sa rapidité, je n'eus aucune difficulté à le suivre du regard. Il portait un veston à carreaux, une cravate à pois et un pantalon à rayures. Son panama crème, orné d'un ruban à motif floral, était incliné sur un côté comme ceux des gangsters dans les films.

Je connaissais un seul homme qui avait des goûts vestimentaires aussi bizarres.

Jimmy Barrette.

Une fois estompé le choc de le trouver là, je me lançai à ses trousses. Il quitta les abords du lac et s'engagea sur un sentier, les mains au fond des poches, le journal coincé sous un bras. Il gardait la tête baissée comme s'il voulait se protéger du vent. Il marchait d'un pas rapide et, le temps de le rejoindre, ma chemise me collait sur le dos. Bientôt, on se retrouva sur le versant sud de la montagne. Les arbres qui bordaient le sentier filtraient les rayons du soleil et découpaient des taches de lumière sur le sol. Le sentier était en pente douce, mais en pente tout de même, et mes jambes accélérèrent la cadence d'elles-mêmes.

Je marchai tout juste derrière lui pendant quelques mètres. Le bruit du gravier crissant sous mes semelles n'éveilla pas ses soupçons, préoccupé qu'il était de prendre la poudre d'escampette.

— Hé! Jimmy.

Il ne m'entendit pas. Je répétai son nom. Il jeta un œil par-dessus son épaule, s'arrêta.

— Je vous connais ? demanda-t-il en me dévisageant d'un air interloqué.

— Stan Coveleski. Tu te souviens ?

Son visage s'illumina après un moment de réflexion.

— Monsieur Coveleski ! Oui, oui, je me souviens. J'ai eu comme un trou de mémoire.

Il dissimula le journal dans son dos et me tendit son autre main.

— Faut dire qu'on trinquait souvent en ce temps-là, pas vrai ? répondis-je en lui serrant la pince.

— Oui, hé, hé, hé, fit-il en gloussant nerveusement.

— Qu'est-ce que tu fais ici ?

— Oh, rien de spécial. Je suis venu m'aérer les neurones.

— Et lire le journal.

— Quel journal ?

— Celui que tu caches dans ton dos.

Il le sortit de sa cachette et l'examina en gloussant encore. Il fit un pas, comme s'il pensait à reprendre son chemin.

— Je ne le cachais pas, prétendit-il.

— Et puis ? Quoi de neuf ?

— Ben, j'ai mis à exécution le plan dont je vous avais parlé.

— Quel plan ?

— Je suis maintenant détective privé, comme vous.

— Hum, de la compétition, dis-je à la blague.

— Je ne jouerai pas dans vos platebandes, ne vous inquiétez pas. C'est vous l'expert, moi, je ne suis qu'un débutant.

Il s'éloigna de quelques pas. Ce qu'il était nerveux ! Je le rejoignis et lui demandai :

— Comment vont les affaires ?

— Bien, bien.

— Les clients se bousculent à ta porte ?

— Je n'irais pas jusque-là…

— Non, hein ?

— Je débute dans le métier. Je ne m'attends pas à de grosses recettes dans l'immédiat.

— La patience est une excellente vertu.

— Une vertu… Moi qui ai surtout des vices, ça ne fera pas de tort !

Il éclata de rire, reprit sa marche, s'arrêta.

— Tu sembles pressé de t'en aller, Jimmy, lui fis-je remarquer.

— J'ai un rendez-vous dans une demi-heure.

— Pour le travail ?

— Ouais. Je ne voudrais pas faire attendre le client. Au re…

— Tu as un bureau, une secrétaire, tout le tralala ?

— Non, pas de secrétaire, répondit-il en secouant la tête. Pas encore.

— Tu as une carte ?

— Hein ? Euh…

— Je pourrais te rendre visite.

— C'est que… Ce n'est pas encore vraiment présentable, dit-il avec un sourire embarrassé.

— Et si j'avais besoin d'un coup de main pour une enquête ? Tu m'avais proposé qu'on fasse équipe. Ça te tente toujours ?

— Oui, oui, bien sûr…

— Alors je vais prendre une carte au cas où j'aurais besoin de te contacter.

Il fouilla dans ses poches de veston et m'en tendit une.

— Bon, je vais y aller. Content de vous avoir revu, monsieur Coveleski.

— Ciao, Jimmy. À un de ces quatre.

Il s'éloigna. Le temps que je parcoure les informations qui se trouvaient sur la carte, il s'était évanoui dans la nature.

◆

Je retournai à la Graham et descendis la montagne. J'avalai une bouchée dans une gargote qui empestait le graillon, achetai un paquet de Grads dans un kiosque à journaux au coin d'une rue et me dirigeai ensuite vers la rivière pour mon prochain rendez-vous. Je profitai du trajet pour mettre de l'ordre dans les idées qui se bousculaient dans ma tête. Arrêté à un feu rouge, j'examinai la carte de Barrette de plus près. Il avait fait inscrire James au lieu de Jimmy, pour faire plus sérieux, sans doute. Son bureau se trouvait dans un building de la rue Saint-Alexandre, pas loin du centre-ville.

Clara Vaucaire m'attendait au parc. Je me garai derrière sa Chrysler décapotable. Le chapeau et les lunettes noires étaient posés sur la petite banquette à l'arrière. Leur propriétaire vint à ma rencontre.

— Et puis ? s'enquit-elle avec empressement. Comment ça s'est passé ?

— J'ai eu une petite surprise.

— Qu'est-ce que vous voulez dire ?

— Le type qui a ramassé votre argent…

— Oui ?

— Je le connais.

— Qui est-ce ?

Je lui remis la carte de Barrette. Elle l'étudia en fronçant les sourcils et me demanda :

— Vous l'avez croisé lors d'une enquête ?

— C'est plus compliqué. C'est avec lui que vous avez eu une aventure ?

— Non. Je n'ai jamais entendu parler de lui.

— Le contraire m'aurait étonné.

Elle me redonna la carte et s'assit sur le banc. Je restai debout.

— Vous avez récupéré l'argent ?

— Non.

— Non ? répéta-t-elle d'un air interloqué.

— Je m'en occuperai plus tard. Je sais où Barrette habite. Comment s'appelle votre ancien ami ? Et que fait-il dans la vie ?

— En quoi est-ce important ?

— Répondez-moi.

— Mais l'argent ?

— Ce n'est pas la première enquête que je mène, la coupai-je. Faites-moi confiance. Vous cherchez à protéger votre ami ?

— Non.

— Alors ?

— Il m'a dit qu'il travaillait à l'hôtel de ville.

— Il occupe quelle fonction ?

— Il ne l'a pas précisé.

— Et son nom ?

— Pourquoi insistez-vous pour le savoir ?

Je serrai les dents. La pression qui était tombée à la suite de ma conversation avec le docteur Du Sablon commençait à remonter.

— Et vous, pourquoi évitez-vous mes questions ? Parce que ce n'était pas la première fois que vous couchiez ensemble et que, dans le fond, vous l'aimez bien ?

Sous le coup, le visage de Clara Vaucaire blêmit. Elle bondit sur ses pieds.

— Comment osez-vous… ?

— C'est pour ça que vous refusez de jouer franc jeu ?

— Mais de quoi parlez-vous ?

— J'essaie d'effectuer un boulot – boulot pour lequel vous m'avez engagé –, mais vous me cachez de l'information.

— Qu'est-ce que ça changerait si vous appreniez son identité ?

— Je veux découvrir le lien qu'il a avec Barrette. Ils se connaissent? Ils sont de mèche tous les deux? Sinon, comment Barrette a-t-il su ce qui s'est passé? Vous pigez?

Elle avait le rouge aux joues et le feu au fond des prunelles. Sa respiration était rapide et saccadée. À chaque inspiration, ses seins haut placés semblaient sur le point de jaillir de son corsage.

Évidemment qu'elle pigeait. Elle se rassit, baissa la tête. Un moment s'écoula pendant lequel on écouta le vent agiter les arbres. Quand elle reprit la parole, sa voix était calme et posée.

— Vous avez raison, monsieur Coveleski. Ce n'était pas la première fois.

— Votre relation dure depuis combien de temps?

— Un an, environ.

Elle poussa un long soupir.

— Les choses ne sont plus comme elles l'ont déjà été avec Charles. Même si on habite sous le même toit, on s'est éloignés et je... je n'avais pas le choix d'aller voir ailleurs pour... pour... Vous comprenez?

Elle me jeta un regard rapide entre ses longs cils.

— C'est à ce moment-là que nos chemins se sont croisés, continua-t-elle. On a échangé des souvenirs, discuté du passé... quand nous étions jeunes, sans les soucis des adultes. Le monde était moins compliqué à cette époque. Je crois que c'est en parlant de tout ça qu'on s'est rendu compte à quel point on était malheureux. Coucher ensemble était un moyen de renouer avec la dernière époque de notre vie où l'on avait été heureux.

— Et votre mari? Il est allé voir ailleurs, lui aussi?

— Non, je ne crois pas. Charles n'a jamais été porté là-dessus. Si vous saviez les acrobaties que j'ai dû faire pour tomber enceinte de Pierre-Paul...

— Il ne se doute de rien ?

— Charles vit dans son monde. Pour lui, c'est la musique qui compte, les arts, faire de Pierre-Paul le grand pianiste qu'il n'a jamais pu devenir.

— À cause de son arthrite ?

Clara Vaucaire esquissa un sourire. Elle avait retrouvé son calme et son sang-froid quasi surnaturels.

— Entre vous et moi, c'est une idée qu'il s'est mise dans la tête. Il a des tendances à l'hypocondrie.

— Et le sens du mélodrame.

— Vous avez remarqué ?

— Il m'en a fait une petite démonstration, ce matin. Il m'a renvoyé parce que j'étais trop dur avec Pierre-Paul, selon lui.

— Il vous a renvoyé ?

— Hm-hm.

— Vous, c'était la première fois, moi, je l'endure depuis des années. Vous pouvez vous imaginer ce que c'est ?

J'en avais une petite idée. Mais on s'éloignait du sujet.

— Pourquoi le chantage, si vous êtes amants depuis un an ?

— Il n'y a pas d'amour dans ce que nous faisons. En réalité, on ne fait que se consoler dans les bras l'un de l'autre.

— Il a besoin d'argent ?

— J'ai l'impression qu'il joue et qu'il a des dettes importantes. Une fois, après qu'on s'est retrouvés à l'hôtel, un ticket de Blue Bonnets est tombé de sa poche quand je ramassais son pantalon.

— Vous ne lui avez pas posé de questions ?

— Il dormait.

Je réfléchis là-dessus un instant et souris. Je ne pus m'en empêcher.

— Voilà qui boucle bien la boucle.

— Qu'est-ce que vous voulez dire ?

— La femme malheureuse en ménage croise par hasard un ami d'enfance, ils couchent ensemble en mémoire du bon vieux temps, puis il se retourne contre elle. Mais pourquoi donc ? Parce qu'il n'a pas le choix : il a des problèmes d'argent.

— Vous ne me croyez pas, monsieur Coveleski ?

— Je pense que vous me cachez quelque chose. La preuve : vous ne m'avez toujours pas révélé le nom de votre ancien ami/amant.

— Comme je l'ai mentionné, c'est un personnage important de l'administration civile.

— Ah oui, c'est vrai.

— Si on apprenait qu'il a une maîtresse, sa carrière serait compromise.

— Peut-être bien. Une chose est certaine, vous ne me faites pas confiance. Pourquoi m'avoir engagé, alors ? À moins que vous ne fassiez pas confiance aux privés en général ?

— Pourriez-vous m'en blâmer ? répliqua-t-elle d'un ton ironique. Regardez votre collègue, monsieur Barrette.

— C'est comme partout ailleurs. Il y a des individus honnêtes, d'autres moins. Quoi qu'il en soit, j'ai l'intention d'aller au fond de cette histoire.

— Et qu'est-ce que vous comptez découvrir ?

— Aucune idée. On verra bien. Je suis certain que Barrette se montrera plus bavard que vous, une fois que j'en aurai fini avec lui.

— Vous allez le tabasser pour qu'il vous révèle ce que vous voulez entendre ?

— J'espère ne pas en arriver là. Je vais plutôt le ramollir d'une autre façon.

— Je suis certaine que vous connaissez plein de trucs.

Elle consulta la petite montre à son poignet, se leva.

— Je vais rentrer avant que Charles ne se pose trop de questions.

— Il est sûrement anxieux de vous cuisiner, dis-je sans le penser une seconde.

— Vous allez revoir monsieur Barrette cet après-midi ? demanda-t-elle en ignorant mon commentaire.

— Il faut battre le fer pendant qu'il est chaud.

— Et l'argent ?

— Je vous le rapporte demain. Je vais passer chez vous prendre des nouvelles de votre fils et parler à votre mari. Il va avoir décoléré, je l'espère.

— Vous allez respecter votre promesse, n'est-ce pas ?

— Quelle promesse ?

— De ne rien révéler à mon mari.

— Je ne me rappelle pas vous avoir promis quoi que ce soit.

Elle soutint mon regard une longue seconde, comme si elle cherchait à deviner mon jeu ; c'était difficile en diable de deviner le sien. Puis elle se dirigea vers sa voiture, se glissa au volant. Elle atteignit le coin de la rue en un éclair et disparut.

◆

Le building où se trouvait le bureau de Barrette se dressait dans Saint-Alexandre, une rue au sud de Sainte-Catherine. On pouvait voir, au sommet de la côte, les voitures se suivre à la queue leu leu. J'entrai dans le hall et parcourus des yeux la liste des entreprises qui créchaient dans l'immeuble. Pas de James Barrette, investigations. La carte était peut-être une fausse. Il était toujours pratique pour les types comme Barrette, constamment fourrés dans des affaires pas très catholiques, d'avoir de fausses cartes pour semer leurs poursuivants. Mais il y avait un nombre étonnant de locaux libres. Peut-être que Jimmy n'avait pas fait inscrire son nom sur la liste, tout simplement, comme beaucoup d'autres locataires. Je voulus vérifier auprès d'un type qui entra dans l'immeuble, mais il s'éloigna de moi à grands pas, comme s'il avait quelque chose à cacher.

Prochaine destination : le quartier Notre-Dame-de-Grâce. Rien n'avait changé dans le coin des appartements Sundale, quoique les souvenirs que j'en avais fussent à moitié noyés dans l'alcool. Je montai à l'étage et cognai au vingt-cinq. La porte s'entrouvrit, retenue par une chaînette, sur un des yeux noisette de Dolorès. Elle était ravie de me revoir.

— Oh non, grogna-t-elle. Pas vous.

— Eh oui, moi.

— Qu'est-ce que vous voulez ?

— Discuter.

— Je n'ai pas envie de discuter.

— Je cherche Jimmy, dis-je en bloquant la porte, au cas où elle aurait eu l'idée de me la claquer au nez. Où est-il passé ?

— J'en sais rien. Sacrez votre camp.

— On m'a déjà accueilli plus chaleureusement.

Elle essaya de fermer la porte, baissa le regard et constata que mon pied l'en empêchait.

— Je suis occupée, reprit-elle. Revenez plus tard, OK ?

— Non, c'est maintenant.

— Je fais manger la petite.

— Je suis certain que vous pouvez répondre à quelques questions en même temps.

— Non, re...

Son œil se riva sur un point derrière moi. Je jetai un regard par-dessus mon épaule : la vieille fouine qui habitait au bout du couloir et que j'avais croisée après avoir quasiment couché avec madame Barrette nous observait du seuil de sa porte.

— Restez pas là, m'ordonna Dolorès.

Elle m'agrippa l'avant-bras, m'entraîna à l'intérieur. Elle avait de la poigne.

— Maudite écornifleuse, dit-elle en fermant la porte. Elle passe ses journées à guetter qui entre et qui sort du bloc.

Elle se dirigea vers la cuisine. Je la suivis. Son peignoir moulait et mettait en évidence ses formes généreuses en bas de la taille.

La petite était installée dans une chaise haute. Elle m'observa avec de grands yeux mais, après que sa mère se fut assise à table et lui eut tendu une cuillerée de purée sous le nez, elle m'ignora complètement.

— Où est son frère ? demandai-je en parlant de Jérôme.

— Dans sa chambre. Qu'est-ce que vous lui voulez, à Jimmy ?

— Lui poser une couple de questions.

— C'est à propos d'une enquête ?

— Il vous a dit qu'on travaillait ensemble ?

— Non, mais il m'a assez cassé les oreilles avec ça, expliqua Dolorès en continuant de nourrir sa fille. « Je vais faire équipe avec m'sieur Coveleski, on va être les meilleurs détectives en ville, la police va nous demander de l'aide… » Merci mille fois, en passant.

— Pour quoi ?

— Pour lui avoir mis cette idée-là dans la tête.

— Je ne lui ai rien mis dans la tête.

— Détective privé, dit-elle avec dédain. Regardez dans la glacière et dites-moi si c'est payant. Allez-y, vous n'êtes pas gêné, d'habitude !

J'entrouvris la porte. Il y avait une pinte de lait à moitié vide, une motte de beurre, un pot de moutarde, pas grand-chose d'autre.

— Je n'ai même pas de quoi nourrir la petite ce soir, continua Dolorès. Après ce petit pot-là, y a plus rien.

— C'est lui qui voulait devenir un privé, je ne l'ai pas forcé.

— Vous ne lui auriez pas bourré le crâne avec vos histoires ?

— Au contraire, j'ai essayé de le faire changer d'idée.

— Oh, joli travail, répliqua-t-elle avec sarcasme. Toutes mes félicitations.

— Il vous a dit quand il rentrerait ?

— En fin de journée. Quand je lui ai demandé en quel honneur, lui qui rentre toujours à des heures impossibles, il m'a répondu qu'il allait avoir une surprise pour moi.

L'argent de madame Vaucaire, sans aucun doute.

La petite se mit à geindre, détourna la tête en grimaçant.

— Qu'est-ce qu'il y a ? lui demanda sa mère. Tu n'as plus faim ? J'espère que tu as aimé, parce c'est le menu de ce soir aussi.

Elle essuya vigoureusement le bec de son enfant, alla à l'évier rincer la débarbouillette et la cuillère, puis rangea le pot dans la glacière. Elle se redressa et me dévisagea en prenant un air ahuri.

— Vous êtes encore là, vous ?

— Une dernière question.

— Non, j'en ai assez entendu. Sortez de chez moi.

— Dolorès…

— Dehors, j'ai dit !

Ses yeux lançaient des éclairs.

Elle brandit soudain la main pour me gifler. Je lui agrippai le poignet, le retins un moment avant de le lâcher. Elle me tourna le dos, croisa les bras.

— Jimmy a un bureau, rue Saint-Alexandre ?

— Hm-hm. C'est pratique pour lui, il peut y passer ses journées à picoler en paix au lieu de s'occuper de sa fam…

Sa voix se cassa. Un sanglot secoua ses épaules.

Je la fis pivoter pour qu'elle soit face à moi et elle se nicha le plus naturellement du monde dans mes bras. Je pouvais sentir ses gros seins contre ma poitrine et ses cuisses rondes contre les miennes. Je pris son menton, lui relevai la tête. Quand je posai ma bouche sur la sienne, je goûtai ses larmes salées. Elle entrouvrit les lèvres, un bout de langue chercha la mienne. Je perdais le contrôle de mon corps.

Je la repoussai doucement. Elle respirait très fort, ses joues étaient empourprées.

— Vaut mieux que je parte, pensai-je tout haut.

Elle ne répondit rien.

Je la laissai là et quittai l'immeuble. Je m'adossai à une aile arrondie de ma voiture, sortis mon paquet neuf de Grads et déchirai le collant avec l'ongle de mon pouce. Je grillai une cigarette sans quitter la rue des yeux. Barrette finirait bien par se montrer le bout du nez. La brise qui soufflait me fit du bien après ce qui venait de se passer. Je me sentais tout croche, comme si j'avais trahi mes sentiments passés pour Kathryn. Mais ce que mon corps avait ressenti avait été plus fort.

Je levai la tête en direction de l'immeuble pour voir si Dolorès me guettait. Je tombai plutôt sur la vieille fouine, qui était à sa fenêtre. Elle tenait le rideau en dentelle à l'écart d'une main et m'épiait, comme un rapace avec sa proie.

Je montai à bord de la Graham pour terminer ma cigarette à l'abri de son regard. Toujours pas de Barrette. Peut-être qu'il était allé se terrer à son bureau comme l'en avait accusé son épouse. Je débattais la question quand une DeSoto déglinguée tourna le coin. C'était lui. Il passa à côté de mon véhicule sans se douter de quoi que ce soit et se rangea un peu plus loin.

Je mis pied à terre et le rejoignis en hâtant le pas. Il farfouillait dans la poche intérieure de son veston, le journal étalé sur les genoux. J'ouvris la portière, me glissai à côté de lui sur la banquette. S'il n'y avait pas eu un toit au-dessus de sa tête, il aurait bondi cinq pieds dans les airs tellement il était surpris.

— M'sieur Coveleski ? Que… Qu'est-ce que…

— Il faut qu'on se parle.

— Tout de suite ?

— Oui.

— Je ne peux pas. Dolorès m'attend.

Il avait toujours la main droite à l'intérieur de son veston.

— Vaut mieux que tu ne montes pas, lui conseillai-je.

— Comment ça ?

— Elle ne file pas.

— Vous lui avez parlé ? Qu'est-ce qui ne va pas ?

— Tu lui demanderas après qu'on aura discuté. Tu connais un coin où on sera tranquilles ?

— Ben… euh… Y a la taverne Coucou.

— Parfait.

Je m'installai confortablement sur la banquette en prévision du voyage. Barrette ne bougea pas.

— Allez, démarre.

Je lui tapotai le genou pour l'encourager et le rassurer. Ça fonctionna plus ou moins.

— OK, fit-il d'un ton incertain en enfonçant le démarreur dans le tableau de bord.

Les habitués de la taverne commençaient à remplir les lieux. Le bourdonnement des conversations prenait lentement mais sûrement de l'ampleur et le nuage de fumée qui planait au-dessus de la salle s'épaississait à chaque allumette qu'on craquait.

On trouva une table. Un serveur nous apporta chacun une bière dès qu'on eut posé nos fesses sur nos chaises. Barrette scruta les environs.

— Tout va bien, Jimmy ? lui demandai-je.

— Mais oui.

— On dirait que tu n'as pas la conscience tranquille.

— Je pensais à notre première rencontre ici.

— Ce n'est pas l'action qui avait manqué, hein ?

— Ouais, fit-il avec un sourire timide.

— À notre première rencontre !

Je tendis mon bock au-dessus de la table. Il leva le sien à son tour et avala une gorgée de houblon. Je pressai mon bock contre ma bouche, levai le coude mais gardai mes lèvres fermées. J'avais déjà joué avec ces allumettes-là. Pas question de me brûler de nouveau.

— Je regardais pour m'assurer que les deux rigolos n'étaient pas là, dit-il. Ç'a été comme un réflexe. Vous vous souvenez d'eux ?

— Comment je pourrais les oublier ? Ils t'ont achalé dernièrement ?

— Non, je ne les ai pas revus.

— Après la leçon que tu leur as donnée, ce n'est pas surprenant.

— C'est vrai que je leur avais fait la passe, pas vrai ?

— Je le répète : t'es une vraie terreur.

Second toast. Mieux valait qu'il trinque au lieu d'apprendre la vérité – que j'avais payé, pour ainsi dire, Tony et l'homme au cure-dents à sa place. Quand je pensai aux bijoux que j'avais perdus, mon cœur se serra.

Je reportai mon attention sur ma mission.

— Qu'est-ce qui ne va pas avec Dolorès ? J'ai trouvé qu'elle avait la mèche pas mal courte.

— Oh, on s'est disputés.

— À propos… ?

— De nos finances. Elles ne vont pas trop bien, vous comprenez.

— Tout le monde traverse une mauvaise passe, un jour ou l'autre.

— Elle m'a menacé.

— De quoi ?

— De me quitter, si je ne rapporte pas d'argent à la maison, répondit Barrette d'un air piteux. Ce n'est pas la première fois, mais là, je pense qu'elle est sérieuse.

— Elle avait l'air très sérieuse tantôt.

Il releva vivement la tête.

— Elle vous en a parlé ? Qu'est-ce qu'elle a dit ?

— Que tu n'étais pas un vrai homme.

— Hein ? fit-il en écarquillant les yeux.

— Selon elle, un vrai homme saurait prendre soin de sa famille, ce serait un bon pourvoyeur.

— Elle a dit ça ?

— Hm-hm.

C'était un coup dur et il avait besoin de houblon pour l'encaisser.

— Moi, j'ai trouvé qu'elle exagérait, dis-je pour me ranger de son bord.

— Elle ne voit pas tous les efforts que je fais, cibole ! Prenez mon nouveau boulot : elle pensait que les gens allaient faire la file à mon bureau dès que je l'ouvrirais. Mais ça prend du temps.

— C'est vrai.

— Vous savez de quoi je parle, hein ? Elle, elle ne comprend pas. Elle ne comprend pas…

— Elle n'avait pas le droit de te faire des menaces, Jimmy. Elle n'a jamais manqué de rien, pas vrai ?

— Bien sûr que non !

— Et à la première petite difficulté, elle te crie après. Tu ne méritais pas ça.

— Le problème, c'est que je l'ai trop gâtée par le passé, pensa-t-il tout haut.

— Exactement. Elle ne réalise pas la chance qu'elle a.

— Je vais rentrer lui parler.

Il fit mine de se lever.

— Tu serais mieux de prendre une autre bière avant, pour te calmer un peu, lui suggérai-je.

— Mais je n'ai pas encore fini celle-là.

— Allons, il en reste deux gorgées.

Je fis signe à un serveur qui passait dans le coin de le réapprovisionner.

Tandis qu'il sirotait sa deuxième bière, puis sa troisième, il me raconta les circonstances dans lesquelles il avait connu Dolorès et comment il l'avait épousée, malgré les protestations de ses beaux-parents. Je comprenais ces derniers d'avoir vu d'un mauvais œil cette union : avoir eu une fille, je n'aurais pas aimé qu'elle s'amourache d'un petit magouilleur dans le genre de Barrette. Dolorès m'avait expliqué ce qui l'avait poussée à le fréquenter, puis à l'épouser, mais elle n'avait pas mentionné le fait que ses parents ne l'aimaient pas trop. Ça avait sans doute pesé dans la balance quelque peu.

À ce stade-là, il était prêt à rentrer, mais je lui en proposai une dernière « pour la route ». Il était un

peu éméché; à cent vingt-cinq livres, l'estomac vide,
je l'aurais sans doute été moi aussi. Il refusa d'abord,
mais céda quand le bock apparut devant lui.

Tout bascula après la dernière gorgée. Il ne voulait plus rentrer. Il avait oublié l'affront que Dolorès
lui avait fait – enfin, qu'il pensait qu'elle lui avait
fait – en remettant en cause sa virilité. Il était dan-
gereusement de bonne humeur. « Il faut célébrer ! »
lança-t-il. Célébrer quoi au juste, je n'en avais aucune
idée, mais le poisson avait mordu. Restait à jouer du
moulinet et à le recueillir dans l'épuisette.

Barrette repoussa sa chaise, vacilla sur ses jambes
en fouillant dans son veston. Il sortit une grosse
liasse de billets – une partie des mille dollars de
madame Vaucaire –, détacha un dix de la liasse et le
jeta sur la table comme si ç'avait été de la monnaie.
Un type assis à la table d'à côté l'observa en semblant se demander si l'alcool ne lui donnait pas des
visions.

— On y va ! lança Barrette.

Au premier club où l'on s'arrêta, on n'eut aucun
problème à se trouver une table. L'endroit ouvrait à
peine. Le barman et les serveuses se préparaient
pour la soirée. Je payai la première tournée, Barrette
la seconde. Quand la serveuse eut posé nos verres
sur la table, il ressortit son pognon. Quand elle vit
tout cet argent, des signes de dollars apparurent
dans les yeux de la serveuse.

— Si vous avez besoin de quoi que ce soit, nous
dit-elle après avoir accepté un billet de cinq, gênez-
vous pas.

Barrette passa un bras autour de sa taille, lui
tapota le popotin.

— On te fera signe, ma poulette.

Elle s'éloigna, son plateau vide à la main. Barrette observa le balancement de ses hanches.

— Dis donc, où as-tu pris tout cet argent-là ?

— Quel argent ? demanda-t-il en reportant son attention sur moi.

— Celui qui fait une grosse bosse dans ton veston.

— Oh… euh… un client.

— On t'a confié une enquête ?

— Oui, ma première.

— Félicitations, mon vieux.

Je lui portai un toast – un autre – et il s'envoya une bonne rasade de scotch. Je continuai à faire semblant.

— C'est Dolorès qui va être contente, lui fis-je remarquer.

— Ça devrait lui clouer le bec.

— Qu'est-ce que tu as fait ? C'est un beau paquet de fric.

— Oh, rien de bien compliqué, dit-il avec un sourire timide.

— Jimmy… Ne sois pas modeste.

— Le client a été généreux, c'est tout.

Barrette finit son verre d'un trait, se lécha les babines.

— Vous en voulez un autre ?

— Je vais finir celui-là. Mais toi, vas-y. On est ici pour célébrer, pas vrai ?

Il fit un signe à la serveuse, qui attendait au bar.

— Un autre, ma jolie !

Elle hocha la tête et relaya la commande au barman.

— Et puis ? Combien le client t'a remis ?

— Mille piasses.

— À ce prix-là, ce n'était sûrement pas rien !

— Il a été généreux, je vous le répète.

— Allez, raconte.

La serveuse revint, repartit avec un autre cinq dollars. Tandis qu'il buvait, je lui tirai l'oreille et il finit par me résumer son enquête, une histoire de voiture volée et de disparition. Un homme était tombé par hasard sur la voiture de son frère, disparu sans laisser de traces depuis une semaine. L'inconnu au volant prétendait l'avoir acquise en bonne et due forme. Barrette s'était rendu chez ce dernier pour en savoir plus et s'était retrouvé par le fait même mêlé aux affaires louches d'un cabaretier véreux.

Encore des salades. Et en plus, je me rendis compte au bout d'un moment qu'il s'agissait d'une de mes propres enquêtes, menée des années auparavant ! Il en avait sans doute lu le résumé dans le *Montréal-Matin* ; Claude Poitras, le rédacteur de la chronique des chiens écrasés, avait déjà rédigé des articles détaillant mes « exploits ». Le petit malin... Son récit, bien que rendu un peu incohérent par l'alcool, était beaucoup plus amusant que ce qui s'était réellement passé.

On changea ensuite d'établissement. Barrette avait de la difficulté à marcher droit. Et une fois qu'on fut accoudés au zinc, il renversa par mégarde son double whisky *on the rocks* sur ma chemise. Après qu'il se fut confondu en excuses, je repris l'interrogatoire.

— Dis donc, Jimmy, qu'est-ce que tu faisais sur le mont Royal ce matin ?

— Je me promenais.

— Je t'ai vu ramasser un journal, sur un banc.

Il esquissa une moue, haussa les épaules.

— Oh ? Oui, pour le lire plus tard.

— Allons, Jimmy...

— Quoi ?

— Arrête de niaiser.

— Qu'est-ce qu'il y a ? Vous pensez que les mille dollars étaient dedans ?

Il gloussa nerveusement en faisant tournoyer le glaçon dans son nouveau verre. Je l'agrippai par le chignon. Je commençais à le trouver moins drôle.

— L'argent était bien là, dis-je. Tu tenais à ce journal comme à la prunelle de tes yeux.

— C'est vrai. C'est mon client qui voulait procéder comme ça. Il… il m'a appelé et…

— Non, le coupai-je en enfonçant mes doigts dans sa nuque. Arrête de niaiser, je te dis. Tu n'es même pas un vrai détective. Tu fais seulement semblant. Pas vrai ?

Il me lança un regard de côté. Il avait l'air soudain très inquiet. Une goutte de sueur roulait lentement sur sa tempe.

— Mais si, voyons. Qu'est-ce que vous racontez…

— Tu as été voir les flics pour les mettre au courant de ta petite entreprise ?

Une grimace déforma ses traits. Il déposa son verre sur le bar.

— Je ne me sens pas très bien…

— On va prendre l'air une minute. Ça va te remonter.

Je l'entraînai à l'extérieur. Les enseignes éclaboussaient la Catherine de leur lumière multicolore. Il y en avait tellement que la nuit semblait ne jamais tomber sur cette partie du centre-ville.

Barrette essaya encore de se défiler.

— Il faut que je rentre. Dolorès est déjà en… en maudit. Si j'arrive aux petites heures et… et soûl en plus…

J'avais envie de le prendre par les épaules et de le secouer comme un pommier. Mais je ne pouvais pas le bardasser en pleine rue. Je connaissais un endroit tranquille où je pourrais lui tirer les vers du nez.

— Donne-moi tes clés, lui ordonnai-je. Je vais te ramener chez toi.

Il obéit en me remerciant à profusion et en me rappelant combien j'étais un chic type. On se rendit à la DeSoto ; Barrette s'accrocha à mon bras de temps à autre pour ne pas s'étaler de tout son long. Je l'installai sur la banquette, côté passager, contournai la voiture et me glissai au volant.

Dès qu'on quitta la chaîne du trottoir, je recommençai à taper sur le clou.

— On va cesser de tourner autour du pot, Jimmy. Ton histoire de voiture volée, c'est de la frime. Tu fais chanter une dénommée Clara Vaucaire. C'est elle qui t'a remis les mille dollars pour que tu tiennes ta langue. Si je divague, sens-toi bien à l'aise de m'interrompre.

Je lui jetai un œil. Blotti dans son coin, la tête appuyée dans la main, il fixait le véhicule qui nous précédait.

— Vous avez raison, dit-il d'une voix éteinte. Il n'y a pas de char volé. J'ai fait quelque chose de pas correct. Je suis dans le trouble.

Il renifla, se frotta le museau avec son index.

— Comment t'as su que Clara Vaucaire commettait l'adultère ? demandai-je.

— Elle vous a dit qu'elle trompait son mari ?

— C'est ce que « adultère » signifie, non ?

— Oui, oui, je sais, dit-il en remuant sur la banquette. Eh ben… euh… Je prenais un verre avec mon ami Pierre au Faisan Doré. Elle est tombée sur nous par hasard. Je ne savais pas qu'ils se connaissaient. Elle s'est assise avec nous, on a pris quelques verres.

— De quoi ils ont parlé ?

— Oh, de tout et de rien.

— Ils n'ont pas ressassé de vieux souvenirs ? Leur dernière rencontre remontait à quand, selon toi ?

— Je ne sais pas. Ils avaient l'air pas mal proches, si vous comprenez ce que je veux dire. Le courant passait… Quand il lui a proposé de la raccompagner, elle a accepté.

— Et tu les as suivis.

— Oui.

— Pourquoi ?

— Je savais qu'il se passerait quelque chose. Et puis j'avais besoin d'argent. Oh, je ne suis pas fier de moi, ajouta Barrette d'un ton geignard. Et maintenant…

Il poussa un long soupir angoissé.

— Il fait quoi dans la vie, ton ami Pierre ?

— Mécanicien. Euh… on va où ? C'est pas le chemin pour rentrer à la maison.

— À ton bureau. J'ai envie de le visiter.

— Oh. Ah bon.

À la seule lumière des phares, la rue Saint-Alexandre me parut très étroite et très à pic. Barrette me fit garer sa DeSoto dans le bout de ruelle, à côté du building, où s'entremêlaient des escaliers de secours tout rouillés. On descendit. Tout était calme dans le voisinage. Un chat miaulait à fendre l'âme quelque part.

Je suivis la silhouette de mon comparse jusqu'à une porte pleine.

— On ne passe pas par en avant ?

— C'est un raccourci ! répondit-il en jouant avec la serrure.

— Tu devrais faire inscrire ton nom sur la liste qu'il y a au mur, dans le hall.

— Je sais. Je n'ai pas eu le temps de m'en occuper.

Barrette ouvrit et on s'engagea dans un couloir poussiéreux. Un néon sur deux au plafond ne fonctionnait pas. On s'arrêta à une porte avec un carreau en vitre givrée sur laquelle on pouvait lire « M. Lécuyer – Généalogiste » en lettres noires. Voilà qui confirmait mes soupçons. Barrette faisait semblant.

— Faudra que je fasse enlever ça, songea-t-il tout haut en se prenant au sérieux.

— Ou bien changer de nom et de boulot.

Il déverrouilla et on entra dans ce qui était censé être la salle d'attente. Mais le précédent locataire avait emporté tout le mobilier excepté une chaise au siège en cuirette déchirée et une plante toute rabougrie dans un coin.

Il y avait une autre porte au fond marquée « Privé ». Barrette l'ouvrit, appuya sur l'interrupteur. Un plafonnier éclaboussa quatre murs de lumière jaunâtre.

— Et voilà, fit mon hôte.

Je m'avançai dans la pièce. Elle contenait un bureau et deux chaises, un petit lavabo dans un coin qui semblait condamné. Il n'y avait pas de rideau à la fenêtre, mais des barreaux pour décourager les voleurs, même s'il n'y avait pas grand-chose à voler. Le seul objet de valeur était une lampe en laiton sur le bureau. La décoration se résumait à un calendrier et à une image de la Sainte Vierge, épinglée au même clou.

— Et alors ? me demanda Barrette. Qu'est-ce que vous en pensez ?

— Très chaleureux.

— Pas mal, hein ? Assoyez-vous, assoyez-vous.

On s'assit vis-à-vis l'un de l'autre. Barrette avait l'air tout petit derrière l'énorme bureau. Une pile de *Montréal-Matin* s'entassait sur un coin. Voilà ce qu'il faisait pour occuper ses journées.

— Un petit verre ? m'offrit mon hôte en ôtant son panama.

Avant que je puisse refuser et l'éperonner, il se pencha, disparut de ma vue. Un tiroir grinça. Mais quand il se releva, il n'avait pas une bouteille et des verres à la main.

Il avait un flingue.

— Vos mains, me dit-il d'une voix dure. À plat sur le bureau.

Ce n'était pas un gros calibre mais, à cette distance, il ferait pas mal de dégâts. Je posai mes mains à plat sur le bureau.

— Qu'est-ce que tu fais là, Jimmy ?

— Je ne peux pas vous laisser reprendre l'argent, m'sieur Coveleski. J'en ai besoin.

— Je sais.

— Mais madame Vaucaire vous a engagé pour le lui rapporter.

— Range ton revolver. Un accident est vite arrivé.

L'arme tremblait entre ses doigts.

La sueur perlait sur mon front. Je serrai les dents pour les empêcher de claquer.

— Je suis dans le trouble, poursuivit Barrette sans baisser son pétard. Cette femme-là est dangereuse. Dites-lui... Dites-lui que je renonce au reste de l'argent. Qu'elle le garde. Je vais me contenter des mille dollars. Laissez-les-moi, m'sieur Coveleski, je vous en prie. Expliquez la situation à madame Vaucaire.

Il avait la voix tremblotante. Sa lèvre inférieure tressaillait.

— Qu'est-ce que tu veux dire par « dangereuse » ? lui demandai-je en fixant l'œil noir du revolver.

— J'ai menti tout à l'heure. Je mens depuis le début ! Je ne suis plus capable...

— Qu'est-ce que tu caches ?

— Je n'ai pas d'ami appelé Pierre... Je n'ai pas croisé madame Vaucaire dans un... dans un club.

— Où, dans ce cas-là ?

— Je... J'ai...

Il poussa un sanglot. J'eus le temps de voir une grimace déformer son visage exsangue à la lumière du plafonnier avant qu'il laisse tomber son revolver sur le bureau et enfouisse son visage dans ses mains.

J'empochai le revolver et desserrai les dents pour pousser un soupir de soulagement. Il n'y a rien de plus dur pour les nerfs qu'un type en état d'ébriété qui manipule une arme.

— Je ne voulais pas faire de mal à personne, moi, gémissait Barrette. Dites-lui que je m'excuse… Oh, Seigneur… Je ne referai jamais une chose pareille !

— Jimmy, qu'est-ce que…

Quelque chose bougea à ma gauche, une ombre tout juste au périmètre de mon champ de vision. La seconde suivante, un bâton de dynamite explosa dans mon crâne.

Je revins à moi après m'être écrasé sur le linoléum. J'étais à moitié allongé au sol, à moitié assis sur la chaise qui m'avait suivi dans ma chute. J'avais toutes les misères du monde à garder les yeux ouverts. La lumière du plafonnier filtrait entre mes cils et me transperçait les yeux.

Un claquement sec retentit.

J'essayai de tourner la tête dans cette direction, mais l'éclair de douleur qui me traversa le ciboulot me fit changer d'idée. Je restai immobile. Dans mon état de semi-conscience, j'eus l'impression qu'on se penchait sur moi et qu'on m'examinait. Je tendis une main au hasard, tâtai le vide et ne trouvai que du vide. Mon bras, trop lourd, retomba au sol. Je rêvais peut-être. Pourtant, des bruits – étaient-ce des pas ? – flottèrent à mes oreilles…

Puis un trou noir s'ouvrit à mes pieds et je me laissai tomber dedans.

◆

Je me réveillai dans la même position dans laquelle j'avais sombré. Au prix d'un effort surhumain, je repoussai la chaise et m'assis bien comme il faut sur le linoléum. Je restai sans bouger un moment en serrant les dents contre les nausées qui m'assaillaient. À chaque battement de cœur, ma tête semblait sur le point de fendre. Une fois que la pièce eut arrêté de tourner, je me palpai l'occiput. Du sang, mais pas de quoi appeler une ambulance. Et puis ma tête avait l'habitude de se faire embrasser par des objets contondants. L'épaule qui avait amorti ma chute élançait douloureusement tout le long de mon bras, jusqu'au bout de mes doigts. Impossible de dire combien de temps j'avais été dans les pommes. Des minutes ou des heures. Des minutes, sans doute.

Je jetai un œil aux alentours. Quatre murs jaunis, un bureau délabré, un calendrier au mur avec le portrait de la Sainte Vierge ; en détaillant ainsi le décor, je reconnus le bureau de Jimmy Barrette. Il y avait aussi un revolver par terre. Dans mon souvenir, il ne faisait pas partie de la décoration.

Et où était Barrette, justement ?

Je me relevai péniblement sur une jambe, puis sur l'autre, et me sentis partir en avant. Je tendis les mains, m'appuyai contre le bureau pour ne pas m'étendre de tout mon long. Je passai un autre moment sans bouger, la tête rentrée dans les épaules. La pièce menaçait de se remettre à tourner. Puis je relevai lentement la tête, et mes yeux se rivèrent sur ceux, fixes et mi-clos, de Barrette.

Il était écrasé sur sa chaise, les bras inertes posés sur les accoudoirs, la tête renversée contre le mur derrière lui. Tout son corps était détendu, comme s'il piquait un petit roupillon de fin d'après-midi. Il y avait une tache rouge sur le devant de sa chemise, pas très grosse, à la hauteur du cœur.

J'examinai un instant le tableau qui s'offrait à moi. La tache était-elle ce que je pensais ? Après tout, j'étais encore pas mal sonné. Peut-être que mon imagination me jouait des tours. Je contournai le bureau, pressai deux doigts contre la jugulaire de Barrette. Rien. Là, il n'y avait plus de doute possible : c'était une tache de sang et Barrette était mort.

Le trou avait été fait par une balle ; une odeur de poudre flottait dans l'air. Était-ce le revolver sur le lino qu'on avait utilisé ? Il m'aurait fallu un mouchoir ou un crayon, que j'aurais pu glisser sous le pontet, pour ramasser le flingue et humer le canon. Mais si je me mettais à quatre pattes, j'allais m'allonger malgré moi sur le plancher et y passer le reste de la nuit.

Il fallait que j'agisse, mais comment ? J'essayai de réfléchir à la situation, mais mon cerveau me faisait l'effet d'un mélange à crêpes vigoureusement fouetté.

Puis une sirène hurla dans le lointain comme une âme condamnée aux enfers, d'abord très vague, puis de plus en plus stridente. Bientôt elle me vrilla les tympans. Peut-être y en avait-il deux ou trois. Des pneus crissèrent sur le bitume à l'extérieur, l'éclat d'un gyrophare passa par la fenêtre et éclaboussa la pièce de lumière rouge.

Mes jambes s'activèrent d'elles-mêmes. J'atteignis la porte en un bond, traversai la salle d'attente. Les policiers se trouvant déjà dans la ruelle, j'empruntai le couloir mal éclairé et me lançai dans la direction opposée. Le couloir déboucha dans le hall de l'édifice. Tout était sombre. La seule lumière provenait de l'extérieur et des voitures de patrouille, de l'autre côté des portes en vitre. Un policier en civil gravissait les marches menant au porche, flanqué de deux agents. Il avait un passe-partout à la main.

Je pivotai et m'élançai vers l'arrière de l'immeuble. Mais les flics m'avaient vu. Les lourdes portes grincèrent sur leurs gonds, une voix cria :

— Hé ! Arrête-toi ! Police !

Je ne m'arrêtai pas.

Je passai les ascenseurs, fonçai dans la porte menant à l'escalier de service. Des marches s'élevaient dans les ténèbres. Je les gravis quatre à quatre. Quand j'arrivai au premier étage, le cœur me cognait dans la poitrine, j'étais hors d'haleine, mais je continuai mon ascension.

— Stop ! cria une voix au rez-de-chaussée.

Arrivé au deuxième, plus de marches. Seulement une porte au bout du palier. Je la franchis et me retrouvai dans un corridor flanqué de portes. Des bureaux. Je bondis de l'une à l'autre et tournai les poignées, dans l'espoir qu'il y en ait une de déverrouillée et que je puisse me cacher de l'autre côté.

J'essayais la dernière quand les agents apparurent à l'autre bout du couloir.

— Hé ! Bouge pas ! cria l'un d'eux.

Et ils foncèrent vers moi, leur arme de service au poing.

Malgré leur carrure, ils étaient rapides. Il y en avait un jeune aux yeux très bleus dans la pénombre ; l'autre, pansu, semblait un peu plus âgé.

— Les... les mains en... en l'air, m'ordonna ce dernier, à bout de souffle.

J'obéis. Il rengaina son pétard et me fouilla, tandis que son jeune collègue me tenait en joue, son revolver au bout de ses bras tendus, les jambes écartées et solidement plantées au sol.

— Il est armé ? demanda-t-il.

— Non, il est *clean*, répondit le flic expérimenté.

Il prit les bracelets à sa ceinture et, le temps de crier lapin, je me retrouvai les bras dans le dos, menottes au poing. Le jeune agent glissa son revolver dans son holster, ôta sa casquette et s'essuya le front du revers de la main. J'aurais aimé pouvoir faire de même. Tout mon corps baignait dans une sueur moite et gluante.

À cet instant, la porte à l'autre bout du couloir s'ouvrit et une silhouette s'avança vers nous sans se presser. La silhouette appartenait à un type corpulent au cou tout gonflé, ce qui donnait l'impression que sa tête s'emboîtait directement dans ses épaules. Son crâne, ceint d'une couronne de cheveux, luisait dans la pénombre.

Il s'arrêta devant moi, ajusta le cure-dents qui dépassait de sa petite bouche. Il portait un complet froissé et mal ajusté. Le col de sa chemise était ouvert sur quelques poils gris. Pas de cravate. Il n'en portait jamais.

— Salut, Stan, dit Réal Caron en esquissant un petit sourire. Pressé de t'en aller?

Sans un mot, on descendit au rez-de-chaussée et on se rendit au bureau de Barrette. La ménagerie qu'on retrouve habituellement sur les lieux d'un crime s'apprêtait à commencer son travail. Le spécialiste des empreintes, un genou au sol devant la porte de la salle d'attente, fouillait dans sa trousse dactyloscopique; à l'intérieur, le photographe vérifiait son appareil. Le boulot qui les attendait ne semblait pas les inquiéter outre mesure. Ils bougeaient comme s'ils étaient sur le pilote automatique.

Gerry, le détective qui était venu me cueillir chez Sylvio Lalonde avec Caron et qui m'avait attendri le visage d'un coup de poing, nous rejoignit. On semblait l'avoir tiré du lit et il n'avait pas l'air content. Il tenait le revolver à l'aide d'un mouchoir.

— L'arme du crime? lui demanda Caron.

— Sais pas.

Caron prit le revolver, approcha le canon de son nez et le renifla.

— Il a servi récemment – très récemment. Fais relever les empreintes, ajouta-t-il à l'intention de Gerry, et occupe-toi des tests balistiques.

Gerry poussa un grognement d'approbation, reprit l'arme et s'éloigna.

Le photographe approcha son objectif du visage de Barrette, appuya sur le déclencheur. Le flash éclaboussa la pièce. Ma petite séance d'exercice avait eu comme effet de bien me réveiller et je songeai à Dolorès et aux enfants qui l'attendaient à la maison. Ce n'était pas une pensée très réjouissante.

Caron se tourna vers moi.

— Tu n'as pas l'air bien, mon vieux. Tu es tout pâle.

— Hum.

— Tu connais la place ?

Je ne répondis pas. Si je desserrais les dents, j'allais vomir.

— Tu étais ici quand on est arrivés, pas vrai ? reprit Caron en me dévisageant. C'est pour ça que tu as pris tes jambes à ton cou, pour qu'on te surprenne pas ici. Qu'est-ce qui s'est passé, Stan ? Tu ne veux pas répondre ?

Un agent vint interrompre l'interrogatoire.

— Le légiste est là. Les croque-morts aussi.

— Fais-les entrer.

Le légiste – un petit bonhomme à l'air souffreteux qui portait une moustache en broussaille toute blanche et tachée de nicotine – s'avança une seconde après, suivi de deux types qui transportaient un brancard.

— T'as quelque chose pour moi ? demanda-t-il à Caron.

Ce dernier indiqua le corps d'un signe de la tête.

Le légiste déposa sa trousse sur le bureau. Il agrippa le poignet gauche de Barrette, souleva son bras.

— Il n'est pas mort depuis longtemps, affirma-t-il d'un ton détaché. Il est encore chaud. Pas de rigidité cadavérique.

Il posa le bras sur l'accoudoir et prit le menton de Barrette dans sa main, lui tourna la tête de gauche à droite. Puis il porta son attention sur le devant de la chemise du macchabée.

— Il a reçu une balle en plein cœur ou pas loin. Un petit calibre, on dirait, la blessure n'a pas beaucoup saigné.

— À notre arrivée, dit Caron, on a trouvé un revolver de calibre.22 par terre.

— L'arme du crime, sans doute.

Le légiste pencha le corps de Barrette vers l'avant, jeta un œil dans son dos.

— La balle n'est pas ressortie. Je te la remettrai pour les tests balistiques.

Il réinstalla le corps sur la chaise. La tête se baissa toute seule, le menton vint s'appuyer sur la poitrine. Tout le corps menaçait de glisser en bas de la chaise.

— Je m'occupe de l'autopsie au courant de la matinée, dit le légiste en s'adressant à Caron. Mais il ne devrait pas y avoir de surprises.

— OK.

Le légiste ramassa sa trousse et évacua les lieux.

Caron fit signe aux croque-morts qu'ils pouvaient effectuer leur boulot. Les deux hommes déplièrent les longues pattes du brancard, détachèrent les sangles. Puis ils agrippèrent Barrette, l'un sous les bras, l'autre sous les genoux, et ils le hissèrent hors de la chaise sans aucune difficulté ; le faux détective était un poids plume. Ils l'allongèrent sur le brancard, l'enveloppèrent dans une couverture grise et fixèrent les sangles. Le tout ne prit qu'une minute. Ils avaient l'habitude.

Ils poussèrent le corps hors de la pièce.

— Allez, viens, dit Caron en me prenant un coude, on a des choses à discuter.

On suivit le brancard jusque dans le hall. Des agents ouvrirent les portes pour que les croque-morts puissent passer. Une ambulance, qui s'était reculée entre deux autos-patrouilles, était prête à accueillir son passager, la portière arrière grande ouverte. Des curieux observaient la scène. D'où ils sortaient comme ça au beau milieu de la nuit, je n'en avais aucune idée. Il y avait aussi quelques journalistes et des photographes. Ceux-là avaient été alertés en écoutant les ondes radio de la Sûreté municipale, tout simplement.

Sans me lâcher, Caron m'escorta dehors et on se dirigea vers une voiture de police. La légère brise qui soufflait me glaça les os. On nous prit en pâture et des constables durent jouer des coudes pour qu'on puisse avancer. Les flashes des appareils photo me frappèrent en plein visage. Je ne clignai même pas des yeux.

J'étais trop sonné pour réagir.

◆

Une main me secoua une épaule et une voix grogna à mon oreille : «Allez, réveille. Terminus.»

J'ouvris les yeux, revins lentement à moi. Je souffrais du bloc. De l'autre côté de la fenêtre, le quartier général de la police se dressait dans la nuit. Gerry et un agent m'escortèrent à l'intérieur, tandis que Caron disparaissait. C'était une petite nuit sans histoire. Le répartiteur était à moitié assoupi à son bureau.

Gerry m'entraîna à l'écart.

— Je m'occupe de lui.

— Mais les empreintes, les photos... ? demanda le policier.

— Plus tard, répondit Gerry. Réal veut lui parler.

Puis il se tourna vers moi :

— Faut battre le fer pendant qu'il est chaud, pas vrai ?

Il me conduisit à une salle d'interrogatoire au premier. La pièce était minuscule : il y avait à peine assez de place pour circuler autour de la table et des chaises. La lampe suspendue au plafond éclairait la table égratignée et criblée de brûlures de cigarettes. J'y avais moi-même interrogé des suspects et, maintenant, j'allais y passer.

Je devais toujours dormir, étendu sur le lino, dans le bureau de Barrette.

Gerry m'ôta les bracelets, qu'il empocha, et m'invita à m'asseoir tandis qu'il s'installait de l'autre côté de la table.

— Où est Caron ? lui demandai-je.

— Parti se poudrer le nez.

— Pour moi ? Ce n'était pas nécessaire.

— Il va être ici bientôt. Il est excité comme un enfant le soir de Noël.

— Oh ?

Gerry hocha la tête et poussa un long bâillement, la gueule grande ouverte.

— Qu'est-ce qui le rend si heureux ?

— Te voir dans la merde, répondit-il sans détour. Depuis que Bob lui a retiré sa promotion et l'a engueulé pour avoir bousillé l'enquête sur la disparition de Béatrice Grégoire, il rêve de te coincer.

— Il te l'a dit ?

— Pas besoin. Depuis le temps qu'on bosse ensemble… Qu'est-ce qui ne va pas ? ajouta Gerry avec un sourire. Tu commences à transpirer ?

Pas encore, mais ça n'allait pas tarder.

— Ce n'est pas moi qui ai tué Barrette.

— Pfft ! Change de disque, il est vieux, celui-là…

— Comment vous avez su ?

— Un coup de fil anonyme.

Gerry bâilla de nouveau, se laissa aller contre le dossier de sa chaise. Il avait tout de l'enquêteur typique : la carrure, le regard blasé qui vient avec le sentiment d'être supérieur au commun des mortels et les facultés intellectuelles d'un hamster. Son histoire devait ressembler à celle de centaines d'autres flics : on graisse la patte d'un échevin de quartier pour entrer dans la police puis, pour obtenir de l'avancement, on offre de temps en temps un quarante onces de gin au capitaine, bouteille qu'on paie grâce à certains plans pas très catholiques.

Le grincement de la porte dans mon dos interrompit mes réflexions.

— Pis ? fit Caron.

— Je l'ai gardé éveillé comme tu voulais, répondit Gerry.

— *Good*. Pousse-toi de là.

Gerry laissa son siège à Caron, s'appuya contre un mur et sembla s'endormir.

— Et alors ? me demanda Caron. Tu te sens mieux ? Ça n'avait pas l'air d'aller, tout à l'heure.

Je gardai le silence.

— Tu ne vas pas me faire le coup du gars qui refuse de parler avant d'avoir contacté son avocat ? reprit-il. Y a rien de formel ni d'officiel, là. On fait juste bavarder.

Il sortit un portefeuille – celui de Barrette – de sa poche de veston. Il était en peau de crocodile, tout craquelé et effiloché.

— Voyons voir à qui on a affaire, dit-il en fouillant dedans.

Il pêcha une des cartes de visite du macchabée.

— James Barrette, lut-il à haute voix. Investigations. Tiens donc, un autre qui jouait à Sherlock

Holmes… Vous collaboriez à une enquête, toi et lui ?
C'est comme ça que vous vous êtes connus ?

Je continuai de garder le silence.

Caron poussa un grognement, se replongea dans
ses recherches.

— Où est-ce que notre homme habitait ? Était-il
marié ? Ah ! Qui c'est, celle-là ? Sa femme, peut-être…
Méchant pétard, songea-t-il tout haut en examinant
une petite photo. Regarde-moi cette bouche-là, Gerry,
hum ? Une vraie bouche de suceuse.

Il tendit le cliché à Gerry, qui y jeta à peine un
œil, puis le déposa devant moi. C'était Dolorès, les
cheveux plus longs que maintenant, le visage lourdement maquillé. Elle souriait d'un air coquin en
regardant l'objectif de côté. La photo devait dater
du temps où elle travaillait dans les clubs.

— Tu l'as déjà croisée, Stan ? me demanda Caron.
C'est la femme de Barrette ? Faudra la prévenir de
ce qui s'est passé. Y a une adresse, là-dedans… ?

Il sortit un bout de papier jaune, le déplia. Ses
sourcils se froncèrent tandis qu'il le parcourait des
yeux.

— C'est la facture d'un plombier… Eh ben,
Barrette s'est royalement fait fourrer… Bingo, voilà
son adresse… C'est dans le quartier Notre-Dame-
de-Grâce, cette rue-là, si ma mémoire est bonne.
Gerry, tu t'en occupes ?

Il remit la facture à son collègue. Ce dernier
l'empocha avant de retomber dans son état semi-
comateux.

Caron sortit ensuite le permis de conduire de
Barrette.

— James Barrette… Yeux bruns… Cheveux
noirs… Cinq pieds et quatre… Cent vingt-cinq
livres… Gros comme il était, dit Caron en levant les
yeux sur moi, tu n'as pas dû avoir de misère à le

zigouiller, hein, Stan ? Toute cette histoire, ta photo dans les journaux… Ça va être mauvais pour ta business. Tu aurais dû y penser avant.

— Je croyais que j'étais innocent jusqu'à preuve du contraire.

Il esquissa un sourire.

— Tu as retrouvé l'usage de la parole. C'est bien, tu vas en avoir besoin.

— Pourquoi je l'aurais tué ?

— Écoute, tu savais que Barrette était mort dans son bureau, ne me raconte pas d'histoires. Et quand tu as vu qu'on arrivait, tu as pris tes jambes à ton cou.

— J'ai paniqué en entendant les sirènes.

— Tu as paniqué ? Voyons, Stan, ce n'est pas ton genre. Il y a des traces de lutte dans le bureau – une chaise renversée, la lampe et les journaux par terre – et tu sens le whisky.

— Barrette en a renversé un verre sur moi.

— Bien sûr, dit Caron sans le croire une seconde. C'est louche tout ça, tu ne trouves pas ? Pour répondre à ta question, on va bien découvrir pourquoi, ne t'inquiète pas. C'est notre boulot à la Sûreté, tu te souviens ?

— Tout ce que tu souhaites, c'est te venger.

Caron esquissa une moue, secoua la tête.

— Pas du tout, répondit-il innocemment. Tout ce que je souhaite, c'est faire la lumière sur cette affaire. Et puis peu importe le reste, si tu es coupable, tu vas le rester pareil. Bon, ça suffit pour l'instant. Faut que j'aille dormir, j'ai le cerveau en marmelade. Je t'invite à passer la nuit. Qu'est-ce que tu en penses ? On a une belle cellule, juste pour toi. Mais avant, faut que tu passes au bertillonnage. Gerry, va chercher Méo. Tu vois, Stan ? Tout se déroule dans les règles.

Gerry se dirigea vers la porte.

— Attends, remets-lui les menottes, lui demanda Caron. Je ne lui fais pas confiance.

Les bracelets se refermèrent non sans délicatesse sur mes poignets. Puis Gerry passa la porte, ses pas s'éloignèrent dans le couloir.

Caron se leva.

— Et alors ? Ce n'est pas trop serré ?

Je le voyais du coin de l'œil contourner la table et s'avancer vers moi.

Une de ses grosses pattes m'agrippa soudain le menton et me releva brutalement la tête. Ses yeux se rivèrent sur les miens. Ils avaient l'expression de ceux d'une hyène qui guette une antilope.

— Qu'est-ce qui ne va pas ? Tu as encore perdu l'usage de la parole ? Ça ne marchera pas, Stan. Pas du tout. Va falloir que tu te montres plus coopératif, sinon on va devoir utiliser la manière forte. Tu te souviens de ce que c'est, la manière forte ?

Je ne répondis pas. J'aurais dû. Il s'humecta les babines d'un coup de langue avant de poursuivre :

— Tu as oublié ? Attends, je vais te rafraîchir la mémoire, moi.

Et son poing vint s'écraser dans mon abdomen.

Sous le coup, je sentis mes fesses quitter la chaise. Le contenu de mon estomac se souleva et m'emplit la bouche ; un filet s'échappa avant que je serre les dents et ruissela sur mon menton.

— Qu'est-ce qui ne va pas ? s'enquit Caron. Tu ne digères pas bien ?

Nouveau coup de poing.

Je me laissai tomber en avant, le souffle coupé, jusqu'à ce que les menottes me retiennent. Je restai ainsi sans bouger, plié en deux. Ma gorge brûlait comme si j'avais fait cul sec avec une bouteille de sauce Tabasco.

Caron se pencha et vint quasiment appuyer sa bouche contre mon oreille.

— Tu ne réussiras pas à t'en sauver, ce coup-là, souffla-t-il. Quand j'en aurai fini avec toi, tu vas m'avoir raconté tout ce que je veux entendre. S'il faut que je te réduise la gueule en bouillie pour y arriver, pas de problème, un peu d'exercice me fera du bien.

Des bruits de pas claquèrent dans le corridor. Et ceux-là ne s'éloignaient pas, ils se rapprochaient.

Caron alla voir qui c'était.

— Méo, passe par les chiottes et ramasse du papier, l'entendis-je dire. Le prévenu a des problèmes de digestion.

Chapitre 11

Quand on me réveilla, j'ignore combien de temps j'avais dormi, si on était toujours en pleine nuit ou si le jour s'était levé. On perd la notion du temps dans une pièce sans fenêtre, éclairée par un néon blafard.

Après les empreintes et les photographies de face et de profil, on m'avait reconduit à une cellule toute grise de la grandeur d'une penderie. Toujours plongé dans une sorte de brouillard, je n'avais pas dit un mot, pas émis aucun son ni protestation. La couchette était aussi large et aussi confortable qu'une planche à repasser mais, dès que je m'étais allongé dessus, j'avais sombré dans un sommeil profond et sans rêve.

— Envoye, la Belle au bois dormant. Debout.

C'était Caron, accompagné de Gerry, qui déverrouillait la porte. Je me relevai péniblement, m'assis au bord de la couchette. J'avais mal partout comme si une ménagère m'avait confondu avec une carpette et m'avait frappé à coups de balai pour me dépoussiérer.

— Bien dormi ? s'enquit Caron en s'assoyant à côté de moi.

— J'aurais préféré mon lit.

— Tu ferais mieux de t'habituer. J'ai fait un stop à la morgue pour ramasser les affaires de Barrette. On va l'autopsier ce matin. Tiens, regarde…

Il avait une grande enveloppe à la main. Il en sortit la liasse des billets que Clara Vaucaire avait remise à Barrette.

— Il y a quasiment mille piastres là-dedans. Un beau paquet de fric, hein? Tu as une idée d'où il provient?

— Barrette faisait chanter une femme.

— Charmant garçon, grogna Caron. Comment t'es au courant?

— Parce que je travaillais pour la même femme.

— Eh ben… Toute une coïncidence.

— Je devais intimider le maître chanteur et récupérer son argent. Mais quand je me suis aperçu qu'il s'agissait de Barrette, j'ai changé de stratégie.

— Tu le connaissais déjà?

— Je l'avais interrogé quand j'enquêtais sur la disparition de Béatrice Grégoire. Tu te souviens de cette affaire-là?

Caron ignora ma question et poursuivit son interrogatoire:

— C'était quoi, ta nouvelle stratégie?

— Le faire boire.

— Pour qu'il tombe dans les pommes et que tu puisses récupérer l'argent?

— Pour lui délier la langue.

— Pour qu'il te dévoile quoi?

— Quelque chose clochait dans toute cette histoire. Barrette mentait à tour de bras et il était terrorisé.

— Hm-hm, fit Caron d'un air perplexe. Comment elle s'appelle, cette femme-là?

Je me mordillai la lèvre inférieure.

— Moi, à ta place, je ne ferais pas de cachotteries, me conseilla-t-il.

— Je ne peux pas te révéler son identité.

— Tu veux la protéger comme tu protèges tous tes clients, c'est ça ? T'entends ça, Gerry ? lança Caron sans me quitter des yeux.

Son partenaire nous écoutait depuis le début, de l'autre côté des barreaux, en grillant une cigarette.

— Les privés sont des gens bien scrupuleux, fit-il remarquer.

— Ouais, marmonna Caron d'un air peu convaincu. Tu veux savoir ce que j'en pense, moi, Gerry ? Elle n'existe pas, cette bonne femme-là.

— Intéressant comme théorie.

— Stan a tout inventé. Ce qu'il voulait, c'était l'argent. Pas vrai, Stan ? Tu voulais mettre la patte dessus. Les choses se sont déroulées comme tu l'as expliqué. Vous avez passé la soirée à faire la fête, vous avez bu tous les deux comme des éponges. Puis tu as demandé à Barrette de te conduire à son bureau pour un dernier verre. Tu savais que le building serait désert, qu'il n'y aurait personne aux alentours et que Barrette était soûl comme un âne. Gros comme il était, ça ne devait pas lui en prendre beaucoup.

— Tu penses que j'ai tout manigancé pour mettre la main sur l'argent ?

— C'est une belle somme, non ?

— Barrette était ivre. J'aurais pu prendre l'argent et me pousser ni vu ni connu.

— C'est ce que tu comptais faire. Mais il s'est débattu, le petit verrat. Vous avez viré la pièce sens dessus dessous.

— Je ne me souviens pas de m'être bagarré avec lui.

— Bien sûr que non. Tu étais soûl, toi aussi.

— Mais le revolver avec lequel on a tué Barrette…

— Hum ?

— Ce n'est pas le mien.

Caron esquissa un petit sourire. Il se leva et s'adossa contre le mur, face à moi.

— Évidemment que ce n'est pas le tien. Que tu affirmes le contraire m'aurait étonné. On verra s'il y a un numéro de série ou un détail qui nous permettra de retrouver son propriétaire. On sera bientôt fixés, les tests balistiques ont lieu en ce moment même. Peut-être que c'est une arme qui a changé de main des dizaines et des dizaines de fois avant d'aboutir dans un *pawnshop* ou quelque chose du genre.

— Quand je discutais avec Barrette, il m'a braqué un revolver sous le nez.

— C'est le même ?

Je cherchai dans le fouillis de mes souvenirs. Avant que je puisse y mettre de l'ordre, Caron reprit :

— C'était sans doute le même. Quand t'as essayé de lui prendre l'argent, il l'a dégainé. Tu as réussi à le lui enlever pendant la bagarre.

— Je ne l'ai pas tiré.

— Ta mémoire n'est pas fiable, Stan, dit Caron d'une voix douce. Tu n'avais pas toute ta tête à ce moment-là. Et si ce n'est pas toi, c'est qui alors ?

— Barrette trempait dans des affaires louches. C'était un petit magouilleur.

— Qui ? Donne-moi un nom.

Je ravalai ma salive. J'avais de la difficulté à me concentrer. Mes mains sur mes genoux tremblaient. Le regard de Caron, rivé sur moi, ne m'aidait en rien.

— Il n'y a personne d'autre, pas vrai ? demanda-t-il.

— C'est ton boulot de vérifier.

Il m'agrippa par le col de chemise et je me retrouvai debout en un éclair.

— Bien sûr que je vais vérifier, dit-il en serrant les dents. Ce que je veux, c'est faire la lumière sur cette affaire.

— Certain ?

— Comment, certain ? Je n'ai pas changé d'idée. Qu'est-ce que tu crois, hein ?

— Que tu vas tout faire pour me coller le meurtre de Barrette sur le dos.

Caron gloussa.

— T'entends ça, Gerry ? Il souffre d'un complexe de persécution, ma parole.

Son comparse, de l'autre côté des barreaux, tira une bouffée de sa clope d'un air impassible.

— Tu n'as pas le droit de me garder ici sans rien de concret.

— Je n'ai pas le droit ? Calvaire… Ne me sors pas ces salades-là. Je ne suis pas né de la dernière pluie. Toi non plus. Tu sais très bien qu'il faut parfois faire de petites entorses au règlement. Tu en faisais quand tu arrêtais les criminels au lieu d'en être un, non ? Comment on se sent, de l'autre côté de la clôture, hum ? quand on se fait servir la médecine qu'on a servie aux autres ? Allez, rassis-toi.

Il me repoussa brusquement. Je perdis l'équilibre et tombai sur la banquette.

— T'es suspect dans une affaire de meurtre, ajouta-t-il. Rentre-toi bien ça dans le crâne. Tu vas être sage et rester ici pendant qu'on va enquêter. D'ailleurs, on a du boulot.

Il fit un signe à Gerry, qui lui ouvrit la porte de la cellule. Le verrou craqua et les deux hommes s'en allèrent.

Je fixais le plafond en écoutant gargouiller la tuyauterie de l'édifice quand des éclats de voix, pas très loin, attirèrent mon attention. Deux hommes qui discutaient ferme.

— Je ne peux pas vous laisser passer, dit un jeune homme.

— Ah non? répliqua-t-on d'une voix bourrue.

— On m'a dit «aucune visite».

— Ôte-toi de mon chemin.

— On m'a dit «aucune visite», m'sieur, répéta le jeune homme.

— Qui ça, on?

— Mon supérieur. Il a…

— Je suis de la Police provinciale, coupa la voix bourrue. Regarde mon badge.

Silence un instant.

— Mais mon supérieur…, reprit le jeune homme.

— Je suis sans doute plus haut gradé que lui, répliqua la seconde voix avec impatience. S'il te cause des ennuis, tu me l'enverras, OK?

Des pas s'approchèrent et, au bout d'un instant, le sergent-détective Maranda apparut de l'autre côté des barreaux. Il n'était pas seul: Emma l'accompagnait.

Je me relevai. Mes deux visiteurs m'examinèrent de la tête aux pieds et des pieds à la tête, comme s'ils ne pouvaient croire que j'étais en cellule. Je n'avais sûrement pas bonne mine, non plus. Je n'étais ni rasé ni douché.

Maranda prit la parole.

— J'ai croisé cette jeune femme dans le hall. Elle tenait absolument à vous voir.

— C'est ma secrétaire, dis-je. Enfin… mon ex-secrétaire.

— C'est ce qu'elle m'a expliqué.

— Quand j'ai vu votre photo dans le journal, ce matin, enchaîna Emma, j'ai sauté dans un taxi. Comment avez-vous abouti ici, pour l'amour?

Je relatai les événements de la veille aussi bien que je m'en souvenais. Le sergent-détective m'écouta en se tripotant la lèvre inférieure, les yeux fixés sur le linoléum.

— Qui était ce Barrette ? demanda-t-il à la fin de mon récit.

— Un gars qui avait des fréquentations peu recommandables et des idées plein la tête. La dernière, c'était de devenir détective privé.

— Qui avait intérêt à le descendre ?

— Je l'ignore.

— Qui s'occupe de l'enquête ?

— Réal Caron.

— C'est le type à qui je pense ?

— Hm-hm.

— Merde, grogna Maranda.

Emma nous jeta tour à tour un regard inquiet.

— Qu'est-ce qu'il y a ?

— Caron est l'enquêteur qui s'occupait de l'affaire Lalonde, lui expliqua Maranda.

— Le type qui a tué sa femme et sa fille ?

— Exact. Caron a été rétrogradé après que Coveleski s'en est mêlé.

— Mais il ne devrait pas s'occuper de cette enquête-ci !

— J'imagine que son patron, le capitaine Rivard, n'avait pas le choix de la lui confier, faute de personnel.

— Il faut faire quelque chose. Si on appelait un avocat ?

— Je vais d'abord glisser un mot au capitaine. On verra.

Maranda avait l'air inquiet lui aussi, ce qui n'arrangea pas mon moral. Et puis qu'est-ce que ça pouvait changer qu'il parle à Rivard ? Celui-ci était sans doute du bord de Caron.

L'agent qui surveillait les cellules s'approcha d'un pas rapide. Des taches de rousseur ornaient son visage poupin.

— Je dois vous demander de partir.

— Encore une minute, dit Maranda.

— Non, il faut que vous partiez maintenant.

— Juste une minute.

— Je regrette. Allez…

— Qu'est-ce qui t'inquiète ?

— Je n'étais pas censé vous laisser passer. S'il vous plaît…

Tandis que les deux hommes continuaient, Emma tendit la main entre deux barreaux, m'agrippa l'avant-bras et le pressa doucement.

— Il y a une explication à tout ça. Ne vous laissez pas abattre, vous allez vous sortir de ce merdier. D'accord ?

Elle esquissa un petit sourire qui me réchauffa le cœur un instant.

Le jeune flic raccompagna Maranda et Emma, puis revint s'asseoir à son bureau tout près. Je n'avais qu'à tendre le cou pour le voir. Lui, il ne quittait pas ma cellule des yeux en se grignotant les ongles. Tout était calme. On entendait des machines à écrire cliqueter et des téléphones sonner, mais ces bruits semblaient provenir de très loin. Je demandai à mon geôlier ce qui le rendait si nerveux.

— C'est ma première semaine dans la police, répondit-il. Je m'attendais à faire de la patrouille en voiture ou à pied, mais non. On me confie dès le départ une mission de la plus haute importance.

— Quelle mission ?

— Vous surveiller.

— En quoi est-ce si important ?

— On m'a dit que vous êtes un criminel dangereux. Que vous avez assassiné quelqu'un et que je ne devais laisser personne vous voir.

— Ce sera notre petit secret.

L'observer se bouffer les ongles me rappela que je n'avais rien mangé depuis un moment et que mon estomac criait famine. Après que mon ventre eut émis un gargouillis, l'agent ouvrit un tiroir et en sortit un sac de papier brun et un thermos, qui contenait du café. Il en versa dans le couvercle du thermos et me l'apporta avec la moitié d'un sandwich au creton. Je mordis dedans à pleines dents. Mon geôlier m'observa mastiquer en me racontant que sa mère avait fait les cretons parce que sa femme, enceinte, ne supportait pas l'odeur de l'ail. Le café, c'est lui qui l'avait préparé. Comment je le trouvais? Je répondis que je le trouvais bon, même s'il goûtait vaguement l'eau de vaisselle.

Là-dessus, Gerry apparut dans le couloir, les mains au fond des poches, une cigarette entre les lèvres.

— Désolé d'interrompre ton snack, Coveleski, mais Réal veut te voir. Ouvre, toi, ajouta-t-il à l'intention de mon gardien.

Ce dernier s'exécuta. Je lui remis le sandwich à moitié bouffé et le café et Gerry me conduisit à la salle d'interrogatoire de la veille. Caron était déjà là, assis à la table. Il avait le nez plongé dans un dossier et ne leva même pas les yeux quand on entra.

— Pose ton cul là, me dit-il en désignant la chaise devant lui.

Je m'assis. Gerry ferma la porte dans mon dos, s'adossa contre elle.

Caron ne tourna pas autour du pot.

— J'ai le rapport d'autopsie de Barrette, dit-il en consultant une feuille. Il est mort d'une balle en plein cœur. Du calibre .22 tiré à courte distance. Mort sur le coup. Selon le légiste, aux alentours de minuit, minuit et demi au plus tard. Maintenant, les tests balistiques…

Il brassa la paperasse devant lui. Il n'avait pas perdu de temps. Dans mon souvenir, il n'était pas si efficace, le gros porc.

— La balle provient du revolver qu'on a trouvé dans le bureau. Les balles tirées lors des tests portent les mêmes marques. On n'a pas trouvé à qui il appartient – pas avec certitude, du moins, mais on présume fortement qu'il appartenait à Barrette parce que ses empreintes sont dessus. Mais ce qui ne fait aucun doute, c'est l'identité de la dernière personne à avoir utilisé le revolver. Tu vois, le meurtrier a laissé ses empreintes. Il a oublié de les effacer.

Caron leva la tête. Ses yeux, à l'abri de la lumière du plafonnier sous ses sourcils broussailleux, brillaient d'une drôle de lueur.

— Grosse erreur, Stan.

Je m'efforçai de comprendre, mais mon cerveau était loin de fonctionner à plein régime. Caron reprit, en articulant précisément chaque mot, comme s'il s'adressait à un enfant :

— Tes empreintes sont sur le revolver.

Je ne trouvai rien à répondre. C'était complètement surréaliste.

Caron repoussa sa chaise, vint se placer derrière moi.

— Les choses se sont passées comme je le croyais. Vous vous êtes battus. Barrette a dégainé son arme. Tu as réussi à la lui enlever et tu l'as tué.

— Ce n'est pas moi qui ai pressé la détente, dit une voix qui ressemblait à la mienne.

— Ah non ?

— Non. Je… J'étais assommé.

— Assommé ?

— J'étais dans les pommes et…

— Qui t'a assommé, hein ?

— Barrette trempait dans des affaires louches…

Caron m'agrippa une pleine poignée de cheveux, me releva brutalement la tête.

— Qui ? cria-t-il presque à mon oreille. Donne-moi un nom !

— Des gars lui couraient après.

— Ah ouais ?

— Ils étaient deux.

— Leur nom ?

— Tony et... et... J'ignore le nom de l'autre. Il mâchouillait tout le temps un cure-dents.

Mon tortionnaire poussa un petit rire sec et me lâcha.

— Tony et un type qui mâchouillait un cure-dents, dit-il d'un ton incrédule. Calvaire, Stan... Me prends-tu pour un cave ?

— C'est vrai. Barrette était un petit escroc.

— Pis après ?

— Il avait des fréquentations peu recommandables.

— Oui, comme toi, qui lui as mis une balle en plein cœur. Y a pas moins recommandable que ça.

— Je l'aurais tué pour l'argent ?

— Il avait près de mille piasses sur lui, Stan. Mille piasses. Mais ce n'était pas la raison principale...

Caron retourna à sa place, mais ne s'assit pas. Il s'appuya au dossier de sa chaise et se pencha vers moi. Il souriait.

— On a interrogé les locataires de l'immeuble où il habitait. Sa voisine de palier est pas mal au courant de ce qui se passe dans le bloc. Elle ne se mêle pas aux autres, mais elle observe, elle observe... Elle n'a rien à faire de ses journées, ce qui est une bonne chose pour nous. Tu vois, elle affirme t'avoir vu entrer chez Barrette alors qu'il était absent. À plusieurs reprises. Et, une fois, tu es ressorti avec les vêtements tout fripés, la chemise boutonnée en jaloux et la cravate dans ta poche. Tu vas me dire qu'elle a imaginé tout ça, hum ? Eh ben, ne gaspille pas ta salive. On a interrogé la veuve de Barrette. Elle nous a tout dit, même si elle est en morceaux, la pauvre fille. Elle aimait son mari. Oui, elle mangeait de la misère parce qu'il était incapable de garder un job. C'était un gars insouciant, un peu fantasque, mais elle l'aimait, tu comprends ? C'était le père de ses enfants. Elle baisait avec toi seulement pour le fric, Stan.

— Mais… on n'a jamais couché ensemble.

— Allons, ne fais pas l'idiot. La voisine t'a vu.

— Il ne s'est rien passé.

— Écoute, elle n'est pas aveugle, la vieille. Tu es bien sorti de chez Barrette les vêtements tout croches et la cravate défaite, non ? Et tu vas me dire que tu n'as pas couché avec, qu'il ne s'est rien passé ?

Je songeai à ce qui s'était produit – ou presque produit – cette fois-là. Caron ne comprendrait pas.

— Je l'ai interrogée, la Dolorès, reprit-il. Je te comprends de lui avoir proposé de l'argent pour la baiser – je n'approuve pas, mais je comprends. C'est un beau brin de fille, si on les aime bien en chair.

— Je ne lui ai pas remis une cenne.

— On a sa déposition, Stan, dit-il en durcissant le ton. Tu étais amoureux d'elle, tu la voulais juste pour toi.

— C'est ce qu'elle pense ?

— C'est le cas, non ?

— Non.

Caron me dévisagea un instant d'un faux air soucieux.

— Tu as l'air bien nerveux pour quelqu'un qui n'a rien à se reprocher. Gerry, aide-le à se détendre un peu, tu veux ?

Une paire de mains atterrit sur mes épaules et les massa vigoureusement, me clouant sur mon siège. Il est vrai que je ne me sentais pas à mon mieux. La sueur roulait dans mon dos, mon cœur cognait à grands coups et mon teint devait tirer sur le vert.

L'interrogatoire reprit.

— Tu es passé chez elle, hier après-midi, pas vrai ? Ne mens pas, la vieille a tout vu.

— Je ne le nie pas. Je...

— Ta gueule, coupa Caron en s'approchant de moi. La vieille a entendu des éclats de voix dans le couloir et elle a jeté un œil par sa porte entrouverte. Dolorès ne voulait pas te voir, mais tu as insisté. Tu as bloqué la porte avec ton pied pour qu'elle ne te la claque pas au nez.

— Je voulais lui parler, c'est tout.

— De quoi ?

— Je voulais qu'elle me confirme que Barrette avait bien un bureau à l'adresse indiquée sur sa carte.

Il m'asséna un coup du plat de la main sur la joue. Durement.

— Faux. Tu voulais lui faire une passe, mais elle, elle ne voulait pas. Tu as essayé de l'embrasser dans la cuisine, mais elle n'était pas intéressée. C'est après que tu lui as demandé l'adresse du bureau de son mari, dans le but de l'attirer là et de le zigouiller.

— Non, ce n'était pas pour...

— Si, c'était pour le tuer, me coupa Caron. Soûl raide, il allait être facile à maîtriser et, en pleine nuit, le coin serait désert, donc personne n'entendrait le coup de feu. Barrette décédé, tu aurais le chemin libre pour mettre la main sur Dolorès.

— Je ne l'ai pas tué.

Seconde gifle. Si Gerry ne m'avait pas tenu, je serais tombé en bas de la chaise.

— Là, tu me prends pour un cave ! Tu étais sur les lieux du crime, tes empreintes sont sur le revolver, tu avais un mobile... Criss, qu'est-ce qu'il te faut de plus, hein ? Tu avais tout prévu, Stan. Tu...

— Mais je n'avais rien prévu du tout !

Troisième coup à la joue. Et cette fois-là, la main se referma en un poing. Une douleur sourde irradia du côté droit de mon visage.

— T'avais tout prévu, répéta Caron d'un ton ferme en approchant son visage du mien. Tu sais ce que ça signifie ? Que c'était un meurtre prémédité. Et ce coup-ci, tu ne t'en sortiras pas avec de belles paroles, comme l'autre fois. T'es fini. La Couronne va demander la peine de mort. Tu vas monter sur la potence !

Ses yeux écarquillés brillaient comme ceux d'un fou dans son visage cramoisi.

Mon menton vint s'appuyer contre ma poitrine.

J'étais complètement épuisé, à bout de forces.

◆

Gerry dut faire appel à un flic pour me ramener à ma cellule. J'avais les jambes molles comme de la guenille et ils me soutinrent pour que je ne m'écrase pas par terre. Mais je ne restai pas allongé sur la banquette longtemps. Gerry revint me chercher au bout d'une heure et me conduisit au bureau encombré du capitaine Rivard. Ce dernier n'était pas seul : le sergent-détective Maranda était assis sur une des chaises réservées aux visiteurs. Gerry me fit asseoir sur l'une d'elles et s'excusa, il avait du boulot.

Rivard avait toujours le teint rougeaud et les cheveux lissés vers l'arrière. Ses gros avant-bras hirsutes étaient posés sur le bureau, comme s'il n'avait pas bougé depuis notre dernière rencontre. Il me dévisagea d'un air désapprobateur. Il ne fut pas ému outre mesure par l'ecchymose qui devait commencer à paraître sur mon visage. Comme tous les flics, il avait l'habitude de croiser des détenus mal en point.

— J'avais le feeling qu'on se reverrait, Coveleski.
Tu n'es décidément pas le gars qu'on rêverait d'avoir
comme ami. Les ennuis te collent au cul. Tu sais ce
qui te pend au nez, ce coup-ci ? C'est pire que la
première fois.

Je ne répondis rien. Une voix rompit le silence :

— Tu voulais me voir, Bob ?

Tous les yeux se tournèrent vers la porte, où se
tenait Caron.

— Ouais, entre, Réal.

Il s'avança et embrassa la pièce du regard en
plissant les yeux, comme un joueur de poker qui
observe ses adversaires autour d'une table.

— Qu'est-ce qui se passe ?

— Je veux savoir où la preuve en est rendue,
répondit Rivard. On doit rencontrer le coroner cet
après-midi.

— En compagnie de ces deux-là ?

— Maranda s'est arrêté pour me saluer pendant
que t'étais aux chiottes. Il est de la Police provinciale.

— Je le connais, je l'ai déjà croisé. Il ne peut pas
rester.

— Vous n'êtes pas très accueillants, vous autres,
les municipaux, pensa tout haut Maranda.

Rivard lui fit un signe de la main, se tourna vers
Caron.

— C'est quoi le problème ?

— Il ne participe pas à l'enquête.

— Et alors ? Il est un des nôtres. Tu peux rester si
tu veux, Phil.

— Merci de l'invitation, dit Maranda. J'accepte,
cette chaise est confortable.

— C'est un ami de Coveleski, ajouta Caron. Je
les ai déjà vus ensemble dans le building.

— Je vais rester bien tranquille. Je ne dirai pas
un mot.

— Pas question.

Rivard se laissa aller dans son fauteuil et le fit pivoter pour être parallèle au bureau et croiser les jambes.

— Qu'est-ce que ça change, Réal ? demanda-t-il d'un ton ennuyé.

— Il n'a pas le droit d'être ici.

— Je ne me rappelle pas avoir lu quelque chose là-dessus. Assis-toi.

— Et Coveleski ? C'est l'accusé.

— Depuis quand t'es à cheval sur le règlement ? Envoye, assis-toi et déballe ton sac, on n'a pas toute la journée.

Caron resta debout. La tournure des événements ne semblait pas le réjouir, il avait les yeux comme le canon d'un flingue et les joues rouges. Il réussit à se calmer pour résumer le dossier qu'il comptait présenter au juge.

— Coveleski a rencontré Barrette quand il enquêtait sur la disparition de Béatrice Grégoire et de sa fille. Et c'est là qu'il a croisé sa femme, Dolorès. Dès qu'il l'a vue, il s'est entiché d'elle. Il était fasciné par elle, il voulait la revoir. Le moyen qu'il a trouvé pour y parvenir, c'était de faire copain-copain avec Barrette. Alors ils ont commencé à sortir dans les clubs, à prendre un coup ensemble. La famille ne roulait pas sur l'or, loin de là. Barrette n'était pas un bon pourvoyeur. Il n'était pas méchant, mais pas travaillant plus qu'il faut... Toujours à la recherche d'une combine qui lui permettrait de faire un gros coup d'argent. Coveleski, qui atterrissait souvent chez lui, a bien vu que les choses ne tournaient pas rond. En bon Samaritain, il a remis de l'argent à Dolorès Barrette – deux dollars, parfois cinq – pour la dépanner. Puis il a décidé de profiter de la situation et lui a fait comprendre qu'il s'attendait à certaines faveurs en retour. Dolorès n'avait pas le choix d'accepter, elle avait besoin de l'argent. C'était à ses yeux une transaction purement financière. Mais Coveleski, lui, voyait les choses d'un autre œil.

— Tu as sa déposition ? demanda Rivard.

— Hm-hm. Très solide. Et une locataire de l'immeuble, une vieille dame, a vu Coveleski entrer et sortir de l'immeuble plusieurs fois.

Le capitaine hocha la tête, puis lança d'un ton bourru :

— Assis-toi, tu veux ? Tu me fatigues.

Caron prit place entre moi et Maranda. Ce dernier fixait le vide devant lui d'un air plus que soucieux.

— L'après-midi du meurtre, Coveleski est allé la voir, mais elle a refusé. Elle avait décidé de mettre fin à leur petite entente. C'est que Dolorès n'aimait pas jouer dans le dos de son mari – elle n'avait jamais aimé ça – et elle avait décidé qu'elle préférait rester avec Barrette et tirer le diable par la queue plutôt que de se prostituer. Elle voyait les choses venir : Coveleski allait devenir menaçant pour obtenir ce qu'il voulait, il allait la menacer de tout dévoiler à Barrette si elle n'allait pas au lit avec lui. Coveleski a mal encaissé la nouvelle. Dans sa petite tête, il s'est dit qu'il ne pourrait jamais avoir Dolorès pour lui tout seul si Barrette était dans les parages. C'est là qu'il a décidé de l'éliminer. Il y avait sans doute pensé avant, mais de se voir rejeté par Dolorès a été la goutte qui a fait déborder le vase.

Rivard me jeta un regard de côté tandis que Caron enchaînait :

— Il a donc attendu que Barrette se pointe ce soir-là, l'a invité à prendre un verre, puis deux, puis trois. Il se trouve que Barrette s'était lancé dans le métier de détective privé depuis leur dernière rencontre. Il avait une arme, un bureau et une grosse liasse de billets qu'il avait touchée à la suite d'une enquête ou d'une de ses magouilles. Quand Coveleski a vu ça, il a décidé de ne pas laisser passer la chance qui s'offrait à lui. Une fois que Barrette a été bien soûl, ils ont mis le cap sur son bureau – Coveleski a prétendu qu'il voulait voir comment il était installé. Il avait dans l'idée de lui ôter son arme, de le tuer avec et de se pousser avec l'argent pour maquiller son crime et faire croire à un cambriolage qui aurait mal tourné. L'immeuble était désert à cette heure-là, personne n'entendrait la détonation. Mais bien qu'en état d'ébriété, Barrette s'est défendu. Le bureau s'est retrouvé sens dessus dessous avant que Coveleski puisse maîtriser Barrette et lui tirer une balle en plein cœur. Mais les choses se sont gâtées pour lui ensuite. Un coup de fil anonyme nous avait été passé. Quelqu'un avait vu deux types rôder autour de l'immeuble et entrer par une porte dérobée dans la ruelle. On est allés voir de quoi il retournait. À notre arrivée, Coveleski était toujours sur les lieux du crime. Il a déguerpi en laissant l'arme et ses empreintes dessus. Deux de nos gars l'ont rattrapé *in extremis* alors qu'il cherchait à s'échapper par le toit.

Le silence tomba sur le bureau du capitaine Rivard. Ce dernier se grignota un instant l'intérieur de la joue et fit pivoter sa chaise pour me faire face.

— Et alors ? Qu'est-ce que tu penses de tout ça ?

— Tu lui demandes son avis ? lança Caron.

— Je veux entendre sa version des faits.

— Dans quel but ? C'est certain qu'il ne sera pas d'accord avec la mienne.

— Laisse-le parler. Coveleski…

Caron leva les bras au ciel.

Maranda tendit le cou et je sentis ses yeux se river sur mon profil. Tous les yeux dans la pièce se rivèrent sur moi.

— J'ai bien rencontré Barrette lors de l'enquête sur la disparition de Béatrice Grégoire, commençai-je d'une voix quelque peu tremblotante. Il habitait le même bloc qu'elle. Après que vous m'avez averti de me mêler de mes oignons, je l'ai perdu de vue une première fois. On s'est recroisés plus tard dans un cabaret et on a trinqué ensemble à quelques reprises.

— T'es déjà allé chez lui ?

— Oui, une couple de fois.

— Et tu as rencontré sa femme ?

— Oui.

— Il s'est passé quelque chose entre vous deux ?

Caron répondit à ma place :

— La vieille voisine l'a déjà vu sortir du logement des Barrette, les vêtements fripés, la chemise sortie des culottes !

Rivard leva la main pour l'arrêter.

— Laisse-le parler, tu veux ? Coveleski…

— Il ne s'est rien passé, dis-je.

— Mais elle, elle affirme que tu la payais pour coucher avec elle.

— Je ne l'ai jamais payée.

— Pourquoi dirait-elle une chose pareille ?

— Je ne sais pas.

— Mais la voisine qui t'a vu… ?

— Il s'est presque passé quelque chose. Dolorès traversait une mauvaise passe et… et…

— Tu veux nous faire croire que vous vous êtes retrouvés dans le même lit et qu'il n'est rien arrivé ? dit Caron d'un ton incrédule. Ça, c'est la meilleure ! Tu avais oublié quoi faire avec ta queue, je suppose ?

— Réal, sacrament, grogna Rivard.

— Écoute, il a couché avec, oui ou non. Et moi, j'ai un témoin qui affirme que oui.

Le capitaine porta de nouveau son attention sur moi.

— Dans quelles circonstances as-tu revu Barrette ?

— Lors d'une enquête.

— C'était quoi ?

— Une affaire de chantage. Je devais aller au lac des Castors sur le mont Royal afin de récupérer l'argent que mon client devait remettre à quelqu'un, et c'est là que je suis tombé sur lui. C'était lui, le maître chanteur.

— Je croyais qu'il jouait au privé.

— Ses affaires n'allaient pas trop bien. Il avait besoin d'argent.

Rivard hocha la tête d'un air songeur.

— J'imagine que tu ne voudras pas nous révéler l'identité de ton client ?

— Vous savez comment c'est.

Nouveaux hochements de tête, suivis d'un sourire forcé.

— Oui, mais je te donne la chance de t'expliquer, Coveleski. Tu ne devrais pas la laisser passer.

— Je ne peux rien dire.

— Ne joue pas au plus fin. Tu n'es pas en position.

— Coveleski prétend que c'est une bonne femme, intervint Caron. Mais je suis certain qu'elle n'existe pas.

Maranda observait la scène du bout de son siège. Il serrait les accoudoirs si fort que ses jointures étaient blanches. Il se joignit à la conversation.

— Écoutez, s'il refuse de parler, c'est qu'il a ses raisons.

— Il me semblait que tu garderais le silence, toi ? lui rappela Caron d'une voix glaciale.

— Je connais Coveleski. Il ne…

— Ouais, eh ben, tant mieux pour toi. Mais on n'est pas ici…

— Laissez-moi finir, Caron.

Ce dernier reprit en haussant le ton :

— On n'est pas ici pour t'entendre chanter les louanges de Coveleski, OK ? Tu le connais, je sais que tu vas nous dire qu'il ne ferait jamais une chose pareille. Mais on est ici pour réviser les faits et ils indiquent qu'il a tué Barrette.

— Les faits, répéta Maranda, on peut toujours les interpréter comme ça nous chante.

— Qu'est-ce que tu veux dire par là ?

Les deux hommes se dévisagèrent, chacun résistant, tant bien que mal, à l'envie d'étriper l'autre.

Rivard changea de position sur sa chaise. Il avait soudain l'air très las.

— Bon, vous avez fini de vous crêper le chignon ?

— Il n'a pas d'affaire ici, Bob, répliqua Caron, pis il se mêle d'une enquête qui ne le regarde pas !

— Je ne veux plus rien entendre, Réal, OK ? Tu la fermes ou bien tu sors. Compris ?

— Tabarnak…

Caron se leva brusquement et fit quelques pas, tournant le dos à la scène.

— Coveleski, reprit le capitaine, qu'est-ce qui s'est passé après que tu as croisé Barrette sur le mont Royal ?

— Barrette m'avait remis une carte de visite. Mais des gars dans son genre distribuent parfois de fausses cartes pour semer les gens qui leur demandent des comptes. Donc, pour m'assurer que les informations dessus étaient véridiques – il n'y avait aucun bureau à son nom à l'adresse indiquée –, je suis passé chez lui pour vérifier auprès de Dolorès. Elle était de mauvaise humeur, mais elle m'a confirmé que Barrette avait bien un bureau dans la rue Saint-Alexandre. Je l'ai attendu puis, quand il s'est pointé, on a fait quelques boîtes ensemble. Je voulais lui soutirer de l'information et je croyais y arriver plus facilement s'il avait un verre dans le nez.

— Quelle information?

— J'avais le feeling que quelque chose ne tournait pas rond. Barrette était trop nerveux. En fait, il était terrorisé. Quand on s'est retrouvés dans son bureau, il s'est mis à brailler et il a admis qu'il avait de gros ennuis.

— Il s'est mis à brailler?

— Hm-hm.

— Je croyais que les maîtres chanteurs étaient des *tough*? pensa tout haut Rivard.

— Barrette n'était pas fait pour. Il n'était pas méchant.

— Il t'a expliqué ce qui le mettait dans cet état?

— On a été interrompus.

Rivard s'appuya sur ses gros avant-bras, se pencha vers moi.

— Interrompus comment?

— On m'a assommé. Quand je suis revenu à moi, j'étais allongé par terre et Barrette, écrasé sur sa chaise, mort.

— Qui t'a assommé?

— Aucune idée. Je n'ai vu qu'une forme du coin de l'œil.

Caron s'approcha dans mon dos.

— *Bullshit*. Vous étiez seuls dans le bureau.

— Et tes empreintes sur le revolver qui a servi à tuer Barrette? reprit Rivard. Comment tu les expliques?

— Je le lui avais confisqué. Il m'avait menacé avec avant de craquer. Et quand j'étais dans les pommes, j'ai entendu un claquement sec, comme un coup de feu.

Caron poussa un petit rire.

— Comment as-tu pu entendre quoi que ce soit si t'étais knock-out ? Tu vois bien que ça n'a pas de sens, Bob.

— Je n'étais pas complètement K.-O.

— De la façon dont tu décris ce qui s'est passé, me dit Rivard, c'est une tierce personne qui a flingué Barrette. Mais qui ?

— Barrette n'était pas blanc comme neige, répondis-je. Il semblait tremper dans plusieurs affaires pas nettes, nettes.

— Des noms.

— Il y avait deux types à qui il devait de l'argent. Il...

Caron m'interrompit d'un ton sarcastique :

— Tony et l'homme au cure-dents, j'imagine ?

— De qui tu parles ? lui demanda Rivard en levant les yeux sur lui.

— De deux types sur lesquels Coveleski essaie de coller son meurtre. L'ennui, c'est qu'ils n'existent pas.

Le capitaine se tourna vers moi.

— C'est quoi, cette histoire-là ?

— Barrette devait de l'argent à deux petits escrocs. Je les ai croisés une couple de fois.

— Et tu penses qu'ils ont quelque chose à voir avec le meurtre de Barrette ?

— Ce n'est pas impossible. Ou quelqu'un d'autre. Barrette fréquentait la *night life*, il semblait connaître pas mal de personnages louches.

Rivard poussa un long soupir. Il ramassa un stylo et se mit à tapoter une pile de dossiers avec.

— Si on récapitule, Coveleski, dit-il en observant le stylo tressauter, on t'a assommé et on a liquidé Barrette pendant que tu piquais un petit roupillon. L'assassin serait une connaissance de Barrette – un ancien complice qui marchait dans ses combines ou quelqu'un à qui il devait de l'argent. Bon. L'ennui, c'est que tu as quitté les lieux du meurtre au moment où l'on se pointait et tu as essayé de nous échapper, tes empreintes sont sur l'arme du crime et tu as un mobile – l'histoire avec la femme de Barrette, qui est corroborée par une voisine.

Il me dévisagea un moment, la tête un peu penchée en avant.

— Qu'est-ce que tu ferais à ma place, toi, hum ?

Caron gloussa derrière moi.

— Je le ramène dans sa cellule ?

Maranda se leva brusquement et se faufila entre Caron et ma chaise. Il se pencha sur moi, se mit à me palper le crâne.

— Mais qu'est-ce qu'il fait là ? songea tout haut Caron.

Un doigt se posa sur mon occiput. Un éclair de douleur me traversa le ciboulot et un grognement de souffrance s'échappa de mes lèvres.

— Du sang séché, dit Maranda en y regardant de plus près.

— Quoi ? fit Caron.

— Il a une plaie. Ça prouve qu'on l'a assommé.

Le capitaine Rivard se leva, contourna son bureau.

— Mais ça ne prouve rien du tout, répliqua Caron. Barrette a pu le frapper pendant qu'ils se chamaillaient.

Rivard examina à son tour ma blessure.

— C'est une grosse plaie, lui dit Maranda. Il aurait fallu des points. Si Barrette lui avait asséné ce coup-là, il n'aurait jamais été capable de se relever et de le flinguer.

Le capitaine se redressa. Il fronçait les sourcils d'un air songeur.

— Enlevez votre chemise, me demanda Maranda.

— Pour quoi faire ? lança Caron.

— Si on l'a assommé, il est tombé par terre. Il a dû se blesser en chutant. Votre chemise, Coveleski.

Je me levai et défis le premier bouton.

— Voyons, Bob, dit Caron en s'adressant à Rivard, c'est ridicule. Tu ne vas pas le faire se déshabiller ici ?

Dès que j'eus ôté à moitié ma chemise, l'ecchymose à mon épaule gauche – l'épaule qui avait amorti ma chute – sauta aux yeux de tout le monde. Elle était de la grosseur d'une pomme, toute violacée. En plus des bleus qui ornaient mes côtes et ma joue à la suite des coups reçus, je n'étais pas particulièrement beau à voir.

— Coveleski est assis face à Barrette, expliqua Maranda à Rivard. Il a un revolver pointé sous le nez. Sous le choc, il n'entend pas le meurtrier s'avancer. Il reçoit le violent coup qui lui fracture presque le crâne et tombe en bas de sa chaise. Puis le meurtrier en rajoute et le tabasse pour être certain qu'il a son compte.

Caron s'interposa :

— Et les empreintes sur le revolver, hein ? Qu'est-ce que t'en fais ?

— Pendant que Coveleski est K.-O., répondit Maranda, le meurtrier peut en profiter pour masquer son crime et presser la crosse du revolver dans sa main.

— Mais il n'y avait personne d'autre dans le bureau, lança Caron qui était de plus en plus agité. L'assassin, c'est Coveleski. Voyons, Bob...

Rivard se massait vigoureusement la mâchoire en fixant le vide.

— Et il y a le coup de fil anonyme, ajouta Maranda. Saint-Alexandre n'est pas une rue passante, surtout en pleine nuit. Et si c'était le tueur qui avait prévenu la police ? Il y avait quelqu'un de sonné sur les lieux de son crime pour se faire accuser à sa place.

Le capitaine retourna s'asseoir et reprit son manège avec le stylo. Personne ne le quittait des yeux.

— Tu as enquêté sur Barrette ? demanda-t-il à Caron. Ses connaissances, son entourage ?

— À quoi bon ? C'est clair que Coveleski est...

— Tu l'as fait, oui ou non ? le coupa Rivard.

Il mitrailla Caron du regard. Ce dernier détourna la tête.

— Criss, Réal ! Tu veux tout faire foirer comme dans l'affaire Lalonde ?

— Je l'aurais pincé, Lalonde, si Coveleski s'était mêlé de ses affaires !

— Laisse tomber, tu veux ? Faut que la preuve soit complète devant le coroner. Faut explorer toutes les avenues parce que, au moindre doute, il va repousser l'inculpation ou tout laisser tomber.

— Mais Tony et l'homme au cure-dents n'existent pas, Bob !

— Réal...

— Ce gars-là essaie de t'enfirouaper et toi, tu tombes dans le panneau !

— Qu'est-ce que tu veux insinuer ? Que je suis niaiseux ?

Caron ne répondit pas. Il était sans doute incapable de desserrer les dents. Son visage était écarlate.

— Sors d'ici, lui ordonna Rivard. Tu reviendras quand tu auras fini ton job.

Caron tourna les talons et passa la porte, qu'il claqua avec une telle force que la vitre givrée vibra dans son cadre.

Le capitaine Rivard se frotta les yeux et soupira bruyamment.

— Tu ne fais décidément rien pour te faire aimer, Coveleski, grommela-t-il. Ne pense pas que tu es sorti de l'auberge. Tu es toujours un suspect. Ne t'éloigne pas trop, on pourrait avoir besoin de toi. Et un conseil : tiens-toi tranquille, parce que si tu rebondis dans mon bureau une autre fois, je serai beaucoup moins gentil. Tu as compris ?

Je hochai la tête.

— Bon, fous le camp, toi aussi, ajouta-t-il avec un geste las de la main. Je t'ai assez vu le portrait.

Maranda se leva, m'agrippa un bras et me mit sur mes pieds. Je le suivis jusqu'à la porte sur des jambes molles comme des spaghettis.

On s'engouffra dans la Plymouth de Maranda, garée devant le quartier général. Il dirigea le véhicule vers la rue du Champ-de-Mars et enfonça l'accélérateur, comme s'il voulait que mon séjour au quartier général de la police devienne rapidement un souvenir.

Maranda garda d'abord le silence. Voulant me faire tout petit, je le laissai à ses pensées. Puis, au bout de quelques coins de rue, il ouvrit la bouche pour raconter qu'il avait passé un sacré bout de temps à tenter de convaincre Rivard de jeter un œil à l'enquête de Caron. Rivard n'était pas stupide, selon le sergent-détective, et il avait fini par comprendre que les choses ne se dérouleraient peut-être pas dans les règles à cause de ce qui s'était passé. Voilà pourquoi le capitaine avait fait venir Caron à son bureau, pour s'assurer qu'il ne tourne pas les coins rond. Mais il ne fallait pas croire que j'étais tiré d'affaire. Je devais me secouer un peu, j'avais beaucoup de boulot devant moi.

Aucune question concernant Dolorès Barrette. Maranda me croyait ou bien le sujet le mettait trop mal à l'aise. Quoi qu'il en soit, il fallait tirer les choses au clair avec elle. L'accusation de Caron ne tiendrait plus.

On aboutit à Pointe-Saint-Charles et je fis un brin de toilette. Maranda nettoya la plaie à ma tête et suggéra qu'on se rende chez un toubib; après tout, je souffrais peut-être d'une commotion. Je l'en dissuadai. On régla ensuite les détails du plan de match dans la minuscule cuisine tandis que je mangeais un morceau. Le sergent-détective me déposerait dans Notre-Dame-de-Grâce afin que je récupère ma voiture; pour le reste, je devrais me débrouiller. Il n'avait pas le temps de me tenir la main: l'après-midi était déjà entamé et il avait toute une matinée de boulot à rattraper. Pour terminer, il me demanda si je tiendrais le coup. Je hochai la tête, même si une nuée de papillons me flottaient dans l'estomac.

◆

Les appartements Sundale n'avaient pas changé depuis ma dernière visite. Quand était-ce? Hier? Avec tout ce qui s'était passé, on aurait dit des années. En route pour le hall, je m'arrêtai et examinai la Graham. Un coup de guenille n'aurait pas fait de tort. Je jetai un regard dans l'habitacle. Tout semblait OK.

Je montai au deuxième, cognai à la porte vingt-cinq et, tandis que j'attendais, lançai un regard par-dessus mon épaule. La vieille fouine ne guettait pas ce qui se passait dans le couloir. Si elle avait été là, je lui aurais tordu son long nez en lui disant ma façon de penser. Peut-être même que je le lui aurais arraché. Ainsi, elle aurait cessé de le fourrer dans les affaires des autres.

La porte s'ouvrit et je me trouvai face à face avec Dolorès. Des mèches de cheveux humides collaient à son front et à ses joues. Elle portait son peignoir en chenille rose.

— Oh, c'est vous, dit-elle d'un ton indifférent.

Je me figeai une seconde. Je m'étais attendu à ce qu'elle monte sur ses grands chevaux, me menace d'appeler la police.

— Je peux entrer ? demandai-je une fois sorti de ma torpeur.

— Si vous voulez.

Elle tourna les talons. Je m'avançai dans le petit vestibule, refermai la porte. Tout était tranquille. Je me rendis au salon, puis empruntai le passage en direction de la cuisine, à l'arrière. Rien. Pas de babillages ni de cris.

— Je suis ici, lança Dolorès quand je passai devant la chambre principale.

Assise à la coiffeuse, elle appliquait du rouge sur ses joues. Elle leva ses yeux noisette vers moi dans le miroir.

— Entrez, dit-elle avec un sourire, ne soyez pas timide.

De plus en plus bizarre.

Je m'avançai dans la chambre et, à l'invitation de Dolorès, m'assis au bord du lit.

— Où sont les enfants ? demandai-je.

— Chez une amie. Elle s'en occupe le temps que je me remette de la mort de Jimmy. Ce n'est pas facile, vous savez.

— À première vue, vous semblez bien vous en tirer.

— Aujourd'hui, tout va bien.

— Pourquoi êtes-vous si heureuse ?

— Je m'en vais célébrer !

— Oh ?

— Oui, aujourd'hui, c'est la fête ! Avec les funérailles qui vont venir, j'aurai en masse d'occasions

de brailler. Vous pouvez me donner mon verre ?
Là…

Elle indiqua un verre et une bouteille de Beau
Geste sur la table de nuit. Je lui tendis le verre en
songeant que la fête avait déjà commencé. Elle le
porta à ses lèvres, me zieuta par-dessus le bord.

— Vous en voulez un ?

— Sans façon.

— Certain ? Allez…

— Non, merci.

— Vous ne voulez pas célébrer avec moi ? insista-
t-elle.

— Qu'est-ce que vous célébrez, au juste ?

— La fin de mes ennuis !

Elle rejeta la tête en arrière, avala d'un trait le
reste de son drink.

— Soyez un amour et versez-m'en un autre, OK ?
dit-elle en me redonnant le verre.

Je pris le verre, mais ne touchai pas à la bouteille.

— C'est un cadeau du ciel, ce qui m'arrive, dit-
elle en continuant de se maquiller.

— Vraiment ?

— J'ai assez tiré le diable par la queue… Maintenant, c'est fini !

— Jimmy avait souscrit une assurance-vie ?

— Une assurance… ? Vous voulez rire ? Je me
demande parfois s'il était au courant qu'il avait une
famille dont il devait s'occuper. Je sais qu'il a déjà
essayé de vendre de l'assurance, comme des ency-
clopédies, d'ailleurs. Ça n'avait pas marché dans les
deux cas, si vous vous posez la question. Ç'a toujours
été un mystère pour moi. Il aurait dû exceller dans
la vente, non ? C'était un beau parleur, il avait le
don de convaincre les gens de n'importe quoi. Il
m'avait bien convaincue de l'épouser, moi !

Elle déposa son maquillage, s'examina dans la glace. Ses yeux lourdement maquillés étaient vitreux.

— Comment vous me trouvez ? s'enquit-elle.

Avant que je puisse répondre, elle enchaîna :

— Je me sens comme une vedette de cinéma qui a gagné un prix… C'est excitant ! Faut que je mette ma plus belle robe.

Elle se leva, vacilla une seconde sur ses jambes comme si les talons de ses pantoufles étaient trop hauts. Puis elle se planta devant la penderie, me tournant le dos, et se mit à examiner ses fringues.

— Comment ça s'est passé avec les flics ? demandai-je.

— Ils étaient horribles !

— À ce point-là ?

— Ceux qui sont venus m'annoncer la mort de Jimmy, la nuit dernière… L'un d'eux essayait sans cesse de regarder dans ma robe de chambre. Ceux de ce matin étaient pas mal plus fins.

— Comment ils s'appelaient ?

— C'étaient des enquêteurs.

— Oui, mais leur nom ?

Dolorès se pencha sur moi. L'encolure de son peignoir glissa et ses seins semblèrent lutter un moment pour s'évader de leur prison de toile noire.

— Vous êtes comme un chat, dit-elle d'un air coquin. Vous êtes curieux.

Elle me donna une légère tape sur le bout du museau et fit mine de se tourner vers la penderie.

— Comment s'appelaient-ils ? insistai-je en lui prenant le poignet.

— Je ne me souviens pas.

— Ils se sont sûrement présentés ?

— Lâchez-moi, il faut que je me trouve une robe.

— Réal Caron ?

Je lançai ce nom pour voir sa réaction. Si elle en eut une, je ne la vis pas : elle se défit de mon étreinte pour reprendre ses recherches dans la penderie.

— Je ne me rappelle pas.

— Comment était-il ?

— Gentil.

Je commençais à en avoir ras le bol.

— Non, physiquement, précisai-je. Grand, mince, corpulent… ?

— Vous pouvez me verser un verre ? La bouteille est sur la table de nuit.

Je tendis la main vers le Beau Geste et jouai les barmen. Mais je gardai le verre. Dolorès me fixa d'un air interloqué.

— Mon drink…

— Vous avez assez bu. Comment était le policier en civil ?

— Ah ! fit-elle d'un air las. Vous n'êtes plus drôle !

— Répondez à ma question.

— Mais je n'ai rien à enfiler, moi…

Je bondis sur mes pieds et lui agrippai un bras.

— Qu'est-ce que vous avez raconté aux flics ?

— J'ai répondu à leurs questions, c'est tout.

— Qui étaient ?…

— Sur Jimmy, ses allées et venues des derniers jours. Lâchez-moi…

Au contraire, j'enfonçai un peu plus mes doigts dans sa chair.

— Je pense que vous leur en avez raconté beaucoup plus.

— Ah oui ?

— Oui.

— Comme quoi ?

— Qu'on couchait ensemble. Que je vous payais pour.

Elle pouffa de rire, comme si c'était une bonne blague.

Je la giflai et n'y allai pas de main morte.

Elle s'arrêta net. Ses yeux surpris et blessés se fixèrent dans les miens.

— Pourquoi avez-vous menti ?

— Je n'ai pas menti.

— On n'a pas couché ensemble.

— Vous ne vous êtes pas gêné pour me tripoter !

— Vous étiez d'accord, si je me rappelle bien. Et je ne vous ai pas donné une maudite cenne.

Elle baissa le regard d'un air penaud.

— Bon, j'ai changé un peu la vérité. Et alors ?

— Et alors ? Je me suis…

— Vous me faites mal, dit-elle en se tortillant.

— … retrouvé derrière les barreaux parce que vous avez changé un peu la vérité ! Pourquoi vous avez menti ?

Silence.

— Répondez, dis-je en la secouant.

Le peignoir s'ouvrit tout grand. Mais on s'en moquait tous les deux.

— Vous voulez que je crie ? me demanda-t-elle d'une voix glacée. Les murs sont en carton dans cet immeuble. Le locataire d'en haut ou celui d'à côté va m'entendre et appeler les flics. Qu'est-ce qu'ils diraient s'ils vous trouvaient ici ? Ça ne paraîtrait pas trop bien pour vous, qu'est-ce que vous en pensez ?

Je serrai les dents pour ne pas jurer et la lâchai. Elle recula d'un pas, referma son peignoir.

— Partez, maintenant.

— Si vous m'aidez, je peux vous aider aussi.

— Je n'ai besoin de l'aide de personne. Sortez.

— Ne soyez pas stupide.

— Je vais crier dans trois secondes.

— Dolorès…

— Trois, deux…

Je fondis sur elle, passai un bras dans son dos. Je la serrai contre moi pour l'immobiliser tout en plaquant une main sur sa bouche. En premier lieu, elle fut trop surprise pour réagir. Mais elle reprit très vite ses sens et planta ses crocs dans ma main. Je lâchai un hurlement et la repoussai. Elle perdit l'équilibre, s'écrasa sur le lit.

J'examinai ma paume. La chair portait des empreintes de dents. Je posai le regard sur leur propriétaire. Elle était sur le dos, relevée sur les coudes. Ses solides jambes bien moulées s'étendaient devant elle en émergeant du peignoir.

Elle me dévisagea un instant entre les mèches de cheveux qui tombaient devant ses yeux. Puis elle s'allongea et se mit à hurler en secouant violemment la tête.

Je quittai les lieux au pas de course.

Je me glissai au volant de mon véhicule, démarrai et fis le tour du bloc. Je revins dans la même rue et trouvai un espace de stationnement, un peu plus loin, d'où je pourrais observer la façade de l'immeuble. Il était évident que Dolorès avait un rendez-vous. De quoi il retournait ? Ça, je l'apprendrais en temps et lieu. Mais pourquoi avait-elle menti à Caron ? Peut-être qu'il lui avait forcé la main ou qu'ils avaient conclu un marché. Voilà qui expliquerait pourquoi elle célébrait la fin de ses ennuis.

Ce qui s'était passé dans la chambre avait été complètement irréel. Si Dolorès se foutait de l'identité de l'assassin de son mari, ce n'était pas mon cas. Barrette n'était pas un modèle de droiture et d'honnêteté, loin de là, mais il ne méritait pas le sort qu'il avait connu. Ce n'était pas la première personne que je croisais lors d'une enquête qui passait de vie à trépas, mais celui-là, je ne l'oublierais pas de sitôt, sans doute parce qu'il avait été présent pendant la période la plus sombre de ma vie.

Peu après quatre heures, le coin s'anima. Des résidants rentrèrent du travail. Des enfants s'installèrent au milieu de la rue avec des gants de base-ball et se lancèrent une balle, histoire de se creuser l'appétit avant le souper et aussi avant que le soleil se couche. La balle, toute noircie, serait difficile à suivre dans la brunante.

Dolorès sortit de l'immeuble à l'instant même où un type, mallette au poing, entrait. Elle s'avança jusqu'au trottoir, consulta sa montre. Puis elle sortit le nécessaire pour s'allumer une cigarette sur laquelle elle se mit à tirer machinalement. Elle portait des lunettes noires même si de gros nuages bloquaient le soleil.

Une Buick beige apparut au bout de la rue à cinq heures et demie tapant. Les base-balleurs interrompirent leur match pour la laisser passer. Elle s'immobilisa en douceur devant Dolorès, qui grimpa à bord, avant de repartir. Je mis le contact, attendis que la Buick atteigne le coin de la rue et enfonçai l'accélérateur.

Le conducteur de la Buick n'était pas pressé et ne soupçonnait nullement qu'on le suivait. En jouant des pédales, je ne le perdis de vue à aucun moment et on se retrouva dans la ville d'Outremont. Je dus être prudent tandis qu'on sillonnait les rues parce qu'il y avait très peu de circulation. La silhouette des cabanes cossues, qui se dressaient à l'écart sur leur terrain immense, se détachait contre le ciel. Il n'y avait pas d'enfants ni de cris ni d'éclats de rire. Seulement un silence pesant, comme à des funérailles.

La Buick franchit une grille de fer forgé qui s'ouvrait dans un muret en grosses pierres des champs. De l'autre côté, un chemin menait à une résidence en décrivant un demi-cercle. Les pignons qui pointaient vers le ciel et la tourelle qui ornait la façade recouverte de lierre donnaient à la demeure des airs de forteresse. Le garage à côté était aussi grand que l'appartement de Maranda.

La Buick se rangea devant la porte, sous le porche qui s'avançait comme la marquise d'un hôtel. Je levai le pied en passant devant la grille, alors que le conducteur descendait. C'était Franco, un des hommes de main de Silvera, le propriétaire du Vienna ; Victor, le colosse à la main déformée comme une racine de gingembre, était là lui aussi. La bicoque était donc celle de Silvera. Ce dernier les avait envoyés chercher Dolorès Barrette. Tout ce beau monde disparut à l'intérieur.

Je garai la Graham plus loin, coupai le contact. Qu'est-ce que Silvera pouvait bien vouloir à la jeune femme ? Je réfléchis là-dessus un moment en observant un arbre s'agiter sous la brise légère qui soufflait. Puis je descendis et revins à la grille. Tout le terrain était entouré d'un muret en pierres. Il y avait des arbustes plantés à intervalles réguliers le long du muret, des cèdres taillés en boule qui feraient de très bons abris. Je ne fis ni une ni deux. Je m'élançai en direction du premier arbuste en fléchissant les genoux et en baissant la tête. J'attendis une seconde, bondis vers le second cèdre, puis vers le troisième. Je me sentais comme un soldat qui charge un bunker ennemi, sauf qu'au lieu d'entendre des coups de feu et des explosions, c'étaient des pépiements d'oiseaux qui retentissaient.

D'où j'étais, je voyais dans la maison par de grandes fenêtres et reconnus la silhouette élancée de Silvera au centre d'une pièce qui devait être le salon. Il se tenait les mains au fond des poches et semblait discuter avec quelqu'un.

Je repris ma progression en courant d'un arbuste
à l'autre. Mais les derniers mètres qui me séparaient
du côté de la maison seraient à découvert. Il faudrait
faire vite. Après un bref moment de répit, je pris mes
jambes à mon cou et plongeai quasiment au pied du
mur. Il y avait un arrangement floral avec de petits
arbres parmi lesquels je me dissimulai. Ma chemise
me collait sur le dos et le cœur me cognait dans la
poitrine, sans parler de ma tête qui avait grandement
besoin d'aspirines. Je commençais décidément à me
faire vieux pour ce genre de sport.

Au-dessus de moi, il y avait une fenêtre à guillotine
qui, par chance, était ouverte. J'ôtai mon feutre, levai
lentement la tête et jetai un œil à l'intérieur, de l'autre
côté d'un rideau de tulle qui me cachait partiellement
les personnages et le décor. Silvera était en bras de
chemise, la cravate défaite. La pièce était bien le salon.
Il y avait de gros meubles de style Louis quelque
chose, des tables et des lampes ici et là. Un buffet
sur lequel s'étalaient des bouteilles de différentes
formes et différentes couleurs se dressait dans un coin.

— Comment trouvez-vous le whisky ? demanda-
t-il en s'adressant à quelqu'un que je ne voyais pas,
assis dans un fauteuil.

— Pas mal, répondit une voix.

C'était Dolorès.

— Dites donc, c'est pas mal ici, reprit-elle. Le
fauteuil dans lequel je suis assise vaut plus cher que
tous les meubles chez nous mis ensemble !

— Je vous aurais bien fait venir à mon club ce
soir, mais j'ai d'autres chats à fouetter.

— J'imagine que vous êtes un gars pas mal occupé.
Bon. Mon argent. Il est où ?

Silvera se rendit à un secrétaire pour prendre une
enveloppe blanche et la tendit à la jeune femme. On
pouvait deviner à l'expression de son visage et à ses
bras croisés qu'il n'était pas très heureux.

Un moment s'écoula, puis Dolorès rompit de nouveau le silence.

— C'est tout ? lança-t-elle d'un ton agacé.

— Pour l'instant, oui.

— On m'avait promis davantage.

— Peut-être, mais c'est tout ce que je peux vous remettre pour l'instant.

— Ce que je fais là vaut bien plus ! Attendez que je le mette au courant.

— Arrêtez de vous agiter, la coupa Silvera, vous allez renverser votre verre.

Il prit une grande inspiration avant de continuer.

— Écoutez, vous devez suivre ses instructions. Ne faites pas de vagues, tenez-vous tranquille.

— Ce n'est même pas la moitié de ce que j'avais demandé.

— C'est suffisant pour l'instant.

— Mais il était d'accord !

— Le reste suivra une fois que l'affaire sera terminée. Pas avant.

— Ce n'était pas ce qu'on avait convenu, lui et moi. Vous essayez de me rouler, Silvera.

— Je n'essaie pas de vous rouler.

— Si !

— On s'est entendus pour vous remettre votre paiement en deux parties.

— C'est gentil de m'avoir prévenue, dit Dolorès d'un ton sarcastique. Et si j'allais tout raconter aux journaux ?

Silvera se raidit, décroisa les bras.

— Des menaces ?

— Ça ressemble à ça, qu'est-ce que vous en pensez ?

— Je ne vous le conseille pas.

— Ah non ?

— Vous n'êtes pas encore partie d'ici. Je peux très bien récupérer l'enveloppe. Il suffit que j'appelle mes hommes et…

Dolorès poussa un petit rire sec.

— Les deux clowns qui sont venus me chercher ?

— Oui.

— Je tremble de peur, dit-elle à la légère.

— Victor et Franco sont très compétents.

— Vraiment ? Qu'est-ce qu'ils font quand vous claquez des doigts ? Ils sautent dans un cerceau en feu ?

Elle gloussa. Silvera ne la trouvait pas drôle.

— Victor, Franco, dit-il en haussant le ton.

Comme s'ils attendaient qu'on les appelle, les deux sbires s'avancèrent dans la pièce.

— La demoiselle, ici présente, doute de vos compétences, leur expliqua Silvera. Une petite démonstration, je vous prie.

Racine de gingembre se plaça derrière le fauteuil où Dolorès était assise et immobilisa les bras de la jeune femme sur les accoudoirs.

— Mais qu'est-ce que…, commença-t-elle.

Elle s'interrompit quand Franco lui agrippa l'auriculaire de la main gauche. Calmement, il se mit à le tordre vers l'arrière. Dolorès se débattit, mais Racine de gingembre la clouait au fauteuil. Je ne pouvais pas voir le visage de la jeune femme, mais il n'était sûrement plus détendu ni souriant.

— Et puis, madame Barrette ? lui demanda Silvera. Convaincue ?

— Oui, souffla-t-elle. Stop…

— Mes hommes sont très compétents, je vous l'ai dit. Vous allez faire ce qu'on vous demande ?

— Hm-hm.

— Sans rouspéter ?

— Oui, oui… Arrêtez…

— Franco…

Ce dernier laissa le petit doigt de Dolorès ; son comparse la lâcha.

Silvera consulta sa montre une seconde, puis s'adressa à la veuve Barrette.

— Je dois partir. Un rendez-vous à mon club. Franco et Victor vont vous ramener. Donc, vous restez chez vous et vous vous tenez tranquille. N'essayez pas de nous contacter, c'est nous qui vous appellerons au besoin. Compris ?

La voix du propriétaire du Vienna, ferme et posée, n'invitait pas à la discussion.

— Compris, répondit Dolorès avant de renifler.

— Bonne soirée.

Elle se leva, s'essuya les yeux du revers de la main. Elle n'avait pas l'air solide sur ses jambes. Les deux gorilles l'escortèrent hors de la pièce, tandis qu'elle massait son doigt endolori. Silvera ramassa le verre de Dolorès et quitta le salon à son tour en éteignant quelques lampes au passage. La fête était terminée.

Je m'avançai précautionneusement vers l'avant de la demeure, jetai un œil au-delà de l'angle du mur. Au bout d'une seconde, la porte d'entrée s'ouvrit, découpant un carré de lumière jaune sous le porche. Franco apparut, suivi de Dolorès. Racine de gingembre fermait la marche. Les trois s'engouffrèrent dans la Buick, qui s'ébranla et fila vers la rue en suivant le chemin en demi-cercle.

Si Silvera comptait se rendre par lui-même à son cabaret, c'est qu'il possédait une autre voiture.

Une fois que la Buick eut franchi la grille et disparu derrière le muret, je longeai le devant de la maison en essayant de me faire aussi petit que possible. Je m'arrêtai près de la porte, à moitié dissimulé derrière un cèdre, et posai un genou dans l'herbe. Je guettai l'entrée un instant. Si Silvera sortait au moment où je m'élançais… Il faudrait forcer la chance. Je bondis de ma cachette et m'élançai à toute vitesse vers le garage.

Je soulevai la porte d'un pied ou deux, me jetai au sol comme si je m'apprêtais à faire des pompes et me faufilai dans l'ouverture. Avant de me relever et de refermer la porte, je jetai un regard à l'extérieur. Personne n'avait été témoin de mon petit sprint.

L'autre voiture de Silvera était une grosse berline noire aux ailes arrondies. Sans doute un modèle des années vingt. Les rayons des roues étaient en bois. J'ouvris une des portières arrière, me glissai sur le plancher entre les deux banquettes. Je n'eus pas à attendre longtemps avant que le propriétaire du Vienna se pointe. La porte du garage se souleva et les pas de Silvera résonnèrent dans le garage. Il prit place au volant, mit le contact. La voiture quitta sa tanière et emprunta le chemin en demi-cercle.

On roula un moment. Par la fenêtre, je pouvais voir les étoiles apparaître dans le ciel qui virait au mauve. Puis la berline ralentit, s'immobilisa doucement. Je me relevai sans bruit. On était arrêtés à un stop. Silvera regardait droit devant lui, mais il ne sembla pas remarquer la voiture qui venait en sens inverse et nous dépassa.

— Bonsoir, Silvera.

Sa seule réaction fut un léger sursaut. Puis ses yeux sous son feutre se rivèrent sur mon visage dans le rétroviseur.

— C'est moi, Coveleski.

— Je vous avais reconnu.

— Surpris de me voir ?

— J'ai feuilleté l'édition du soir de *La Presse*. On parle de votre remise en liberté. Qu'est-ce que vous voulez ?

— Parler.

— Vous auriez pu passer à mon bureau.

— J'ai cru que ce serait plus amusant ainsi.

L'éclat d'une paire de phares emplit l'habitacle, un coup de klaxon retentit.

— Vous devriez démarrer, suggérai-je à Silvera. On s'impatiente derrière. Et gardez les mains sur le volant pour que je les voie.

La voiture s'ébranla.

Je me glissai sur la banquette en direction de Silvera, insérai une main dans son veston. Il était armé. Je le délestai de ce poids et examinai le flingue, un petit revolver noir à la crosse en bois. Il n'était pas neuf, des éclats de peinture avaient sauté ici et là, révélant l'acier terne en dessous.

— Je n'avais pas l'intention de m'en servir, dit Silvera.

— On n'est jamais trop prudent.

— Je suis certain qu'il y a moyen de se parler sans se tirer dessus.

— Bien d'accord.

Il garda le silence ensuite, attendant le prochain coup.

— Vous n'êtes pas curieux de connaître la raison de ma visite ? repris-je.

— J'attendais que vous me mettiez au courant.

— Dolorès Barrette.

— Qui ? fit-il innocemment.

— Ne faites pas l'idiot, Silvera. Elle se trouvait dans votre salon il y a vingt minutes.

— Oh, oui. J'avais mal compris. Vous m'espionnez, monsieur Coveleski ?

— Si ça ne vous dérange pas, c'est moi qui poserai les questions. Vous la connaissez depuis longtemps ?

Silvera se concentra un instant sur sa conduite avant de répondre.

— En fait, je connaissais surtout son mari.

— Jimmy ?

— C'est exact. Il a fait des petits boulots pour moi, par le passé.

— Ah bon. Comme quoi ?

— Il a été mon chauffeur quelque temps. Il a aussi fait de petits travaux au club, effectué quelques courses. La dernière fois que j'ai fait appel à ses services, il m'a mentionné qu'il avait bien besoin de travailler, que sa femme venait d'accoucher. Donc, quand j'ai appris son décès dans le journal, j'ai pensé à Dolorès.

— C'est gentil de votre part.

— Vous connaissiez les Barrette, vous aussi?

— Oui. J'étais chez eux quand vos deux gorilles sont venus chercher Dolorès. Je les ai suivis jusque chez vous.

— Qu'est-ce que vous faisiez chez elle? demanda Silvera.

— C'est moi qui pose les questions, vous vous souvenez? Arrêtez-vous ici. Je veux avoir toute votre attention.

La berline se rangea en bordure de la rue. Silvera coupa le contact et le silence emplit l'habitacle.

— Voilà qui est mieux, repris-je. Vous avez remis une enveloppe à Dolorès.

— Juste un petit quelque chose pour la dépanner, le temps qu'elle retombe sur ses pattes.

— Elle semblait s'attendre à plus.

— On s'était mal compris au téléphone. Je pense qu'elle avait bu. Elle n'était pas dans un état normal à son arrivée.

— Comment avez-vous rencontré Jimmy?

— Il faisait parfois des livraisons au club, expliqua Silvera. Lors d'une de ses visites, il m'a dit qu'il en avait assez et voulait changer de branche. Je suis toujours à la recherche d'hommes de confiance. Je crois que je l'aimais bien et il avait l'air débrouillard. Quoi qu'il en soit, il s'est montré intéressé quand je l'ai approché. Je lui ai fait faire un essai. C'était un type qui n'avait pas froid aux yeux. Il s'acquittait souvent des tâches dont les autres ne voulaient rien savoir.

— Dans ce cas-là, pourquoi il ne bossait plus pour vous ?

— J'ai dû le renvoyer.

— Qu'est-ce qui s'est passé ?

— Il a essayé de jouer au plus malin, une fois.

— Cette fois-là, c'est le dernier boulot qu'il a fait pour vous ?

— Oui.

— Ça remonte à quand ?

— Moins d'un an.

— En quoi consistait ce boulot ?

Silvera esquissa un sourire dans la pénombre qui régnait dans l'habitacle. Autour de nous, des fenêtres brillaient ici et là. La rue était déserte.

— Pourquoi parler de mes affaires ? Ce n'est rien de bien captivant.

— Au contraire, elles m'intéressent de plus en plus.

— En quoi ?

— Ne commencez pas à jouer à ce petit jeu-là, voulez-vous, Silvera ?

— Quel jeu ?

— Tourner autour du pot. J'ai reçu un coup sur la tête, mais elle n'est pas complètement hors d'usage.

Il réfléchit un instant, le temps de mettre de l'ordre dans ses souvenirs.

— Barrette devait apporter un colis au Bureau des douanes.

— Mon petit doigt me dit qu'il ne s'agissait pas d'une boîte de biscuits.

— À quoi bon entrer dans les détails ? Je vous le répète : mes affaires n'ont rien de captivant.

— Crachez le morceau. Allez…

Je tendis le bras, lui chatouillai un lobe d'oreille avec le canon de son revolver pour l'encourager.

— Vous n'oseriez pas, monsieur Coveleski.

— Êtes-vous prêt à courir le risque ?

Il me lança un regard par le rétroviseur. Il ne l'était pas.

— C'était une mallette pleine de billets. Barrette a pigé dedans. Cinq cents dollars. J'ignore pourquoi il a fait un geste aussi stupide. Il espérait peut-être que mon contact ne compte pas l'argent. Toujours est-il que ce dernier a décidé de ne pas collaborer, tout simplement, sans prévenir. Le camion a donc été intercepté, le chauffeur, arrêté, le chargement, saisi.

— De quoi s'agissait-il ?

— De machines à sous que je voulais installer dans les hôtels des Laurentides.

— Vous voyez que c'est facile de dire la vérité ? Continuez.

— Eh bien, j'ai dû en graisser des pattes pour que tout rentre dans l'ordre… Barrette a tout nié, bien entendu. Il pleurait comme un enfant quand je lui ai annoncé que je ne voulais plus avoir affaire à lui. Mais mes hommes ont vu son épouse se balader rue Saint-Hubert, les mains remplies de sacs, dans les jours qui ont suivi.

— Qu'est-ce que vous avez fait ?

— Rien.

— Rien ?

— Comme j'ai dit, je l'aimais bien. Il devait être dans de sales draps pour tenter un coup pareil. Peut-être devait-il de l'argent à un *shylock* ou à un *bookmaker* qui, fatigué d'attendre, l'avait menacé, lui ou sa famille.

Je réfléchis à tout ça un instant.

— C'est une jolie histoire, Silvera, mais qu'est-ce qui me prouve que vous ne l'avez pas inventée de toutes pièces ?

— Vous avez ma parole, monsieur Coveleski.

— Je crains qu'elle ne vaille pas grand-chose, votre parole.

— Mais je vous assure…, commença-t-il.

— Fermez-la. Je vais vous expliquer. D'abord, vous m'avez dit dans votre bureau, l'autre jour, que vous étiez un honnête businessman. Quand j'ai suggéré que vous brassiez peut-être des affaires pas nettes, vous avez pris un air offusqué.

— Je ne vous connaissais pas, à l'époque.

— Je veux bien. Mais votre récit à propos de Barrette remonte à un an ou moins et vous avez mentionné qu'il vous avait supplié de lui accorder une chance parce que Dolorès venait d'accoucher. Or, j'ai croisé ses enfants. Le garçonnet a quatre ans environ, la fillette un an et demi.

— Vous croyez que je mens ?

— Si ça se trouve, Barrette n'a jamais travaillé pour vous. Vous ne l'avez jamais même rencontré.

— Pourquoi aurais-je tout inventé ?

— Je me posais justement la question. Serait-ce parce que vous êtes coincé ?

— Coincé ? répéta Silvera.

— Écoutez, vous ne me ferez pas avaler que vous avez remis de l'argent à Dolorès par bonté d'âme. On vous force à le faire ?

Le propriétaire du Vienna serrait le volant à deux mains comme si on roulait toujours. Il ne répondit rien.

— C'est elle qui vous fait chanter ? Quel détail gênant connaît-elle sur vous ? À moins qu'elle ait un complice et qu'elle serve d'intermédiaire ?

Il leva les yeux sur moi dans le rétroviseur.

— Qu'est-ce qui vous fait dire ça ?

— De la façon dont vous discutiez, j'ai pensé qu'il y avait peut-être une troisième personne dans cette histoire.

Silvera fixa l'odomètre du tableau de bord sans un mot.

— Si vous mettez cartes sur table, je peux vous aider, lui dis-je.

— Peut-être qu'il est trop tard pour m'aider, songea-t-il tout haut. Et puis pourquoi feriez-vous une chose pareille ?

— Dolorès a menti pour me faire jeter en prison. Vous lui avez remis une enveloppe pleine de billets.

— Vous croyez que je l'ai payée pour qu'elle le fasse ?

— Je crois que votre situation et la mienne sont reliées. Si on fait équipe…

Des phares apparurent au bout de la rue, se braquèrent sur nous. Une voiture s'avançait dans notre direction.

— Baissez-vous ! lança Silvera.

Avant de m'aplatir entre les banquettes, j'eus le temps de reconnaître la seconde voiture de Silvera, la Buick beige. Elle s'immobilisa juste à côté de la berline.

— M'sieur Silvera ?

C'était Franco.

— Tout va bien, répondit le propriétaire du Vienna. J'ai échappé mon briquet sous mon siège. Je le cherchais, c'est tout.

— On a déposé Dolorès Barrette chez elle.

— Très bien.

— Je l'ai prévenue de se tenir tranquille, sinon on allait lui casser le doigt pour de vrai. Votre rendez-vous a lieu comme prévu ?

— Oui, j'étais en route.

— On va vous y amener.

— Ce n'est pas nécessaire…

— Mais si, insista Franco. Vous pourriez avoir besoin de nous. Retournez garer votre auto dans le garage. Vous allez monter avec nous.

La Buick reprit sa route. Silvera se tourna vers moi en se tortillant sur son siège.

— Descendez.

— Je croyais que c'était vous qui donniez les ordres et non l'inverse.

— Allez, monsieur Coveleski…

— Et mon offre ?

Il hésita.

— Je… euh… je vais y penser, dit-il sans se compromettre.

J'entrouvris la portière et, avant de me faufiler dehors, lui tendis son revolver. La berline fit demi-tour au beau milieu de la rue et s'éloigna jusqu'à ce que sa silhouette s'évanouisse dans la nuit.

J'attendis un moment, puis retournai à la Graham.

CHAPITRE 12

Après la cellule miteuse et la planche à repasser qui y servait de banquette, le canapé me fit l'effet d'un grand lit moelleux et je dormis sur mes deux oreilles jusqu'au petit matin. À la cuisine, Maranda préparait le café et on eut un autre de nos déjeuners-causeries. Il écouta le récit de mes péripéties de la veille d'une oreille attentive, souleva les mêmes questions que moi et me conseilla de redoubler de prudence en cherchant les réponses.

— Les types comme Silvera ne font pas dans la dentelle, ajouta-t-il.

— Je vais me tenir sur mes gardes, dis-je pour le rassurer. J'ai encaissé suffisamment de coups dernièrement.

Il porta sa tasse à ses lèvres, souffla sur son contenu.

— Et aujourd'hui ? Quel est votre programme ?

— Rendre visite aux Vaucaire.

— Oh ?

— Je finis toujours ce que j'ai commencé. Et puis Charles Vaucaire me doit deux journées de salaire. Dans ma situation, je ne peux pas m'en passer.

— Vous avez besoin d'argent ?

— N'y pensez même pas. Vous en avez assez fait.

Je me levai et allai me verser une seconde dose de caféine.

— Vous êtes un excellent hôte, mais je crois avoir assez abusé de votre hospitalité.

— Vous n'abusez pas, voyons, répliqua Maranda. Vous pouvez rester aussi longtemps qu'il vous plaira.

— C'est gentil. Mais faudra que je quitte le nid un jour et que je vole de nouveau de mes propres ailes.

— Vous parlez comme un jeune homme qui s'apprête à quitter la maison familiale.

— Mais vous comprenez?

Il hocha la tête en esquissant un sourire dans lequel perçait une pointe de tristesse. Peut-être redoutait-il le moment où il se retrouverait de nouveau seul. Je le redoutais un peu aussi.

Après mon deuxième café, j'allai à la salle de bain pour faire mes ablutions matinales. Maranda était parti quand je sortis. Je m'habillai et mis le cap sur la rivière des Prairies en me demandant comment les choses se dérouleraient avec Vaucaire. Mes mains sur le volant étaient moites.

L'imposante demeure de briques rouges n'avait pas changé. Avec tous les événements des vingt-quatre dernières heures, on aurait dit que je n'y avais pas mis les pieds depuis des années. Je descendis, tirai une dernière bouffée de la Grads que j'avais allumée en chemin et longeai le sentier de pierres grossièrement taillées qui scindait le parterre en deux. À l'ombre sur la galerie, j'enfonçai la sonnette et attendis en écoutant les oiseaux pépier.

Constant, toujours aussi dignement vêtu de son uniforme, ouvrit. Il n'eut pas l'air surpris plus qu'il ne faut, comme s'il s'attendait à ma visite.

— J'aimerais parler à l'homme de la maison. Il est là?

— Il est dans son bureau avec le docteur Du Sablon.

— Il est malade ?

— Non, il s'agit d'une visite de courtoisie de la part du docteur.

— Dans ce cas, je pourrais le rencontrer ?

— Je vais vérifier.

Il ouvrit la porte toute grande, me fit signe d'entrer. Je m'avançai dans le hall et fis les cent pas tandis que le majordome empruntait le grand escalier et disparaissait à l'étage. Je jetai un œil dans le salon double. Les rideaux étaient grands ouverts et le soleil inondait la pièce, que dominait toujours le Steinway blanc. Le couvercle de l'instrument était levé, dévoilant les dents noires et blanches de la bête.

— Ah ! monsieur Coveleski ! lança une voix joyeuse dans mon dos.

C'était Vaucaire qui descendait les marches, les bras grands ouverts comme pour me donner l'accolade. Du Sablon et le majordome le suivaient. Ce dernier s'éclipsa.

— J'espérais que vous reviendriez pour que je puisse vous témoigner ma gratitude.

— Oh ?

Il me serra la main en la pressant entre les siennes. Le docteur se contenta d'un hochement de tête quand nos regards se croisèrent.

— Votre visage, mon pauvre ami, me dit Vaucaire en examinant l'ecchymose qui ornait ma joue, gracieuseté de Caron.

— J'ai refait connaissance avec les techniques d'interrogatoire de la police.

— Les derniers jours ont dû être difficiles, acquiesça-t-il, plein de compassion. J'ai lu les journaux.

— Et vous acceptez quand même de me rencontrer ?

Il prit un air étonné.

— Pourquoi cela vous surprend-il?

— Eh bien, je croyais que vous refuseriez de me voir à la suite de cette histoire.

— Pourquoi donc, grand Dieu? On vous a relâché, non?

— Mais je suis toujours un suspect.

— Moi, je suis convaincu de votre innocence. Un homme qui a porté secours à un jeune homme en détresse comme vous l'avez fait ne pourrait jamais assassiner quelqu'un.

— Vous pensiez que j'y allais un peu fort dans la chambre de votre fils, l'autre jour, il me semble.

Vaucaire baissa les yeux d'un air penaud. Il n'avait toujours pas lâché ma main. Je la retirai de son étreinte.

— Pierre-Paul m'a expliqué ce qui s'est passé. C'est moi qui y suis allé un peu fort. Je regrette. J'étais soumis à un stress épouvantable. Vous me pardonnez?

— Oui, oui.

Il était difficile de faire autrement dans les circonstances.

Un sourire illumina le visage de Vaucaire.

— Vous m'en voyez ravi, ravi et soulagé. Mais ne restons pas là! Venez...

Il glissa son bras sous le mien et m'entraîna en direction du salon. Du Sablon nous suivit sans un mot, un petit sourire aux lèvres. Contrairement à moi, il semblait habitué aux débordements émotifs de Charles Vaucaire.

— Votre épouse est là? demandai-je à ce dernier.

— Non, elle est sortie.

— Dommage, j'aurais bien aimé lui parler. Quand va-t-elle revenir?

— En fin de journée, je crois bien.

Mais avec leur arrangement, il était évident qu'il n'en avait aucune idée.

On s'assit tous les trois autour de la table basse.

— Prendriez-vous un verre, monsieur Coveleski ? s'enquit mon hôte.

— Je ne bois pas.

— Une limonade, peut-être ?

— D'accord.

— Et toi, William ?

— Je n'ai pas d'objections, répondit le docteur.

Vaucaire appela Constant en faisant tinter une clochette et lui relaya la commande. Le majordome acquiesça et disparut.

— Pierre-Paul m'a aussi expliqué pourquoi il était si morose, ces derniers temps, reprit Vaucaire. William m'avait rapporté votre conversation. Armé de ces détails, j'ai parlé à mon fils et il a fini par tout me dévoiler.

— Comment va-t-il ?

— Beaucoup mieux.

— Content de l'apprendre. Où est-il, en passant ?

— Il est parti faire une promenade au bord de l'eau.

— Sans surveillance ?

— Ce n'est plus nécessaire. Cela lui a fait un bien énorme de se confier. Il a pleuré un bon coup, comme toute personne qui a une peine d'amour. Je pense que c'est beaucoup plus sain que de tout garder en dedans, ne croyez-vous pas ?

Ce l'était, sans aucun doute. Je comprenais ce que le jeune avait vécu. Je l'enviais de ne pas encore être membre du club des adultes et s'empêcher de faire certaines choses par pudeur.

— Je suis content d'apprendre que Pierre-Paul va bien, repris-je, mais ma visite avait un but pratique. Je voulais qu'on règle la question de mon salaire.

Vaucaire brandit une main.

— N'en dites pas plus, cher ami. Je connais mes obligations envers vous.

— Vous allez les remplir, j'espère ?

— C'était bien mon intention, rassurez-vous.

Le majordome réapparut avec un plateau en argent sur lequel trônait un pichet d'eau rempli de glaçons et de quartiers de citron et trois verres. Il déposa le tout sur la table entre nous trois.

— Laissez, Constant, je vais m'occuper du service, lui dit Vaucaire. Apportez plutôt mon chéquier, voulez-vous ?

— Tout de suite, monsieur, répondit le vieil homme avant de quitter la pièce.

Vaucaire remplit les verres et m'en tendit un. Il servit ensuite le doc Du Sablon et on sirota tous les trois notre limonade un moment. Un silence inconfortable s'installa. Pour le rompre, j'indiquai le piano et demandai à Vaucaire :

— Vous avez recommencé à jouer ?

— Comment l'avez-vous deviné ?

— Le couvercle est levé. Il était fermé lors de mes visites précédentes.

— Vous êtes très observateur, cher ami. Oui, c'est exact. Enfin… Pierre-Paul a recommencé à répéter et je lui fais parfois de petites démonstrations.

— Malgré votre arthrite ?

Du Sablon esquissa un sourire et porta son verre à ses lèvres.

— Si je ne fais pas de gammes ou ne joue pas trop longtemps, la douleur est supportable, répondit Vaucaire.

— À quand le grand concert à Carnegie Hall ?

— Nous n'en sommes pas là, mais je suis convaincu qu'en s'appliquant Pierre-Paul deviendra un excellent pianiste. Il a déjà beaucoup progressé ! S'il était présent, je lui demanderais de vous jouer quelque chose… Mais, dites-moi, êtes-vous libre ce soir ?

— Ce soir ? Je peux me libérer. Pourquoi ?

— J'organise une petite fête.

— C'est l'anniversaire de quelqu'un ?

Il secoua la tête.

— C'est pour se remettre des émotions des derniers jours, expliqua le docteur à sa place. Pour célébrer le retour à la santé de Pierre-Paul. Une idée de Charles.

— Je peux compter sur votre présence ? s'enquit Vaucaire.

— Je vais passer faire un tour.

— Fantastique ! s'exclama-t-il d'un air ravi. Il est prévu que Pierre-Paul joue un morceau pour les invités.

— Votre épouse sera là ?

— Bien sûr ! Et quelques amis aussi. Je suis certain que vous allez les apprécier.

Là-dessus, Constant réapparut avec le chéquier et un stylo. Vaucaire me fit un chèque, puis on discuta de la pluie et du beau temps en finissant la limonade. Les choses s'étaient mieux déroulées que je ne l'avais imaginé au départ, comme c'est souvent le cas.

Je me levai ensuite pour prendre congé.

— Je vous attends à neuf heures, me dit Vaucaire en se levant à son tour. Ça vous convient ?

— Parfait.

— À ce soir !

Le docteur Du Sablon devait s'en aller, lui aussi. Des patients l'attendaient. On quitta la demeure et on emprunta le sentier qui menait à la rue. Le soleil était bon, les oiseaux chantaient à pleins poumons.

— Vaucaire est toujours aussi euphorique quand il est content ? demandai-je au docteur.

— Oui. En fait, c'est comme un petit numéro qu'il se fait à lui-même. Mais je préfère le voir dans cet état-là. Ce n'était pas jojo, ces dernières semaines.

— Il souffre vraiment d'arthrite ?

— C'est ce qu'il croit.

— Mais pas sa famille. Ni vous. Je vous ai vu esquisser un sourire tantôt.

Du Sablon en esquissa un autre.

— Il a peut-être déjà eu une crampe en pratiquant ses gammes. Il en a déduit que c'était l'arthrite et il a arrêté de jouer. Mais ça ne fait de mal à personne.

— Sauf à Pierre-Paul.

— Qu'est-ce que vous voulez dire ?

— À cause de ça, il le pousse à devenir le grand pianiste qu'il n'a jamais été.

— Peut-être bien.

— Vous avez vu Pierre-Paul ? Comment va-t-il ?

— Il est sur la voie de la guérison. Pour les peines d'amour, le temps est souvent le meilleur remède.

Je pouvais deviner au ton de la voix du docteur qu'il avait besoin de se reposer des Vaucaire.

On arriva à la rue.

— Bon, fit-il, c'est ici que nos routes se séparent.

— Vous êtes à pied ?

— Hm-hm.

— Je vous dépose ?

— Ça va, je vais marcher. On se revoit ce soir.

— Vous serez à la fête ?

— J'ai tenté de m'en sauver, mais sans succès. Les soirées de Charles sont toujours d'un ennui mortel. Soyez prévenu.

Je le remerciai du tuyau, montai dans la Graham et roulai en direction de la rivière qui miroitait plus loin.

Ma route croisa celle d'un jeune homme ébouriffé à la poitrine creuse et à la chevelure rousse. Je le reconnus tout de suite. J'arrêtai ma voiture et lui adressai un signe de la main. Il se pencha, jeta un regard dans l'habitacle.

— Monsieur Coveleski ?

— Salut, Pierre-Paul.

— Qu'est-ce que vous faites là ?

— Je suis passé régler mes affaires avec ton père et prendre de tes nouvelles. Paraît que tu prends du mieux ?

— Ouais.

Ce ne semblait pas vraiment être le cas. Mais probablement qu'il aurait toujours l'air souffreteux.

— Il y a une fête chez toi, ce soir.

— Je sais. Vous allez être là ?

— Oui, ton père m'a invité. Il souhaite que tu joues un morceau au piano.

— Ça reste à voir…

— Il prétend que tu t'es beaucoup amélioré.

— J'ai repris là où j'avais laissé, c'est tout. J'ai recommencé à pratiquer pour lui faire plaisir. Il n'arrêtait pas de me tourner autour, de me guetter… J'ai pensé que ça le rassurerait de me voir reprendre le piano.

Décidément, il y avait encore bien des détails à régler entre Pierre-Paul et son père.

— Ce n'est pas gentil, le coup qu'Émilie t'a fait, repris-je en changeant de sujet.

— C'est correct. Je ne lui en veux pas.

— Ah non ?

— Émilie est une bonne personne. Elle ne voulait pas me faire de mal, elle voulait juste que Lionel reste avec elle.

— Et au bout du compte, c'est elle qui a souffert le plus.

— Hum, acquiesça Pierre-Paul. C'est moche.

Il se redressa, fixa l'horizon.

— Qu'est-ce qui est moche ?

— Toute cette histoire-là. Je ne voulais pas qu'Émilie souffre, moi.

Une idée me traversa l'esprit.

— Tu sais ce qui arrangerait les choses ?

— Quoi ?

— Que tu ailles lui parler.

Il porta toute son attention sur moi.

— Hein ?

— Je suis de ton avis. C'est une bonne personne. Elle s'inquiétait pour toi. De voir que tu vas mieux, ça va lui réchauffer le cœur.

Il se redressa de nouveau et réfléchit à ma proposition. L'idée de revoir la jeune femme l'effrayait, mais les sentiments qu'il avait pour elle étaient encore très forts. Ils le seraient sans doute toujours, comme pour tout premier amour.

— Vous avez raison, dit-il, mais, euh…

— Mais quoi ?

— Je ne sais pas où elle demeure.

— Elle travaille sûrement à cette heure. Monte, on va aller voir.

Après un bref moment d'hésitation, il contourna la voiture et se glissa à ma droite sur la banquette. On roula en silence. Pierre-Paul regarda droit devant lui en nouant et en dénouant les doigts. Il scénarisait sa rencontre avec Émilie dans sa tête. C'était peine perdue – les choses ne se déroulent jamais telles qu'on les a prévues –, mais il ne pouvait rien y faire. C'était comme un réflexe.

Le Star était pratiquement désert. Il ne restait que deux ou trois clients du déjeuner et ceux qui viendraient luncher n'étaient pas encore arrivés. De l'autre côté des grandes vitrines, Émilie remplissait les salières au comptoir, tandis qu'une de ses collègues essuyait les tables avec un linge.

— Je ne peux pas entrer, dit Pierre-Paul en l'observant de son siège.

— Comment ça ?

Il la fixait, comme pétrifié.

— Je ne peux pas, répéta-t-il en guise de réponse.

Il se tourna vers moi.

— Allez-y le premier.

— J'ignore si ça va lui réchauffer le cœur de me revoir, dis-je en pensant à nos rencontres précédentes.

— Allez-y quand même.

— Pourquoi ?

— Pour… pour tâter le terrain. S'il vous plaît… C'était votre idée.

Le jeune homme semblait au bord de la panique.

— Bon, OK.

Je descendis et me dirigeai vers l'entrée du resto en me demandant si je n'aurais pas été mieux de fermer ma gueule plus tôt.

Les clochettes tintèrent au-dessus de ma tête quand je passai la porte. Tous les yeux dans l'établissement se tournèrent vers moi, sauf ceux d'Émilie. Elle était très concentrée sur son travail. Je me dirigeai vers elle. Elle n'était toujours pas très jolie avec sa carrure de footballeur et ses traits anguleux.

— Bonjour, Émilie.

Elle tourna la tête dans ma direction. Surprise de me voir là, elle oublia une seconde ce qu'elle faisait et un torrent de sel se déversa dans le cabaret où se trouvaient les salières. Elle déposa le sac.

— Regardez ce que vous m'avez fait faire !

— Pardon.

Elle poussa un soupir d'exaspération et se mit à récolter le sel avec une cuillère.

— Qu'est-ce que vous voulez ? Si la mère sup vous voit ici, dit-elle en parlant de sa patronne, elle va péter une attaque. Un gars qui s'est fait arrêter pour meurtre…

— Il y a quelqu'un dans ma voiture qui aimerait te parler.

— Qui ?

— Pierre-Paul Vaucaire.

— Hein ?

Elle s'arrêta et jeta un coup d'œil affolé dehors.

— Il est avec vous ?

— Oui.

— Pourquoi l'avez-vous amené ici ?

— Je le lui ai offert et il a accepté. Il va mieux.

— Vous auriez pu me le dire, tout simplement ! Pas besoin de l'amener ici.

Elle jeta un second regard à l'extérieur.

— J'ai cru que ça te ferait du bien de le rencontrer en personne.

— Qu'est-ce qu'il veut ?

— Parler.

— J'ai tellement honte de ce que j'ai fait, dit-elle en détournant la tête.

— Il n'est pas fâché, ne t'inquiète pas. Il comprend pourquoi tu as agi comme ça. Je vais le chercher ?

— Mais je… je lui dis quoi ?

— Ça va venir tout seul quand vous serez l'un devant l'autre.

Je tournai les talons. Pierre-Paul n'avait pas bougé dans la voiture. Je lui fis signe de me rejoindre. Il descendit et s'avança à pas hésitants. Il s'arrêta dans l'embrasure de la porte et fixa Émilie, qui l'attendait, assise dans un box.

— Bonne chance.

Je posai une main sur son épaule en guise d'encouragement, la laissai là un instant et quittai les lieux. Une fois au volant, j'observai ce qui se passait dans le restaurant. Les deux jeunes gens souriaient d'un air timide en évitant le regard de l'autre.

◆

Je me rendis ensuite dans le quartier Notre-Dame-de-Grâce pour réinterroger Dolorès Barrette. Elle n'avait pas répondu à ma question – pourquoi elle avait menti aux enquêteurs – et il y avait la scène dont j'avais été témoin la veille qui piquait ma curiosité. Notre première rencontre s'était plutôt mal déroulée, mais ce serait différent ce coup-ci. Elle pourrait me servir n'importe quelle salade, j'étais chez Silvera quand elle l'avait rencontré.

Il ne s'était rien passé d'extraordinaire dans le voisinage depuis ma dernière visite, ce qui était sans aucun doute la norme dans le coin. Je montai à l'étage et traversai le couloir jusqu'à la porte numéro vingt-cinq, accompagné du bruit étouffé de mes pas. Je cognai, attendis. Pas de réponse. Je collai l'oreille contre la porte. Rien. Elle était peut-être sortie dépenser le fric que le directeur du Vienna lui avait remis.

Un grincement retentit dans mon dos. Je virevoltai. La vieille fouine me toisait par sa porte entrouverte.

— Bouh! lançai-je en lui adressant une grimace.

Elle referma sa porte, puis je l'entendis installer la chaînette au cas où j'aurais envie de lui régler son cas. C'était tentant, mais j'avais mieux à faire. Je retournai à la Graham et, après une cigarette et un moment de réflexion, décidai de relancer Silvera. L'enveloppe pleine de billets qu'il avait remise à Dolorès me turlupinait. L'explication qu'il m'avait donnée ne collait pas. Peut-être qu'il avait déjà croisé Barrette auparavant, mais l'échange qu'il avait eu avec sa veuve me poussait à croire qu'il ne lui avait pas remis l'argent de gaieté de cœur.

À cette heure-ci – ma montre indiquait onze heures passées –, il était probablement encore chez lui. Je mis donc le cap sur Outremont. C'était comme passer dans un autre monde, vert en grande partie, avec ses pelouses fraîchement tondues, ses haies taillées à la perfection et ses arbres majestueux. En plein jour, les cabanes avaient l'air encore plus cossues qu'à la brunante. Les gens qui y créchaient ne devaient pas avoir de difficulté à boucler leurs fins de mois… même si tout cet entretien paysager devait gruger une bonne partie de leur budget.

La grille de la demeure de Silvera était ouverte. J'engageai ma voiture sur le chemin en demi-cercle. En passant devant le garage spacieux, je remarquai qu'il était vide. Les choses s'annonçaient mal. Je m'arrêtai sous la marquise et allai cogner à la porte à l'aide du heurtoir. Un type qui ressemblait davantage à un garde du corps qu'à un majordome, bien qu'il portât l'uniforme, vint ouvrir. Ses yeux me balayèrent de la tête aux pieds avant de se river sur mon visage.

— Monsieur Silvera n'est pas ici, grogna-t-il en devinant la raison de ma visite.

— Et si c'était vous que je venais voir ?

Impassible, il me suggéra de sacrer le camp, ce que je fis.

Il restait le Vienna. Silvera s'y trouvait peut-être pour s'assurer de la bonne marche de ses affaires.

Plus je m'approchai du centre-ville, plus la circulation devint lourde. En jetant des regards dans le rétroviseur, je m'aperçus qu'une Ford noire, deux portes, suivait la même route que moi tout en gardant une ou deux voitures de distance entre nos pare-chocs. S'agissait-il d'une coïncidence ou est-ce qu'on me filait ? Quand je me garai devant le Vienna, la Ford poursuivit son chemin. Voilà qui répondait à ma question. J'entrevis le conducteur et son passager, puis la voiture tourna le coin et disparut.

Le club était fermé à cette heure, alors je passai par la ruelle, où se trouvait une porte pleine munie d'une trappe derrière un grillage. J'enfonçai la sonnette. La trappe glissa, révélant une paire de petits yeux noirs, comme ceux d'un cochon. Je prétendis posséder un colis pour Silvera, mais le gus aux yeux de cochon ne mordit pas à l'hameçon. Faut dire que j'avais l'air d'un livreur autant que lui, du récipiendaire d'un prix Nobel.

Tous ces milles et ces rendez-vous ratés m'avaient creusé l'appétit. Je retournai à la Graham, trouvai un boui-boui où j'avalai une bouchée sur le pouce, puis allai à la banque déposer le chèque de Vaucaire. Je roulai ensuite jusqu'au cabinet du dentiste Amyot. La porte de la salle d'attente était ouverte et la secrétaire faisait du classement. Le mauvais sort était rompu.

— Salut, Emma. Tu as mes oranges ?

Elle pivota vers moi, une pile de dossiers dans les mains, et haussa un sourcil d'un air inquisiteur.

— Vos oranges ? répéta-t-elle.

— Celles que tu ne m'as pas apportées quand j'étais en prison.

Mais elle n'était pas d'humeur à plaisanter. Elle voulait connaître les circonstances de ma remise en liberté, ce qui s'était réellement passé dans le bureau de Barrette et tout le reste. Comme le docteur était absent pour l'après-midi, on put bavarder à notre aise. La conversation se poursuivit dans la voiture quand je la ramenai chez elle. Puis je rentrai chez Maranda pour récupérer le sommeil perdu au cours des derniers jours. J'avais une grosse soirée devant moi.

◆

De l'extérieur, rien n'indiquait qu'il y avait une fête chez les Vaucaire. Il y avait bien, garées devant la maison, quelques voitures qui ne semblaient pas appartenir à des résidants de la rue, mais pas de musique ni d'éclats de voix. S'il y en avait, ils étaient enterrés par l'armée de grillons qui stridulaient.

Je pressai la sonnette et, en attendant que Constant vienne ouvrir, je tendis le cou pour jeter un coup d'œil dans le grand salon par une fenêtre. Toutes les lampes brillaient. Les invités discutaient, confortablement installés sur le canapé et dans les fauteuils ou bien perchés sur les accoudoirs. Personne ne se balançait dans le vide, accroché au chandelier. Je pensai au commentaire que m'avait fait Du Sablon à propos des soirées organisées par Vaucaire. À première vue, le doc avait raison.

Le majordome apparut, me conduisit dans le hall et me débarrassa de mon feutre.

— Allez-y, dit-il ensuite, monsieur vous attend avec impatience.

Je le remerciai et m'avançai dans le salon où je n'eus aucune difficulté à repérer l'hôte de la soirée, en grande discussion avec un couple. Il eut l'air sincèrement heureux de me voir mais, en même temps, il y avait toujours son petit côté théâtral qui ne le quittait pas. Il était vêtu de blanc et empestait d'une eau de Cologne qui n'était pas sans me rappeler le parfum d'une pute qui se croit de luxe.

— Je commençais à craindre que vous ne veniez pas, me fit-il remarquer.

J'avais dormi plus longtemps que prévu. Je lui répondis que je n'aurais manqué sa réception pour rien au monde. Il sourit.

— Eh bien, je suis très heureux que vous soyez là. Venez, c'est l'heure des présentations !

Il accrocha son bras au mien et on fit le tour du salon. Je serrai des mains moites, rêches, molles, potelées ; certaines pattes de femmes, à en juger par les cailloux qui en ornaient les doigts, devaient valoir quelques milliers de dollars. Ce n'était pas le cas de l'épouse du docteur Du Sablon, qui se prénommait Paméla. Elle ne portait rien de clinquant. Elle était vêtue sobrement : chemisier, pantalon, souliers à talons plats. Elle sirotait son verre à l'écart, comme si les autres invités l'avaient rejetée à cause de son allure peu féminine. Aucun signe de son mari.

— Où est William ? lui demanda Vaucaire.

— Il est sorti prendre une bouffée d'air. Peut-être qu'il s'est perdu en chemin.

On continua notre tournée. À la fin, il me lâcha enfin le bras.

— Voilà, vous avez rencontré tout le monde. Toutes ces poignées de main ont dû vous donner soif. Qu'est-ce que vous prenez ?

— Une eau minérale.

Il fit signe à Constant, qui n'était jamais loin, et lui donna la commande.

— Vous m'excuserez, ajouta-t-il ensuite, mais j'avais une conversation des plus intéressantes avec les Sauvé.

— Vas-y, Charles, lui dit Paméla Du Sablon en nous rejoignant. Je vais m'occuper de monsieur Coveleski.

— Ça ne vous dérange pas, cher ami ?

— Pas du tout, répondis-je.

— Alors je vous laisse – en de bonnes mains, évidemment, précisa-t-il avec un sourire avant de s'éloigner.

Paméla Du Sablon l'observa d'un air amusé, puis se tourna vers moi. Elle avait un regard pétillant d'intelligence. Elle était grande pour une femme et devait être la cadette du docteur d'une quinzaine d'années.

— C'est donc vous le privé qui a éclairci le mystère entourant la déprime de Pierre-Paul.

— C'est donc moi.

— Vous savez, vous paraissez très exotique pour les gens qui sont ici, ce soir.

— Pas pour vous ?

— Bah... Il faut bien gagner sa croûte, pas vrai ?

— Tout à fait.

— Mais ça semble dangereux, à en juger par le bleu sous votre œil.

— Chaque métier comporte sa part de risque.

— Quand même, je serais étonnée de voir mon cher époux revenir de son cabinet amoché comme vous l'êtes.

— Rassurez-vous, je vais m'en remettre.

— Comme vous êtes brave.

— La bravoure n'a rien à y voir. J'ai seulement la tête dure.

Elle sirota sa boisson avant de reprendre :

— Vous avez hâte au récital de Pierre-Paul ?

— Pas autant que son père.

— C'est vrai, Charles a l'air encore plus fébrile que lui.

— Vous l'avez déjà entendu jouer ? Il a du talent ?

— Je trouve son jeu sans émotion. Quand je l'écoute, on dirait que j'écoute un piano mécanique. Mais, d'un autre côté, je ne connais absolument rien là-dedans...

Constant revint avec mon eau minérale, s'éclipsa.

— Où est madame Vaucaire ? demandai-je en sautant du coq à l'âne.

— Dans sa chambre.

— Elle est malade ?

— Charles m'a dit qu'elle n'allait pas bien, répondit Paméla Du Sablon. Une migraine.

— Je croyais que votre mari l'avait guérie.

— Elle a parfois des rechutes.

— Parfois… Quand ça l'arrange ?

— Exactement.

On échangea un sourire. Je l'aimais bien, elle avait un petit côté malicieux qui me plaisait.

— Ils forment un drôle de couple, non ? repris-je.

— Qu'est-ce que vous voulez dire ?

— Je ne sais pas. Il y a quelque chose…

— Comme quoi ?

— Je les trouve mal assortis. Pas vous ?

— Les contraires s'attirent, à ce qu'il paraît, dit Paméla Du Sablon avec un haussement d'épaules.

— Ils font chambre à part.

— Eh bien, c'est souvent le cas dans les mariages de convenance.

Elle me dévisagea une seconde par-dessus le bord de sa coupe.

— Vous ne l'aviez pas remarqué ? Évidemment, j'ignore ce qui se passe quand ils sont seuls, mais il y a des rumeurs qui courent.

— Comme quoi ?

— Que Clara couchait avec le chauffeur à l'emploi de la famille. Quand Charles l'a appris, il lui a acheté le petit coupé sport. Ainsi, plus besoin de chauffeur et, du même coup, plus de rumeurs ! Mais Clara ne s'est pas arrêtée là. Elle s'est même déjà vantée de ses « exploits » lors d'une soirée particulièrement arrosée à laquelle elle était allée sans son mari.

J'observai l'hôte de la soirée, un peu plus loin, qui bavardait et souriait. C'était un bon acteur. Beaucoup de gens se découvraient des talents insoupçonnés quand venait le temps de sauver les apparences.

— D'une certaine façon, poursuivit Paméla Du Sablon, Clara est une femme très vaine. Elle est horrifiée à l'idée de vieillir. C'est pour cette raison qu'elle allume les hommes, pour se prouver qu'elle est toujours désirable, ou qu'elle modifie son apparence. Elle s'est même déjà fait teindre en blond, imaginez.

— En blond?

— Hm-hm. Il y a deux mois. Elle était méconnaissable. Est-ce que ces révélations vous choquent, monsieur Coveleski? Pourtant, c'est le passe-temps favori des femmes de la haute société.

— Je songeais à Vaucaire, c'est tout.

— Peut-être que ça l'arrange. Dans les unions de ce genre, chacun y trouve son compte.

— Peut-être bien. Et vous?

— Moi quoi?

— Quel est votre passe-temps favori?

— La chasse. Ce n'est pas le gibier qui manque par ici.

Elle prit une gorgée. Je n'avais aucune difficulté à l'imaginer une carabine à la main, elle avait l'air assez athlétique pour ça.

— Et vous, monsieur Coveleski, vous aimez chasser? À part les criminels, bien sûr.

J'allais répondre quand une main s'écrasa entre mes omoplates. Elle appartenait au docteur Du Sablon dont les yeux, derrière les volutes de l'énorme cigare qu'il avait au bec, étaient légèrement vitreux.

— Content que vous soyez là, me dit-il d'un ton joyeux. Et alors? Qu'est-ce que vous pensez de la petite fête de Charles?

— Très amusante.

— N'est-ce pas? On se croirait à des funérailles!

Il éclata d'un rire gras et sonore. Les invités aux alentours nous jetèrent des regards de côté.

— Constant, lança-t-il en apercevant le majordome, un plateau rempli de mousseux à la main. Pas si vite, mon vieux. Il me semble avoir égaré mon verre.

— William, intervint son épouse, tu ne penses pas que c'est assez ?

— Il n'y a que deux ou trois gorgées dans ces coupes-là.

— Ça suffit.

— Voyons, Pam…

— J'ai le dos en compote pendant des jours chaque fois que je te ramène à la maison. Pourquoi tu ne prendrais pas une eau minérale, comme monsieur Coveleski ?

— Une eau minérale ? Tu veux m'empoisonner ?

Les Du Sablon discutèrent ainsi un moment. Le ton ne monta jamais, comme si c'était un jeu entre eux. Il finit par prendre deux coupes sur le plateau : une pour lui et une pour elle, pour ne pas boire seul.

Là-dessus, Vaucaire demanda le silence. Debout à côté du Steinway blanc, il annonça d'une voix solennelle que son fils allait interpréter la *Valse Minute* de Chopin, premier numéro de l'opus soixante-quatre, composée en 1846 et dédicacée à la comtesse Delphine Potocka. Il se plaça ensuite à l'écart et, pendant un instant, rien. Tout le monde sembla retenir son souffle. Puis Pierre-Paul apparut dans ses vêtements trop grands. Il fila vers le piano d'un pas rapide, la tête rentrée dans ses épaules voûtées. Il avait l'air aussi à l'aise qu'un voyageur égaré dans une tribu de cannibales. Sa crinière rousse habituellement en bataille était figée dans une généreuse couche de pommade.

Il s'assit, avança le banc d'un pouce, le recula de deux, l'avança de nouveau. Son père l'observait sans broncher, les mains jointes sous son menton en une prière silencieuse. Puis Pierre-Paul tendit ses mains au-dessus des touches, les doigts raides. Elles tremblaient légèrement. Je pouvais deviner pourquoi.

Au début, tout alla pour le mieux. Puis une fausse note retentit. Le visage du jeune homme se contracta une seconde, mais il continua. Seconde fausse note quelques accords plus tard. Quelqu'un toussa, comme pour camoufler le son discordant. Mais bientôt il aurait fallu une quinte de toux digne d'un tuberculeux pour enterrer la cacophonie que produisait le Steinway. Pierre-Paul était rouge comme une tomate. Le visage de son père était défait et ses mains, inertes, pendaient au bout de ses bras.

Le jeune homme écrasa soudain le clavier de ses poings, repoussa le banc avec une telle violence que celui-ci se renversa et s'élança vers la sortie. Vaucaire se précipita à ses trousses.

— Bravo ! lança William Du Sablon, la mine réjouie. Bravo !

Il commença à applaudir, mais son épouse lui agrippa un bras pour qu'il s'arrête.

Je profitai du fait que les gens étaient occupés à se sentir mal à l'aise pour quitter le salon en douce. Je traversai le hall jusqu'au grand escalier, montai à l'étage. La porte de la chambre principale était close mais pas verrouillée. J'entrai.

Une lampe de chevet éclairait un lit immense, laissant le reste de la pièce dans l'ombre. Madame Vaucaire était allongée sur l'édredon ; elle n'avait sorti que les oreillers de sous les couvertures pour s'y adosser. Une débarbouillette humide couvrait son front. J'attendis qu'elle tourne la tête vers moi ou qu'elle remue un membre pour signifier qu'elle avait senti ma présence, mais elle ne broncha pas. Au fond de la pièce, il y avait deux grandes portes ouvertes par lesquelles la brise passait en agitant les rideaux.

Je m'avançai en sentant les fibres de la moquette me chatouiller les chevilles. Clara Vaucaire était en robe du soir et maquillée, comme si la migraine l'avait terrassée quelques minutes avant l'arrivée des invités. Elle dormait ou faisait semblant. J'optai pour la deuxième possibilité. Derrière ses paupières, ses yeux bougeaient dans tous les sens.

— Bonsoir.

Ses cils battirent l'air, puis elle ouvrit les yeux.

— Monsieur Coveleski ? dit-elle en me dévisageant d'un air incertain.

— C'est moi.

Tandis qu'elle se redressait et rangeait la débarbouillette sur la table de nuit, j'approchai la chaise qui se trouvait devant une coiffeuse recouverte de flacons et de petits pots pour m'asseoir.

— Comment va votre tête ?

— Mieux. Ça m'a pris tout à coup, peu après le souper. Comment se déroule la soirée ?

— Tout allait pour le mieux, jusqu'à ce que votre fils s'installe au piano.

— Qu'est-ce qui s'est passé ?

— Il s'est planté.

— Voilà qui était prévisible, dit Clara Vaucaire sans émotion particulière.

— Il a quitté la pièce en coup de vent. Il avait l'air en colère.

— Il en voulait sans doute à Charles de l'avoir placé dans cette situation.

— Il n'avait qu'à refuser de jouer.

— Pierre-Paul est incapable d'affronter les gens. Et puis la musique est le seul moyen qu'il a de passer du temps avec son père.

— Peut-être que votre époux devrait s'intéresser aux hobbies de Pierre-Paul et non l'inverse, suggérai-je. J'espère seulement qu'il ne s'est pas jeté à l'eau une nouvelle fois, je n'ai pas apporté mon maillot.

Elle sourit du bout des lèvres.

— Je ne vous ai jamais remercié de l'avoir sauvé.

— Ça va.

— J'insiste. Merci pour tout.

Elle posa une main sur mon avant-bras pour appuyer ses paroles, mais j'avais le sentiment qu'elle faisait tout ça pour la forme. Après tout, elle ne m'aimait pas trop, si je me rappelais nos échanges précédents.

— Au moins, dis-je, j'aurai réussi à honorer un de mes contrats.

Elle fronça les sourcils.

— Votre argent, précisai-je. Je n'ai pas réussi à le rapporter. Il est entre les mains de la police, maintenant.

— Oh.

Elle commença à se tripoter l'ongle d'un pouce.

— Vous irez le récupérer ? demandai-je.

— Non.

— Mais il s'agit de toutes vos économies.

— Je sais. Mais si je me présente aux autorités, on va me poser toutes sortes de questions et Charles finira par savoir ce qui s'est passé.

— Il n'est toujours au courant de rien ?

— Non.

— Et votre ancien ami, le maître chanteur ? Vous avez eu de ses nouvelles ?

— Non, rien.

— J'imagine qu'il va se faire discret à la suite du décès de Barrette.

— J'imagine. Qu'est-ce qui s'est passé, monsieur Coveleski ?

— Vous n'avez pas lu les journaux ?

— Si, mais vous étiez là.

— On a passé une partie de la soirée ensemble, puis on s'est rendus à son bureau pour un dernier verre.

— De quoi avez-vous discuté ?

— Eh bien, on ne s'était pas vus depuis un moment, on avait beaucoup de choses à se raconter.

Quand je lui ai dit que je travaillais pour vous et que je devais reprendre l'argent, il a sorti un revolver et m'a menacé avec.

— Comment avez-vous réagi ? demanda Clara Vaucaire.

Ses yeux étaient fixés sur les miens, comme si elle cherchait à lire mes pensées. Elle avait les traits un peu tirés sous le fard, mais ne ressemblait en rien à une personne qui relève d'une migraine.

— J'ai figé. Puis il a eu une sorte de crise de nerfs et je n'ai eu qu'à ramasser son arme. Puis on m'a frappé par-derrière et je suis tombé dans les pommes. Quand j'ai repris conscience, Barrette était mort et des sirènes de police retentissaient dehors. J'étais seul en compagnie d'un macchabée, il y avait un revolver par terre... J'ai pris la poudre d'escampette, mais les flics m'ont rattrapé et j'ai abouti en taule.

Elle réfléchit à tout ça un instant et songea tout haut :

— Barrette a eu le sort qu'il méritait. C'était un individu peu recommandable.

— Moi, je l'aimais bien. C'était un bon diable. Mais tout ce qui avait un parfum d'illégalité l'attirait peut-être un peu trop.

— Peut-être bien. Mais vous oubliez qu'il me faisait chanter.

— Il n'agissait que comme intermédiaire entre vous et votre ami d'enfance.

— Oui, c'est vrai, se corrigea madame Vaucaire. Mais il était son complice, d'une certaine façon.

— Vous savez, vous devriez sérieusement songer à contacter la police. Votre ami sait peut-être quelque chose qui pourrait permettre de coincer le meurtrier.

— C'est hors de question.

— À cause de votre mari.

— Oui. Et je veux oublier toute cette histoire au plus vite.

— Et moi donc…

— Votre séjour en cellule a été difficile ?

— Oh non, c'était très amusant. On m'a cogné dessus, engueulé, je dormais sur une banquette aussi confortable qu'un banc d'église… Non, ce qui m'a laissé un drôle de goût dans la bouche, c'est le sentiment d'avoir été mené en bateau.

Je sentis madame Vaucaire se raidir contre ses oreillers.

— Qu'est-ce que vous voulez dire par là ?

— Votre ancien amant… Où est-ce qu'il travaille, déjà ?

— À l'hôtel de ville.

— Hm-hm, fis-je en prenant un air dubitatif.

— Qu'est-ce qu'il y a ? Vous ne me croyez toujours pas ?

— Ce n'est pas ce que Barrette m'a raconté. Selon lui, il est mécanicien.

— Quand il a fait appel aux services de Barrette, il a sans doute menti sur son identité et son travail pour se protéger.

— Ou bien vous avez inventé cette histoire pour vous protéger, vous.

Elle écarquilla les yeux jusqu'à ce qu'on voie tout le blanc.

— Me protéger ? De quoi ?

— Je l'ignore. Mais si c'était Barrette qui vous faisait chanter ? Afin de cacher la vérité, vous auriez pu prétendre que c'était un ancien ami qui vous demandait de l'argent et non lui.

— Insinuez-vous que je mens, monsieur Coveleski ?

— Qu'est-ce que Barrette savait sur vous que vous avez intérêt à dissimuler ?

— Rien. Je ne le connaissais pas.

— Certaine que vous ne l'avez pas déjà croisé ?

— Certaine, répliqua-t-elle d'une voix ferme.

— Pourtant, je devais me méfier de vous, selon lui.

— Il vous a dit ça ?

— Oui, il m'a mis en garde. Et où a-t-il pris cette idée-là, si vous ne vous êtes jamais croisés ?

— Je n'en sais rien. Je pense qu'il vous a raconté des salades et que vous l'avez cru parce que vous l'aimiez bien, suggéra-t-elle en répétant mes paroles.

Des éclats de voix retentirent tout à coup. Elles ne venaient pas de l'étage en dessous, où tout était calme, comme si les invités étaient rentrés chez eux.

— Ça vient de dehors, dit Clara Vaucaire en se redressant.

Je me levai, me faufilai entre les rideaux et aboutis sur un balcon assez grand pour accueillir une table et des chaises. Le balcon surplombait une cour traversée d'un sentier de gravier menant à un banc en pierre placé devant un étang recouvert de nénuphars. Il y avait dans un coin une fontaine avec un petit bonhomme qui pissait. Des arbustes de différentes tailles et des fleurs poussaient ici et là.

Vaucaire et son fils étaient en grande conversation près de l'étang. En fait, c'est Pierre-Paul qui en faisait tous les frais. Il n'avait jamais aimé le piano, expliquait-il à son père. C'était bien dommage si ce dernier n'avait pu devenir pianiste de concert, mais il ne réaliserait pas son rêve à sa place. Il y avait une pointe d'hystérie dans la voix du jeune homme. Charles Vaucaire encaissait les paroles de son fils la tête baissée, comme si une pluie violente s'abattait sur lui.

— Qu'est-ce qui se passe ? s'enquit son épouse dans mon dos.

— On dirait bien que votre fils s'est décidé à mettre les points sur les « i ».

— Ne restez pas là…

Je revins dans la chambre. Elle ferma les portes, comme si l'explosion dans la cour ne la concernait pas, et s'assit au bord du lit.

— Je dois me reposer, dit-elle en ramassant la débarbouillette sur la table de nuit. Je sens ma migraine revenir.

— C'est une coïncidence ?

— Je suis fatiguée de vos questions.

— Je m'informe parce qu'on a prétendu devant moi que vous aviez des maux de tête quand ça vous arrangeait.

— Et qui a fait cette affirmation ?

— Paméla Du Sablon.

— Elle n'était pas trop occupée à surveiller la consommation de cocktails de son mari ? rétorqua Clara Vaucaire avec sarcasme.

Elle s'allongea sur le dos, étala la débarbouillette sur son front.

— Je croyais que vous étiez de grands amis des Du Sablon.

— Depuis que William a ouvert son cabinet et brasse de gros sous, Paméla n'est plus la même. L'argent de son époux lui est monté à la tête.

— Si je regarde cette pièce et le reste de la maison, vous ne vous en tirez pas trop mal non plus. Comment votre mari peut-il s'offrir tout ça ?

— Grâce à l'héritage de ses parents. C'est lui qui s'occupe de l'argent ici.

— Il fait de l'excellent travail. Vous ne semblez manquer de rien.

— Ça suffit, maintenant. Sortez.

Elle ferma les yeux.

Je me dirigeai vers la porte. Avant de sortir, je jetai un regard par-dessus mon épaule. Elle se tenait parfaitement immobile, les bras le long du corps, les yeux toujours clos.

Je redescendis au rez-de-chaussée. La moitié des invités était partie et l'autre moitié n'allait pas tarder à l'imiter : l'atmosphère était aussi joyeuse qu'à des funérailles, comme l'avait dit le docteur Du Sablon. J'errai dans la maison un moment, à la recherche de la porte menant à la cour. Je finis par aboutir à la cuisine, où Constant et le traiteur embauché pour la soirée grignotaient les petits fours que les invités n'avaient pas engloutis.

Je sortis par une porte sur le côté, contournai la maison pour atteindre la cour. Pierre-Paul était assis sur le banc face à l'étang, ses jambes étendues devant lui, le menton appuyé contre la poitrine. Je parcourus le sentier dans sa direction, le gravier craquant sous mes pas. Il ne broncha pas quand je pris place à ses côtés.

— Qu'est-ce qui ne va pas ?

— Je me sens tout croche, répondit-il d'une voix éteinte.

— À cause de la discussion avec ton père ?

— Hm-hm.

— Il devait finir par apprendre ce que tu ressens.

— Oui... Il avait l'air pas mal déçu.

— On ne peut pas vivre sa vie en fonction des autres, dis-je avec toute ma sagesse. Où est-il passé ?

— Sais pas.

On écouta un instant la fontaine glouglouter. Puis Pierre-Paul se leva.

— Où est-ce que tu vas ? lui demandai-je.

— Me coucher.

Il s'éloigna sur le sentier, les mains au fond des poches, en traînant les pieds.

— Bonne nuit, lançai-je.

Pas de réponse. Il disparut à l'intérieur de la maison. Son tourment ne me laissait pas indifférent. Je ne pouvais pas l'être, après l'avoir repêché dans la rivière et avoir été mêlé à ses histoires de cœur.

Je grillai une Grads en jonglant à tout ça. Au loin, des portières de voitures claquèrent, des moteurs grondèrent. Les derniers invités s'en allaient. Je songeais sérieusement à faire de même quand des pas s'approchèrent. Je levai la tête.

— Tenez, j'ai trouvé ceci pour égayer la soirée, dit William Du Sablon, une bouteille de Polo-Rico dans une main et deux coupes dans l'autre.

Il s'assit et s'occupa du service.

— Une chance que j'ai semé Pam. Je sais qu'elle n'aime pas que je boive, mais je n'ai rien à craindre. La discrétion est de mise dans votre métier, pas vrai?

Il me tendit une coupe en ricanant, remplit l'autre, quasiment jusqu'au bord, et posa la bouteille par terre.

— Qu'est-ce que je vous avais dit, hein? reprit-il. Les soirées de Charles sont toujours plates à mourir. Une chance que Pierre-Paul était là pour mettre un peu de piquant. Ça, c'est ce qu'on appelle un fiasco, pas vrai? Ah, ah, ah! Tiens, je lui lève mon verre. Sans lui, je crois bien que je serais tombé endormi!

Il porta sa coupe à ses lèvres, rejeta la tête en arrière, puis me demanda:

— Vous ne buvez pas?

— Non.

— C'est vrai, vous êtes amateur d'eau minérale. Vous avez manqué Charles, tantôt. Il est venu pour s'excuser, la soirée était terminée pour lui, il se retirait dans sa chambre. Il avait l'air pas mal secoué… Où étiez-vous?

— J'étais monté voir madame Vaucaire.

— Ah ouais? Vous vous occupiez de sa migraine?

Le docteur me fixa d'un œil amusé et vitreux. Je le trouvais moins sympathique avec un verre dans le nez.

— Je ne vous suis pas, répondis-je.

— Quand il y a des réceptions ici, Clara reste parfois dans sa chambre parce qu'elle ne se sent pas bien. Mais ça ne l'empêche pas de recevoir ses amis.

— Quels amis ?

— Celui pour qui elle a le béguin à ce moment-là. J'en ai déjà vu redescendre les cheveux en bataille avec une drôle de lueur dans le regard, si vous voyez ce que je veux dire.

— Et son mari là-dedans ?

— Charles n'y voit que du feu ! À moins qu'il s'en moque. Après tout, chacun mène son ménage comme ça lui chante.

J'ignorais s'il y avait du vrai dans ce discours alcoolisé ou si c'était un tissu de mensonges. Du Sablon lut dans mes pensées.

— Écoutez, je sais de quoi je parle. Je suis déjà monté la voir pour lui donner une consultation !

Il éclata de rire et ramassa le Polo-Rico pour se verser une autre coupe.

— C'est donc ici que tu te caches, lança une voix derrière nous.

C'était son épouse.

— Allez, William, on rentre.

— Juste un dernier verre, protesta-t-il. Pour la route.

— Non, il est tard. Tous les autres sont déjà partis.

Elle se pencha par-dessus l'épaule de son mari et lui enleva son alcool. Il protesta faiblement, comme un enfant gâté qui se voit confisquer son joujou. Elle l'ignora et me tendit la bouteille et la coupe.

— Vous pouvez vous en occuper ?

— OK. Vous avez besoin d'un coup de main ?

— Ça va, j'ai l'habitude.

Elle aida le docteur à se lever et accrocha son bras au sien. Ils firent quelques pas, puis elle tourna la tête vers moi.

— Ravie de vous avoir rencontré, monsieur Coveleski.

— Bonne nuit.

Je vidai le contenu de ma coupe dans l'étang en
me demandant ce que Paméla avait entendu de
l'échange entre son mari et moi et si ça la dérangeait ;
à première vue, ça ne semblait pas être le cas. Peut-
être qu'elle avait l'habitude.

Je réprimai un bâillement, puis me dirigeai vers
la maison.

◆

Il n'y avait aucun espace de stationnement devant le triplex de Maranda, alors je dus me garer un
peu plus loin et revenir sur mes pas. Je n'avais
aucune objection à marcher, c'était une belle soirée.
Le trottoir était désert. Les lampadaires jetaient leur
lumière jaunâtre dessus en laissant les façades cras-
seuses dans l'ombre.

Je me mêlais de mes oignons quand un type sur-
git d'une entrée et m'accosta.

— Z'avez une cigarette ?

Je plongeai la main dans ma poche de veston,
baissai les yeux. Quand je les relevai, le type braquait
un poing derrière son oreille. Je réalisai alors ce qui
m'attendait, mais il était trop tard. Le poing s'écrasa
contre ma mâchoire, mes genoux fléchirent. Un
deuxième homme, sorti de nulle part, m'agrippa par-
derrière en m'immobilisant les bras et m'entraîna
dans la ruelle tout près.

Il faisait noir, la tête me tournait. J'avais de la
difficulté à distinguer le type qui m'avait cogné,
mais je pouvais le sentir. Il avait bouffé des oignons
pour souper. Son poing fila de nouveau vers mon
visage. Une lumière blanche explosa au-dessus de

mon œil droit, du sang chaud me pissa dessus. Une chance que son comparse me retenait, je me serais allongé de tout mon long.

— Voilà ce qui arrive quand on ne se mêle pas de ses affaires, dit Mauvaise haleine.

Et il me lança un gauche à l'abdomen, suivi d'un droit. Son comparse me lâcha, le temps de me frapper au bas du dos. Une douleur sourde irradia dans mes reins.

Le sol me sauta au visage. Je tendis les mains pour amortir ma chute, sans trop de succès, puis je restai sans bouger. Je n'aurais pas pu même si je l'avais voulu, la douleur me paralysait.

— T'en veux encore ? Hein ?

Un soulier s'écrasa dans mon bas-ventre.

— Debout, câlisse !

Une voix lança soudain :

— Hé ! Qu'est-ce que vous faites là ?

J'ouvris un œil. Une troisième personne se joignait à la fête.

— Lâche-le, ordonna-t-il à Mauvaise haleine.

Il l'attrapa par un bras. Une légère bousculade suivit. Le comparse s'approcha, mais le troisième larron glissa la main dans son veston et en sortit un revolver, qu'il braqua sous le nez du comparse. Ce dernier se figea net.

— Recule, toi. Lentement.

L'homme obéit. Il leva même les mains de chaque côté de sa tête sans qu'on le lui demande.

Mauvaise haleine profita de la diversion qui s'offrait à lui. Il secoua le bras, se défaisant de l'étreinte qui le retenait, et s'élança vers le bout de la ruelle. Son comparse prit lui aussi ses jambes à son cou. En un éclair, mes deux tortionnaires avaient tourné le coin et le clac-clac de leurs pas s'estompa rapidement.

L'homme expira bruyamment en rengainant son flingue. Puis il posa un genou par terre, se pencha sur moi.

— Mon pauvre vieux. Ils ne vous ont pas man...

Il laissa sa phrase en suspens. Ses yeux s'agrandirent.

— Coveleski?

C'était Maranda.

— Qu'est-ce qu'ils voulaient? Ils vous ont volé votre portefeuille?

— Je ne pense pas que mon portefeuille les intéressait.

Je fis mine de me relever.

— Attendez...

Il me donna un coup de main, puis on monta à l'appartement. Une longue ascension. Comme je n'étais pas solide sur mes gambettes, Maranda me soutint. Une fois au salon, je m'assis tout doucement sur le canapé.

Maranda quitta la pièce en allumant quelques lampes au passage et revint avec une bassine remplie d'eau et une débarbouillette. Il ôta son veston et son holster, qu'il accrocha au dossier d'une chaise. Puis il prit place à côté de moi, lava ma blessure à l'arcade sourcilière et me décrotta le visage.

— On dirait que tout le monde s'est passé le mot pour se servir de vous comme d'un punching-ball, ces derniers temps. Ça va aller?

J'acquiesçai d'un grognement, même s'il me semblait que j'avais toutes les côtes en morceaux et que ma mâchoire élançait douloureusement.

— Qu'est-ce qui s'est passé?

— Ils m'ont tendu un piège. Je me suis jeté dedans comme un idiot.

— Et ils ne vous ont rien volé?

— Non.

— Qu'est-ce qu'ils voulaient, alors ?

— Me convaincre de me tenir tranquille.

— Une job de bras ?

— Ça m'en a tout l'air. Ils m'ont suivi, cet après-midi. J'ai cru que non, mais c'était le cas.

Maranda rinça la débarbouillette dans la bassine. L'eau prit une teinte rosâtre.

— Qui les avait embauchés ? demanda-t-il. Silvera ?

— J'ai offert de l'aider.

— Peut-être qu'il n'en veut pas, de votre aide. Et vous avez mis votre nez dans ses affaires, ce qui pourrait lui déplaire.

— Je ne l'ai menacé d'aucune manière.

— Si ce gars-là a un message à faire passer à quelqu'un, je doute qu'il envoie une carte et des fleurs.

Je me levai et réfléchis à tout ça en déambulant dans le salon. Il n'y avait qu'un moyen de le savoir. Je m'approchai du téléphone, composai le zéro et demandai à la téléphoniste de me mettre en contact avec le Vienna.

— Qu'est-ce que vous faites ? s'enquit Maranda, qui se leva à son tour et me rejoignit.

Au milieu de la deuxième sonnerie, on décrocha.

— Passez-moi Silvera.

— Qui est à l'appareil ?

— Coveleski. Dites-lui que c'est urgent.

J'écoutai la ligne bourdonner un instant, puis Silvera prit la ligne.

— Oui ?

— Bonsoir, Silvera. Surpris d'entendre ma voix ?

— Je devrais l'être ?

— Je croyais que ce serait peut-être le cas.

— Qu'est-ce que vous voulez ?

— Vous parler.

— Ce soir ?

— Je serai au club dans vingt minutes.

— Non, pas ici.

— Pourquoi pas ?

— Au dépotoir des Carrières, dit Silvera en évitant ma question. Dans une demi-heure.

— OK.

— Venez seul et pas d'entourloupes.

— Vous aussi.

Il raccrocha. Je posai le combiné sur son support. Maranda avait l'air soucieux.

— Vous allez le rencontrer ?

— Oui.

Il tendit la main vers son holster.

— Qu'est-ce que vous faites ? lui demandai-je en me doutant de la réponse.

— Qu'est-ce que j'ai l'air de faire ?

— Pas question.

— Vous êtes plus sonné que je ne le pensais, dit le sergent-détective en ajustant l'étui sous son bras gauche.

— Je vais bien, Maranda.

— Vous acceptez une invitation pour un petit tête-à-tête avec un type qui a envoyé deux matamores pour vous casser la gueule et vous prétendez bien aller ?

— Ce n'est pas ce qu'on a convenu.

— Si ça se trouve, ils seront là pour finir le travail.

Il enfila son veston, puis son feutre. Je devais me rendre à l'évidence, il ne changerait pas d'idée.

— Ne vous inquiétez pas, dit-il en lisant mes pensées, je vais me faire tout petit.

Et il m'entraîna vers la sortie.

Les cheminées de l'incinérateur des Carrières se dressaient contre le ciel étoilé. Il y en avait pour tous les goûts dans le dépotoir qui s'étendait tout autour : des planches et des feuilles de tôle, que les enfants du coin utilisaient pour fabriquer des cabanes, des bouteilles de bière périmées jetées là par la brasserie Molson, des vieux corsets et des sous-vêtements féminins, des tubes au néon, des vieilles caisses et j'en passe. Pendant la guerre, il n'était pas rare d'y trouver aussi du matériel militaire, comme des casques ou des obus vides, qu'on avait rejeté parce qu'il comportait des imperfections.

On arriva sur les lieux en un temps record. Les rues étaient désertes ou presque à cette heure-ci et Maranda me donna la permission de griller quelques feux rouges. Un panneau accroché à la barrière, rouillée dans les phares de la Graham, indiquait « Entrée Interdite », comme pour la forme. Le dernier E de ENTRÉE était coincé entre les deux mots, comme si on l'avait ajouté à la toute fin après s'être aperçu qu'il en fallait un. Je descendis et allai ouvrir la barrière, puis retournai au volant et dirigeai la voiture sur le chemin de gravier criblé de chiendent qui s'étendait là.

— Aucun signe de Silvera ? demanda Maranda qui s'était allongé sur la banquette arrière à l'approche de la décharge.

— Non. Mais restez planqué au cas où.

Je fis demi-tour un peu plus loin pour que la calandre pointe en direction de l'entrée et coupai le contact et les phares. C'était une nuit très calme. Si les habitants du voisinage avaient appris à cohabiter avec l'odeur, c'était plutôt pénible pour les visiteurs occasionnels.

Un vacarme retentit soudain dans le silence, comme si une pile de boîtes de conserve s'écroulait. Mon cœur fit un bond, mes doigts se crispèrent sur le volant.

Maranda remua sur la banquette. Le cran de sûreté de son revolver fit un clic quand il le leva.

— Qu'est-ce que c'était ? Vous voyez quelque chose ?

— Non, répondis-je en fouillant les ténèbres de l'autre côté du pare-brise.

Une minute s'écoula.

— Sans doute un rat, dit le sergent-détective.

Deux phares se braquèrent tout à coup sur nous, éclaboussant l'habitacle de lumière. Ils s'éteignirent presque aussitôt, avant de se rallumer puis de s'éteindre de nouveau.

— Le v'là, fit tout bas mon passager.

Silvera descendit et s'approcha de la Graham. Je descendis à mon tour. Il s'arrêta à cinq ou six mètres et on se tint un instant comme deux cow-boys dans un duel sous les étoiles.

— Vous êtes seul ? me demanda-t-il en rompant le silence.

— Oui. Et vous ?

Il hocha la tête. J'essayai d'examiner l'intérieur de sa berline pour voir s'il disait vrai, mais c'était trop sombre. On distinguait à peine les silhouettes des monticules de détritus autour de nous.

Silvera écarta les mains en signe d'impuissance.

— Et alors ? Vous vouliez me voir ?

— Je me suis fait passer à tabac, ce soir.

— Désolé de l'apprendre.

— Combien coûte une paire de fiers-à-bras de nos jours ?

— Comment voulez-vous que je le sache ? À moins que vous insinuiez que c'est moi qui les ai engagés ?

— Mettez-vous à ma place, répondis-je. J'ai mis le nez dans vos affaires.

— Votre nez n'est pas assez long. Vous ne savez rien qui pourrait me nuire.

— Qu'est-ce que vous tramez avec Dolorès Barrette ?

— Rien du tout. Comme je vous l'ai expliqué, je lui ai remis un peu d'argent pour la dépanner.

— Oui, mais votre histoire ne colle pas, Silvera.

— Écoutez, monsieur Coveleski, je n'y peux rien si vous voyez des magouilles là où il n'y en a pas. Il y a autre chose ? Je suis pressé.

Il fit mine de tourner les talons.

— Écoutez, lançai-je, vous n'allez pas nier que vous m'avez fait suivre aujourd'hui.

Il s'arrêta net.

— On vous suit ? demanda-t-il d'un ton surpris.

— Hm-hm. Pourquoi ça vous étonne ? On vous suit aussi ?

C'était un coup un peu à l'aveuglette, mais j'avais mis le doigt sur quelque chose. Il balaya du regard les ténèbres autour de lui.

— Faut que je parte.

Il semblait tout à coup bien nerveux.

— Vous les avez semés ? demandai-je.

— Bonne fin de soi…

— Une minute. Qui sont-ils ? Vous le savez ?

— Je ne suis filé par personne.

— Allez conter ça à d'autres. Qu'est-ce qui se passe, Silvera ?

Il baissa la tête. Il avait l'air soudain très las. Ses épaules étaient voûtées.

— Je suis dans de sales draps, dit-il d'une voix à peine audible. Mes hommes… Victor et Franco… Je crois qu'ils se sont retournés contre moi. Je me sens comme leur otage.

— Pour qui travailleraient-ils, d'après vous ?

Il hésita un instant.

— Pour…

Un coup de feu claqua.

Silvera porta la main droite à son épaule gauche, rejeta violemment la tête vers l'arrière. Au même moment, ses genoux fléchirent et il s'allongea par terre.

Hébété, je restai planté là comme un piquet, offrant une cible de choix pour le tireur inconnu. Mais il avait fini son boulot. Je l'entendis renverser un bidon ou un autre objet quand il prit ses jambes à son cou.

— Je l'ai vu ! cria Maranda. Là-bas !

Rapide comme l'éclair, il avait bondi hors de la Graham. Il s'élança en direction d'un tas de pneus, revolver au poing, et disparut.

Je franchis la distance qui me séparait de Silvera en deux enjambées et me penchai sur lui. Au premier coup d'œil, il ne semblait pas en danger de mort. Puis je scrutai la pénombre et entrevis une silhouette qui courait à toutes jambes. Je m'élançai à mon tour vers elle, mais en empruntant un chemin différent. Le tireur se dirigeait vers la sortie et mon chemin me permettrait de lui couper la route.

Mon pied buta contre un gros caillou. Je repris mon équilibre juste avant d'embrasser le sol, continuai de courir. Un coup de feu déchira le silence, puis un autre.

L'entrée de la décharge se dessinait dans la noirceur. Je m'accroupis à côté d'un petit kiosque où devait s'installer le gardien, le jour, et jetai un coup d'œil au-delà de l'angle du mur. Le tireur approchait, ses semelles martelaient le sol. Le flingue dans sa main réfléchit une fraction de seconde un rayon de lune.

Il y avait un bout de deux par quatre contre le mur. Je m'en saisis à deux mains. Le tireur était tout près. Au moment où il dépassa la cabine, je balançai le bout de bois comme s'il s'agissait d'une batte de base-ball. L'inconnu le reçut directement dans les tibias. Sous le choc, le deux par quatre m'échappa et le tireur s'écrasa par terre dans un nuage de poussière.

Avant qu'il ait le temps de se relever, je fondis sur lui et essayai de lui immobiliser les mains dans le dos, mais il se débattait comme un diable dans l'eau bénite. On lutta un moment en grognant comme des animaux. Il était fort comme un bœuf et réussit à se dégager une main, qu'il tendit vers son arme qui gisait un peu plus loin. Je lui agrippai une pleine poignée de cheveux, lui tirai la tête vers l'arrière. Il se tortilla sous mon corps. Son coude atterrit durement sur le bout de mon menton.

Je dus perdre conscience une seconde, car je me retrouvai assis par terre. L'homme m'avait échappé. Allongé sur le flanc, il brandissait son revolver dans ma direction. Je déglutis même si je n'avais plus une goutte de salive.

— N'y pense même pas, toi, grogna Maranda.

Il flanqua un coup de pied sur la main du tireur, qui poussa un cri de surprise et de douleur. Le revolver vola plus loin.

— Ne bouge plus, ordonna le sergent-détective à l'homme en le tenant en joue. Ça va, Coveleski ?

— Vous vous faites une spécialité de me sortir du trouble, réussis-je à articuler.

— Allez voir Silvera. Je m'occupe de ce lascar. Allez, debout…

Je rebroussai chemin en direction des voitures. J'avais les jambes molles comme de la guenille et ma chemise me collait au dos.

Silvera était assis au volant de sa berline, la tête rejetée vers l'arrière. La portière était ouverte et une de ses jambes pendait à l'extérieur. Je crus une seconde qu'il était mort, puis il tourna son visage vers moi et je vis que ce n'était pas le cas. À la lumière du plafonnier, il avait le teint jaunâtre. La sueur perlait sur son front. Il tenait un mouchoir imbibé de sang contre son épaule blessée.

— C'est grave ?

— Je crois que la balle m'a seulement effleuré. Un coup de chance. Vous m'avez menti, ajouta-t-il en esquissant un pauvre sourire.

J'ignorai son commentaire et examinai les dégâts. Sans être superficielle, la blessure n'avait rien de grave. Il y avait beaucoup de sang, la chemise en était imbibée.

— Vous l'avez eu ? me demanda-t-il. Le tireur ?

Comme pour répondre à sa question, Maranda apparut avec l'inconnu. Ce dernier avait les menottes et un air renfrogné. Quand il s'arrêta à côté de la voiture, je vis à qui on avait eu affaire.

Gerry, le collègue de Caron.

— Regardez qui s'amuse à jouer aux cow-boys et aux Indiens dans les dépotoirs, dit Maranda. Je lui ai demandé ce qu'il foutait ici.

— Et ? fis-je.

— Il a un trou de mémoire.

— Je vais l'aider à le combler.

J'écrasai la joue droite de Gerry avec mes jointures. Les derniers jours avaient été stressants. Et puis je lui en devais un.

Il s'appuya contre l'aile arrondie de la berline, secoua la tête.

— Pourquoi tu filais Silvera ? Pour qui ?

— Va chier, Coveleski, marmonna Gerry.

— Tu en veux un autre ? La nuit est encore jeune.

Il cracha à mes pieds.

L'enfant de chienne… Je brandis un poing derrière mon oreille et le lui rabattis sur le nez. Je sentis l'os craquer, mais n'en fis pas de cas. J'avais vraiment besoin d'évacuer mon stress. Je m'apprêtais à remettre mon ouvrage sur le métier pour la troisième fois quand Maranda s'interposa, puis dit au prévenu, qui pissait le sang, d'un ton qui n'invitait pas à la réplique :

— Tu connais les autres trucs qu'on emploie pour faire parler les gars qui ne sont pas bavards. Allez, déballe ton sac. Ce sera moins douloureux.

Gerry les connaissait, les autres trucs. Il savait se servir de ses poings et j'imagine qu'il devait très bien se débrouiller avec une garcette. Il ravala sa salive et, tout en portant son mouchoir à son museau, il me jeta un regard de côté avant de répondre à contre-cœur :

— C'est Réal qui m'a demandé de le suivre. Pour ne pas qu'il bavasse.

— Qu'il bavasse quoi ?

Il se mordit la lèvre inférieure. Silvera se joignit à l'échange.

— Je peux vous expliquer à sa place.

Je lui fis signe d'y aller. J'avais le sentiment que le temps allait presser.

— On a une entente, Caron et moi. Je lui remets un certain montant chaque mois et, en échange, il ne se mêle pas de mes affaires. Il n'effectue pas de descentes dans mon club ou, quand il a vent qu'il va y en avoir une, il me prévient pour que je fasse disparaître tous les détails compromettants.

— Depuis combien de temps ?

— Longtemps.

— Continuez.

— C'est lui qui m'a demandé de payer Dolorès Barrette. Il voulait qu'elle modifie son témoignage pour que vous soyez accusé du meurtre de son mari, monsieur Coveleski. Mais Dolorès avait peur. Pour lui donner un peu de courage, Caron lui a proposé de la payer et, comme il n'avait pas les fonds nécessaires, il est venu me voir. Il m'a menacé de lâcher ses collègues après moi si je refusais de coopérer. Je n'avais pas le choix, même si… même si je n'avais pas ce qu'il fallait pour satisfaire les… les demandes de Dolorès.

Le propriétaire du Vienna se tut. Une grimace de douleur déforma son visage.

Maranda se tourna vers moi.

— Il avait trafiqué son rapport d'enquête et les résultats des tests balistiques pour vous coincer. Et les deux types qui vous ont agressé ce soir… C'est sans doute lui qui les avait engagés pour vous intimider.

— Sans doute.

— Il faut prévenir le capitaine Rivard.

— Vous êtes prêt à lui raconter votre histoire ? demandai-je à Silvera.

Il hocha la tête.

— Je ne peux plus continuer. Caron demande toujours plus et… et je suis certain qu'il a convaincu mes hommes de travailler pour lui. Ils ne me lâchent pas depuis quelques jours. Ils s'informent de tous mes déplacements.

— Ils savent que vous êtes venu ici ce soir ?

— Non. J'ai quitté le Vienna en douce. Mais peut-être qu'ils sont à ma recherche.

— Ils se doutent peut-être qu'il se trame quelque chose, intervint Maranda, et ils vont prévenir Caron. Faut l'arrêter, il n'y a pas une seconde à perdre !

On installa Silvera aussi confortablement que possible sur la banquette arrière de la berline, puis je me glissai au volant. Maranda fit monter Gerry à ma droite, puis s'assit du côté passager ; ainsi pris en sandwich, le collègue de Caron ne pourrait pas se sauver.

J'écrasai le champignon et on quitta le dépotoir sur les chapeaux de roues. Au bout de deux coins de rue, la berline filait à toute allure. Mais on oubliait un détail.

— Où est-ce que Caron habite ?

— Notre prisonnier doit le savoir, répondit Maranda. Hum ?

— Dans Saint-Henri, dit Gerry d'une voix à peine audible.

Ce furent les seules paroles qu'il prononça durant tout le trajet. Je me demandai pourquoi il avait accepté de marcher dans les combines de Caron. Ce dernier lui avait sans doute promis une part du gâteau.

◆

Des voitures étaient alignées des deux côtés de la rue, comme des bêtes de chrome et d'acier sommeillant sous les étoiles, alors je me garai en double et coupai le contact.

— C'est là, dit Maranda en lisant l'adresse fixée à la façade.

C'était une petite maison en bois, au toit en pignon, tout ce qu'il y a de plus ordinaire. L'ampoule jaune qui brillait au-dessus de la porte attirait une nuée de papillons de nuit. Autrement, tout était noir. Aucun rayon de lumière ne filtrait entre les cadres et les rideaux qui bouchaient les fenêtres. Soit Caron dormait sur ses deux oreilles, soit il n'était pas là. Il n'y avait qu'un moyen de le savoir.

Je fis mine d'ouvrir ma portière.

— On y va ? demanda Maranda.

— Oui.

— Et Gerry ? Qu'est-ce qu'on fait de lui ?

— Il y a un revolver dans la boîte à gants, répondit Silvera. Je vais le surveiller.

Maranda lui remit l'arme et transféra Gerry sur la banquette arrière.

— Ça va aller ? demandai-je au propriétaire du Vienna.

— Ne vous inquiétez pas, je le tiens à l'œil.

On se dirigea vers la maison. La pelouse aurait eu besoin d'un peu d'eau. La galerie s'inclinait légèrement sur un côté. Les marches qui y menaient craquèrent quand on les gravit. Maranda entrouvrit la moustiquaire, posa la main sur la poignée de la porte. Elle n'était pas verrouillée. On s'invita à l'intérieur et, bien qu'on s'avançât à pas feutrés dans le couloir qui traversait la résidence, il me semblait qu'on menait assez de train pour réveiller les morts. Quelques cadres ornaient les murs mais, dans la pénombre, impossible de voir de quoi il s'agissait. Il était difficile d'imaginer un type comme Caron, qui avait la sensibilité d'une matraque, orner ses murs de portraits de famille.

On aboutit à une cuisine dominée par un énorme poêle à bois et ses tuyaux. Un néon vrombissait au-dessus du comptoir, éclairant la vaisselle de quelques repas passés qui gisait dans l'évier. De grandes fenêtres donnaient sur le balcon arrière et la cour où se trouvait un cabanon délabré.

À gauche, une porte était entrebâillée. Maranda l'ouvrit un peu plus, me fit un signe de la tête. Je jetai un regard par-dessus son épaule. Caron était au lit. Il se baladait au pays des rêves, allongé sur le ventre, le visage enfoui dans l'oreiller. Il n'était pas seul : une femme, relevée sur les coudes, nous observait avec des yeux agrandis par la peur ou la surprise, ou les deux.

— Vous êtes qui ? Qu'est-ce que vous faites là ?

Maranda s'avança dans la pièce et appuya sur l'interrupteur. Un plafonnier poussiéreux éclaboussa les murs de lumière jaunâtre.

— Débarrasse, lui répondit-il d'une voix sèche.

La femme secoua l'épaule de Caron.

— Réal, Réal…

— Hein ? marmonna Caron en ouvrant péniblement un œil.

Quand il nous reconnut, il s'éveilla tout d'un coup. Sans nous quitter du regard, il dit à la femme :

— Habille-toi, Monique. Va-t'en.

— C'est qui, ces deux gars-là ?

— Envoye, embraye !

Elle repoussa le drap et se leva. Elle était flambant nue et ça ne semblait pas la déranger outre mesure. Elle avait des seins énormes qui pendaient sur un ventre proéminent, des cheveux gras. Elle ramassa ses vêtements épars sur le sol et s'éclipsa.

Caron n'avait pas bougé, lui.

— Tu devrais ramasser tes affaires, toi aussi, lui suggéra Maranda.

— Ah ouais ? On s'en va quelque part ?

— Frank Silvera nous attend dehors.

— Qui ?

— Le propriétaire du Vienna.

— Connais pas.

— C'est ton *partner* d'affaires ou, plutôt, c'était ton *partner*.

Le visage de Caron se défit une seconde avant qu'il le recompose. À moins que mon imagination me jouât des tours.

— Connais pas, répéta-t-il.

— Et Gerry ? Tu le connais, lui ? Il a essayé de descendre Silvera tout à l'heure. On lui a mis la main au collet et il nous a tout raconté. Silvera aussi.

Maranda dégaina son flingue et me le tendit.

— Surveillez-le. J'ai un coup de fil à passer.

Il quitta la chambre.

Caron se leva en serrant le drap contre lui comme une femme pudique.

— Tu me laisses une minute, Stan ?

Je n'avais pas particulièrement envie de le voir à poil. Je ressortis de la chambre. Un peu plus loin dans le couloir, Maranda avait décroché le combiné du téléphone mural et composait un numéro.

— J'ai besoin du numéro personnel du capitaine Rivard, l'entendis-je dire au bout d'un instant. Je sais bien qu'il doit dormir à cette heure-ci, mais c'est urgent… Le sergent-détective Phil Maranda, de la Sûreté provinciale…

Je jetai un regard dans la chambre pour voir où en était Caron. Il n'avait enfilé que son pantalon. Sa grosse bedaine poilue à l'air, il fouillait dans le tiroir d'un vieux bureau jonché de papiers dans un coin de la pièce.

Je le rejoignis en deux enjambées et fermai le tiroir en coup de vent, lui écrasant les doigts. Il poussa un hurlement de douleur et recula. Je rouvris le tiroir. Il y avait tout un bric-à-brac à l'intérieur, dont un petit calepin noir. Je le sortis pour l'examiner.

— Mon tabarnak, rugit Caron en se ruant sur moi.

J'esquivai son poing de justesse et tentai de le maîtriser, mais il était plus lourd que moi et me fit tomber à la renverse sur le bureau en m'écrasant sous son poids. J'essayai de me dégager, sans succès. Puis il brandit un presse-papiers avec l'intention de me réduire le visage en bouillie. Je lui agrippai le poignet pour l'en empêcher, tandis que je balançais mon autre bras. Le revolver s'écrasa contre sa mâchoire. Je n'eus ensuite aucune difficulté à le repousser. Il recula en vacillant sur ses jambes, s'assit durement au bord du lit.

— Qu'est-ce qui s'est passé ? lança Maranda en s'avançant dans la pièce.

— Il a essayé de jouer au plus malin, répondis-je en cherchant mon souffle.

— Vous êtes blessé ?

Je fis signe que non. Mais Caron l'était. Le coup de revolver lui avait entaillé la peau, un filet de sang ruisselait dans son cou. Maranda lui tendit un mouchoir, puis indiqua quelque chose par terre. Le calepin noir. Il était tombé au cours de la bagarre.

Le sergent-détective le ramassa et le feuilleta. Les pages étaient noircies de chiffres. Il y en avait deux colonnes : celle de gauche indiquait de toute évidence des dates, celle de droite, des chiffres, tous des multiples de cent. Parfois jusqu'à sept et huit cents.

— C'est quoi, ça ? demanda Maranda à Caron. Tu notais tous les pots-de-vin qu'on te remettait ?

Sans un mot, Caron tamponna sa coupure et examina le mouchoir.

— J'ai parlé à Rivard, me dit Maranda en empochant le calepin. Il n'avait pas l'air content de se faire réveiller, mais il a accepté de nous voir à son bureau. On y va ?

— On y va.

◆

Comme il n'y avait qu'une paire de menottes, on attacha les deux prévenus ensemble et on fila jusqu'au quartier général de la police. C'était une autre nuit tranquille. À croire qu'il n'y avait que moi et mes petites affaires pour animer la ville. En réponse à la question de Maranda, le répartiteur à l'accueil nous informa que le capitaine n'était pas encore arrivé, poussa un bâillement et referma les yeux. On monta à l'étage où se trouvaient les cellules. Le jeune agent rouquin qui m'avait offert un sandwich et du café était à son poste. Il dévisagea Maranda d'un air incrédule quand ce dernier lui ordonna d'installer Gerry et Caron dans une cellule.

— Je ne peux pas... Ce sont des policiers.

— Enferme-les et ne les quitte pas des yeux, insista Maranda.

— Mais ils sont de notre bord !

— Il ne faut jamais se fier aux apparences, mon gars.

Le jeune homme se gratta la caboche d'un air confus. Puis il haussa les épaules et dégaina le trousseau de clés à sa ceinture.

Une fois derrière les barreaux, Caron s'assit en silence sur la banquette. Mais pas Gerry. Il semblait avoir vieilli de dix ans depuis l'épisode à la décharge.

— J'ai juste fait ce que Réal m'a demandé, plaidat-il pour sa défense. Il me payait, c'est vrai, mais avec nos salaires de crève-faim… Vous savez ce que c'est, pas vrai, les gars?

— Ta gueule, épais, grogna Caron.

Il détourna la tête, se massa le front comme s'il souffrait d'une migraine soudaine.

On descendit au bureau de Rivard en dégotant une trousse de premiers soins en chemin pour soigner Silvera. Maranda avait nettoyé la blessure et appliquait un pansement quand le capitaine se pointa. Il avait fait vite: il avait la chemise sortie du pantalon, la cravate défaite. C'est vrai qu'il n'avait pas l'air content d'avoir été réveillé. Il nous regarda chacun notre tour avant de désigner Silvera d'un coup de menton où apparaissaient quelques poils de barbe.

— Qui c'est, lui?

— Frank Silvera, répondit Maranda, le propriétaire du Vienna.

— Qu'est-ce qui lui est arrivé au bras?

— Gerry a essayé de le refroidir.

Rivard haussa un sourcil d'un air interrogateur.

— Tu ferais mieux de t'asseoir, Bob, lui suggéra le sergent-détective. On a beaucoup de choses à te raconter.

Le capitaine s'installa derrière son bureau et écouta le récit de nos péripéties. Puis ce fut au tour de Silvera, qui répéta ce qu'il nous avait révélé à la décharge. La mine de Rivard s'assombrissait de minute en minute.

— J'aurais mieux fait de rester couché, marmonna-t-il à la fin.

Il se passa la main sur le visage de haut en bas, puis de bas en haut. Il ramassa ensuite le calepin noir, en examina quelques pages.

— Criss… Il y en a pour des milliers de dollars, là-dedans.

— Qu'est-ce que tu vas faire ? demanda Maranda.

— C'est plus fort que de la dynamite, cette histoire-là. C'est une bombe atomique. Faut que j'en parle à mes supérieurs. Pas un mot à personne, OK ? Surtout pas aux journalistes. Pas avant qu'on ait discuté de la situation à l'interne.

— D'accord.

Rivard se tourna vers moi.

— Je sais que Caron et toi, ça n'a jamais été le grand amour, Coveleski. Mais je peux compter sur ta coopération ?

— Caron sera assez dans le trouble sans que les journalistes soient au courant de ses magouilles, répondis-je. Il y a tout ce qu'il faut pour qu'il passe un méchant quart d'heure : les témoignages de Silvera et de la veuve Barrette, le calepin noir, puis tout ce que vous allez trouver en vous donnant la peine de fouiller un peu.

Le capitaine me dévisagea un moment, comme pour s'assurer que je ne mentais pas, puis fit pivoter sa chaise en direction de Silvera. Le propriétaire du Vienna avait mauvaise mine. Ç'avait été une rude nuit pour lui comme pour tout le monde. M'être allongé sur le linoléum, j'aurais dormi pendant une semaine.

— Vous êtes prêt à témoigner, Silvera ?

— Si vous voulez une déposition, je suis prêt à négocier.

Rivard hocha la tête d'un air pensif. Puis il tendit la main vers l'interphone sur le coin de son bureau.

— Bon, je vais demander qu'on m'amène Caron.

— Une minute, dis-je.

— Quoi ?

— J'aimerais parler à Dolorès Barrette avant que vos hommes ne l'interrogent.

— Pourquoi ?

— J'aimerais lui parler, c'est tout.

Rivard haussa les épaules.

— Si tu y tiens… On ne débarquera pas chez elle avant dix, onze heures.

— OK.

Tout le monde se leva et défila vers la sortie. Une fois dans le couloir, je jetai un dernier coup d'œil dans le bureau du capitaine. Ce dernier examinait le calepin en se mordillant le dedans de la joue. Il finit par le glisser dans la poche intérieure de son veston.

— Vous venez, Coveleski ? lança Maranda.

Je le rejoignis. Le canapé serait plus confortable que le lino.

CHAPITRE 13

Les appartements Sundale, qui se dressaient un peu plus loin, de l'autre côté du pare-brise, avaient l'air encore plus moroses qu'à l'habitude avec le temps gris. Tout le voisinage paraissait morose, comme si l'édifice était contagieux. Je descendis et me dirigeai vers l'immeuble d'un pas ni lent ni rapide. Il pleuvait, mais pas assez pour accélérer la cadence. Je montai à l'étage de Dolorès Barrette. Quelqu'un avait fait cuire des œufs et du bacon pour le petit-déjeuner. L'odeur avait envahi le couloir comme un parfum bon marché. Je songeai à l'état dans lequel devait se trouver la vieille fouine si elle m'avait vu entrer dans le building. J'espérais qu'elle soit morte de trouille.

Je cognai et attendis. J'attendis un long moment. Mais elle était là. Silvera l'avait prévenue de se tenir tranquille et, après le petit massage administré par Franco, elle avait sûrement obéi. Comme de fait, elle apparut, drapée dans son peignoir. Elle avait les cheveux en bataille et les yeux rougis et bouffis. Elle sortait du lit et, ce qui n'arrangeait pas les choses, elle devait souffrir d'une sérieuse gueule de bois. Je m'en rendis compte quand elle ouvrit la bouche pour s'informer de la raison de ma présence.

— Faut que je vous parle, répondis-je.

— Non… Pas ce matin.

— C'est important.

— Je n'ai rien à vous dire, répliqua-t-elle d'une voix quasi suppliante. Allez-vous-en.

— Je veux seulement que vous m'écoutiez.

— Revenez cet après-midi, OK?

— Il sera trop tard, cet après-midi, Dolorès. Les flics s'en viennent.

Elle ne réagit pas. Physiquement, elle était devant moi, mais son esprit était ailleurs – au lit, sans aucun doute.

Je m'avançai, la forçant à reculer, et on se retrouva dans le vestibule. L'embrasure d'une porte n'était pas le meilleur endroit pour avoir une conversation, si je me fiais à mes expériences précédentes.

— Vous avez du café? m'informai-je en refermant la porte.

Elle fit signe que oui en se frottant un œil.

Je me rendis à la cuisine. La bouilloire était sur le comptoir, à côté de l'évier. Je la remplis d'eau, la posai sur un élément de la cuisinière, allumai le gaz et craquai une allumette.

— Où sont les enfants? demandai-je ensuite à Dolorès, qui s'était assise à table. Toujours chez votre amie?

— Hm-hm. Qu'est-ce que vous faites ici? J'ai répondu à toutes vos questions, l'autre fois.

— Vous les avez surtout esquivées. Mais je vous ai suivie par après.

— Où ça?

— Chez Silvera. Et avec ce qui s'est passé ensuite, j'ai obtenu les réponses que vous refusiez de me donner. C'est fini, Dolorès.

— Qu'est-ce qui est fini?

— Votre petit jeu. Caron voulait que vous modifiiez votre témoignage pour que je sois accusé du meurtre de votre mari. Il cherchait à se venger parce qu'il ne m'aime pas beaucoup. L'enveloppe pleine de billets que Silvera vous a remise, c'est Caron qui l'a forcé à vous la remettre.

Elle fixait le vide devant elle. Elle avait l'air lasse, comme si elle en avait marre de toute cette histoire. Elle n'était pas la seule.

— Jimmy ne rapportait pas beaucoup d'argent à la maison, expliqua-t-elle d'une voix éteinte, mais c'était mieux que rien. Maintenant qu'il est mort, je n'ai même plus ça. Pas une cenne. Et qu'est-ce que je peux faire ? Je suis à peine allée à l'école – juste ce qu'il fallait pour apprendre à lire et à écrire – et je ne peux plus travailler dans les clubs comme avant. Je suis rendue trop grosse.

— L'argent que Silvera vous a donné… Il en reste ?

— Ouais. Mais les policiers vont le vouloir, j'imagine, comme preuve ou pour engraisser leur salaire…

Elle poussa un soupir, croisa les bras sur la table et posa le menton dessus.

— Votre famille ne peut pas vous aider ?

— Non. Mes parents ne voulaient pas que j'épouse Jimmy. J'ai quitté la maison en chicane avec eux autres.

— Et la famille de Jimmy ?

— Elle ne m'a jamais aimée. Leur fils qui se marie avec une fille qui travaille dans les cabarets… Je faisais vulgaire, selon sa famille.

Les choses s'annonçaient mal, mais je dis quand même que tout finirait par s'arranger.

— Bien sûr, répliqua-t-elle. Comme aucun *pimp* ne voudra de moi, je vais faire fortune en quêtant au coin de la rue.

Elle retrouvait son ton sarcastique.

Le canard siffla. Je préparai deux cafés avec de l'instantané Blue Mountain et rejoignis Dolorès à la table.

— J'aurais dû écouter mes vieux, pensa-t-elle tout haut. Mais quelle fille de dix-neuf ans suit les conseils de ses parents?

Elle sirota son café et poursuivit en le fixant:

— Ils ne trouvaient pas Jimmy assez sérieux. Ils répétaient sans cesse qu'il n'aboutirait jamais à rien, qu'il ne pourrait pas faire vivre une famille. Chaque fois qu'il venait à la maison, il apportait un petit quelque chose à ma mère. Mais c'était une femme qui avait été élevée dans la misère, qui avait ensuite connu la Dépression. Pour elle, les chocolats et les bibelots en porcelaine, c'était du gaspillage. Mais Jimmy était comme ça. C'était un gars qui avait le cœur à la bonne place. En plein mois de janvier, il vous aurait donné son manteau pour vous protéger du froid, vous comprenez? Et il savait comme traiter une fille, ça, c'est certain. Les sorties, les fleurs, les cadeaux... Je me sentais comme la fille la plus belle et la plus importante du monde quand j'étais avec lui. L'ennui... L'ennui, c'est qu'il aimait un peu trop les trucs illégaux, les magouilles. J'ignore pourquoi ça l'attirait autant. Peut-être était-ce l'argent qui rentrait vite. C'était un type qui aimait dépenser. Ce n'était pas toujours pour les bonnes affaires – il avait une famille à nourrir et lui s'achetait des cigares chers et des vêtements, ce qui n'aurait pas été si mal s'il avait pensé aussi au loyer et à la nourriture...

Elle esquissa un sourire. Je me remémorai les complets à carreaux et les chemises à rayures de Barrette et compris où elle voulait en venir. Je souris à mon tour.

— Il m'aura fait sacrer, le petit maudit, ajouta-t-elle, mais il va me manquer. Il va me manquer...

Elle renifla bruyamment et essuya une larme qui coulait sur sa joue droite. On sirota nos cafés un moment.

— Vous savez ce qui me ferait plaisir? dit-elle en rompant le silence.

— Quoi?

— On avait un coin à nous dans le bois, près du fleuve. On se rendait là parfois, pour se pousser de nos vies pendant un moment.

— Vous voulez que je vous y emmène?

Elle hocha la tête.

— Pour une dernière fois.

— OK, acquiesçai-je.

— Je vais me préparer.

Elle repoussa sa chaise, quitta la cuisine.

Je grillai ma première Grads de la journée en buvant mon café. J'écrasais le mégot au fond de ma tasse quand elle réapparut en tenant un sac à main devant elle. Elle portait une robe noire toute simple. Un bandeau, noir aussi, retenait ses cheveux et découvrait son visage vierge de tout maquillage. J'eus l'impression qu'elle avait décidé de vivre son deuil.

— Je suis prête, annonça-t-elle.

Les branches des arbres effleuraient les flancs de la Graham et ne laissaient entrevoir que quelques taches de ciel gris. Je levai le pied, car on se serait crus dans un *shaker* à cause des trous et des bosses qui parsemaient le sentier. Aucun signe d'une présence humaine. Que du vert. La végétation régnait là en roi et maître.

Bientôt, la piste déboucha sur une clairière. C'était sans aucun doute le coin dont m'avait parlé ma passagère. J'y immobilisai la voiture et on mit pied à terre. L'herbe jaunâtre qui recouvrait le sol m'arrivait quasiment aux genoux. C'était humide comme dans une serre. Il tombait encore des gouttelettes qu'on entendait crépiter sur les feuilles. C'était apaisant après les crissements de pneus, les coups de klaxon et les cloches des tramways qui constituent la trame sonore des grandes villes.

— On est bien ici, pas vrai ? dit Dolorès Barrette à mi-voix.

Je m'avançai en direction du fleuve Saint-Laurent qui s'étendait à quelques pieds du radiateur de la Graham, de l'autre côté des épaisses broussailles. On pouvait entendre l'eau clapoter contre des rochers qui se dissimulaient parmi elles. À l'horizon se profilait l'île Sainte-Hélène.

— Ça doit bien faire deux ans que je n'ai pas mis les pieds ici, reprit Dolorès. L'herbe a beaucoup poussé. Les arbres aussi. C'était comme notre sanctuaire. On avait l'impression que rien ne pouvait nous atteindre quand on était ici. C'est idiot, non ?

Sans attendre de réponse, elle continua de parler en déambulant dans la clairière et en parcourant les alentours du regard.

— C'est Jimmy qui m'a emmenée ici la toute première fois. Il connaissait l'endroit, il venait souvent pour y réfléchir, qu'il disait. J'étais la première fille qui visitait les lieux – du moins, c'est ce qu'il a prétendu... On est restés dans la voiture et on a jasé en observant les lumières d'un bateau, au loin. C'était le soir. Jimmy avait envie de m'embrasser, mais il ne savait pas comment s'y prendre. Il bougeait sans cesse sur le siège. Il était très timide. C'est un gars qui avait l'air décidé, qui fonçait toujours, mais ce n'était qu'une façade. Dans le fond, il était très sensible. C'est moi finalement qui ai pris les devants. Oui, on a échangé notre premier baiser ici...

Ses lèvres esquissèrent un sourire.

— Et c'est ici qu'il m'a demandée en mariage aussi. On était venus pique-niquer, comme on le faisait de temps en temps. On avait étendu une couverture par terre, juste là, tout près de l'eau. Il est allé dans la voiture – il m'a dit qu'il avait oublié quelque chose – et, quand il est revenu, il a posé un genou par terre et a sorti une petite boîte de derrière son dos. Le soleil brillait, les oiseaux chantaient… C'était magique. On était jeunes tous les deux, il semblait qu'on avait l'éternité devant nous.

Elle baissa la tête. Elle ne souriait plus. Elle réalisait peut-être pour la première fois que l'éternité, dans le fond, ça ne dure jamais bien longtemps.

— On est revenus pour pique-niquer le jour de notre premier anniversaire de mariage. Tout était prêt, la couverture, la nourriture était dans les assiettes. Et puis il s'est mis à tomber des cordes ! Un vrai déluge. On est retournés dans la voiture en courant et en riant. Jimmy avait sauvé la bouteille de vin de l'averse et on l'a bue. Et c'est sur la banquette arrière que notre premier enfant a été conçu, ce jour-là.

Comme c'était romantique.

— C'est bizarre, vous savez.

— Quoi donc ?

Elle se tourna vers moi. Ses yeux brillaient anormalement, mais ils étaient bien secs.

— Une vie a été créée ici même et une autre s'y est arrêtée.

— Qu'est-ce que vous voulez dire ?

— Il y a quelques mois, on a découvert un corps dans la clairière. Il était dans les broussailles, la tête dans l'eau. Ils en ont parlé dans les journaux. Je m'en rappelle parce que Jimmy s'est beaucoup intéressé à cette histoire-là. Comment s'appelait la victime, déjà ? Vous ne vous souvenez pas ? C'était un jeune homme, début vingtaine. Selon les journaux, il était pianiste.

Je ne connaissais qu'un jeune homme de cet âge, musicien, décédé dernièrement.

— Lionel Couture, répondit une voix qui ressemblait à la mienne.

— C'est ça !

— Et vous dites que Jimmy s'est intéressé à l'affaire ?

— Oh oui. Il découpait tous les articles qui en parlaient, il en faisait quasiment une obsession.

Le cœur me cognait tellement fort dans la poitrine que c'en était douloureux. Tout avait du sens. C'était comme si je m'étais tenu devant les pièces d'un casse-tête et que, tout à coup, elles s'étaient jointes les unes aux autres.

Dolorès Barrette raconta encore quelques-uns de ses souvenirs, que j'écoutai d'une oreille seulement. Puis on quitta la clairière. Il se mit à tomber des cordes, tandis qu'on roulait en direction des appartements Sundale.

— Merci, m'sieur Coveleski, me dit-elle quand on fut immobilisés en bordure du trottoir. Sincèrement.

— Je vous ai seulement servi de chauffeur.

— Non, pour tout le reste.

— De quoi parlez-vous ?

Elle baissa la tête, se mordilla la lèvre inférieure.

— D'avoir été là. Vous êtes un gars correct.

Je ne trouvai rien de spirituel à répondre. Après tout, elle n'aurait pas été veuve si ma route n'avait pas croisé celle de son Jimmy.

On écouta un instant la pluie crépiter sur le toit.

— Bon, fit-elle en soupirant, je vais monter avant de me remettre à brailler. Je préfère garder mes larmes pour l'enterrement.

— Ça va aller ?

— Oh, ne vous faites pas de bile pour moi, répondit-elle en prenant un ton léger. Je suis déjà passée à travers bien pire ! Au revoir.

Je la saluai à mon tour. Elle descendit.

— Bonne chance, ajoutai-je.

Elle ne m'entendit pas. Elle claqua la portière et s'élança vers l'entrée.

J'enfonçai l'accélérateur et m'agrippai au volant. Le moment était venu de conclure cette affaire. Mais d'abord, je devais faire un stop chez Maranda.

◆

La pluie tombait toujours à mon arrivée près de la rivière des Prairies. La demeure des Vaucaire semblait déserte, mais le coupé sport deux couleurs était garé dans la rue et il eût été surprenant que sa propriétaire fasse une promenade par ce temps de canard. Je me rendis à la galerie au pas de course en tenant mon feutre en place d'une main ; le vent soufflait aux abords de la rivière. Une fois à l'abri, je tâtai la poche gauche de mon veston une dernière fois, pris une grande inspiration et pressai la sonnette.

Constant ouvrit. Je m'avançai dans le hall.

— Vous auriez pu klaxonner, me dit-il en me débarrassant de mon couvre-chef. Je serais allé à votre rencontre avec un parapluie.

— C'est gentil, mais ce n'était pas nécessaire.

— Monsieur est au salon.

— C'est madame que je viens voir, mais je vais aussi dire deux mots à monsieur. Ne vous dérangez pas, je connais le chemin.

J'allai au salon. Vaucaire se tenait devant les fenêtres donnant sur la cour. Il regardait la pluie tomber, les mains au fond des poches, perdu dans ses pensées. La pièce était si sombre que ça n'aurait pas fait de tort d'allumer une lampe ou deux.

— Jolie température, n'est-ce pas ? lançai-je.

Il pivota vers moi.

— Monsieur Coveleski ? Je ne m'attendais pas à votre visite.

— Je ne m'attendais pas à passer.

— Comment avez-vous aimé votre soirée, hier ?

— C'était bien.

— Je regrette pour ce qui s'est passé avec Pierre-Paul.

Il baissa la tête d'un air un peu penaud. Je me demandai s'il faisait seulement référence au flop de son fils.

— Vous aimez le piano ? reprit-il.

— Bien sûr.

— Ça vous dirait d'en posséder un ?

— Je ne sais pas en jouer.

— Vous pourriez apprendre.

— Pourquoi ? Vous connaissez quelqu'un qui veut vendre le sien ?

— Oui, répondit-il en esquissant un faible sourire. Moi.

— Merci de l'offre, mais il ne rentrerait pas dans mon logement.

C'est-à-dire quand j'aurais mon propre logement.

Vaucaire se rendit près du Steinway, leva le couvercle qui masquait les touches et les effleura du bout de ses doigts.

— Je crois qu'on ne l'entendra plus dans cette maison. Pierre-Paul m'a fait comprendre qu'il n'était plus intéressé… qu'il ne l'a jamais été… et ma carrière, à moi, est terminée depuis longtemps.

— Vous pourriez donner des cours particuliers.

— Je pourrais.

Mais il n'avait pas l'air trop enchanté par cette idée. Il referma le couvercle.

— Pourquoi êtes-vous venu ? reprit-il.

— Je veux parler à votre épouse.

— À propos… ?

— Où est-elle ?

— En haut, dans la chambre.

— Je vais monter.

Je me dirigeai vers la sortie.

— Il y a quelque chose qui ne va pas, monsieur Coveleski ? lança Vaucaire dans mon dos.

— Je veux lui parler, c'est tout.

Il haussa les épaules et alla se replonger dans la contemplation de la cour, de l'autre côté des fenêtres.

Je traversai le hall et gravis l'escalier. La porte était close. Je cognai et, sans attendre de réponse, entrai. Clara Vaucaire, assise dans un fauteuil, avait le nez plongé dans le journal *La Presse*. Il y avait une tasse fumante et les restes d'un petit-déjeuner dans un plateau posé sur une table à son coude. Derrière elle, les rideaux étaient ouverts et on pouvait voir les arbres qui se balançaient au loin sous le ciel gris.

— Constant, vous savez que je…

Elle leva les yeux, s'arrêta en me voyant à l'autre bout de la chambre.

— Qu'est-ce que vous faites ici, vous ?

— Il faut qu'on discute.

— Encore des questions ?

— Oui. Sauf que ce coup-ci, je ne pars pas tant que je n'ai pas eu toutes les réponses.

— Je vous ai déjà dit tout ce que je savais, répliqua-t-elle sèchement. Sortez.

Je m'avançai. Elle portait un peignoir blanc et des pantoufles assorties, ornées d'un pompon. Ses cheveux noirs, brossés simplement, tombaient sur ses épaules en encadrant son visage non maquillé. Elle avait fait la grasse matinée. Les gens fortunés peuvent se le permettre, peu importe le jour de la semaine.

Elle poussa un soupir mêlé à un grognement, posa le journal sur ses genoux.

— Pourquoi vous acharnez-vous ?

— Je ne m'acharne pas. C'est vous qui compliquez les choses.

— Écoutez, j'ai passé une nuit difficile…

— Vos migraines ?

— Pourquoi ai-je le sentiment que vous ne croyez pas à mes maux de tête ?

— Parce que le doc Du Sablon m'a révélé que vous étiez guérie.

— Et moi qui croyais que les médecins ne devaient pas révéler ce genre d'information, dit madame Vaucaire d'un ton ironique. Il était ivre, je suppose ?

— Non, pas à ce moment-là.

J'étais toujours debout. J'approchai la chaise qu'il y avait devant la coiffeuse, m'assis et n'y allai pas par quatre ni trois ni deux chemins.

— Dites-moi, comment s'est déroulée votre première rencontre avec Lionel Couture ?

— Avec qui ? répliqua-t-elle en prenant un air interloqué.

— N'en beurrez pas trop épais, quand même. Lionel Couture, l'ami de votre fils.

— Vous êtes venu ici, malgré la pluie et le vent, pour parler de lui ?

— Répondez.

— Je vous l'ai déjà raconté.

— Je sais, mais il s'est passé tellement de choses depuis… Je crains d'avoir oublié certains détails.

Clara Vaucaire me dévisagea un instant. Elle fronça les sourcils.

— Mais c'est de l'acharnement, ma parole. Je devrais appeler la police.

— Allez-y, ne vous gênez pas pour moi.

Elle n'aimait pas mes manières. Elle avait les narines blanches et sa bouche n'était plus qu'un trait rosâtre dans son visage. Elle jeta un regard en direction du téléphone, sur la table de nuit. Mais elle resta à sa place.

— Je suis revenue de faire des courses un après-midi et il était au piano, avec Pierre-Paul. Les deux avaient l'air de bien s'amuser. Couture jouait des airs à la mode ou l'indicatif musical de certaines émissions à la radio et Pierre-Paul essayait de les deviner. Mon fils nous a présentés, puis je les ai laissés pour m'occuper de quelque chose. Le temps a passé et l'heure du dîner est arrivée. J'ai invité Couture à manger avec nous et il a accepté, même si Charles ne semblait pas trop heureux de la tournure des événements. Je crois que mon mari était jaloux de Couture parce que, habituellement, notre fils ne riait pas quand il se trouvait au piano. Couture est parti peu de temps après le repas. C'est tout.

— Et ensuite ? demandai-je.

— C'est tout. Il n'y a pas eu de suite.

— Certaine que vous ne l'avez pas revu ?

— Je crois que je m'en souviendrais. Quelqu'un prétend le contraire ?

— Deux témoins : le père de Couture et une chanteuse que Lionel avait l'habitude d'accompagner, Linda Saphir.

Clara Vaucaire leva les yeux au plafond.

— Les noms que se donnent ces artistes…

— Ils m'ont parlé d'une femme blonde bien vêtue, qui portait beaucoup de maquillage comme si elle voulait masquer son âge.

— Cette description pourrait me ressembler, monsieur Coveleski. Mais vous oubliez un détail : j'ai les cheveux noirs.

Elle tira une mèche de ses cheveux pour me le prouver.

— Oui, mais des cheveux, on peut les teindre. Et on m'a dit que vous aviez déjà teint les vôtres en blond. Ça remonte au moment du meurtre de Couture, dans ces eaux-là.

— Qui vous a donné cette information ?

— Paméla Du Sablon.

— Ah, voilà qui explique bien des choses…

— Qu'est-ce que vous voulez dire ?

— Il y a un froid entre nous.

— À la suite de ce que vous m'avez confié hier, j'en avais déduit que vous ne l'aimiez pas beaucoup.

— C'est réciproque.

— Pourquoi pensez-vous qu'elle ne vous porte plus dans son cœur ?

Clara Vaucaire avait une réponse toute prête :

— Son mari, le cher docteur, se comportait comme un véritable ivrogne lors d'une soirée que j'avais organisée. Ce n'était pas la première fois. J'en ai fait la remarque à Paméla et elle n'a pas apprécié, je crois bien. Et moi, je n'aime pas qu'elle insinue que j'ai couché avec ce jeune homme.

— Ce n'est pas elle qui l'insinue, c'est moi.

— Je n'aime pas davantage.

— Mais vous avez déjà trompé votre mari avant.

Elle baissa la tête d'un air mélancolique.

— Il s'agissait d'un ami d'enfance et de circonstances particulières. Il n'y avait rien de particulier avec Couture, aucune magie.

Elle pensa à tout ça un instant avant de relever la tête.

— Mais où voulez-vous en venir, monsieur Coveleski ?

— Vous avez tué Couture, lançai-je.

— La police a enquêté, dit-elle d'un ton parfaitement neutre. Elle a conclu à une noyade accidentelle et ne m'a accusée de rien.

— C'est vrai. Mais j'ai mis la main sur un témoin « indirect » que les flics n'ont pas interrogé.

— Et qui est-ce ?

— Dolorès Barrette, l'épouse de feu Jimmy Barrette, le type qui vous faisait chanter. Parce que votre ami d'enfance qui a mal tourné, il n'a jamais existé. Vous ne m'interrompez pas ? Vous ne me sommez pas d'évacuer les lieux d'un air insulté ?

— Je suis curieuse de savoir comment vous en êtes arrivé à ces conclusions.

Elle soutint mon regard, comme si elle me défiait de la convaincre. Dehors, la pluie s'était remise à tomber. Je me lançai :

— Vous avez revu Couture après votre première rencontre. Plusieurs fois, même. Les choses sont devenues sérieuses, du moins à ses yeux à lui. Selon les musiciens qui l'ont côtoyé, Couture était un garçon qui aimait de tout son cœur quand il aimait. La nuit de sa mort, il vous a donné rendez-vous dans un petit boisé au bord du fleuve ; peut-être y étiez-vous déjà allés pour vos parties de jambes en l'air. Beaucoup de gens connaissent cet endroit, je pense, dont les Barrette. Mais je brûle des étapes. Pour en revenir aux derniers moments de Couture, j'ignore ce qu'il vous a proposé ce soir-là : fuir avec lui ou laisser votre mari et l'épouser carrément. Peu importe ce que c'était, vous n'étiez pas intéressée. Vous le lui avez fait savoir, mais il a mal encaissé la nouvelle. Il a insisté, vous avez continué de refuser, les choses se sont envenimées. Peut-être vous a-t-il menacée de tout raconter à votre mari ou, devant sa réaction, vous avez songé qu'il pourrait bien le faire. Quoi qu'il en soit, ça signifiait pour vous que vous auriez de gros ennuis. Et, pour les éviter, vous l'avez supprimé. Comment trouvez-vous mon récit jusqu'à maintenant ?

— Vous ne manquez pas d'imagination, répondit Clara Vaucaire.

Elle était du calme olympien dont m'avait parlé Maranda. Je me demandai une seconde si je ne faisais pas fausse route. Mais je continuai.

— Vous pensiez que vous étiez sortie de l'auberge. Le hic, c'est que vous n'étiez pas seule dans le boisé.

Jimmy Barrette s'y trouvait aussi. Ce qu'il fabriquait
là, Dieu seul le sait. J'y suis allé ce matin en pèleri-
nage, avec sa veuve. Un beau coin. Elle m'a dit que
Jimmy s'y rendait souvent pour méditer sur le sens
de la vie mais, d'après moi, c'était pour prendre un
coup et oublier sa dernière chicane de couple – le
soir du meurtre, du moins. En tout cas, il a été témoin de votre geste. Il n'a rien rapporté à la police.
Barrette était un petit malin, il a tout de suite flairé la
bonne affaire avec son esprit tordu. Il était toujours
à l'affût, prêt à sauter sur l'occasion d'engraisser
son portefeuille. De fait, on a découvert le corps de
Couture et les flics ont commencé à embêter les
gens avec leurs questions. Barrette a suivi l'enquête
dans les journaux, son épouse m'a dit que c'en était
quasiment devenu une obsession chez lui. Votre
nom a fait surface ou bien celui de votre fils – du
pareil au même. Barrette a fait le rapprochement et
vous a retrouvée ; la lettre anonyme, elle était de lui.
Il devait se frotter les mains et saliver en pensant à
tout l'argent qu'il allait vous extorquer.

« Mais Barrette n'était pas de la graine de maître
chanteur. Dans le fond, ce n'était qu'un pauvre diable
qui tentait de survivre en ce bas monde avec ce que
le bon Dieu lui avait donné. Vous avez réussi à le
convaincre d'accepter la moitié de ce qu'il demandait
en attendant, alors que vous n'aviez nullement l'intention de lui remettre une cenne de plus. Je le répète,
il n'avait rien d'un maître chanteur. Quand votre
mari m'a embauché pour essayer de trouver ce qui
tourmentait votre fils, vous avez vu là une chance
de vous débarrasser de Barrette une fois pour toutes.
Vous m'avez raconté vos salades à propos de votre
ami d'enfance et de ses problèmes de dettes ; je n'ai
pas tout à fait marché, mais j'étais assez intrigué pour
creuser et essayer de découvrir ce qui se passait,

surtout que Barrette se comportait de façon bizarre. Vous nous avez suivis le soir où j'ai essayé de le faire parler ou vous nous avez attendus à son bureau dans l'espoir qu'on s'y pointerait ; vous saviez où il se trouvait, je vous avais montré la carte d'affaires que Barrette m'avait remise. Vous êtes entrée à pas feutrés dans la pièce, vous m'avez frappé par-derrière et, pendant que je piquais un petit roupillon, vous avez flingué Barrette. Tandis que le pauvre refroidissait sur sa chaise, vous avez placé son arme dans ma main, puis monté une petite mise en scène pour qu'on m'accuse de l'avoir assassiné. Ainsi, avec Barrette transformé en viande froide, vous étiez certaine qu'on ne pourrait remonter jusqu'à vous pour le meurtre de Couture.

Madame Vaucaire ne semblait pas émue outre mesure par mon histoire. Elle ramassa le journal sur ses genoux, le déposa sur la table à son côté.

— Il est vrai que j'ai revu Couture, mais c'est lui qui a fait les premiers pas, dit-elle en ajustant l'encolure de son peignoir. C'est au bout de quatre ou cinq de ses visites ici que tout a commencé. Il me passait toutes sortes de remarques à double sens ou bien il me caressait la cuisse sous la table pendant les repas. Je suis allée le rencontrer, après un de ses spectacles, pour lui expliquer que ces petits jeux devaient cesser. C'est lui-même qui m'avait invitée à ce club pour l'écouter jouer. Dans sa loge, il a renversé de la bière sur lui en feignant d'être ivre. Sa chemise était ouverte et il m'a demandé de lécher son dégât. Il me taquinait, comme toujours. Pour qu'il arrête, je l'ai fait. Et j'ai aimé le goût.

Elle ravala sa salive. Le rouge lui était monté aux joues tandis qu'elle se remémorait ce petit épisode.

— À partir de là, enchaîna-t-elle, les choses ont déboulé. Je ne pouvais m'empêcher de le voir, comme s'il avait été mon tout premier amour. Je ne m'étais

jamais sentie si aimée, si désirée. J'étais le centre de
son univers. Et il y avait une certaine innocence dans
tout ça, une certaine pureté. Quand on faisait l'amour
dans sa voiture ou dans la chambre d'un hôtel mi-
nable, peu importe… j'avais l'impression de retrouver
mes vingt ans.

Je n'y voyais rien d'innocent ni de pur. C'était
plutôt sordide.

Une voix s'éleva soudain dans mon dos, par-dessus
le crépitement de la pluie contre la vitre.

— N'en raconte pas plus, Clara.

C'était Vaucaire, qui s'avançait dans la chambre.
Un éclair éclaboussa la pièce et son visage. Il avait
l'air vieux et fatigué.

Mes jambes s'activèrent comme des ressorts. Je
me levai.

— C'était un accident, monsieur Coveleski, dit-il
d'une voix parfaitement calme.

— Un accident ?

— La mort de Couture. Il voulait que Clara laisse
tout tomber pour lui, il était obsédé par elle. Quand
Clara s'en est rendu compte, elle l'a aussitôt prévenu
que c'était fini entre eux. Le jeune homme a vu rouge.
Il était hors de question qu'elle le quitte. Il a commencé à la menacer et l'a agressée physiquement. En
se débattant, Clara l'a frappé. Ce n'était pas un coup
mortel, loin de là, mais Couture a perdu l'équilibre.
Il est tombé et s'est cogné la tête sur une roche. Clara
a paniqué. Le jeune homme gisait au sol, inconscient ;
le sang coulait d'une profonde entaille à sa tête. Elle
a traîné le corps jusqu'à la rive du fleuve, avec l'intention de le jeter dans l'eau et de laisser le courant
l'emporter. Mais une fois dans les broussailles qui
bordent l'eau, il était devenu trop lourd et elle l'a
abandonné là.

Je jetai un regard à madame Vaucaire. Parfaitement immobile dans son fauteuil, les mains posées

à plat sur les accoudoirs, elle fixait le vide devant elle.

Je reportai mon attention sur le mari.

— Vous étiez là?

— Non, c'est ce que Clara m'a raconté, répondit-il. Et je la crois.

— Reste à voir si la police la croira aussi.

— La police?

— Elle a enquêté sur les circonstances de la mort de Couture. C'est ce qu'elle fait toujours dans les cas de mort suspecte. Le dossier sera rouvert à la suite de ces nouveaux éléments – ce que vous vouliez à tout prix éviter. Vous m'aviez embauché pour savoir si Pierre-Paul était au courant de la relation de votre épouse et de Lionel Couture, exact? Car si votre fils le savait, il y avait un risque que ça sorte un jour et que les flics relancent l'enquête.

— Il n'est pas nécessaire de les mettre au courant, suggéra Charles Vaucaire.

— Si.

— Qui va le faire?

— Moi. Votre épouse va me suivre.

Ils ne bronchèrent pas, ni l'un ni l'autre.

Je dégainai le petit revolver argenté qui avait appartenu à l'un des ancêtres de Maranda; je m'étais arrêté en chemin chez ce dernier expressément pour le prendre.

Vaucaire baissa les yeux sur le revolver. Il n'eut pas l'air impressionné pour deux sous.

— Pourquoi faites-vous ça?

— Pour que votre épouse m'accompagne. C'est un petit incitatif, disons. Et parce que vous semblez de mèche et que je ne me sens pas en sécurité.

— Clara ne bougera pas d'ici.

Il était d'un calme quasi surnaturel.

— Écoutez, lui dis-je, je veux bien croire que la mort de Couture était un accident. Et si elle peut convaincre les flics, tant mieux pour elle. Mais il y a le décès de Barrette. Vous n'avez jamais entendu parler de lui. C'était un type prêt à essayer n'importe quelle combine pour faire un dollar. La dernière en liste...

Il brandit une main pour m'interrompre.

— Je sais qui c'est.

Je me figeai sur place. Comment pouvait-il le connaître? Je cherchai une réponse – et vite. Mon cerveau se mit à surchauffer.

Charles Vaucaire se rendit compte que je peinais. Ça sembla l'amuser, un sourire se dessina sur ses lèvres desséchées.

— L'argent que vous deviez remettre à Barrette au lac des Castors, expliqua-t-il, Clara l'a retiré de son compte à la banque. Eh bien, il se trouve que tous mes avoirs se trouvent à la même banque et que le directeur est un bon ami. Il m'a tout de suite contacté. C'est moi qui gère l'argent de la famille et j'avais demandé au directeur de me prévenir si elle retirait un gros montant. Quand elle est revenue du mont Royal, je lui ai tiré les vers du nez et c'est à ce moment que j'ai appris l'existence de ce Jimmy Barrette, un individu décidément peu recommandable.

Dès lors, j'allumai. Je reculai d'un pas pour les avoir tous les deux dans ma mire, l'épouse et le mari.

— C'est vous qui l'avez tué.

Il sourit de toutes ses dents, comme s'il était fier de son coup.

— Votre femme vous a transmis l'adresse du bureau de Barrette, enchaînai-je. Vous vous y êtes rendu dans l'espoir qu'on se pointerait le bout du nez au courant de la soirée. Quand on est arrivés, vous nous avez suivis dans l'édifice. Vous avez attendu un moment qu'on s'installe, puis vous êtes entré en douce pour faire votre sale boulot avec l'arme que vous gardez ici afin de vous rassurer quand votre femme n'est pas là.

— Voilà. Mais j'ai profité de l'arme de Barrette pour finaliser le tout.

— Pourquoi ne pas m'avoir abattu aussi ?

— Ce n'est pas contre vous que j'en avais, monsieur Coveleski. C'était contre Barrette, un de ces escrocs à la petite semaine que le système ne peut réhabiliter et qui empoisonnent l'existence de tout le monde. Je craignais que Clara soit victime de chantage de la part d'un individu de ce genre, un jour. Je l'avais prévenue de se tenir sur ses gardes lors de ses escapades, mais elle ne m'a pas écouté.

Vaucaire inspira profondément en serrant les dents. Il semblait mépriser son épouse parce qu'elle était faite de chair et de sang et qu'elle avait des envies que lui n'avait pas.

— Je croyais que vous alliez reprendre vos sens et filer, continua-t-il, mais les choses se sont déroulées autrement. Un type qui se baladait dans le coin à cette heure a entendu le coup de feu et prévenu les autorités. Qu'est-ce que vous voulez, le hasard ne fait pas toujours bien les choses…

Il parlait d'un ton léger, comme si tuer quelqu'un était pour lui la chose la plus naturelle du monde. J'en avais froid dans le dos.

— Eh bien, vous auriez dû me descendre, dis-je. Parce que j'appelle la police.

Je me dirigeai vers la table de nuit, où se trouvait l'appareil.

— Monsieur Coveleski, lança Charles Vaucaire en faisant mine de me suivre.

Je m'arrêtai net, brandis le flingue dans sa direction.

— Ne bougez pas.

Il obéit.

— Laissez-moi vous expliquer pourquoi j'ai agi ainsi.

Son épouse sortit de sa torpeur.

— Charles… Tu crois qu'on devrait… ?

— On ne peut plus reculer, il en sait déjà trop.

— Oui, mais…

— Laisse-moi régler la situation, Clara.

— Tu n'aurais pas dû l'inviter à la fête, l'autre soir !

Il y avait une pointe de panique dans la voix de madame Vaucaire. Une première fissure dans son armure.

La voix de son époux, elle, était calme et posée quand il répliqua :

— Je l'ai invité en guise de remerciement, pour être venu en aide à Pierre-Paul. Et puis monsieur Coveleski est un homme sensé, ajouta-t-il sans me quitter du regard. Il va comprendre. N'est-ce pas, monsieur Coveleski ?

— Allez-y, on verra bien.

Il prit une grande inspiration avant de commencer ses explications.

— Clara est ma sœur. Nous avons grandi dans une famille austère, très stricte. Nos parents étaient de véritables tyrans. La moindre petite désobéissance était punie, physiquement, s'entend. Il se trouve que Clara, dans un moment d'égarement, est tombée enceinte. Comme vous pouvez l'imaginer, nos parents ont très mal encaissé la nouvelle : ils ont renié Clara, puis l'ont chassée de la maison. Elle aurait pu avoir son enfant et le remettre à une crèche, mais nos parents avaient peur que les gens apprennent la vérité. Il était plus acceptable pour eux de sauver les apparences que d'aider une jeune femme en détresse.

Madame Vaucaire ne bougeait pas. Repliée sur elle-même, elle se repassait sans doute le film de cet épisode de sa vie.

— Clara s'est donc retrouvée à la rue à seize ans, poursuivit son frère. Je n'étais pas d'accord avec la décision de mes parents et je leur ai laissé savoir. Mais je n'y pouvais rien. Avant le départ de Clara, je lui ai promis que je m'organiserais pour la retrouver ; elle n'avait qu'à tenir le coup, le temps que je quitte à mon tour le foyer familial, et je lui donnerais de nouveau un toit. Grâce à Dieu, ou plutôt à une agence de détectives privés, nos routes se sont croisées de nouveau. Clara travaillait alors dans une manufacture et habitait un logement d'une seule pièce au-dessus d'un atelier de mécanique. C'était un endroit sordide, sans eau courante… La nuit, elle dormait sur un lit de camp isolé par un drap élimé. Pierre-Paul était né et la femme du garagiste s'en occupait pendant la journée.

« Le jour même de nos retrouvailles, j'ai aidé Clara à ramasser ses affaires et je l'ai installée dans une chambre d'hôtel respectable. Je lui rendais visite tous les jours, à l'insu de nos parents. Ils n'ont jamais su que Clara était de retour dans ma vie. J'ai réussi à garder le secret jusqu'à leur mort. À la fin de cette année-là, j'ai touché l'héritage qu'ils m'avaient laissé. Ça tombait bien, car je voulais repartir en neuf, avec Clara et mon neveu, dans une ville où personne ne nous connaissait. Nous sommes donc venus nous établir à Montréal et nous avons tenté de donner à Pierre-Paul la famille unie et chaleureuse que nous n'avons jamais connue.

— Sauf que vous n'êtes pas une vraie famille, dis-je. Pierre-Paul le sait ?

Vaucaire secoua la tête :

— Non. Et il n'a pas besoin de le savoir.

— Il va bien finir par le découvrir. Le pot aux roses ne reste jamais caché bien longtemps, quoi qu'on fasse.

— Je ne vois pas comment il pourrait découvrir la vérité. À moins que…

— À moins que je la lui apprenne ?

Mon interlocuteur me dévisagea une seconde en plissant les yeux.

— Vous lui parleriez, monsieur Coveleski ?

— Malgré ce que vous en pensez, vous n'êtes pas une famille unie et chaleureuse. Et Pierre-Paul n'est pas heureux ici-dedans.

— Et vous pensez qu'il le serait, s'il apprenait que je suis son oncle ?

Je ne savais plus ce que je pensais. Après ce que j'avais entendu, ma tête commençait à me faire souffrir. Je transférai le revolver dans ma main gauche, essuyai la paume de la droite sur mon pantalon.

— J'appelle les flics, annonçai-je. Et ce coup-ci, personne ne va m'en empêcher.

— Monsieur Coveleski, attendez…

— Fermez-la, Vaucaire. J'en ai assez entendu.

Il tendit les bras devant lui, les paumes tournées vers l'avant.

— Mais quel mal ai-je commis ?

— Vous avez tué quelqu'un de sang-froid, voilà le mal que vous avez commis.

— Je protégeais Clara, c'est tout, expliqua-t-il. Elle est ma sœur. C'est mon devoir de veiller à ce qu'il ne lui arrive rien.

Je fis un pas vers le téléphone, sur la table de nuit.

— Vous ne pouvez pas faire ça, monsieur Coveleski, reprit Vaucaire d'une voix sourde.

— Restez où vous êtes.

— Songez à Pierre-Paul. Vous l'aimez bien, pas vrai ? Il sera démoli quand il apprendra ce qui s'est passé. Vous le priverez de sa famille.

— Vous n'êtes pas une famille. Vous êtes cinglés, vous et votre sœur.

J'avais atteint la table de nuit. Je tendis la main vers le combiné.

Vaucaire s'avança dans ma direction, la tête rentrée dans les épaules. Une lueur étrange brillait dans ses prunelles – la même, sans doute, que lorsqu'il avait refroidi Barrette.

— Ne faites pas le malin, lui conseillai-je.

— Vous n'oseriez pas tirer.

— Vous êtes prêt à courir le risque?

— Ce que vous avez là, ce n'est qu'un tire-pois, répondit-il en avançant toujours. Vous ne feriez pas de mal à une mouche avec.

— Ça suffit. Arrêtez-vous.

— Donnez-moi ce revolver, monsieur Coveleski. Nous allons parler. Il y a moyen de s'entendre, non? Nous sommes des adultes.

Il tendit la main vers mon arme.

Je pressai la détente.

Vaucaire s'arrêta net, les yeux et la bouche agrandis par la peur et la surprise. Il examina le devant de sa chemise. N'y voyant aucune marque, il tourna lentement la tête et jeta un regard par-dessus son épaule. La lampe gisait en morceaux sur la table au côté de madame Vaucaire. Cette dernière, blanche comme un linge, s'affala soudain dans le fauteuil et enfouit son visage au creux de son bras.

Si je n'appelais pas la police, Constant, alerté par le vacarme, le ferait.

◆

Comme de fait, deux policiers se pointèrent peu de temps après. Mais avant leur arrivée, Charles Vaucaire avait fondu sur moi et tenté de me désarmer. Le désespoir qui l'habitait lui avait donné des forces, mais j'avais réussi à le repousser et, pour m'assurer qu'il se tienne tranquille, lui avait effleuré la mâchoire avec quatre de mes jointures.

Vaucaire essaya de faire croire aux flics qu'il s'agissait d'un simple malentendu et qu'ils pouvaient repartir, merci beaucoup, mais les agents hésitèrent. Les traits tirés et l'œil hagard de Vaucaire et le fait qu'il insistait les firent douter. J'entraînai un des constables hors de la chambre, tandis que son collègue surveillait les autres, et lui expliquai de quoi il retournait. Mes explications dissipèrent tous les doutes. Les Vaucaire se retrouvèrent sur la banquette arrière de l'auto-patrouille, que je suivis jusqu'au quartier général de la police. Clara Vaucaire resta silencieuse. Peut-être en avait-elle marre de jouer la comédie. À moins qu'elle ne se fût résignée à ce que tout soit terminé.

Une fois au Q.G., l'un des agents amena les Vaucaire en cellule tandis que son collègue, à ma demande, m'accompagnait jusqu'au bureau de Rivard. Mon apparition sur le seuil de porte du capitaine ne lui remplit pas le cœur de joie ni d'allégresse, mais il me laissa entrer quand même. Je m'assis avant qu'il change d'idée et m'expulse à coups de pied au derrière.

Je m'allumai une Grads, parce que ce serait long sans tabac, et lui relatai mon avant-midi tandis qu'il observait la pluie tomber par une fenêtre, les mains au fond des poches. Quand j'eus terminé, il baissa la tête et se massa le front en grimaçant.

— Sacrament… Il me faudrait deux aspirines et un verre d'eau. Chaque fois que tu débarques dans mon bureau, Coveleski, je me retrouve avec un mal de bloc carabiné.

— On se rencontrera ailleurs la prochaine fois.

— Je t'aime bien, mais je ne tiens pas particulièrement à ce qu'il y ait une prochaine fois.

Je n'en rajoutai pas. Il y avait de l'amélioration, quand même.

— Tu penses que les choses se sont déroulées comme Charles Vaucaire te les a racontées ? reprit Rivard.

— Son histoire ressemblait à une confession.

— Et si elle les avait tués tous les deux et qu'il cherchait à la protéger ?

— Dans ce cas-là, je ne vois pas pourquoi il ferait les choses à moitié.

— Qui sait ? Il m'a l'air d'un méchant malade.

Le capitaine s'assit. Il examina un instant la paperasse qui recouvrait son bureau, puis leva les yeux sur moi.

— Tu penses qu'ils sont vraiment frère et sœur ?

— C'est ce qu'il prétend, répondis-je. Vous ne devriez pas avoir de difficulté à vérifier, une fois que vous connaîtrez leur lieu de naissance.

— Je vais mettre mon meilleur enquêteur sur leur cas.

— Qu'il concentre ses efforts sur la femme. Son armure commençait à se fissurer tout à l'heure.

— En parlant de madame Vaucaire…

— Quoi ?

— Pourquoi tu refusais de nous dévoiler son identité, l'autre jour, quand on t'interrogeait ? Tu pensais qu'elle avait quelque chose à voir dans tout ça ?

— Je ne sais pas ce que je pensais. Et puis l'atmosphère n'était pas vraiment propice aux confidences.

— Tu es prêt à témoigner, si on porte des accusations ? Parce qu'on pourrait avoir besoin de ton témoignage.

— Je suis prêt. Allez-y mollo avec le fils, Pierre-Paul. C'est un grand sensible.

Rivard esquissa un sourire.

— Tu es dans la mauvaise branche, Coveleski.

— Pourquoi donc ?

— Tu te soucies trop des autres pour être un privé efficace.

— Je fais ce que je peux.

— Je n'en doute pas. Bon, je vais appeler mon homme.

Il tendit la main vers l'interphone sur son bureau.

— Je voulais savoir…

— Quoi ? fit-il.

— Caron. Qu'est-ce qui se passe avec lui ?

— Oh…

Le capitaine Rivard leva les yeux sur moi une seconde.

— Il y a eu des mesures disciplinaires.

Il posa le doigt sur un bouton mais, avant qu'il l'enfonce, je lui demandai ce que ça signifiait.

— Il est en congé sans solde, répondit-il.

— C'est tout ?

— Pour une période indéterminée… très longue… En fait, il ne reviendra pas. Mais n'ébruite pas la nouvelle, hein ? Personne n'est vraiment au courant. On va laisser les choses aller jusqu'à ce que tout le monde l'oublie.

Je devais tout à coup souffrir de problèmes auditifs.

— Et le carnet ? Et la déposition de Silvera ? Et Gerry ? Il a sûrement raconté tout ce qu'il savait, il était prêt à déballer son sac.

Rivard gigota sur sa chaise, prit un air renfrogné.

— Je sais, Coveleski, je sais. Mais tu comprends comment ça fonctionne… On est tous l'employé de quelqu'un. Je fais toujours ce que je peux, comme toi, mais au bout du compte je ne prends pas les décisions. Crois-moi, je comprends ce que tu ressens. J'aurais bien aimé que les choses se terminent autrement…

Il continua de chercher à me convaincre et à se convaincre lui-même, mais je ne l'écoutais plus. Il ne pouvait pas comprendre ce que je ressentais, parce que moi-même je ne le savais pas. J'hésitais entre hurler, éclater de rire et me mettre à pleurer.

Finalement, je ne fis rien de tout ça.

Je repoussai ma chaise et m'en allai.

ÉPILOGUE

Dans les jours et les semaines qui suivirent, la machine judiciaire se mit en branle et les journalistes se firent un devoir de rapporter chaque nouveau développement, comme à l'habitude. Bientôt, toute la ville ne parlait plus que du « couple maudit », de ses « machinations sordides » et de ses « tractations démoniaques ». Les Vaucaire devinrent des célébrités, comme c'est le cas de bien des criminels. Des journalistes se déplacèrent des États-Unis et des *bookmakers* en ville prirent des paris sur l'issue des procédures.

Les autorités annoncèrent d'abord qu'elles avaient arrêté un suspect dans l'affaire du meurtre de Jimmy Barrette – Charles Vaucaire, dont le visage se retrouva à la une de tous les journaux et dont les détails de la vie privée tapissèrent les pages suivantes –, puis qu'on rouvrait l'enquête sur la mort suspecte de Lionel Couture. Clara Vaucaire continua d'affirmer que le décès du jeune pianiste avait été accidentel. Comme la seule personne qui avait vu ce qui s'était vraiment passé dans la clairière, Barrette, mangeait les pissenlits par la racine, il n'y avait personne pour la contredire. Au bout du compte, la Couronne décida de ne pas porter d'accusation.

Son frère, par contre, en prit plein la gueule. Il fut accusé du meurtre de Barrette et la Couronne réclama la peine de mort. L'avocat que Vaucaire avait embauché pour lui épargner l'échafaud parla aux journalistes de circonstances atténuantes – un lien spécial l'unissait à sa sœur et l'avait poussé à commettre l'irréparable. Le psychiatre à l'emploi de la défense affirma que Vaucaire, après examen, était instable émotionnellement et qu'il avait pu tuer Barrette dans un moment de folie ; il y avait un cas de démence dans sa famille, une tante qui avait passé une partie de sa vie dans un asile.

Au cours du procès, qui se déroula devant une salle comble, les experts de l'accusation démolirent cette théorie. Vaucaire avait découvert l'adresse du bureau de Barrette en interrogeant sa sœur, m'avait assommé pour que je ne sois pas témoin de son crime et l'avait abattu de sang-froid. Selon eux, son geste avait été prémédité, qu'il ait eu une tante démente ou non. Et les tests balistiques démontrèrent que le coup fatal donné à Barrette avait été tiré par une personne de petite taille comme lui.

Dolorès enfonça un autre clou dans le cercueil de l'accusé. Elle témoigna avec aplomb, comme si les lieux où elle se trouvait ne l'intimidaient pas pour deux sous. Son témoignage rendit Barrette sympathique aux yeux de beaucoup de gens dans l'assistance, qui le perçurent comme un type qui essayait de survivre, comme eux, et surtout aux yeux des jurés. Le fait que deux enfants en bas âge se retrouvaient orphelins de père à cause du geste de Vaucaire n'aida pas ce dernier, non plus.

Après une heure de délibération, le jury le déclara coupable. Dans le box des accusés, Vaucaire accueillit le verdict d'un air indifférent mêlé de mépris, comme s'il était au-dessus du commun des mortels et qu'il ne reconnaissait pas l'autorité de la cour. Son avocat annonça aux journalistes, réunis sur le parvis du palais de Justice, qu'il allait demander une commutation de peine au gouvernement de Mackenzie King. Peine perdue, son client finit la corde au cou trois mois plus tard à la prison de Bordeaux.

Et Pierre-Paul dans tout ça ? L'accusation et la défense l'interrogèrent et cette dernière songea à le faire témoigner pour qu'il dresse un portrait flatteur de Vaucaire ; après tout, Vaucaire avait bien joué le rôle de père et Pierre-Paul n'avait jamais manqué de rien. Mais le jeune homme refusa de témoigner, comme s'il voulait oublier toute cette histoire au plus vite, ce que personne n'aurait pu lui reprocher. Quand les journalistes l'apprirent, ils se lancèrent à sa recherche, mais en vain. J'appris plus tard qu'il était parti se terrer au chalet de la famille d'Émilie, l'ancienne copine de son ami Couture, dans les Laurentides.

Le soir où le verdict tomba, on se retrouva dans la modeste cuisine de Maranda à siroter une limonade pour célébrer, même s'il n'y avait pas grand-chose à célébrer. On discuta des derniers jours et de la pluie et du beau temps, comme si l'on craignait d'aborder le sujet qui nous préoccupait tous les deux. Ce fut le sergent-détective qui se lança.

— Et maintenant, qu'est-ce que vous allez faire ?

— Reprendre ma vie là où je l'ai laissée, il y a trois ou quatre mois.

— Ç'a été une mauvaise passe, hein ?

Je ne pouvais qu'acquiescer. On médita là-dessus un instant.

— Vous vous sentez prêt ? reprit-il.

— Prêt, pas prêt, faudra bien que je me lance un jour. Tout le monde a besoin d'avoir son espace, de se retrouver dans ses affaires.

— Vous croyez que ça ira ?

— J'y arriverai. Mais je vais devoir me réhabituer, c'est certain.

— Moi aussi, dit Maranda d'un air résigné. Moi aussi…

Il poussa un soupir.

— Je vais garder l'œil ouvert au cas où quelque chose qui vous conviendrait se présenterait. Mais vous savez que les recherches pourraient être longues. Les logements libres en ville, il n'y en a pas des tonnes.

— Il y a sûrement un petit nid douillet, quelque part, pour moi.

— En attendant, vous pouvez rester aussi longtemps qu'il vous plaira.

Je le remerciai. Pour tout ce qu'il avait fait.

— Bah, n'y pensez plus. N'oubliez jamais qu'il y aura toujours quelqu'un pour vous donner un coup de main, dans les moments difficiles. Rassurez-vous, ajouta-t-il avec un sourire, je ne commencerai pas à prêcher.

— Ouf ! tant mieux.

— Ça vous dirait de sortir manger un morceau ? La glacière est vide.

— Un souper d'adieu ?

— Ne pensez pas que vous serez débarrassé de moi parce qu'on n'habitera plus sous le même toit. Nos chemins vont se recroiser, même si je dois forcer quelque peu la main du hasard.

Je lui renvoyai son sourire. J'étais content de l'entendre.

On repoussa nos chaises. Maranda passa un bras autour de mes épaules et m'entraîna vers le vestibule.

Le mois suivant, je dénichai un loyer dans le quartier Saint-Jean-Baptiste, pas loin de l'avenue Duluth. Un coup de chance. Un vieux couple y créchait depuis la fin de la Grande Guerre ; le mari venait de trépasser et son épouse allait habiter chez sa fille. C'était un haut de duplex bâti à la fin du siècle dernier et qui commençait à paraître son âge, mais c'était bien quand même. Dans la cour arrière, il y avait une bande de gazon où je pourrais cultiver un petit jardin, bien que je ne fusse pas porté sur le jardinage. J'achetai une partie du mobilier pour une bouchée de pain et donnai un coup de pinceau sur les murs pour masquer les carrés jaunes laissés par les photos que la vieille avait emportées dans ses bagages.

Les choses s'annonçaient bien. Il ne manquait qu'un détail.

◆

La salle d'attente du docteur Amyot était une véritable zone de combat. Deux patients se disputaient une copie du *Montréal-Matin*, une mère tentait de consoler son jeune fils qui pleurait à chaudes larmes en se frottant la joue droite, une femme faisait des remontrances à une autre parce que le garçon de cette dernière courait partout et lançait tout ce qui lui tombait sous la main et une vieille dame se plaignait à la secrétaire qu'elle attendait depuis près d'une heure.

— Le docteur Amyot a pris un peu de retard, expliqua la secrétaire. Ça ne devrait plus être bien long.

La vieille retourna à sa place en marmonnant dans sa barbe.

Je traversai la pièce en direction du bureau de la secrétaire. Elle avait ôté ses lunettes et se frottait les yeux comme si elle souffrait d'un mal de tête lancinant, ce qui était sans doute le cas.

— C'est complet pour aujourd'hui, dit-elle d'une voix où perçait une pointe d'exaspération. Appliquez de la glace et revenez demain.

— Je n'ai pas mal aux dents.

Elle glissa les lunettes sur son nez, leva la tête vers moi.

— Oh, c'est vous.

— Salut, Emma. Grosse journée ?

Elle se pencha en avant et me confia tout bas :

— Si la petite vieille me demande encore une fois si ça va être long, ce n'est pas d'un dentiste qu'elle aura besoin mais d'un médecin.

— Je ne te dérangerai pas longtemps, dans ce cas. Je veux repartir avec toutes mes dents.

— Qu'est-ce qui vous amène ?

— J'ai su qu'on cherchait une secrétaire pour pourvoir un poste qui va s'ouvrir bientôt.

Emma ramassa des dossiers sur le coin de son bureau, fit pivoter sa chaise pour faire face aux classeurs le long du mur.

— Quelles sont les tâches ? demanda-t-elle en rangeant les fiches.

— Se limer les ongles à longueur de journée et ne pas paraître trop surprise quand le téléphone sonne, le tout pour un salaire de crève-la-faim.

— Intéressant. Les limes sont fournies ?

— Non, faut apporter les siennes.

— Dans ce cas, j'ai bien peur de devoir refuser.

— Tu pourrais toujours te ronger les ongles.

— C'est vrai.

— Tu économiserais sur les limes et le vernis, par le fait même.

— Merci du conseil, mais j'ai déjà assez de mauvaises habitudes.

— Je t'ai précisé que la secrétaire travaillerait pour moi ?

Elle ferma le tiroir, s'accouda de nouveau à son bureau et prit un air faussement songeur.

— Pour vous, hum ?

— Oui.

— Voilà qui est tentant.

— Ça t'intéresse ?

— Je commencerais quand ?

— Dès que tu seras libérée de tes tâches ici. Tu dois donner un préavis au docteur Amyot, non ?

— Ne bougez pas.

Elle repoussa sa chaise, se dirigea d'un pas rapide vers le bureau de son patron et entrouvrit la porte.

— Hé, doc ! lança-t-elle. Je démissionne. Adieu.

Elle referma la porte et revint à son bureau pour ramasser son sac à main.

— Qu'est-ce que vous pensez de ça, comme préavis ?

— Laconique.

Elle passa son sac en bandoulière et fila vers la sortie. Je lui emboîtai le pas. C'est tout ce que je pouvais faire.

MAXIME HOUDE...

... est né en 1973 dans la métropole québécoise et il y demeure depuis. Il a complété des études en traduction à l'Université de Montréal et occupé pendant quelques années un poste à l'édifice Wilfrid-Derome, le grand quartier général de la Sûreté du Québec à Montréal. Quand il ne travaille pas, Maxime Houde consacre son temps à la rédaction des aventures de son personnage Stan Coveleski, détective montréalais des années quarante dont le présent volume constitue la cinquième enquête.

EXTRAIT DU CATALOGUE

Collection « Romans » / Collection « Nouvelles »

VOUS VOULEZ LIRE DES EXTRAITS
DE TOUS LES LIVRES PUBLIÉS AUX ÉDITIONS ALIRE ?
VENEZ VISITER NOTRE DEMEURE VIRTUELLE !

www.alire.com

LE POIDS DES ILLUSIONS
est le cent trentième titre publié
par Les Éditions Alire inc.

Il a été achevé d'imprimer
en mars 2008 sur les presses de

IMPRESSION
IMPRIMERIE GAGNÉ